Gisa Pauly
Lügen haben lange Ohren

PIPER

Zu diesem Buch

Als sich die deutsche Eselwanderin Samy mitsamt Eseldame Griseldis vor ihrem Mann ins »Albergo Annina« flüchtet, stellt sie damit Annas gesamten Alltag auf den Kopf. In den Satteltaschen des Esels ist doch tatsächlich Kokain! Die Hotelbesitzerin kann es nicht fassen. Natürlich bleibt diese Entdeckung nicht lange geheim, und schon bald haben allerlei Parteien ihre Finger im Spiel um das weiße Pulver, das sich auf magische Art und Weise zu vermehren scheint. Da weiß niemand mehr so genau, welches der Päckchen nun das echte Koks enthält – nicht einmal die Polizei!

Gisa Pauly hängte nach zwanzig Jahren den Lehrerberuf an den Nagel. Seitdem lebt sie als freie Schriftstellerin in Münster. Ihre Ferien verbringt sie am liebsten auf Sylt oder in Italien. Ihre Sylt-Krimis um die temperamentvolle Mamma Carlotta erobern ebenso regelmäßig die SPIEGEL-Bestsellerliste wie ihre Italien-Romane. »Lügen haben lange Ohren« ist Gisa Paulys dritter Roman um die Hotelbesitzerin Anna.

Gisa Pauly

Lügen HABEN LANGE OHREN

Roman

PIPER

Mehr über unsere Autorinnen, Autoren und Bücher:
www.piper.de

Wenn Ihnen dieser Roman gefallen hat, schreiben Sie uns unter Nennung des Titels »Lügen haben lange Ohren« an *empfehlungen@piper.de*, und wir empfehlen Ihnen gerne vergleichbare Bücher.

Von Gisa Pauly liegen im Piper Verlag vor:

Mamma-Carlotta-Reihe:
Band 1: Die Tote am Watt
Band 2: Gestrandet
Band 3: Tod im Dünengras
Band 4: Flammen im Sand
Band 5: Inselzirkus
Band 6: Küstennebel
Band 7: Kurschatten
Band 8: Strandläufer
Band 9: Sonnendeck
Band 10: Gegenwind
Band 11: Vogelkoje
Band 12: Wellenbrecher
Band 13: Sturmflut
Band 14: Zugvögel
Band 15: Lachmöwe
Band 16: Schwarze Schafe
Band 17: Treibholz

Siena-Reihe:
Band 1: Jeder lügt, so gut er kann
Band 2: Es wär schon eine Lüge wert
Band 3: Lügen haben lange Ohren

Dio Mio! Mamma Carlottas himmlische Rezepte
Der Mann ist das Problem
Venezianische Liebe
Stille Wasser sind fies

Unser Versprechen für mehr Nachhaltigkeit
• Klimaneutrales Produkt
• FSC®-zertifiziertes Papier
• Hergestellt in Europa

FSC www.fsc.org
MIX
Papier | Fördert gute Waldnutzung
FSC® C083411

Ungekürzte Taschenbuchausgabe
ISBN 978-3-492-31959-1
1. Auflage August 2023
2. Auflage August 2023

erschienen im Verlagsprogramm Pendo
Umschlaggestaltung: u1 berlin / Patrizia Di Stefano
Umschlagabbildung: Patrizia Di Stefano unter Verwendung mehrerer Motive von Alamy Stock Foto und Robin Piniek, Enrage Media / hum3D Studio
Satz: Uhl + Massopust, Aalen
Gesetzt aus der Scala
Druck und Bindung: CPI books GmbH, Leck
Printed in the EU

Ein wolkenloser Himmel wölbte sich über Siena, glockenblumenblau wie der Frühling, noch nicht im sommerlichen Kobaltblau. Die Sonne war blass, sie stach nicht vom Himmel, sie ging noch sanft über die gelben Rapsfelder, neckte in Kirsch-, Pflaumen- und Apfelbäumen, brachte aber schon die Blumenwiesen zum Leuchten.

Anna Wilders stand neben ihrem weißen Fiat und betrachtete die Hügel, die sich vor ihren Augen wellten, jeder mit nebelähnlichen, hellen Umrissen. Während der Olivenbauer das kleine Ölfass heranrollte, die Dosen mit den Oliven, den Pecorinokäse und die Salamis in den Kofferraum stapelte, schaffte sie es nicht, sich von dem Blick auf Siena zu lösen, auf die verschachtelten Häuser am Fuß des Doms mit seinem in dunkelgrünem und weißem Marmor verblendeten Turm. Ihre Stadt! Das hätte Anna niemals laut ausgesprochen, um keinen alteingesessenen Bürger von Siena zu kränken. Wer gerade erst seit einem halben Jahr in Siena lebte, durfte so etwas nicht sagen, auch dann nicht, wenn er sich keineswegs zu den Touristen, sondern zu denen zählte, die bleiben wollten. Siena war Annas Lebensmittelpunkt geworden, der Ort, an dem sie leben und ihr Leben beenden wollte.

»Basta, Signora!«

Sie drehte sich um und lachte dem Olivenbauern ins Gesicht. »Grazie.« Und schon waren die Angst und alle drängenden Fragen weggelacht.

Der Bauer zeigte auf die Silhouette der Stadt, und aus seinem professionell freundlichen Gesicht wurde ein verklärtes, seine Augen bekamen einen Blick, mit dem er wohl auch seine Tochter am Tag der Hochzeit und seinen Enkel bei der Einschulung betrachtet hatte.

»Siena ist die schönste Stadt der Welt. Ich kann verstehen, dass Sie hierbleiben wollen.« Er riss sich von den vielen terrakottafarbenen Häuserwürfeln los. »Läuft das Hotel?«

Anna zuckte mit den Schultern. »Geht so. Ich hoffe auf den Sommer, auf die Hochsaison.«

Diesmal wurde es ein schiefes Lächeln. Die Hochsaison würde zeigen, ob das *Albergo Annina* seine Besitzerin ernähren konnte. Und was, wenn nicht? Es gab keinen Plan B. Anna hatte alles auf eine Karte gesetzt. In Stuttgart alles aufgegeben, sämtliche Brücken hinter sich abgebrochen, in Siena ganz neu angefangen. Noch in Stuttgart hatte sie die Haare abschneiden und in Siena blondieren lassen, vor dem Verkauf der Eigentumswohnung hatte sie alle Hemdblusen und die praktischen Baumwollhosen in einen Secondhandladen gebracht, die damenhaften Kleider einer Nachbarin geschenkt, die warmen Mäntel der Caritas gespendet. Mit leichtem Gepäck war sie nach Siena gezogen. Zufrieden, nur noch das zu besitzen, was ihr etwas bedeutete. Und überglücklich, sich das kaufen zu können, was ihr gefiel. Nur ihr!

Sie winkte zurück, als sie mit durchdrehenden Rädern anfuhr, wie man eben startete, wenn man sich wie eine Italienerin fühlte. Mit aufheulendem Motor und spritzendem Schotter. Ein herrliches Gefühl. Clemens hätte ihr jetzt vorgerechnet, wie viel Sprit sich sparen ließ, wenn man auf rasantes Gasgeben verzichtete, aber er konnte sie nicht mehr einschränken. Das war vorbei.

Sie schickte einen Blick zum Himmel. »Sorry, Clemens!« Dann gab sie noch einmal Gas, bremste hart vor der nächsten Kurve, beschleunigte erneut und bremste erst, als es unbedingt notwendig war. Ein ganz neues Lebensgefühl! Schon ein halbes Jahr alt, aber dennoch immer wieder neu, dieses Gasgeben und Bremsen. Vor allem das Gasgeben …

Sie kam von Osten her. Der Olivenbauer, der sie mit den wichtigsten Zutaten für ihr Frühstücksbüfett versorgte, wohnte am Rande von Rapolano. Wie so oft verzichtete sie auf das schnelle Vorankommen über die E 78, die eng, stark befahren und voller Schlaglöcher und Baustellen war. Sie nahm lieber die Landstraße über Vescona, wenn sie Zeit hatte. Das war am späten Vormittag normalerweise der Fall. Das Frühstücksbüfett im *Albergo Annina* war dann abgeräumt, die Gäste hatten sich mit ihren Reiseführern auf den Weg zu den Sehenswürdigkeiten gemacht, die Siena zu bieten hatte. Graziella, das Zimmermädchen, arbeitete zwar schneller und sorgfältiger, wenn man ihr auf die Finger sah, aber Anna behandelte sie stets großzügig. Immerhin war Graziella auch in der Lage, ein Telefongespräch anzunehmen, Schlüssel herauszugeben oder in Empfang zu nehmen, und sie kam sogar schon mit dem Buchungsprogramm des Computers zurecht und konnte eine Zimmeranfrage beantworten. Dass die Hotelchefin deswegen gelegentlich die Rezeption im Stich lassen und das Kommando an Graziella abtreten konnte, war ein großer Vorteil. Dafür sah Anna darüber hinweg, dass ihr Zimmermädchen schwatzhaft und neugierig war und mit der Musik aus ihrem Smartphone gelegentlich die Gäste verärgerte.

Die Tankstelle auf der rechten Seite gehörte Graziellas Vater. Anna erlaubte sich niemals, woanders zu tanken, ihr Zimmermädchen würde sie glatt damit bestrafen, auf der Gardinenstange und den Bilderrahmen keinen Staub zu wischen.

Graziellas Vater kam eilfertig angelaufen. »Pieno, Signora?«

»Ja, volltanken bitte. Grazie.«

Signor Pancole war genauso redselig wie seine Tochter. Da Anna mittlerweile auch den Rest der Familie kannte, die Friseurin, den Kioskbesitzer, den Metzger, die Sekretärin im Bürgermeisteramt, den Gemüsehändler und die Kosmetikerin, wusste sie, dass alle Pancoles so waren. Wie diese Tankstelle waren auch die anderen Ladenlokale, die der Sippe Pancole gehörten, Umschlagplätze für Neuigkeiten. Anna machte sich nichts vor. Was im *Albergo Annina* geschah, wurde im Nu in ganz Siena herumgetragen. Umso wichtiger also, sich mit Graziella gutzustellen und darauf zu achten, dass sie nur das mitbekam, was dem guten Ruf des Hotels nicht schadete.

Bis jetzt war es Anna gelungen, die Besonderheiten der Familie, aus der sie stammte, geheim zu halten. Graziella wusste nur, dass das Hotel nach ihrer Chefin benannt worden war und den Namen erhalten hatte, den Annas Eltern einst für sie ausgesucht hatten. Annina! Warum Tante Rosi, bei der sie aufgewachsen war, daraus den soliden Namen Anna gemacht hatte, ahnte Graziella nicht. Und das durfte sie unter gar keinen Umständen erfahren. Nicht auszudenken, welches Gerede in Siena einsetzen würde, wenn sie dahinterkäme. Graziellas Mutter hatte schon ihre liebe Mühe, für eine Frau von über sechzig Verständnis aufzubringen, die Miniröcke trug und auf einen BH verzichtete.

Signor Pancole hängte die Zapfpistole in die Tanköffnung und lehnte sich an die Beifahrertür. Das sichere Zeichen dafür, dass er etwas zu erzählen hatte. Anna erfuhr in atemberaubendem Tempo, dass Signor Pancole dem Sohn des reichsten Hotelbesitzers von Siena Kredit gewähren musste, wenn der Ragazzo tanken wollte, weil der von seinem Vater ziemlich kurzgehalten wurde. Aus gutem Grund, wie Anna gleich hinterher erzählt bekam. Sie musste sich anhören, dass Signor Pancole mal wieder betrogen worden war, und das sogar von einem Porschefahrer. Dass noch am selben Tag eine Dame seine Toilette benutzt hatte, die sehr vornehm ausgesehen, sich aber auf seinem stillen Örtchen einen Schuss gesetzt hatte. Und dass er von seinem Bruder, dem Metzger, erfahren hatte, dass Signora Baracchi gern Fleischabfälle für ihre beiden Hunde mitnahm, aber im Verdacht stand, daraus eine Suppe für ihren Mann zu kochen.

Schließlich folgte die Lobhudelei auf sein Töchterchen, damit Anna nicht auf die Idee kam, Graziella anders als fleißig, ehrlich und emsig zu bezeichnen, dann war der Tankprozess beendet. Bevor Signor Pancole mit Annas Kreditkarte in das kleine Häuschen ging, in das neben dem ganzen Zubehör, das er dort lagerte, nur noch er selbst, aber kein Kunde mehr passte, zeigte er zur Straße und tippte sich dann an die Stirn. »Schauen Sie sich das an! Die Leute werden immer verrückter.«

Anna drehte sich um und lächelte. Ja, diese Eselwanderungen, die neuerdings in der Toskana erfolgreich angeboten wurden, kamen ihr selbst auch kurios vor. Angeblich war das Wandern an der Seite eines solchen Grautieres stressfrei, viel entspannter als an der Seite eines Ehepartners, das leuchtete natürlich spontan ein. Man konnte, wenn man wollte, seine Führungsqualitäten testen, was neben einem Lebensgefährten ja nicht selten zum Abbruch des Urlaubs, wenn nicht gar zur Trennung führte. Man übte, sich mit einem störrischen Lebewesen zu einigen, was für die meisten Ehefrauen ohnehin zum täglichen Allerlei gehörte, und man begriff, dass Esel intelligente Wesen waren, die gern ihre Grenzen austesteten. Es war also beim Eselwandern viel für den Verlauf einer zufriedenstellenden Ehe zu erlernen. Vielleicht war so eine Eselwanderung auch eine gute Erfahrung für Eltern pubertierender Kinder.

Aber für Anna? Nein, sie war Witwe und hatte es nicht mehr nötig, für den glücklichen Verlauf ihrer Ehe zu ungewöhnlichen Mitteln zu greifen, und ihre Tochter war weiß Gott aus der Pubertät heraus. So war das einzige Argument, das sie wirklich vom Eselwandern überzeugte, die Tatsache, dass man sein Gepäck nicht selber tragen musste. Das übernahm der Esel, ohne zu murren, was man ja von einem Ehemann im Allgemeinen nicht erwarten durfte.

Der buckelte sich das Gewicht zwar auf, weil er schließlich zum starken Geschlecht gehörte, murrte aber gewöhnlich ohne Unterlass.

Der Eselwanderer, der gerade an der Tankstelle von Signor Pancole vorbeitrottete, war ein deutscher Tourist. Anna hörte, wie er mit dem Tier schimpfte. »Wenn du noch einmal furzt, kannst du was erleben! Dann lasse ich die Leine los und gehe ohne dich weiter, das sage ich dir.«

Der Esel schien seine Worte für bare Münze zu nehmen. Er wechselte in einen munteren Trab, als fühlte er sich nicht mehr verpflichtet, sich dem Tempo seines Leinenhalters anzupassen.

»Stopp! Langsamer!«

Aber der Esel dachte nicht daran. Er beschleunigte sein Tempo sogar. Anna konnte beobachten, wie sich gut dreihundert Kilogramm Eselmasse die Serpentine hinabbewegte, verfolgt von knapp hundert Kilogramm Touristenmasse. Der Mann hatte längst die Leine fahren lassen und rannte nun wohl hauptsächlich seinem Gepäck hinterher.

Lachend nahm Anna die Kreditkarte aus den Händen des lachenden Signor Pancole in Empfang, bestieg lachend ihr Auto, wendete lachend und bog lachend in die Straße ein. Ein paar Hundert Meter weiter sah sie lachend, dass der Esel friedlich graste und der Tourist auf ihn einredete, weil er weiterwollte.

Sie lachte noch, während sie sich der Stadt näherte. Vor ihr lag eine lange, sandige Piste, auf die mehrere schmale Wege zuliefen, die gelegentlich von niedrigem Gehölz gesäumt waren. Geradezu ideale Pfade für Eselwanderungen. Verrückt, worauf sich Menschen einließen, die ihre Mitte finden wollten, ohne zu ahnen, was sich ihnen dort zeigen würde. Häufig waren hier Menschen unterwegs, die sich nicht von Touristenströmen mitreißen lassen wollten, allerdings nicht ahnten, dass die Alternativen von denselben Anbietern ausgedacht worden waren, die auch Kegeltouren in die Türkei organisierten.

Anna wurde von einem flotten Cabrio mit Münchner Kennzeichen überholt, an dessen Steuer eine Frau saß, die wild gestikulierte, neben ihr ein Mann, der sich duckte, als hätte er Angst vor jeder Kurve, die sie waghalsig schnitt. Anna nahm das Gas weg, um den Abstand zu vergrößern. Wenn sich eine Fahrerin mit ihrem Beifahrer stritt, musste man immer mit einer unmotivierten Vollbremsung rechnen, mit leichtsinnigen Überholmanövern und jeder Menge Unaufmerksamkeit.

Da geschah es auch schon! Ein ganzes Stück vor ihr kam das Cabrio in einer Staubwolke zum Stehen. Die Fahrerin sprang heraus, eine große, schlanke Frau mit atemberaubender Figur, das war sogar auf die Entfernung zu erkennen. Sie riss den Kofferraumdeckel hoch, zerrte zwei Reisetaschen heraus, ließ sie achtlos zu Boden fallen und schwang sich wieder hinters Steuer. Währenddessen war ihr Beifahrer ausgestiegen, so bedächtig wie jemand, der sich auf einen Streit nicht einlassen will oder sich durch pures Aushalten als Sieger fühlt. Er schaffte es gerade noch, die Tür zuzuwerfen, bevor die Fahrerin wieder Gas gab. Mit den Händen in den Hosentaschen stand er da und sah dem Cabrio nach wie jemand, der eine schwere Arbeit vollbracht und sich den Feierabend verdient hatte.

Anna bremste, um ihm ihre Hilfe anzubieten, in diesem Augenblick trat eine Frau mit einem Esel an der Leine aus einem Seitenweg. Sie sprach ihn an, und er ließ die beiden Reisetaschen stehen, die er gerade anheben wollte. Die Eselwanderin schenkte dem Mann ein Lächeln, und er beantwortete es mit zwinkernder Zustimmung, als hätte sie ihm ein Kompliment gemacht. Nicht einmal der Esel konnte das Knistern banalisieren, obwohl er es versuchte. Er tat genau das, was vor wenigen Minuten der andere Eselführer schimpfend beanstandet hatte, und ließ so laut einen fahren, dass es durch die geschlossenen Scheiben in Annas Auto zu hören war. Ob Gasansammlungen in den Gedärmen dieser Tiere etwas Typisches war? Sie wusste es nicht, schließlich hatte sie noch nie näheren Kontakt mit einem Esel gehabt.

Auch das Lachen der beiden war im Auto zu hören. Anna drehte die Seitenscheibe herunter. »Wollen Sie nach Siena? Soll ich Sie mitnehmen?«

Der Mann drehte sich um und sah sie an, als fragte er sich, warum sie Chinesisch redete. Zwar war er aus einem deutschen Auto geworfen worden, aber Anna versuchte es trotzdem noch mit Italienisch und dann auch mit Englisch. Der Augenausdruck des Mannes veränderte sich nicht. Er schaute ähnlich drein wie der Esel an der Leine der Frau, der ein paar Gräser abgerupft hatte und die Welt betrachtete, als interessierte ihn nichts anderes als die Vorgänge in seinem Darm. Dösig schaute er gen Himmel, malmte gedankenvoll mit seinen gelben Zähnen und gab schließlich das charakteristische Geräusch von sich, das Kinder mit *iah* nachahmen.

Anna wurde schlagartig klar: Hier hatte vor ihren Augen die Liebe auf den ersten Blick zugeschlagen. Ein Magic Moment zwischen einer Eselführerin in unkleidsamen Bermudas und derben Wanderschuhen und einem Mann, der bereit schien, seine Gucci-Slipper beim Eselwandern zu ruinieren. Nur gut, dass die Eselführerin nicht wusste, dass der Mann von einer Frau mit Modelmaßen ausgesetzt worden war, sonst wäre ihr womöglich der Mut abhandengekommen. So aber blieb der Blick der Frau, wie er war: optimistisch, klar und zu allem bereit.

Sie war um die vierzig, schätzte Anna, auf eine natürliche, schlichte Art sehr hübsch, mit kinnlangen aschblonden Locken, die ihr Gesicht umrahmten, als wollten sie auf die blauen Augen und die lustigen Grübchen hinweisen. Der Mann war eindeutig hingerissen von ihrem Lächeln, das ihre Grübchen tanzen ließ. Und dass ihm ihre kleine, zierliche Figur mit der schmalen Taille und den kecken Brüsten gefiel, war auch nicht zu übersehen. Er selbst war groß und schlank, mit blonden Haaren, die sich an der Stirn bereits lichteten. Sein gutes Aussehen verdankte er vor allem seiner sympathischen Ausstrahlung, dem schmalen, intelligenten

Gesicht, dem freundlichen Blick und dem vollen Mund, der so perfekt geschnitten war, dass jede Frau, die von ihm angelächelt wurde, sofort daran dachte, wie es sein mochte, von diesen Lippen geküsst zu werden. Er war geschmackvoll und teuer gekleidet, während sie nur darauf geachtet hatte, sich etwas Praktisches überzuziehen.

Anna legte den Gang wieder ein. »Soll ich wenigstens Ihr Gepäck mitnehmen?«

Der Mann schien nun in der Lage zu sein, einen vollständigen Satz zu bilden. Trotzdem war es die Frau, die antwortete: »Die beiden Taschen schafft Griseldis ohne Weiteres.«

»Griseldis?«

»So heißt mein Esel.«

»Schöner Name«, sagte der Mann und zeigte, dass seine Stimme so attraktiv war wie der Rest seiner Erscheinung. Er schien zu glauben, dass die Eselführerin Griseldis hieß.

Anna winkte zum Abschied und fuhr langsam an, für den Fall, dass die beiden es sich anders überlegen sollten. Sie sah in den Rückspiegel, dann gab sie Gas. Nein, sie hatten nur Augen füreinander. Er würde ihr folgen, wohin der Esel wollte, oder sie würde den Esel in die Wüste schicken, wenn der Mann es wollte. Die beiden würden schon zurechtkommen.

Anna fühlte sich mit einem Mal so gut, als wäre ihr selbst die Liebe begegnet. Oder ihrer Tochter. Oder ihrer Freundin. Dass sie die beiden nicht kannte, spielte keine Rolle. Sie war trotzdem mit ihnen zusammen glücklich.

»Liebe heißt das Lied …«

Der Text war nur eine schwache Erinnerung, die Melodie würde Peter Maffay vermutlich nicht wiedererkennen, aber das spielte keine Rolle. Sie war allein in ihrem Auto, niemand konnte hören, dass sie keinen Ton traf und ihre Stimme schrill wurde, wenn der Refrain auf die Hauptaussage des Liedes zusteuerte. »So, wie man anderen Briefe schreibt, weil man nicht weiß, wie man sie sonst erreicht, verschenken manche einen Ring, weil sie sicher sind, dass Gold Verständnis bringt …«

Himmel! Konnte es sein, dass Peter Maffay so schlecht gereimt hatte? Und so banal?

»Liebe heißt das Lied …«

Würde sie sich auch gern so heftig und spontan verlieben? War ihr das überhaupt schon mal passiert? Sie gestattete sich keine Antwort. Immerhin war sie über sechzig! Sie hatte eine Ehe hinter sich, die nicht mit einer spontanen Liebe begonnen hatte, eher mit Tante Rosis Ermahnungen, dass ein Mann wie Clemens genau das Richtige für Annina Kolsky sei. Die konnte schließlich froh sein, wenn sich ein solider Mann fand, der über ihre Abstammung hinwegsah. Doch hier in Siena hatte Anna sich immerhin einen Flirt mit Konrad erlaubt! Und es gab sogar einen höchst attraktiven Commissario, der sie einmal geküsst hatte. Dabei hatte sie doch gedacht, in ihrem Alter wäre so was längst vorbei.

Sie schoss die Via Garibaldi hinunter, bog vorm Hotel Minerva links ab und gleich wieder rechts. So schaffte man es, die Ampeln kurz vorm Wechsel auf Rot zu überlisten. Kurz darauf aber musste sie vor der Brücke auf der Via Memmi warten, das ließ sich leider nicht umgehen, so raffiniert man auch fuhr, durch die Kurven schlitterte oder Gas gab, wenn es objektiv unvernünftig war. Die Brücke war noch immer nicht repariert worden, und Anna hatte längst den Verdacht, dass es gar keine diesbezüglichen Absichten mehr gab. Die Stadt Siena war hoch verschuldet und gab nur dort Reparaturarbeiten in Auftrag, wo es absolut notwendig war. Es existierte eine Fahrspur, das musste reichen. Der Verkehrsfluss wurde durch eine Ampelanlage geregelt, und wer sich darüber aufregte, erreichte nichts, sondern hatte nur seine schlechte Laune abgebaut. Oder ausgebaut, je nachdem.

Anna spielte mit den Fingerspitzen eine Tonleiter auf dem Lenkrad und summte sie mit. »Liebe heißt das Lied …«

Nein, die Liebe auf den ersten Blick hatte sie weder bei Konrad noch bei Emilio gefunden, aber sie war glücklich, mit ihnen zwei gute Freunde in Siena gewonnen zu haben.

Waren Sie schon mal in Siena? Nein? Dann sollten Sie dieser wunderschönen Stadt unbedingt bald einen Besuch abstatten. Siena ist zauberhaft. Wer einmal auf dem Campo gesessen hat, wird immer wieder hinfahren wollen. Sie fragen, warum ich mir ausgerechnet Siena ausgesucht habe, wo es in Italien doch so viele andere schöne Städte gibt? Nein, nicht ich habe Siena ausgesucht, das waren meine Eltern. Sie haben den Traum von Siena jahrelang, bis zu ihrem Tod, in sich getragen, ohne ihn sich erfüllen zu können. Ich aber konnte es. Nicht nur für mich, sondern vor allem für meine Eltern.

Sie waren noch sehr jung, als sie zueinanderfanden, einer war der Handlanger des anderen. Meine Mutter stand meist Schmiere, während mein Vater zusammenraffte, was nicht niet- und nagelfest war. Als meine Mutter schwanger wurde, haben sie sogar geheiratet. Ganz spießig! Obwohl Verhaltensnormen ihnen nicht nur egal waren, sondern sogar verächtlich zurückgewiesen wurden. Es gibt ein Foto von ihrer Heirat, das der Standesbeamte gemacht hat. Meine Mutter in einem fadenscheinigen Sommerkleid und mein Vater in einem Frack, der aussah, als wäre er einem Zirkusdirektor geklaut worden. Das Rosengebilde, das meine Mutter in Händen hielt, kann unmöglich echt gewesen sein. Vermutlich eine Schaufensterdekoration, die den beiden gefallen hatte und daher mit dem übrigen Diebesgut bei ihnen gelandet war.

Jetzt stellen Sie sich das mal vor. Ein junges Pärchen mit einem Baby und bald schon mit zwei kleinen Kindern, meist ohne festen Wohnsitz, selten mit genug Geld und ständig auf der Flucht vor der Polizei! Einmal – das muss noch vor ihrer Hochzeit gewesen sein – waren sie bis nach Siena gekommen. Manchmal sehe ich sie vor mir, wenn ich selbst durch die Gassen gehe, wenn ich im Dom vor Ehrfurcht stumm werde oder auf dem Campo stehe und mich von der Sonne bescheinen lassen. Zwei junge Menschen, eher große Kinder, die sich an den Händen hielten und alles bestaunten, was sich ihnen bot. Eigentlich hatte ihnen Siena kein Glück gebracht, denn dort waren sie einem Polizisten aufgefallen und verhaftet worden. Dennoch war der Traum wach geblieben, der Traum von einer Zukunft in Siena. Wenn sie eines Tages genug zusammengestohlen hatten, wenn ihnen eine Entführung ein Vermögen eingebracht hatte, wenn sie sich auf Juwelendiebstahl spezialisiert hatten… dann wollten sie ein Hotel in Siena aufmachen.

Immer, wenn Anna in die Via Valdambrino einbog, entstand dieses leuchtende Gefühl in ihr, auch nach Monaten noch. Dieses rosagoldene Glück, den Traum ihrer Eltern erfüllt zu haben, die mokkabraune, süße Zufriedenheit, wenn sie die Buchstaben *Albergo Annina* leuchten sah, und der himmelblaue Triumph, wenn das Telefon läutete und es eine Buchungsanfrage gab. Leider noch nicht besonders häufig, aber Anna war zuversichtlich. Ihr Optimismus kämpfte unverdrossen gegen die Angst an, die manchmal den Sieg davontrug, zum Glück aber meist dem Zukunftsglauben unterlag. Wenn die Sommerferien anbrachen und die großen Hotels der Stadt ausgebucht waren, würde es viele Touristen geben, die im *Albergo Annina* anfragten. Ganz sicher! Und wer einmal bei Anna Wilders gewohnt hatte, würde wiederkommen!

Sie machte es auch diesmal so, als wäre sie eine waschechte Italienerin, gab an der Kurve Gas, raste bis zum Hoteleingang, bremste in einer Staubwolke und fuhr auf den Platz neben dem

Haus, ohne den Blinker zu setzen. Clemens wäre vom Schlag getroffen worden, wenn er das hätte miterleben müssen.

Als sie in die Lobby trat, stand Graziella an der Rezeption und telefonierte. Anna hoffte auf eine Anfrage, bemerkte aber schnell, dass ihr Zimmermädchen mit einer ihrer zahlreichen Freundinnen redete, die sie gern von der Arbeit abhielten, wenn die Chefin nicht im Haus war. Graziella glaubte wohl wirklich, sie könnte Anna weismachen, mit einem potenziellen Gast, einem Lieferanten oder Reiseveranstalter zu telefonieren, wenn sie plötzlich den Tonfall veränderte und das Gespräch zügig beendete.

»Jemand, der ein Hotel mit Pool suchte«, behauptete sie und griff nach ihrem Staubwedel.

»Wie weit sind Sie?«, fragte Anna.

»Nur noch Zimmer sieben und acht.«

Graziella ging durch die Lobby auf die Tür zu, die zu den Hotelzimmern führte, mit wiegenden Hüften und einem Gang, als sähe ihr nicht die Hotelbesitzerin, sondern ein Eheaspirant nach. Signor Pancole hatte Anna schon mehrmals sein Herz ausgeschüttet. Wenn das so weiterging, hatte er Anna anvertraut, würde Graziella eher ein Kind angehängt als die Ehe versprochen. Da war Signor Pancole noch sehr konservativ. Seine Enkelkinder hatten gefälligst ehelich zur Welt zu kommen.

Anna wandte sich zum Eingang ihrer Wohnung, vor dem ein eiserner Krieger stand, der ihn bewachte. Als sie ihn auf einem Flohmarkt gekauft hatte, war sie tatsächlich der Meinung gewesen, er könne Gäste davon abhalten, in ihre Wohnung zu kommen, wenn die Rezeption gerade nicht besetzt war. Diese Hoffnung war leider nicht erfüllt worden, aber immerhin kündigte der rostige Ritter einen Besuch an, denn man kam nicht an ihm vorbei, ohne ein Klirren auszulösen, das Anna davor bewahrte, in Unterwäsche oder mit einer Gesichtsmaske über den Flur zu laufen.

Ihre Wohnung war klein, nicht zu vergleichen mit der geräumigen Eigentumswohnung, die sie mit Clemens in Stuttgart bewohnt hatte. Aber diese gehörte ihr allein, darauf kam es an. Sie konnte darin tun und lassen, was sie wollte, vor allem aber die Türen offen stehen lassen, was Clemens wahnsinnig gemacht hatte. Er schloss jede Tür hinter sich, weil es sich so gehörte, und wollte nicht einsehen, dass Anna sich bei geöffneten Türen am wohlsten fühlte. Sie hatte ihm einmal gestanden, warum das so war, und er hatte es sogar nachvollziehen können. Dennoch hatte er Abend für Abend während des Fernsehens missbilligend zur Wohnzimmertür geblickt, die halb offen stand. Und dass Anna den Schlüssel zurückdrehte, wenn Clemens vor dem Schlafengehen die Wohnungstür so verschloss, wie es eine Versicherung von ihren Versicherungsnehmern verlangte, durfte er nicht merken. Letztlich konnte er einfach nicht einsehen, dass Anna das Gefühl haben musste, jederzeit flüchten zu können.

»Flüchten? Wovor? Du wirst es niemals nötig haben zu flüchten.«

Natürlich hatte er recht. Dennoch brauchte sie den Blick auf das, was hinter der Tür lag, und die Sicherheit, die Tür aufreißen zu können, ohne erst nach dem Schlüssel greifen oder gar nach ihm suchen zu müssen. Ihre Mutter hatte oft davon gesprochen, wie das Gefühl gewesen war, wenn der Wärter den Schlüssel umdrehte. Zweimal! Giftgrün war die Verzweiflung gewesen, grell lodernd, in schwarzer Asche entstanden, mit einem rot glühenden Kern. Wut, Angst, Mutlosigkeit! Ihre Mutter hatte Gefühle oft in Farben ausgedrückt. So wie auch Anna es tat. Als sich herausgestellt hatte, dass sie die Synästhesie von ihrer Mutter geerbt hatte, war Anna gerührt gewesen. Konrad hatte den Begriff im Internet gefunden, und ihren Brüdern, die gelegentlich mit der Mutter zusammengelebt hatten, war in Erinnerung gewesen, dass die Gefühle und Eindrücke ihrer Mutter immer farbig gewesen waren.

»Sie war nicht zornig«, hatte Valentino erzählt, »sondern hatte eine holzkohleschwarze Wut im Bauch. Und sie freute sich nicht, sondern spürte ein hagebuttenrotes Pochen im Kopf.«

Auch Filippo hatte eine Erinnerung parat gehabt. »Sie hat mal erzählt, dass sie immer, wenn du sie im Gefängnis besucht hast, Gedanken in Zuckerwatterosa hatte und dass das Gitter, das euch trennte, so lange hellgelb schimmerte, bis du ein letztes Mal zurückgewinkt hattest. Und dann wurde alles, außen und innen, grafitgrau.«

Anna trat auf die Terrasse, deren Tür sie nicht abgeschlossen hatte, ehe sie ging. Die Sicherheit, die sie in Siena empfand, schimmerte in freundlichem Apfelgrün. Wenn in italienischen Touristenzentren auch viel gestohlen wurde, in der Via Valdambrino fühlte sie sich sicher. So unsinnig diese Zuversicht auch sein mochte.

Sie griff in ihre Haare, bog sich nach hinten und schüttelte den Kopf, als gäbe es eine lange Mähne, die in Form geschüttelt werden musste. Dabei war sie froh, dass sich ihr Pixie-Cut mit den Fingerspitzen frisieren und der Pony zurechtpusten ließ. Basta!

Im selben Augenblick bemerkte sie eine Bewegung am Zaun, hoch über ihr. Das Grundstück war deshalb erschwinglich gewesen, weil es viele Nachteile hatte. Der gravierende: Es war steil. Auf der Höhe der Terrasse gab es eine schmale ebene Fläche, dann stieg das Grundstück bergan bis zum nächsten, das sich hinter dem Zaun fortsetzte. Der Garten von Konrad Kailer und seinem Sohn Levi. Deren Haus lag an der Via Boninsegna, der Straße oberhalb der Via Valdambrino. Auf der Mitte des steilen Hangs stießen ihre Gärten aneinander.

Gerade stieg Konrad mit einem großen Schritt über den Zaun, kam ins Rutschen und wäre beinahe auf dem Hosenboden vor ihren Füßen gelandet. Wer auf dem steilen Gartenstück zu Fall kam, hatte Probleme, sich zu fangen. Starke Pflanzen, die Halt boten, gab es nicht, die Steine, mit denen der Vorbesitzer dem Hang etwas Stabilität hatte geben wollen, machten die Sache eher schlimmer. Aber Konrad fing sich rechtzeitig und stieg langsam und auf Sicherheit bedacht zu ihr herab.

»Da bist du ja wieder, Liebes. Soll ich dir beim Auspacken helfen?«

»Das wäre super.«

Typisch Konrad! Immer hilfsbereit, stets fürsorglich, selbst dann noch, wenn sie ihm am Abend vorher einen Korb gegeben hatte. Deswegen beschwerte Anna sich ausnahmsweise nicht darüber, dass er sie »Liebes« nannte, was sie nicht leiden konnte. Sie kam sich dann gegenständlich vor, wie etwas, was zum Liebkosen gemacht worden war, etwas, was sich leicht festhalten ließ. Ein Kuscheltier! Eine Steigerung wäre in diesem Fall nur noch »Kleines« gewesen.

Konrad erlaubte ihr nicht einmal, die leichten Salamis zu tragen. Als er alles in die Küche gebracht hatte, schlug er sich in die Handflächen, als hätte er staubige Backsteine gestapelt. »Bekomme ich dafür einen Espresso?«

Er bekam ihn. Und außerdem Annas Zusage, mit ihm ins *Lampada Rossa* zu gehen, der Pizzeria in seiner Straße.

Wie gefällt Ihnen Konrad? Würden Sie sich widerspruchslos von ihm »Liebes« nennen lassen? Ja, ja, Sie haben recht, Konrad meint es immer gut. Er ist ein durch und durch ehrlicher Mensch, geradlinig, verlässlich, glaubwürdig. Die Frau, die ihn liebt, darf sich glücklich schätzen. Nur… ich liebe ihn nun mal nicht. Ich mag ihn, sehr sogar, ich schätze ihn, ich bin gern mit ihm zusammen. Aber Liebe? Konrad hat mal gesagt, Liebe könne wachsen, aus Freundschaft könne Liebe werden, aber… warum soll ich mich darauf einlassen? Mir geht es gut als Single. Ich brauche keinen Mann. Jedenfalls keinen Lebensgefährten oder gar Ehemann.

Oder raten Sie mir etwa, mich auf Konrad einzulassen? Okay, Sie wissen noch nicht viel von ihm. Da ist es natürlich nicht ganz einfach, Ratschläge zu erteilen. Ich erzähle Ihnen ein bisschen von ihm. Konrad ist… nicht wirklich gut aussehend, aber durchaus präsentabel. Er ist hochgewachsen und grobknochig und hat auffallend große Hände und Füße. Sein riesiger Schädel ist beinahe kahl. Die paar verbliebenen Haare werden von Konrad gehätschelt und getätschelt, damit sie sich noch lange halten. Ein wenig Eitelkeit gibt es also doch bei ihm, was ich nicht für möglich gehalten hätte, bevor ich in seinem Badezimmer ein Mittel gegen Haarausfall entdeckte. Nein, fragen Sie mich bitte nicht, wie ich in sein Badezimmer geraten war.

Sie wollen es unbedingt wissen? Also gut, meinetwegen. Es gab da mal einen Abend, kurz nach meiner Ankunft in Siena, da wäre es beinahe passiert. Wir hatten viel Rotwein getrunken, Konrad hatte mir von seiner verstorbenen Frau erzählt und ich von Clemens, das hatte uns näher zueinander und schließlich ins Schlafzimmer geführt. Im allerletzten Moment war mir klar geworden, dass ich im Begriff war, einen schweren Fehler zu begehen. Ich bin heute noch froh und dankbar, dass Konrad mein Freund bleiben konnte und nicht unversehens mein Geliebter geworden ist.

Ricardo war nur zufällig Wirt geworden, er hätte auch eine Karriere als Heiratsvermittler anstreben können. Er liebte es, zwei Menschen zusammenzubringen, die nach seiner Meinung zueinander gehörten. Und wenn sich diese zwei partout nicht finden wollten, dann bemühte er sich, wenigstens für den einen, der allein bei ihm am Tisch saß, jemanden aufzuspüren, der… na, zumindest ein gewisses Interesse zeigte. Über einen neugierigen Blick, ein kurzes Gespräch, ein Kopfnicken, ein Lächeln konnte Ricardo dann so lange reden, bis man wirklich glauben konnte, da wäre jemand in Liebe entbrannt.

Wenn Anna allein zu ihm kam, setzte er sie immer mitten in

den Raum, auch wenn sie um den Tisch in der Nische bat, der ihr am liebsten war. Aber der war angeblich immer reserviert, wenn Anna dort allein sitzen wollte. Nein, Ricardo platzierte sie stets so, dass der Blick jedes Mannes, der hereinkam, zunächst auf sie fallen musste. Und selbst wenn er sofort weiterschweifte, über die roten Lampen an der Theke, die karierten Stofftischdecken, die hölzernen Stühle mit den roten Sitzkissen, behauptete er später, der Mann habe nur deshalb seinen Blick nicht auf Anna ruhen lassen, weil er sich nicht verraten wollte. Ricardo aber war angeblich sofort aufgefallen, dass die Luft im *Lampada Rossa* zu knistern begonnen habe. »Soll ich ihn an Ihren Tisch bitten, Signora? Soll ich ihn fragen, ob er verheiratet ist? Soll ich …?«

»Unterstehen Sie sich, Ricardo!« Erst wenn sie damit drohte, sich ein anderes Stammlokal zu suchen, ließ er davon ab, sie verkuppeln zu wollen. Den Hinweis jedoch, dass eine Frau von über sechzig so schwer an den Mann zu bringen sei wie ein Rennrad an einen Achtzigjährigen oder ein Segway an die Bewohner eines Altenheims, ließ er niemals gelten. Ricardo war Italiener und hatte somit Charme und Ritterlichkeit mit der Muttermilch eingesogen. Er konnte, ohne rot zu werden, behaupten, eine Frau sei in jedem Alter schön und Anna sehe sowieso zehn Jahre jünger aus. Natürlich glaubte sie ihm kein Wort, aber Ricardo brachte solche Einwände immer mit großem Ernst vor, sodass jedes Mal eine kleine Hoffnung zurückblieb, er könne es vielleicht doch ernst gemeint haben.

Wenn sie mit Konrad im *Lampada Rossa* erschien, war es Ricardos größtes Anliegen, Anna dazu zu bringen, endlich zu merken, dass sie füreinander geschaffen waren. Dann war auch immer der Tisch in der Nische zu haben, und Ricardo servierte jedes Gericht augenzwinkernd und so, als wäre es ein Aphrodisiakum.

Konrad gefiel das, Anna mochte es nicht. Konrad machte dann gern anzügliche Bemerkungen, die Anna zu überhören versuchte. Erst wenn Ricardo seine Bemühungen endlich aufgab und wenn

Konrad nicht mehr darauf reagierte, gab es nur noch diese Freundschaft zwischen ihnen, die Anna genoss. Dann gab es jede Menge Vertrauen und viel Nähe. Dann konnte Konrad ihr erzählen, dass er sich Sorgen um Levi machte, dem noch immer die Aufträge fehlten, damit sein Architekturbüro und die angeschlossene Bauunternehmung ertragreich arbeiteten. Und dann konnte sie ihm anvertrauen, dass ihre Tochter Henrieke noch immer keine Arbeit gefunden hatte und, wenn sie sich verliebte, garantiert wieder an den Falschen geriet. »Jahrelang war sie mit einem Windhund zusammen. Sie hat ihn erst durchschaut, als er in den Knast wanderte.«

Konrad seufzte und grinste gleichzeitig. »Wenn sie keine Kohle hat, kann sie dich wenigstens nicht in Siena besuchen.«

Anna war empört. »Wie kannst du so was sagen! Selbstverständlich freue ich mich, wenn Henrieke nach Siena kommt.«

Aber sie wusste natürlich, was Konrad meinte. Henrieke war mit dem neuen Leben ihrer Mutter nicht einverstanden, sie traute Anna nicht zu, ein eigenes Hotel zu führen, und sorgte sich darum, dass ihre Mutter sich überanstrengte. Sie war sicher, dass Anna zu alt für einen Neuanfang war, und empörte sich über alles, was ihrer Meinung nach für eine Frau in Annas Alter nicht angemessen war: eine freche Frisur, ein auffälliges Make-up, schriller Modeschmuck, Miniröcke, knappe Tops und bunte Flipflops. Wenn Henrieke im *Albergo Annina* auftauchte, behandelte sie Anna wie eine Mutter ihre heranwachsende Tochter, die gerade Gefahr lief, auf die schiefe Bahn zu geraten.

Anna seufzte. »Du hast recht, es ist immer sehr anstrengend mit Henrieke. Sie hat viel von Clemens. Für ihn musste auch immer alles so sein, wie es sich gehörte. Und was sich gehörte, war das, was die meisten anderen auch taten. Er hätte nie versucht, aus der Reihe zu tanzen.«

Was ihr noch auf der Zunge lag, schluckte sie herunter. Es war ein heroischer Akt für Clemens gewesen, Annina Kolsky zu heiraten, die Tochter von Schwerverbrechern, die Schwester von notorischen Hochstaplern. Sie war zwar bei Tante Rosi aufgewachsen, von ihr zu einer anständigen Frau erzogen worden und nie straffällig geworden, trotzdem musste Clemens über einen riesigen Schatten springen, bevor er Annina, die mittlerweile Anna hieß, einen Heiratsantrag machte. Damit hatte er seine große Liebe zu ihr bewiesen. Tante Rosi war sicher gewesen: »Einen Mann, der dich mehr liebt, findest du nicht.«

Sie hatte recht gehabt. Aber ein Mann, der seine Frau liebte, konnte sie manchmal trotzdem nicht glücklich machen…

Anna zuckte zusammen, als sich die Tür der Trattoria öffnete und ein Paar eintrat, das ihr ziemlich bekannt vorkam. Aufgeregt griff sie nach Konrads Arm. »Schau dir die beiden an!«

Commissario Emilio Fontana legte den Telefonhörer zurück und atmete tief durch. »Santo dio!« Anna hatte ihn angerufen. Seit Tagen suchte er nach einem Grund, sich mit ihr in Verbindung zu setzen, hatte aber bisher keinen gefunden. Vor ihrer Rezeption erscheinen und behaupten, er wäre zufällig in der Gegend gewesen? Ihre Nummer wählen und sich nach ihrer Gesundheit erkundigen? Fragen, wie das Hotel lief? Das alles war ihm so durchsichtig erschienen, dass er sich nicht dazu hatte entschließen können. Und jetzt war sie es gewesen, die ihn anrief! »Meraviglioso!«

Noch besser wäre es natürlich gewesen, wenn sie ihn kontaktiert hätte, weil sie einen Abend mit ihm verbringen, weil sie ihm vorschlagen wollte, mit ihm eine Ausstellung oder ein Konzert zu besuchen. Aber sie brauchte seine Hilfe, das war der Grund. Und das so schnell wie möglich. »Ecco! Besser als nichts!«

Seine Mutter wäre entsetzt, wenn sie wüsste, womit er sich zufriedengab. Sie lag ihm seit Wochen in den Ohren und präsentierte ihm täglich neue Ideen, wie er Anna daran erinnern könnte, dass es in Siena einen Commissario gab, der ein Auge auf sie geworfen hatte. Dabei ahnte Anna womöglich gar nichts von seinen Gefühlen. Mama wollte, dass er Anna ausführte, dass er ihr die Welt oder zumindest die Toskana zu Füßen legte, dass er ihr teure Geschenke machte, dass er sie täglich mit Blumen überhäufte … aber Emilio wusste, dass er Anna damit eher verschrecken als erfreuen würde.

Er stand auf und öffnete die Schranktür, in der er einen Spiegel angebracht hatte. Sorgfältig kontrollierte er den Sitz seiner Kleidung. Sein weißes Hemd war zum Glück makellos, seine dunkelblaue Hose ohne Falten, ohne ausgebeulte Knie. Qualität zahlte sich eben aus! Er fuhr sich durch die Haare, machte aus ihnen eine gepflegte Unordnung, stellte den Kragen seines Hemdes ein wenig auf und fühlte sich gerüstet, Anna gegenüberzutreten. Hoffentlich konnte er allein mit ihr sein. Wenn Konrad Kailer, der deutsche Ex-Kriminalbeamte, bei ihr war, würde es gleich viel weniger Spaß machen, ihr zu helfen. Dummerweise hatte Emilio keineswegs vergessen, dass er und Konrad sich an einem Abend im *Lampada Rossa* betrunken und anschließend geduzt hatten. Vielleicht dachte Konrad nicht mehr daran oder wollte nicht mehr daran denken? Dann könnten sie sich heute mit Signor anreden und die Distanz wiederherstellen, die vorübergehend verloren gegangen war.

Leichtfüßig begab er sich die Treppe hinab. Mama würde sich wundern, wenn sie ihn sähe. Sie war mit ihren über achtzig Jahren ja flotter unterwegs als er, der eigentlich lieber den Aufzug nahm, als sich auf den Treppenstufen abzumühen. Es sei ein Wunder, sagte sie gelegentlich, dass er mit seinen fast sechzig Jahren trotzdem schlank geblieben sei und aussehe, als verberge sich unter seinen Hemdsärmeln eine gut trainierte Muskulatur. Emilio grinste dann immer zufrieden. Es ging eben nichts über hochwertige Stoffe und Maßanfertigung!

Der Pförtner sah ihn erschrocken an, als er im Erdgeschoss ankam. »Mord? Brand? Terroranschlag?«

Er kannte den Commissario nur in voller Gemütsruhe, Hektik brach bei Emilio Fontana eigentlich nur aus, wenn Gefahr im Verzug war. Dass dieser Mann von seinen Gefühlen getrieben wurde, konnte der Pförtner sich nicht vorstellen. Kopfschüttelnd sah er dem Commissario nach, der nur als typischer Italiener durchging, wenn er am Steuer seines Wagens saß. Während er auf das Auto zutrottete, hätte man meinen können, er hätte alle Zeit der Welt, doch dieser Eindruck änderte sich schlagartig, sobald er den Motor gestartet hatte.

Schon in der engen Gasse am Dom, wo das Polizeirevier untergebracht war, hätte man ihm abgenommen, dass er ein Nachfahre des Formel-1-Fahrers Alberto Colombo war und, bevor er sich für den Polizeidienst entschloss, eine Karriere als Rennfahrer angestrebt hatte. Er verschreckte die Fußgänger mit Gasgeben im Leerlauf, hupte, wenn das allein nicht half, und gestikulierte durch das heruntergelassene Fenster so temperamentvoll, dass seine Mutter ihre helle Freude an ihm gehabt hätte. Und nachdem er dem Gewirr der engen Gassen entkommen war, gab er Gas …

Anna sah zum hundertsten Mal auf die Uhr und anschließend durchs Fenster. »Sie darf nichts merken, ehe wir mit Emilio gesprochen haben.«

Konrad seufzte und verdrehte die Augen. »Ich weiß genauso gut, was in so einem Fall zu tun ist. Schon vergessen, dass ich in Deutschland Kriminalhauptkommissar war?«

»Wir sind nicht in Deutschland, sondern in Italien. Da möchte ich keine Maßnahmen ohne die örtliche Polizei ergreifen.«

Konrad wollte das nicht einsehen, hörte aber auf, sich gegen

Annas Wunsch zu wehren. »Hoffentlich beeilt er sich. Unser Commissario ist ja weiß Gott nicht der Schnellste.«

Anna schwieg. Sie blieb in der Nähe der Terrassentür stehen und starrte den Esel an, der auf dem schmalen Rasenstück graste. Die Satteltaschen waren nicht abgeschnallt worden, aber sie hingen schlaff herab. Samantha Lindenbaum und Ole Alfkes hatten ihr Gepäck herausgenommen, ehe sie ihre Zimmer bezogen.

Die beiden hatten Anna sofort erkannt, als sie das *Lampada Rossa* betraten. Und das, obwohl sie bei dem kurzen Zusammentreffen eigentlich nur Augen füreinander gehabt hatten. Sie waren zu dem Tisch gekommen, an dem Anna und Konrad saßen, hatten sich namentlich vorgestellt und erfreut die Einladung angenommen, sich dazuzusetzen.

»Wo ist der Esel?«, hatte Anna gefragt.

Und Samantha, die sich Samy nennen ließ, hatte geantwortet: »Wir haben Griseldis draußen angebunden. Sie lahmt. Ich glaube, sie braucht einen Tierarzt.«

Sie bestellte ein Glas Rotwein, während Ole Alfkes sich für einen Rosé entschied. Außerdem orderten beide eine Pizza Napoletana.

»Möglichst groß«, fügte Samy hinzu. »Ich habe einen Bärenhunger.« Dann wandte sie sich wieder an Anna und Konrad. »Kennen Sie ein Hotel in der Nähe? Mit einem Garten, wo Griseldis übernachten kann?«

Anna war hocherfreut über ihre neuen Hotelgäste und hoffte nur, dass Griseldis die wenigen Siena-Touristen, die zurzeit bei ihr logierten, nicht durch lautes *Iah*-Geschrei während der Nachtzeit verschreckte und diejenigen, die gern bei offenem Fenster schliefen, nicht durch unangenehme Gerüche und Darmgeräusche störte.

Während sie die Via Valdambrino entlanggingen, fragte sie sich, was die beiden wollten, ein Doppelzimmer oder zwei Einzelzimmer. Warum nicht nur die Eselführerin, sondern auch Ole Alfkes ins *Albergo Annina* einziehen wollte, war doch wohl klar.

Im *Lampada Rossa* hatte sie ihn heimlich beobachtet. Er verhielt sich merkwürdig, nachdem er neben Samy Platz genommen hatte. Es schien ihm wichtig zu sein, mit dem Rücken zu den anderen Gästen zu sitzen. Mittlerweile trug er eine Kappe mit einem großen Schirm, den er sich tief in die Stirn gezogen hatte, starrte auf seine Hände und versuchte, seinen Kopf zwischen den hochgezogenen Schultern zu verbergen. Wollte er nicht gesehen werden? Fürchtete er, dass er von der Frau, die ihn aus dem Wagen geworfen hatte, hier entdeckt wurde?

Auf dem Weg zum Hotel verhielt er sich ähnlich. Nachbarn kamen ihnen entgegen, die stehen blieben und sich nach dem Esel erkundigten, den Samantha mit sich führte. Kinder schlossen sich ihnen an, um Griseldis zu streicheln, Autofahrer hielten und fragten, was es mit dem Esel auf sich habe. Jedes Mal ließ Ole Alfkes sein Kinn auf die Brust sinken, starrte vor sich hin und blickte niemals denjenigen an, mit dem Anna redete, oder wandte sich ab und sah angestrengt in eine andere Richtung. Einmal holte er sogar seine Sonnenbrille hervor und setzte sie auf, obwohl die Sonne sich gerade hinter eine Wolke zurückgezogen hatte. Von der Verliebtheit, die ein paar Stunden vorher noch seine ganze Person durchdrungen hatte, war nichts mehr zu erkennen. Er schaute Samy nur noch selten an und wich ihrem Blick häufig aus.

Als Anna den Esel in den Garten führte und ein Hotelgast das Fenster öffnete, fiel ihr erneut das merkwürdige Verhalten von Ole Alfkes auf. Er drehte sich sofort um und ließ den Gast nur seinen Rücken sehen. Und als jemand hinaustrat, bückte er sich sogar und betastete Griseldis' Fuß. Anna war davon überzeugt, dass es ihm nicht um den Esel, sondern darum ging, sein Gesicht zu verbergen. Sie wurde unruhig. Wen hatte sie sich da ins Haus geholt?

»Einzelzimmer habe ich nicht«, sagte sie. »Ich gebe Ihnen zwei Doppelzimmer zur Einzelnutzung.« Ohne aufzusehen, ergänzte sie: »Ist Ihnen das recht?«

Sie wartete auf Korrektur, rechnete damit, dass Ole Alfkes sagen würde, ein Doppelzimmer reiche ihnen, aber Samantha Lindenbaum antwortete mit fester Stimme: »Sehr schön! Vielen Dank.«

Nun nickte auch Ole Alfkes bestätigend. »Ich möchte ein paar Tage ausspannen. Dieses Hotel ist genau richtig.«

Vermutlich musste er sich überlegen, wie es für ihn weitergehen würde, nachdem die Beziehung zu der Frau im Cabrio zerbrochen war. Und sicherlich wollte er die Zeit nutzen, Samantha Lindenbaum für sich zu gewinnen. Anna war gespannt, ob es ihm gelingen würde. Der Blick, den er Samantha zuwarf, bevor sie in den Garten gingen, um ihr Gepäck aus Griseldis' Satteltaschen zu holen, war jedenfalls verheißungsvoll. Seine Scheu und Zurückhaltung waren mit einem Mal vorbei. Sobald er mit Samy allein war, konnte er sogar den Blick heben und lächeln. Anna malte sich schon eine Hochzeit im *Albergo Annina* aus und einen gerührten Brautvater, der in seiner Rede davon erzählen würde, dass die Liebe der frisch Verheirateten an diesem Ort begonnen habe und deswegen auch im *Albergo Annina* gefeiert werden solle.

Sie banden den Esel fest und gingen durch den Frühstücksraum ins Haus zurück. Samantha ließ den Blick anerkennend über die hellgelben Wände wandern, über den terrakottafarbenen Fußboden und die Accessoires in Grün und Gelb. Ein frühlingsbunter Raum! Die Lobby schien ihr ebenso zu gefallen. Sie war schlicht möbliert und zurückhaltend gestaltet. Die Rezeption bestand aus hellem Holz, die kleine Sitzecke neben dem Getränkeautomaten aus zartgelbem Leder. Die Eingangstür stand weit offen und bot die Aussicht, die Anna von Anfang an geliebt hatte. Der Blick auf die Basilica di San Francesco war atemberaubend. Auch deshalb hatte Anna sich damals für dieses Haus entschieden und es zu einem Hotel umbauen lassen.

»Sehr geschmackvoll«, sagte Samantha Lindenbaum und eroberte damit Annas Herz. »Dieser Ausblick! Wahnsinn!«

Ole Alfkes war ebenfalls stehen geblieben, auch seine Augen wurden größer, als er die Basilica durch die geöffnete Tür betrachtete, aber er schwieg. Wortlos folgte er Anna und Samy durch die Tür, die sich zum Gästetrakt öffnete. Am Ende des Flurs, wo eine Treppe in die erste Etage führte, stieß Anna zwei Türen auf. »Nummer fünf und Nummer sechs! Ich hoffe, die Zimmer gefallen Ihnen.«

Sie blieb vor den geöffneten Türen stehen und wartete auf eine Reaktion. Samy erschien schon bald wieder auf der Schwelle. »Ganz bezaubernd!«

Ole Alfkes trat kurz darauf auf den Flur und nickte zustimmend. Auch er schien zufrieden zu sein, aber er sagte auch diesmal kein Wort.

»Ich helfe Ihnen beim Gepäck«, bot Anna an und ging mit den beiden neuen Gästen zurück in den Garten, wo Griseldis graste und sich nicht stören ließ, als ihre Satteltaschen geöffnet wurden. Sie hob nur ungerührt den Schwanz und kümmerte sich um ihre Darmentleerung. Anna hätte gern eine Schaufel unter ihren Schwanz gehalten, hatte aber gerade keine zur Hand. Der Geräteschuppen war zu weit entfernt, um Griseldis' Ausscheidungen rechtzeitig aufzufangen und zu entsorgen. Anna hoffte, dass die Eselwanderin sich dafür zuständig fühlte, alles, was unangenehme Gerüche erzeugte, von den Hotelgästen fernzuhalten. Sie würde demnächst einen zarten Hinweis auf den Geräteschuppen geben, in dem sie alles aufbewahrte, was für einen ordentlichen Garten benötigt wurde.

Ole Alfkes trug seine beiden Reisetaschen ins Haus, Samy hatte ihre Kleidung und Wäsche lose in die Satteltaschen gestopft und brauchte Hilfe. Sie lud sich Wäsche, T-Shirts und Pyjamas auf den Arm, Anna folgte ihr mit Bermudas und Pullis. Sie sah zu, wie Samy alles in den Schrank sortierte, und dachte daran, wie oft sie davon geträumt hatte, dass die Möbel, die sie ausgesucht hatte, von Hotelgästen benutzt wurden. Und zwar so, wie Samantha Lindenbaum es tat, sorgfältig, überlegt, respektvoll. Sie reichte ihr die Bermudas und Pullis, die Samantha genau in die Fächer legte, für die auch Anna sich entschieden hätte.

»Jetzt hole ich den Rest!«, sagte sie lachend und ließ ihre Grübchen tanzen. Aber bevor sie das Zimmer wieder verlassen konnte, fragte sie: »Wie sind Sie nach Italien gekommen? Eine Deutsche, die in Siena ein Hotel aufmacht – sehr ungewöhnlich.« Freundlicherweise verzichtete sie auf den Zusatz: Und das in Ihrem Alter! Das machte sie für Anna noch sympathischer, als sie ihr sowieso schon war.

Sie freute sich über Samanthas Interesse. »Als mein Mann starb, wollte ich noch einmal ganz von vorne beginnen.«

»Sind Sie mit Herrn Kailer zusammen nach Italien gekommen? Er ist doch auch Deutscher. Oder haben Sie sich erst hier ineinander verliebt?«

Anna erschrak. Einen solchen Eindruck machten sie also? Sie musste künftig unbedingt verhindern, dass Konrad auf der Straße ihre Hand nahm, und vor allem musste er aufhören, sie »Liebes« zu nennen. »Wir haben uns erst hier in Siena kennengelernt. Er ist der Vater meines Architekten, mehr nicht. Ich will keine neue Beziehung.«

»Verstehe.« Samantha sah Anna nun noch aufmerksamer an.

Anna genoss den Stolz, der sie mit einem Mal durchflutete, und das Glück darüber, dass sie etwas gewagt hatte, was Clemens ihr niemals zugetraut hätte. »Es war mein eigener Entschluss. Und ich habe ihn ganz allein durchgesetzt.«

»Wow!« Samantha sah sie bewundernd an. »Darüber müssen Sie mir bei Gelegenheit mehr erzählen.«

»Gern, Frau Lindenbaum!«

»Sagen Sie doch bitte Samy zu mir. So nennen mich alle.«

Lachend gingen sie zurück, während Ole Alfkes seine Zimmertür schloss und den Schlüssel umdrehte. Als sie den Frühstücksraum durchquerten und ihn zum Garten hin verließen, hatte Anna das Gefühl, eine neue Freundin gefunden zu haben. Samantha war zwar viel jünger als sie, aber es schien etwas zu geben, was sie verband. Ein kleines Wunder, eine hübsche Verhüllung, eine Preisfrage mit einem zweifelhaften Gewinn, so kam es ihr vor. Anna schoss der Gedanke durch den Kopf, dass Samy Lindenbaum vielleicht an einem Punkt im Leben stand, an dem auch sie sich befunden hatte, als Clemens plötzlich starb und sich damit ganz neue Möglichkeiten eröffneten. Das musste dieses Gefühl der Seelenverwandtschaft erzeugt haben.

Als sie bei Griseldis ankamen, klingelte es in Samanthas Hosentasche. Sie nahm ihr Handy heraus und sah aufs Display. Anna erhaschte den Blick auf einen eingespeicherten Namen: Heiko. Samantha murmelte etwas Ablehnendes und steckte das Handy zurück, das in ihrer Tasche so lange weiterklingelte, bis die Mailbox ansprang.

»Das Regenzeug kann in den Satteltaschen bleiben«, erklärte Samy, während sie die linke Tasche leerte und Anna die rechte überließ. »Das Wetter soll schön werden.«

Anna hatte die Regenjacke und eine Regenhose herausgenommen, um an den restlichen Inhalt zu gelangen. Ein Kosmetiktäschchen, wie ihr schien. Sie hatte es herausnehmen wollen, aber dann diese merkwürdige Entdeckung gemacht …

Emilio kam mit quietschenden Reifen zum Stehen, sprang aus dem Wagen und warf die Tür so donnernd ins Schloss, dass der Mops von Signora Brunotto, die gerade vom Gassigehen zurückkam, zu Tode erschrak. Und das, obwohl er als weitgehend taub galt. Die Dynamik, mit der Emilio auf die Tür des *Albergo Annina* zulief und sogar eine Eingangsstufe übersprang, wurde leider von niemandem gewürdigt. Kein Hotelgast wurde auf ihn aufmerksam, und Anna war in der Lobby nicht zu sehen. Er wandte sich nach rechts zum Eingang ihrer Wohnung und berührte den eisernen Krieger, der leise klirrte und Emilios Eintreten ankündigte.

Anna erschien prompt in der Küchentür. »Gott sei Dank! Da bist du endlich.«

Er hätte sie gern an seine Brust gezogen und sie im Arm gehalten, während sie ihm erzählte, was geschehen war. Aber erstens war Anna viel zu unruhig, und zweitens saß Konrad Kailer in ihrer Küche. Er stand nicht auf, als Emilio eintrat, sagte nur »Ciao!« und machte nicht einmal Anstalten, ihm die Hand zu reichen. Beide Unterarme lagen auf der Tischplatte, dazwischen, direkt vor seiner Brust, eine Plastiktüte mit einem weißen Pulver.

Emilio vergaß, dass er Anna gern geküsst hätte. »Che cos'è?«

»Was das ist?« Konrad grinste. »Puderzucker. Der Kiosk neben dem *Lampada Rossa* führt zum Glück die wichtigsten Backzutaten, und Tiefkühlbeutel gibt es dort auch.«

Emilio setzte sich und nickte zustimmend, als Anna die Espressokanne hervorholte und ihn fragend ansah. »Warum hast du Tiefkühlbeutel und Puderzucker gekauft?« Verflixt, er hatte Konrad Kailer nicht duzen, sondern versuchen wollen, zum formalen Sie zurückzukehren. Nun hatte er diese Chance verpasst.

Konrad wies zu Anna, die hinter ihrem Rücken etwas hervorzog, was genauso aussah wie das, was Konrad vor sich liegen hatte. »Das habe ich in Griseldis' Satteltasche gefunden.«

Emilio starrte sie verblüfft an. »Wer ist Griseldis?«

Anna wies zur Terrassentür. Griseldis schien dem Commissario dabei helfen zu wollen, einen Esel von einem normalen Hotelgast zu unterscheiden. Sie stieß ein heiseres *Iah* aus, wobei ihr Leib sich aufpumpte wie der Balg eines Dudelsacks.

Ein paar Minuten später wusste Emilio, dass ins *Albergo Annina* eine Eselwanderin eingezogen war, die von einem Herrn begleitet wurde, den sie erst kurz zuvor kennengelernt hatte und der sich nach Annas Ansicht merkwürdig verhielt.

Sie streckte Emilio die Tüte mit dem weißen Pulver hin. »Sieht das nicht aus wie Kokain?«

»Das ist Kokain«, sagte Konrad, ehe Emilio reagieren konnte.

Emilio sagte nichts dazu, öffnete die Tüte vorsichtig, stippte mit dem Zeigefinger in das weiße Pulver und leckte seinen Finger ab. Kurz darauf nickte er. »Meine Zunge wird taub. Das ist Kokain.«

»Sag ich doch«, trumpfte Konrad auf.

Emilio trank in aller Ruhe einen Schluck Espresso, ehe er fragte: »Und was soll das?« Er nickte zu der Tüte zwischen Konrads Händen.

Er hätte es sich denken können. Konrad wollte dem italienischen Commissario zeigen, was ein deutscher Kriminalbeamter draufhatte. Emilio hatte nichts anderes erwartet. »Willst du die Eselwanderin etwa festnehmen?«

Emilio hätte beinahe zugegeben, dass ihm diese Idee gekommen war. »Die ist doch nur der Drogenkurier! Ich gehe mal davon aus, dass du an die Hintermänner ranwillst.« Konrad zeigte auf die Tüte in Annas Händen. »Das ist wichtiges Beweismaterial, das muss gesichert werden. Und zwar so, dass die Eselwanderin nichts davon merkt.«

»Du meinst also, wir sollen die Tüten vertauschen?« Allmählich dämmerte Emilio, worauf Konrad hinauswollte.

»Klar!« Konrad setzte wieder diesen Blick auf, den Emilio nicht leiden konnte, leicht überheblich und ziemlich selbstgerecht. »Man muss den Dealer aus der Deckung locken.« Er stand auf und schien zu allem entschlossen. »Ich hätte das ja gleich erledigt, aber Anna wollte unbedingt erst dein Okay einholen.« Er machte einen Schritt auf die Terrassentür zu, als hätte er nicht den geringsten Zweifel daran, dass Emilio sein Einverständnis geben würde. »Wenn das Kokain in der Satteltasche bleibt, ist es vielleicht morgen weg, weil der Dealer es sich geholt hat. Diese Eselwanderin hat ihm natürlich Bescheid gesagt. Er weiß also längst, dass der Esel lahmt und sie fürs Erste nicht weiterkommt.« Konrad sah Emilio und dann Anna aufmunternd an. »Na? Was wird der Dealer tun?«

»Sich das Zeug holen«, antwortete Anna, »und es später einem anderen Esel in die Satteltasche stecken, der mit dem nächsten Wanderer loszieht.«

»Und dabei sollten wir ihn unbedingt auf frischer Tat erwischen«, fuhr Emilio fort und war froh, dass auch er einen Beitrag leisten konnte.

»Genau!« Konrad zielte mit dem rechten Zeigefinger auf ihn. »Aber sollte irgendwas schiefgehen, ist das Kokain gut bei uns aufgehoben, und der Dealer hat sich nichts anderes als Puderzucker geholt.«

Emilio wollte sich nicht anmerken lassen, dass er Konrads Plan genial fand. »Wir dürfen nicht länger warten. Die Eselwanderin könnte zurückkommen und merken, dass ihr der Stoff fehlt.«

Konrad war begeistert. »Also los!«

Gemeinsam mit Emilio betrat er die Terrasse und von dort den Garten. Griseldis beachtete ihn nicht. Sie rupfte weiterhin ein Grasbüschel nach dem anderen aus, kaute vernehmlich und zeigte gelegentlich ihr gelbes Gebiss, als lachte sie über die beiden Männer, die sich ihr vorsichtig näherten.

»Wir tun so, als wollten wir sie untersuchen«, flüsterte Konrad.

Emilio zögerte. »Bleib bitte still stehen«, raunte er dem Esel zu. »Wehe, du keilst aus.«

Daran schien die friedliche Griseldis nicht im Traum zu denken, sie hob nur den Schwanz und ließ etwas an die frische Luft, was sie in ihrem Bauch gequält hätte. Ein Trompetenstoß, der Emilio zurücktaumeln ließ. »Santo dio!«

»Stell dich nicht so an«, knurrte Konrad. »Du wirst dich doch von einem Eselfurz nicht bei deinen Ermittlungen stören lassen.«

Das half. Emilio verzog das Gesicht, trat aber mannhaft wieder an Konrads Seite. Beide bückten sie sich über Griseldis' Hinterlauf, setzten fachmännische Mienen auf, und Konrad ließ die Tüte mit dem Puderzucker dabei unauffällig in die Satteltasche gleiten.

Keine Minute zu früh! Als sie sich aufrichteten, kam die Eselführerin durch die Tür, die in den Frühstücksraum führte. Sie war erfreut. »Oh, Sie haben schon einen Tierarzt gefunden?« Wohlgefällig sah sie erst Konrad und dann Emilio an. »Das ist aber nett.« Sie streckte Emilio die Hand hin. »Ich bin Samantha Lindenbaum. Was fehlt Griseldis?«

Emilio begann zu stottern: »Also … nichts Schlimmes … eine Überbelastung … sie braucht ein paar Tage Ruhe, dann wird das schon wieder.«

Samy strahlte ihn an. »Danke!« Zu Anna gewandt fragte sie: »Können wir ein paar Tage hierbleiben?«

Anna stimmte zu. »Sie haben Glück! Die Hochsaison hat noch nicht begonnen.«

»Prima! Es gefällt mir hier.«

Emilio beobachtete sie unauffällig. Er hatte noch nicht viel mit Drogendelikten zu tun gehabt, aber einen Drogenkurier hatte er sich weiß Gott anders vorgestellt. Schon mehrmals hatte er sich beworben, wenn es im Drogendezernat von Siena eine freie Stelle gab, aber nie hatte man sich für ihn entschieden. Die Drogenfahnder hatten einen besonders guten Ruf. Es hieß, dass dort die fähigsten Beamten arbeiteten. Mama hatte sogar mal behauptet, dass genau das der Grund sei, warum seine Bewerbung nie Erfolg gehabt habe. Damals hatte er sie zur Strafe zwei Wochen lang nicht besucht.

Ob dies eine Gelegenheit für ihn war, den Leiter des Drogendezernats zu überzeugen? Dann musste er jetzt alles richtig machen. Der Dealer, wer immer es sein mochte, musste ein gewiefter Ganove sein. Eine Eselwanderin einzusetzen, und dann noch eine, die so harmlos wirkte wie diese, war wirklich ein genialer Schachzug.

»Sollten Sie sich nicht besser mit dem Eselhof in Verbindung setzen?«, fragte er scheinheilig. »Die werden den Esel abholen und Ihnen einen neuen bringen. Dann können Sie weiterwandern. Vermutlich haben die auch einen Tierarzt, der für ihre Esel zuständig ist.«

Aber Samy Lindenbaum winkte ab. »Die brauchen davon nichts zu wissen. Wenn Sie als Tierarzt sagen, Griseldis benötigt nur ein paar Tage Ruhe, dann ist das okay. Und Ihre Rechnung können Sie mir schicken.« Ihr Lächeln vertiefte sich. »So teuer wird Ihr Hausbesuch doch nicht sein, oder?«

Emilio winkte ab. »Dieser Besuch ist mir ein Vergnügen. Dafür berechne ich nichts.«

»Wie süß!« Samy war hingerissen. »Also bleibe ich ein paar Tage. Ich glaube, das Eselwandern ist sowieso nichts für mich.«

Emilio und Konrad warfen sich einen Blick zu. Die Sache war eindeutig. Für den Esel interessierte sich niemand, weder diese Samantha Lindenbaum, wenn sie überhaupt so hieß, noch der Besitzer des Esels. Griseldis hatte vermutlich noch nie einen Eselhof auch nur von Weitem gesehen. Sie diente nur dazu, die wahren Gründe ihres Besitzers zu verschleiern. Das Eselwandern in der Toskana war modern geworden, es waren bereits mehrere Eselhöfe entstanden, und wer eine Frau mit einem Esel sah, dachte garantiert nicht an Drogenhandel.

Sie flüsterten, obwohl niemand sie belauschen konnte. Anna hatte die Terrassentür ganz gegen ihre Gewohnheit fest ins Schloss gedrückt, dann hatten sie sich an den Tisch gesetzt, geduckt, die Köpfe eingezogen. Jeder von ihnen hatte sich eine Lücke in der Gardine gesichert und beobachtete nun Samantha Lindenbaum, die in den Gepäcktaschen herumsuchte. Konrad sehr aufmerksam, mit vorgerecktem Hals, Emilio mit dem lauen Interesse, mit dem er auch ein Gemälde oder eine Heiligenstatue im Dom betrachtete, Anna mit ein bisschen Wehmut im Herzen. Samantha Lindenbaum war ihr so sympathisch gewesen. Und nun war sie ein Drogenkurier? War es das gewesen, was sie insgeheim abenteuerlich und außergewöhnlich genannt hatte, ohne es zu begreifen? Steckte der Hang zum Kriminellen etwa auch in ihr? Trotz Tante Rosis Bemühungen, aus ihr einen anständigen Menschen zu machen? Konnte niemand aus seiner Haut, der von Schwerverbrechern abstammte? Anna hatte reizvoll gefunden, was Samantha ihr vermittelte, aber vielleicht war sie doch nur von dem angezogen worden, was kriminell war.

»Jeder normale Eselwanderer«, sagte Konrad leise, »hätte beim Eselhof angerufen und um ein neues Tier gebeten.«

»Sie hätte sogar den Tierarzt aus eigener Tasche bezahlt«, meinte Anna, »um sich nicht in die Karten gucken zu lassen.«

Samantha Lindenbaum tätschelte Griseldis den Kopf, redete mit ihr, prüfte den Sitz der Satteltasche, als wollte sie sichergehen, dass sie den Esel nicht drückte, dann machte sie sich an den Schnallen der Taschen zu schaffen.

»Als ich ihr helfen wollte, hat sie gesagt, das Regenzeug soll ich in der Tasche lassen«, berichtete Anna leise. »Ich habe ihre Regenjacke und die Regenhose nur kurz angehoben …«

»Und dabei ist dir die Tüte mit dem Kokain aufgefallen?«, fragte Konrad, ohne auf eine Antwort zu warten. »Gerade das wollte sie natürlich vermeiden.«

Anna nahm den Blick nicht von Samantha, die es nun so machte wie sie selbst kurz zuvor. Sie nahm die Regenkleidung heraus, um besser an etwas anderes zu kommen, was ihr wichtig war. »Ihr Kosmetiktäschchen!«, wisperte Anna. »Das habe ich vor Schreck fallen lassen, als ich das Kokain entdeckte.«

»Kosmetiktäschchen?«, wiederholte Konrad verächtlich. »Die Drogenkuriere sind auch nicht mehr das, was sie mal waren.«

»Die sind viel raffinierter geworden.« Emilios Verständnis für einen Drogenkurier, der sich trotz seiner kriminellen Aufgabe mit Mascara, Lippenstift, Puderrouge und Eyeliner ausstaffierte, war wesentlich ausgeprägter.

Und Anna, die noch immer davon überzeugt war, dass Samantha

Lindenbaum sich spontan in Ole Alfkes verliebt hatte, konnte sie erst recht verstehen.

Aber dann schoss ihr eine Erkenntnis durch den Kopf: »Ole Alfkes und Samantha Lindenbaum müssen Komplizen sein!« Sie sprach es ungern aus, verzichtete nur schweren Herzens auf die Romantik, von der sie meinte, ein Teil gewesen zu sein. »So muss es sein.« Keine Liebe auf den ersten Blick! Wie hatte sie sich so was nur einbilden können? Konnte sie mittlerweile nicht mehr Verliebtheit und Komplizenschaft voneinander unterscheiden? Fragend sah sie die beiden Männer an. »Oder?«

Weder Konrad noch Emilio antworteten darauf. Gebannt beobachteten sie Samantha Lindenbaum, die ihr Kosmetiktäschchen aus der Satteltasche holte und dann noch etwas anderes hervorzog: eine Tüte mit einem weißen Pulver. Entgeistert starrte sie es an, blickte sich dann um und steckte es schließlich unter ihre Jacke. Mit hastigen Schritten lief sie ins Haus, ohne sich umzusehen.

»Verdammt!«, zischte Konrad. »Die hat was gemerkt. Vielleicht hat die Plastiktüte eine andere Qualität.«

»Wie kommst du darauf?«, fragte Anna zurück.

»Hast du nicht gesehen, wie verblüfft sie die Tüte angeschaut hat?«

Emilio nicke zustimmend. »Die sah wirklich ganz so aus, als könnte sie nicht glauben, was sie da in Händen hält.«

»Warum lässt sie das Zeug nicht in der Satteltasche?«, fragte Konrad. »Was hat sie vor?«

»Wir müssen die Frau im Auge behalten«, antwortete Emilio. »Vermutlich trifft sie sich irgendwo mit dem Dealer und präsentiert ihm die Tüte.«

»Der wird dann dafür sorgen, dass er den Stoff zurückbekommt.« Konrad sah ängstlich aus.

Auch Emilio konnte seine Beklommenheit nicht verbergen. »Wenn der Dealer merkt, dass er hereingelegt wurde …«

Konrad ließ ihn nicht zu Ende sprechen. »Man weiß ja, wie solche Typen reagieren.«

»Das hätten wir uns vielleicht vorher überlegen sollen.« Emilio zupfte nervös an seinem Hemdkragen und glättete den Kaschmirpulli über seiner Brust. »Wenn sie durchschaut, dass sie Puderzucker in der Satteltasche transportiert hat, dann wird heute Nacht niemand kommen, um sich das Koks zu holen, sondern …«

»… jemand«, ergänzte Konrad, »der sich denken kann, wo es geblieben ist.«

»Wo?«, fragte Anna ängstlich. »Wo sollen wir es verstecken?«

»Natürlich bei mir«, antwortete Emilio. »Niemand weiß, dass ich Polizeibeamter bin, niemand wird es bei mir suchen.«

»Oder bei mir«, schlug Konrad vor. »Wenn der Stoff nicht im Hotel ist, kann er unmöglich gefunden werden.«

Aber davon wollte Emilio nichts wissen, und Konrad hatte sogar Verständnis dafür. Er fragte Emilio nicht, wo er das Kokain verstecken würde, und Anna war froh darüber, denn sie wollte auf keinen Fall wissen, ob er es in die Questura an einen sicheren Ort bringen oder sich woanders ein Versteck suchen würde.

Sie spürte, wie die Angst durch ihren Körper rieselte. »Du meinst, wir könnten überfallen und gezwungen werden, das Kokain rauszurücken?« Sie sah Konrad an wie vor vielen Jahren ihre Tochter, als diese den geliebten Goldhamster eines viel stärkeren Jungen, der für seine Gewalttätigkeit bekannt war, freigelassen und ihm zur Flucht verholfen hatte.

Konrads Blick, mit dem er Anna betrachtete, war ähnlich besorgt. »Wenn sie nicht auf mich kommen, dann auf dich. Du warst es schließlich, die beim Gepäck geholfen hat.«

Er warf Emilio einen Blick zu, der ihn beantwortete, als wären die beiden sich einig: Auf Anna musste man ein Auge haben.

»Bin ich in Gefahr?«, fragte Anna aufgeregt. »Sind wir alle in Gefahr? Auch mein Hotel und meine Gäste?«

»Wir passen schon auf«, gab Konrad zurück.

Er stand auf und stellte sich neben Anna, die an der Arbeitsplatte lehnte und die Arme vor der Brust verschränkt hatte. Sie merkte, dass er den Arm um sie legen wollte, und war froh, dass er darauf verzichtete.

Emilio erhob sich ebenfalls und stellte sich an ihre andere Seite. Beide schienen sich einzubilden, dass Anna nun auf der Stelle beruhigt war.

»Notfalls quartiere ich mich hier ein«, sagte Emilio und klopfte dorthin, wo er im Ernstfall seine Dienstpistole zu tragen pflegte. »Mit der Polizei im Haus kann dir nichts passieren.« Eine kernige Aussage, die eine schwache Frau beruhigen musste, weil sie von einem starken Mann gekommen war.

»Schon deswegen nicht«, ergänzte Konrad, »weil Emilio inkognito hier ist. Hast du's vergessen? Er ist Tierarzt.« Konrad küsste Annas Schläfe, ehe sie es verhindern konnte. »Dann müssen wir nur noch begründen, warum der Tierarzt im *Albergo Annina* wohnt.«

Anna lehnte sich an Emilios Seite, um Konrad für den Kuss zu bestrafen. »Er ist Hotelgast. Ein Siena-Tourist! Schön, dass er zufällig in seinem Zimmer war, als Griseldis ärztliche Hilfe brauchte.« Ihre Angst wurde mit dieser Pointe einer Verwechslungskomödie verdünnt, und sie grinste Emilio an, obwohl ihr die Tränen näher waren als das Lachen. »Hoffentlich spricht sich nicht herum, dass du Tierarzt bist. Am Ende bringt dir der Nachbar noch seine Kreuzotter, weil ihr eine Eidechse im Halse stecken geblieben ist. Oder Signor Aspisa bittet dich, bei der Geburt eines Kalbes behilflich zu sein. Seine Eltern haben nämlich einen Hof in der Nähe von Siena.«

Der Abstand zwischen ihnen wurde wieder größer, Konrad machte einen Schritt zur Seite, Emilio beugte sich vor, Anna stieß sich ab und ging zum Tisch. Sie versuchten sich gegenseitig weiszumachen, dass sie ausgelassen und ganz und gar sorglos waren. Um diesen Zustand zu festigen, stellte Anna die Espressokanne zur

Seite und holte eine Flasche Rotwein aus dem Vorrat. Nach dem ersten Glas waren sie zwar immer noch nicht ausgelassen, aber als sie nachschenkte, entspannte sich die Situation. Denn in diesem Augenblick kehrte Samantha Lindenbaum zurück. Sie tätschelte Griseldis die Blesse und sah sich dabei witternd um. Erst als sie sich sicher fühlte, griff sie unter ihre Jacke, holte die Tüte mit dem weißen Pulver hervor und steckte sie in die Satteltasche zurück.

»Was soll das?«, fragte Konrad verblüfft. »Erst hü und dann hott?«

Emilios Deutschkenntnisse waren zwar hervorragend, weil er von deutschen Kindermädchen erzogen worden war, aber die Vokabeln hü und hott waren ihm fremd. Doch er kam nicht dazu, sich zu erkundigen, was Konrad meinte. Denn Anna schlug sich vor die Stirn.

»Ole Alfkes!« In Konrads und Emilios verständnislose Gesichter ergänzte sie: »Samantha Lindenbaum wusste nicht, dass er das Kokain in die Satteltasche gesteckt hat. Sie dachte wohl, er hätte es in seinem Gepäck, deswegen ihre Verblüffung. Sie war wütend, dass er ihr das Zeug untergeschoben hat.« Anna warf einen Blick auf die Uhr. »Eine Stunde ist vergangen. So lange haben die beiden vermutlich gestritten. Sie hat ihm vorgeworfen, dass er sie in Gefahr gebracht hat, er hat sich verteidigt …« Sie zögerte, bis ihr die richtige Idee kam. »Jetzt haben die beiden mit dem Dealer gesprochen, und der hat ihnen gesagt, dass das Kokain in der Satteltasche gut aufgehoben ist.« Sie stemmte die Ellbogen auf den Tisch und legte die Stirn in die Handflächen. »Aber was hat diese Frau in dem Cabrio damit zu tun? Die hat Ole Alfkes doch aus dem Wagen geworfen.«

Emilio fingerte sein Handy aus der Tasche. »Ich rufe jetzt erst mal die Kollegen vom Drogendezernat an.« Er zögerte und verlor schlagartig einen guten Teil seiner Dynamik. »Eigentlich müsste ich meinem Chef auch Bescheid sagen. Ob der es gut findet, dass ich mich in die Arbeit des Drogendezernats einmische?«

Niemand beantwortete diese Frage, die er sich selbst gestellt hatte. Konrad sah so aus, als wüsste er eine passende Entgegnung. Anna las es ihm vom Gesicht ab. Warum sollte Emilios Chef damit einverstanden sein, dass einer seiner Mitarbeiter seine Arbeitszeit und -kraft einer anderen Abteilung zur Verfügung stellte? Garantiert würde Scroffa protestieren und dafür sorgen, dass Emilio mit Ladendiebstählen und ungebührlichem Verhalten im Dom genug zu tun hatte.

Sie waren doch dabei, als ich Samy Lindenbaum und Ole Alfkes zum ersten Mal sah. Hatten Sie nicht auch den Eindruck, dass bei den beiden der Blitz einschlug? Möglich natürlich, dass sie zwar Komplizen sind, sich aber vorher gar nicht kannten. Es könnte sein, dass sie die Anweisung bekommen hatten, zu dieser Abzweigung zu gehen und von dort zu zweit weiterzulaufen. Weil es natürlich sicherer ist, nicht allein zu wandern. Aber wie passt die Cabriofahrerin in die Geschichte? Vielleicht hat Ole Alfkes ihr, als sie an der Tankstelle von Signor Pancole vorbeifuhr, gestanden, dass er sein Geld als Drogenkurier verdient? Das wollte sie auf keinen Fall akzeptieren und hat ihn rausgeworfen. Oder … die Frau hängt in der Sache mit drin. Womöglich ist sie sogar der Boss. Wer sich so ein teures Auto leisten kann, hat mehr zur Verfügung als ein Durchschnittseinkommen. Können Sie sich das vorstellen? Bisher haben Sie sich, wenn es um Drogendealer ging, vermutlich auch finster dreinblickende Typen in schwarzen Anzügen mit Sonnenbrillen vorgestellt, denen man nicht im Dunklen begegnen möchte. Ganz schön raffiniert, eine harmlos wirkende Eselwanderin einzusetzen, von einem Drogenboss, der eine attraktive Frau ist. Nur Ole Alfkes ist noch nicht gut eingearbeitet. Der verhält sich so verdächtig, dass man ihm gleich das Schlimmste zutraut. Mit dem stimmt was nicht, das habe ich schon im Lampada Rossa *gemerkt. Vielleicht hat die Chefin des Drogenrings das auch kapiert und ihm gesagt: Du bekommst eine letzte Chance. Wenn du die auch vermasselst, dann…*

Vermutlich hat sie zum Abschied den rechten Zeigefinger an Ole Alfkes Schläfe gehalten, damit er wusste, was ihm blüht, wenn er schon wieder versagt. Kein Wunder also, dass er so ängstlich ist und sich immer unter seiner Schirmmütze versteckt.

Oder sehen Sie das anders? Haben Sie eine bessere Idee? Na also! Dann muss ich jetzt nur dafür sorgen, dass es in meinem Hotel keine Schießerei und keine Verhaftungen gibt. Aber wenn diese Frau mit den Modelmaßen im Albergo Annina *auftaucht, dann… Tja, was soll ich dann machen? Vielleicht sind Sie so nett und denken auch mal darüber nach? Für einen Tipp wäre ich wirklich dankbar.*

Emilio kam in die Küche zurück und steckte sein Handy wieder ein. Anna merkte gleich, dass sich etwas verändert hatte. Sein Blick, in dem immer etwas Kontemplatives und Zerstreutes lag, war wacher geworden, seine Augen schienen heller zu sein, seine Haltung hatte sich gestrafft. Natürlich gehörte er zu den Männern, die stets auf ihr Erscheinungsbild achteten und sich schon deshalb niemals gebeugt oder mit schleppenden Schritten vorwärtsbewegten. Aber jetzt drückte er den Rücken durch und ging federnd, als hätte er ein großes Ziel vor Augen. Anna begriff schlagartig, dass Commissario Emilio Fontana völlig unerwartet von beruflichem Ehrgeiz gepackt worden war, während es ihm sonst nur darum ging, mit möglichst geringem Aufwand seinen Dienstpflichten nachzukommen.

»Ich werde die Sache in die Hand nehmen«, verkündete er. »Im

Drogendezernat ist viel zu tun, die können sich nicht darum kümmern.« Er setzte sich wieder zu Anna und Konrad an den Küchentisch, blickte auf seine sorgfältig manikürten Hände und entschloss sich zur Wahrheit: »Die glauben mir nicht. Deswegen lassen sie mir freie Hand.«

»Und dein Chef?«, fragte Konrad.

»Der hat heute und morgen frei, weil seine Tochter heiratet. Das trifft sich gut.«

Emilio war in die Lobby gegangen, weil er nicht unter den fragenden Blicken von Anna und Konrad telefonieren wollte, war dort aber nicht allein geblieben, hatte sich daraufhin ins Frühstückszimmer zurückgezogen, wo jedoch Graziella auftauchte, um die Tische für den nächsten Morgen zu decken, und war schließlich in den Garten gegangen. Auge in Auge mit Griseldis hatte er das Telefongespräch geführt, von dem er sich offenbar einen Karrieresprung erwartete, und Anna hatte die Terrassentür geöffnet, als wollte sie lüften. So hatten sie mitbekommen, was Emilio dem Leiter des Drogendezernats berichtete, und hören können, wie er sich als besonders scharfsinnig und vorausschauend dargestellt hatte, indem ihm die Idee gekommen war, das Kokain gegen Puderzucker auszutauschen.

»Dabei war das unser Einfall«, hatte Konrad gebrummt.

Aber Anna hatte ihn zum Schweigen gebracht. »Emilio kann doch nicht zugeben, dass er uns eingeweiht hat.«

Dann hatte er in strammer Haltung seinen Plan dargelegt, sich in der kommenden Nacht auf die Lauer zu legen, um den Drogendealer zu verhaften, der garantiert kommen würde, um sich das Kokain zu holen. »Die beiden Drogenkuriere haben ihn natürlich verständigt, naturalmente. Das Kokain ist in der Satteltasche des Esels geblieben, weil der Dealer es sich dort leicht holen kann. Der Garten ist von außen zugänglich. Das merkt keiner.« Schließlich war jedoch der Eifer aus seiner Stimme gewichen, er hatte konzentriert zugehört und schließlich einen Namen genannt: »Julius Schleicher? Von dem habe ich doch schon mal gehört …«

Nun saß er wieder am Küchentisch, griff nach seinem Rotweinglas und leerte es nachdenklich. Anna machte sich schon Sorgen, dass er darauf pochen würde, ein Dienstgeheimnis für sich behalten zu müssen, aber daran dachte er anscheinend nicht. »Gestern hat es auf einem Eselhof in der Nähe eine Razzia gegeben«, berichtete er.

»Was?« Konrad rückte seinen Stuhl zurück, damit er seine langen Beine ausstrecken konnte. »Griseldis kommt von dort?«

»Schon möglich.« Emilio zuckte die Schultern. »Die Razzia musste ergebnislos abgebrochen werden. Die Kollegen haben nichts gefunden.«

Er griff erneut nach seinem Handy und wählte eine Nummer. »Giuseppe? Ich brauche Informationen über einen gewissen Julius Schleicher. Ein Deutscher, der schon lange in Italien lebt. Seit Kurzem betreibt er offenbar einen Eselhof.«

Anna hörte die helle Stimme von Emilios Mitarbeiter, der gewöhnlich so schnell redete, dass sie ihn nicht verstand, und noch dazu in einem Dialekt, der es ihr erst recht unmöglich machte zu erfassen, was er zu sagen hatte. Emilio ging es ähnlich, obwohl er schon lange mit Giuseppe zusammenarbeitete und mit den Dialekten seiner Muttersprache natürlich besser zurechtkam als Anna. Er nahm sein Handy vom Ohr weg, als hätte er Angst, von der knallerbsengleichen Stimme seines Assistenten verletzt zu werden, dann unterbrach er ihn: »Rufen Sie zurück, wenn Sie mehr wissen. Dem Chef werde ich später schon klarmachen können, dass das jetzt wichtig ist.«

Er steckte sein Handy zurück. »Soviel ich weiß, war dieser Julius Schleicher schon in vielen dunklen Kanälen unterwegs. Er war auch ein paarmal in Haft, aber er konnte nicht ausgewiesen werden, weil er mittlerweile die italienische Staatsbürgerschaft erworben hat. Eine Weile war er mit einer Italienerin verheiratet.

Gestern sind die Kollegen vom Drogendezernat einem Hinweis nachgegangen, der sehr vielversprechend klang. Julius Schleicher soll hinter der Fassade eines harmlosen Eselhofs einen flotten Rauschgifthandel betreiben. Aber die Untersuchung hat nichts ergeben. Die haben den Hof auf den Kopf gestellt und alles von links nach rechts gedreht – ohne Erfolg.«

Konrad sah Emilio an wie einen kleinen Jungen, der gerade das Seepferdchen bestanden hatte und schon davon träumte, den Ärmelkanal zu durchschwimmen. »Und du willst jetzt beweisen, dass das Kokain in Griseldis' Satteltasche diesem Julius Schleicher gehört?«

»Kann doch sein, dass die Drogenfahnder dort nicht nachgesehen haben.«

Konrad tippte sich an die Stirn. »So dämlich sind die nicht.«

»Vielleicht war Samy ja schon mit Griseldis unterwegs, als die Drogenfahnder kamen«, überlegte Anna leichthin und erschrak über Konrads und Emilios Reaktion. Sie erstarrten, als hätte sie soeben die bahnbrechende Erkenntnis gewonnen, wie der Klimawandel zu stoppen sei.

»So muss es gewesen sein!«, rief Emilio, verblüfft über sein eigenes Temperament. »Das wäre eine Erklärung.«

Konrad ließ sich von seiner Begeisterung anstecken. »Ich kann mir genau vorstellen, wie die Drogenfahnder vorn in den Eselhof eindringen, während hinten eine harmlos aussehende Eselwanderin den Stall verlässt und so tut, als hätte sie von der Razzia nichts mitbekommen.«

»Aber dann«, ergänzte Emilio mit leuchtenden Augen, »landet sie mit ihrem Komplizen im *Albergo Annina* und …« Er schlug mit der rechten Faust in seine linke Handfläche. »Peng!«

Anna fragte vorsichtshalber nicht nach, was dieses Peng bedeuten sollte. Peng – der Drogendealer war überwältigt? Oder peng – Emilio fiel mit einer Pistolenkugel in der Brust neben Griseldis ins Gras?

Sie griff nach der Rotweinflasche, um nachzuschenken … in diesem Augenblick klingelte ihr Handy, das auf der Fensterbank lag. Konrad griff danach und reichte es ihr.

Sie warf einen Blick aufs Display. Valentino.

Ich muss Ihnen das erklären. Wenn einer meiner Brüder anruft, gibt es ein Gefühl in mir, das meist zwischen Bernsteinorange und Camparirot changiert. Natürlich freue ich mich, wenn Valentino oder Filippo anruft, aber zugleich überkommt mich die Sorge, dass etwas Unangenehmes passiert sein könnte. Und dann sind da noch diese lavagrauen Flecken, die es in einer normalen Geschwisterbeziehung vermutlich nicht gibt. Das liegt daran, dass ich unsere Zusammengehörigkeit immer wieder neu entdecken muss. Sie ist nicht sofort da, wenn ich Valentinos Stimme höre oder wenn Filippos leises Lachen an mein Ohr dringt, der sich nie mit seinem Namen meldet.

Der Grund ist wohl, dass wir nicht zusammen aufgewachsen sind, dass wir nie miteinander in einer Familie gelebt haben. Valentino und Filippo haben gelegentlich bei meinen Eltern gewohnt, wenn die gerade in Freiheit waren, haben aber die größte Zeit ihrer Kindheit in Pflegefamilien und in kirchlicher Obhut verbracht. Ich dagegen wurde zu Tante Rosi gegeben, wo ich blieb, bis ich Clemens heiratete. Bei ihr durfte ich ein Leben in Geborgenheit führen. Tante Rosi hat mich nach meiner Geburt am Tor des Gefängnisses, in dem ich zur Welt gekommen war, abgeholt und mir alles gegeben, was meine älteren Brüder nicht bekommen haben. Ach, Tante Rosi! Sie glauben nicht, wie sehr ich sie vermisse. Damals habe ich sie nie gefragt, ob es ihr schwerfiel, mit mir ins Gefängnis zu gehen, damit ich meine Eltern und später auch meine Brüder besuche. Sie hat mir immer eingeschärft, dass ich meine Familie nicht vergessen dürfe. Familie! Das waren für mich nicht Mama und Papa, die mit mir spielten, die mir ein Leibgericht kochten und mich gegenüber einem ungerechten Lehrer verteidigten. Das waren für mich zwei Menschen, die auf der anderen Seite eines Gitters saßen und mir Fragen stellten, die mir lästig waren. Und meine Brüder haben mich nie gepiesackt, mir Streiche gespielt oder mich gegen stärkere Jungen beschützt. Jahrelang erlebte ich sie nur als Männer, die mich hilflos durchs Gitter ansahen und froh zu sein schienen, wenn die Besuchszeit vorbei war, weil sie nicht wussten, was sie mit mir reden sollten.

Nun sind sie über siebzig und seit ein paar Monaten beide in Freiheit. Das ist in ihrem Leben selten vorgekommen. Früher haben sie dann einen Zug durch die Gemeinde gemacht und sich schwer betrunken, haben sich bei jedem Glas auf die Schultern geschlagen und einander versichert, dass Familie etwas Großartiges sei. Nun, seit ich das Hotel in Siena eröffnet habe, ist aus dieser Theorie Wirklichkeit geworden. Das Albergo Annina *ist das Hotel, das unsere Eltern gründen wollten und das nun durch ihre kleine Schwester Wirklichkeit geworden ist. Seitdem sind Familie und Hotel für sie Synonyme geworden. Und seit der Hoteleinweihung, der sie beigewohnt haben, ist das* Albergo Annina *für sie der Sitz der Familie Kolsky. Als sie nach Hause fuhren und versicherten, demnächst öfter bei mir abzusteigen, war mein Glück keineswegs ungetrübt. Es kam immer auch die große Sorge dazu, dass Valentino und Filippo womöglich keineswegs zu anständigen Bürgern geworden waren, wie sie behaupteten, sondern noch immer zu jeder krummen Tour bereit waren, die mein Hotel in Verruf bringen könnte. Trotz Valentinos künstlichem Kniegelenk und Filippos Lebererkrankung.*

Sie fragen, ob ich meine Brüder liebe? O ja, ich liebe sie. Aber ganz anders vermutlich, als Sie Ihre Brüder lieben, wenn Sie welche haben. Meiner Liebe zu ihnen haftet etwas Geheimes an. Wir drei trauen uns nur selten, uns zu unseren Gefühlen zu beken-

nen, vor anderen und sogar vor uns selbst. Was uns fehlt, ist die gemeinsame Vergangenheit. Wir haben keine Erinnerungen, die uns allen gehören, wir können nicht zusammen über einen schwerhörigen Onkel oder eine zänkische Tante lachen, wir haben keine Stichworte, bei denen wir sofort losprusten. Es gibt nicht einmal etwas, was uns alle drei gleichermaßen mit unseren Eltern verbindet.

»Tino! Schön, dass du anrufst! Wie geht es dir? Was machen deine Kniebeschwerden?«

Valentino erzählte, dass seine Krankengymnastik beendet sei, weil er die Physiotherapeutin mit einem gezielten Handkantenschlag zu Boden geschickt habe. »Was die mit mir gemacht hat, tat höllisch weh. So was muss ich mir nicht gefallen lassen.« Dass die Physiotherapeutin sich unterstanden hatte, die Polizei zu holen, und sogar mit Schadenersatzansprüchen gedroht hatte, war der Gipfel gewesen. »Man wird sich ja wohl noch wehren dürfen, wenn man misshandelt wird.«

Anna stimmte ihm der Einfachheit halber zu, dann erkundigte sie sich, um nicht noch mehr von Valentinos Ausschweifungen hören zu müssen, nach ihrem zweiten Bruder. »Wie geht es Pippo? Haben sich seine Leberwerte verbessert?«

Darüber wusste Valentino nicht viel zu sagen. Nur dass Filippo seine Trinkgewohnheiten nicht geändert hatte, wusste er genau. »Und dann gibt's da noch ein paar andere Probleme.«

Anna war alarmiert. »Welche?«

»Keine Ahnung. Irgendeine Drogengeschichte. Er ist da in etwas reingeraten, was er gar nicht wollte. Du kennst ja seine Gutmütigkeit.«

Nein, die kannte Anna nicht. Gutmütig hatte sie bisher weder

Der erste Fall für Mamma Carlotta

ISBN 978-3-492-24768-9

Band 1

Zwei Leichen auf einen Schlag

ISBN 978-3-492-25118-1

Band 2

Ein Mafioso auf Sylt?

ISBN 978-3-492-25345-1

Band 3

Ein rätselhaftes Skelett sorgt für Aufregung

ISBN 978-3-492-25837-1

Band 4

den einen noch den anderen Bruder erlebt. Wenn Filippo Dreck am Stecken hatte, dann war er garantiert selbst daran schuld. »Was hat er gemacht? Gedealt?«

Sie merkte, dass Konrad und Emilio aufhorchten. Drogen und Dealer waren zurzeit Reizwörter, die nicht an ihren Ohren vorbeirauschen konnten.

»Was weiß ich! Jedenfalls wäre es besser, wenn er für eine Weile aus Deutschland verschwindet. Wir dachten, wir machen einen Besuch bei dir, Annina. Hast du zwei Zimmer frei? Notfalls pennen wir auch in einem Doppelbett, aber nur, wenn es nicht anders geht. Dein Bruder schnarcht wie eine Wildsau.«

»Ihr wollt …?«

»… unsere Schwester besuchen, korrekt! Das kann uns ja wohl niemand zum Vorwurf machen. Da soll mal einer sagen, Filippo wäre getürmt. Oder bist du etwa ausgebucht?«

Anna seufzte. »Zurzeit sind nur vier Zimmer bewohnt. Vorsaison …«

»Dann ist es ja gut.« Valentinos Stimme hatte schon lange nicht mehr so zufrieden geklungen. Dabei wollte er sonst immer von seiner Schwester hören, dass das *Albergo Annina* eine Goldgrube sei und sie sich vor Buchungsanfragen nicht retten könne. »Ich werde mich um einen Flug kümmern.«

Anna hatte den Eindruck, dass Valentino auflegen wollte. »Warte mal, Tino …« Mit hochgezogenen Augenbrauen fragte sie Emilio, ob es klug sei, ihren Bruder nach Julius Schleicher zu fragen, und starrte dann, als Emilio nicht sofort verstand, Konrad aus weit aufgerissenen Augen an. Schließlich nickten beide, obwohl Anna nicht sicher war, dass sie begriffen hatten, was sie von ihnen wollte. »Du kennst dich doch im Drogenmilieu aus, Tino.«

»Pippo hat Probleme mit der Drogenmafia, nicht ich.«

»Aber du hast doch auch schon mal in dem Geschäft mitgemischt.« Anna drückte die Lautsprechertaste, damit Emilio und Konrad mithören konnten.

Valentino knurrte etwas, was sich wie Zustimmung anhörte. »Über so etwas kann ich nicht mit dir reden. Ich weiß doch, dass dieser Commissario bei dir ein und aus geht. Dieser Schönling, der scharf auf dich ist.«

Anna zuckte zusammen und sah erschrocken in Emilios peinlich berührtes und in Konrads verärgertes Gesicht. »Wie kommst du denn auf so was?«, entgegnete sie schnell.

»Meinst du, ich bin blind? Also, ich sage dir … wenn der etwas davon erfährt …«

»Natürlich nicht, Tino!« Anna sah Emilio flehentlich an, und dieser hob die Hände, als wollte er sich schon jetzt jeder Bitte von ihr ergeben. »Wie kommst du nur darauf, dass ich …?«

»Und dein Nachbar, dieser Deutsche, der früher mal bei der Kripo gearbeitet hat, dieser Besserwisser …«

»Der wird natürlich auch nichts erfahren.« Anna sah Konrad so schuldbewusst an, als hätte sie ihn mit der Grippe und einem Magen-Darm-Virus gleichzeitig angesteckt. »Das bleibt selbstverständlich unter uns.«

»Dann ist ja gut.« Valentino räusperte sich und fragte: »Was wolltest du von mir wissen?«

Anna hätte am liebsten behauptet, er habe sie falsch verstanden, sah aber ein, dass das jetzt nicht mehr möglich war. »Kennst du einen gewissen Julius Schleicher?«

Nun gab Valentino ein Keuchen von sich, als würde er gewürgt. »Woher hast du diesen Namen?«

Einzelheiten wollte Anna nicht preisgeben. Das hätte sie auch dann nicht getan, wenn Emilio nicht so aufgeregt gestikuliert hätte. »Ach, der wohnt in der Nähe von Siena. Er hat einen Eselhof aufgemacht.«

Von diesem neuen Geschäftsmodell war Valentino bisher noch nichts zu Ohren gekommen. Dass Leute viel Geld dafür bezahlten, neben einem Esel durch die Toskana zu traben, fand er derart absonderlich, dass er solche Touristen rundheraus neurotisch nannte und sogar lang und breit darüber nachdachte, ob sie hinter Schloss und Riegel gehörten. »In der JVA Remscheid gab's mal einen, der unbedingt rosa Schlüpfer tragen wollte. Den haben sie sehr schnell in die Psychiatrie geschickt. Und da ist er heute noch, wenn ich richtig informiert bin.« Valentino war der Meinung, dass man so was mit Leuten, die einen Esel brauchten, um die Füße voreinander zu setzen, auch machen sollte.

Dann aber hörte er, dass Julius Schleicher im Verdacht stand, hinter der harmlosen Fassade eines Eselhofs geheimen Drogengeschäften nachzugehen. Das gab ihm zu denken. »Julius war schon immer ein hinterhältiger Kerl. Schlau, aber auch brutal. Sollte er dir über den Weg laufen, haust du ab, klar?«

Anna versprach es hoch und heilig, dann folgte sie Emilios Wink und wechselte das Thema. »Lass dir Zeit mit dem Flug, Tino. Ich habe kaum Vorbestellungen. Du kannst warten, bis du einen richtig günstigen Flug gefunden hast.«

»Vorausgesetzt, Pippo hat so viel Zeit«, murmelte Valentino. »Mal sehen, wie dicht ihm die Bullen auf den Fersen sind.«

Anna wischte sich den Schweiß von der Stirn, als sie das Telefon zur Seite legte. »Ich glaube, ich muss mal an die frische Luft.«

Sie gingen die Via Valdambrino entlang bis zu der Kurve, wo man als Fußgänger über eine steile Treppe nach unten ins nächste Stadtviertel gelangte. Anna lief in der Mitte, an ihrer linken Seite Konrad, an der rechten Emilio. Sie fühlte sich eskortiert, allerdings nicht nur auf angenehme Weise. Wenn Emilio ihr die Hand reichte, weil die Treppe sehr steil war, befürchtete sie, man könnte sie für klein und schwach halten, wenn Konrad sie auf eine schadhafte Verschraubung im Geländer aufmerksam machte, gab sie vor, seine Warnung nicht zu hören. Aber wenn beide dafür sorgten, dass sie nach dem Arm des einen greifen konnte, wenn sie stolpern sollte, und dem anderen dann in den breiten Rücken fallen würde, war sie wieder gerührt. Hoffentlich würde sie nie in die Situation kommen, sich für einen von ihnen entscheiden zu müssen. Ein schrecklicher Gedanke.

Sie hatten sich nicht über das Ziel ihres Spaziergangs verständigt, aber dennoch war klar, wo sie landen würden. In Siena endete jeder Stadtbummel auf dem Campo. Vorsichtig überquerten sie die stark befahrene Via Martini und betraten durch die Porta Ovile den Stadtkern von Siena. Von dort gelangte man in eine lange, enge Gasse, die sich wand, gelegentlich anstieg, sich manchmal überblicken ließ und dann wieder unter den Aufstellern vor den Souvenirläden, den Tischen und Stühlen vor den Pizzerien und den Reisegruppen verschwand. Wer in Siena wohnte, mochte die touristische Geschäftigkeit nicht, wer gern hier lebte, hatte gelernt, sie zu ignorieren. Emilio, der in Siena geboren war, konnte über alles hinwegsehen, was zum Tourismus gehörte, Konrad, der schon ein paar Jahre hier lebte, wunderte sich noch über vieles, was es in seiner deutschen Heimatstadt nicht gab, und Anna genoss sowohl das eine als auch das andere. Sie bestaunte nach wie vor das, was nur den Einwohnern der Stadt gehörte, genauso wie das, was die Touristen an sich gerissen hatten. Siena war für sie eine Verliebtheit, in der noch alles neu war, alles schön und interessant. Die Stadt würde sie erst kritisch sehen können, wenn aus der Verliebtheit wahre Liebe geworden war. Dass ihre Gefühle für Siena auch scheitern könnten, hielt sie für ganz und gar ausgeschlossen.

Die Gerüche änderten sich am frühen Abend, die Geräusche ebenfalls. Die Luft begann zu duften, der Geräuschpegel schwoll an. Emilio drängte sich gleichmütig an den Reiseleitern vorbei, die ihre Gruppen um sich scharten und mit historischen Fakten und Jahreszahlen zu glänzen verstanden, Konrad ärgerte sich über jeden, der sich ihm in den Weg stellte. Währenddessen dachte Anna an die Fußgängerzone von Stuttgart und war glücklich, dass sie dort nicht mehr die Preise vergleichen und nach Schnäppchen Ausschau halten musste, die Clemens dann später widerwillig genehmigte. Ach, Clemens! Zwar hatte sie ihm seine Liebe durch unbedingte Treue und Loyalität vergolten, aber dennoch wurde immer wieder dieses Schuldgefühl in ihr geweckt, wenn sie sich klarmachte, wie viel besser es ihr ging, seit sie ihr Leben nach eigenen Vorstellungen gestaltete.

Sie hatte Graziella an die Rezeption beordert, hatte sich umgezogen, bevor sie aufgebrochen waren, das helle Kleid, in dem sie am Empfang einen guten Eindruck machte, gegen Jeans und einen knallroten Pulli eingetauscht und die Pumps mit den hohen Absätzen in die Ecke ihres Schlafzimmers geschleudert. Auf dem unebenen Pflaster von Siena trug man besser bequeme Schuhe, erst recht, wenn man unter Kniearthrose litt.

Bis sie auf dem Campo ankamen, hatten sie nicht viel gesprochen. Emilio steuerte auf sein Stammlokal *Fonte Gaia* zu, das er einmal täglich besuchte, zu einem schnellen Aperitif, wenn in der Questura viel zu tun war, zum Mittagessen, wenn er geregelte Arbeitszeiten einhalten konnte, zum Abendessen, wenn er mit jemandem verabredet war, oder allermindestens zu einem Espresso am Nachmittag. Einmal am Tag musste er dem Campo einen Besuch abstatten, sonst war der Tag kein guter, denn dann wäre er krank, oder Siena stünde in Flammen.

Matteo, der Kellner im *Fonte Gaia,* empfing sie, wie man einen Stammgast zu empfangen pflegt, mit besonderer Höflichkeit, aber auch der Vertrautheit, die einen Kellner auszeichnet und dem Gast eine versteckte Bedeutung verleiht. »Ein Glas Weißwein, Commissario?« Sein Lächeln wurde professioneller, als er sich Anna und Konrad zuwandte. »Und die Herrschaften?«

Anna entschloss sich zu einem Cappuccino, was Matteo zu einem Naserümpfen veranlasste, weil kein Italiener um diese Zeit einen Cappuccino trank, geschweige denn andere Kaffeespezialitäten, die Milch enthielten. Konrads Wunsch nach einem Pils deutscher Marke sorgte ebenfalls dafür, dass der Lack von Matteos Weltgewandtheit abblätterte. Obwohl Emilio erwähnte, dass es sich bei Anna und Konrad um Deutsche handelte, die nach Italien ausgewandert waren, bediente Matteo sie nun so beiläufig wie Touristen. Emilio bekam seinen Weißwein auf einem Silbertablett serviert, Konrad sein Bier auf einem Untersetzer aus Pappe und Anna ihren Cappuccino ohne die Praline, die Emilio stets am Rand seiner Tasse fand.

Anna betrachtete den Palazzo Comunale, als sähe sie ihn zum ersten Mal. »Hast du den Stoff gut versteckt?«, fragte sie, ohne Emilio anzusehen.

Sie erkannte aus den Augenwinkeln, dass er nickte. »Naturalmente! Was denkst du?«

Ein kleiner Disput entstand zwischen Konrad und Emilio. Konrad war der Meinung, dass das Kokain bei ihm besser aufgehoben sei, weil niemand auf die Idee kommen würde, es ausgerechnet in seiner Wohnung zu suchen. Emilio bestand jedoch darauf, das Kokain bei sich zu behalten. Er sei schließlich der Commissario im Dienst, Konrad hingegen nichts weiter als ein ehemaliger Polizist. Emilio erklärte, er wolle den Stoff im Drogendezernat abgeben, also müsse er auch dafür verantwortlich sein. Wenn sich herausstellen sollte, dass er das Kokain einem Privatmann überlassen habe, der eigentlich nicht einmal etwas von dieser Sache wissen dürfe, dann könne er sämtliche Karriereaussichten in den Wind schreiben.

Anna hätte gern gefragt, für welches Versteck er sich entschieden hatte, aber sie unterließ es. »Ist das Risiko vielleicht doch zu groß?«, fragte sie stattdessen, und Emilio und Konrad verstanden sofort, was sie meinte. »Valentino ist nicht zimperlich. Wenn er sagt, Julius Schleicher ist gefährlich, dann ist er das.«

Emilio antwortete sehr schnell. So, als hätte er während des Weges zum Campo über ihre Pläne nachgedacht. »Was soll schon passieren? Wir werden ihn auf frischer Tat ertappen, dann kann er sich nicht rausreden. Ich habe Julius Schleicher schon gesehen. Er ist ein fetter Kerl, unsportlich, träge, weichlich, plump …«

»Aber offenbar skrupellos«, warf Anna ein.

»Giuseppe wird in der Nacht dabei sein«, entgegnete Emilio. »Vielleicht ist es ganz gut, dass die Drogenfahnder sich nicht einmischen wollen. Das würde Schleicher womöglich durchschauen.«

»Dann gäbe es einen kleinen Krieg«, meinte Konrad und trank einen Schluck Bier, mit dem er sein halbes Glas leerte. »Schleicher darf zu keiner Reaktion kommen. Wir müssen uns sofort auf ihn stürzen.«

»Giuseppe, du und ich.« Emilio sah Konrad eindringlich an, als rechnete er damit, dass Annas Nachbar einen Rückzieher machen könnte.

Aber davon war Konrad weit entfernt. »Drei gegen einen.« Er ballte eine Faust. »Der hat keine Chance.«

»Und Anna wird unsere Zeugin sein.« Emilio lächelte sein schönstes Lächeln. »Sollten sich Fragen auftun, wird sie alles bestätigen können.«

Anna kam es vor, als bereiteten zwei Jungs ein Indianerspiel vor. »Ihr müsst ihn gar nicht überwältigen«, sagte sie. »Es reicht, wenn er das Zeug aus der Satteltasche holt. Die Drogenfahnder können ihn dann auf dem Eselhof erwarten. Die Tüte mit dem Puderzucker überführt ihn.«

»Ich weiß nicht.« Konrad sah so aus, als gefiele ihm der Gedanke, sich mal wieder eine richtige Schlägerei zu liefern. »Vergiss trotzdem deine Knarre nicht«, wandte er sich an Emilio. »Und denk vor allem daran, sie zu laden.«

In Annas Mitte war alles kunterbunt. Orange getupft, rot gestreift und mit lila Schlieren unkenntlich gemacht. »Hoffentlich bekommt Tino erst einen Flug, wenn die Sache überstanden ist.«

Sie waren sich einig, dass Julius Schleicher erst auftauchen würde, wenn es im *Albergo Annina* dunkel und still war. Die letzten Lichter in den Zimmern mussten ausgegangen sein, vorher würde er sich das Kokain nicht holen wollen.

Nach ihrer Rückkehr vom Campo hatte Anna wieder das Kleid angezogen, das einer Hotelbesitzerin Ehre machte, und Graziella in den Feierabend geschickt. Mit besonderer Freundlichkeit, denn ihr Zimmermädchen hatte während ihrer Abwesenheit eine Buchungsanfrage entgegengenommen. Ein älteres Ehepaar war mit seiner Unterbringung in einer Pension im Zentrum der Stadt nicht zufrieden und suchte etwas Besseres. Sie wurden jeden Augenblick erwartet, und Anna hoffte, dass sie sich in ihrem Hotel wohlfühlen würden.

Während sie auf deren Erscheinen wartete, beschäftigte sie sich mit ihrem Buchhaltungsprogramm. Einnahmen und Ausgaben hielten sich die Waage, kein nennenswerter Gewinn, aber auch keine großen Verluste. Nur gut, dass sie ein finanzielles Polster besaß, das den fehlenden Gewinn für eine Weile ausgleichen konnte. Sie hatte während ihrer Ehe sehr unter Clemens' Geiz gelitten, aber nach seinem Tod war ihr klar geworden, dass sie für die jahrzehntelange Sparsamkeit, die Clemens ihr aufgezwungen hatte, nun belohnt wurde. Ihr Mann hatte ein kleines Vermögen angehäuft, wenn auch ganz sicherlich nicht dafür, dass sie es in ein Hotel steckte, das womöglich schon im ersten Jahr nach seiner Eröffnung pleiteging.

Anna drehte die Augen zur Decke. »Sorry, Clemens.«

Sie entschloss sich, einen Kontrollgang durchs Haus zu machen, um sicherzugehen, dass alles an seinem Platz stand und überall Ordnung herrschte. Vor Samys Zimmer blieb sie kurz stehen und lauschte. Kein Laut drang heraus. Auch in dem Nachbarzimmer, das Ole Alfkes bezogen hatte, war alles ruhig. Was war aus dem Magic Moment geworden, bei dem Anna Zeuge gewesen war? Lag jetzt jeder in seinem eigenen Bett und wusste nicht, wie er zum anderen gelangen konnte?

Anna schüttelte den Kopf, lange und heftig, als hätte sie Mühe, sich davon zu überzeugen, dass die beiden kein Liebespaar, sondern Komplizen waren. Oder vielleicht Komplizen, die sich spontan ineinander verliebt hatten? Dieser Gedanke gefiel ihr. Möglicherweise hatten sie sich erst am Vormittag kennengelernt. Die Cabrio-Fahrerin hatte Ole abgesetzt, ein weiblicher Drogenboss, der keinen Widerspruch duldete und seine Leute einsetzte, wie er wollte. In diesem Fall als Begleitung einer Eselwanderin, die er vorher nie gesehen hatte.

Anna ging zurück und öffnete die Tür von Zimmer eins. Hier würde Emilio einziehen. Er hatte es für unabdingbar gehalten, im *Albergo Annina* zu wohnen, solange auch Samantha Lindenbaum und Ole Alfkes hier logierten. Zum Glück würde er keinen Argwohn erregen. Er war ein Tierarzt, der im *Albergo Annina* abgestiegen war, um sich die Schönheiten Sienas anzusehen. Ganz unauffällig!

Anna betrat das Zimmer, strich über die Bettwäsche, zupfte die Gardine zurecht, ging ins Bad und berührte mit den Fingerspitzen den weichen Flor der Handtücher. In den ersten Tagen nach der Eröffnung war sie täglich durch alle Räume gegangen und hatte sich daran erfreut, dass ihr Hotel genauso geworden war, wie sie es sich gewünscht hatte. Ein Glücksgefühl in Flamingorosa, das sich noch immer nicht abgenutzt hatte.

Sie ging in die erste Etage, warf einen Blick in alle Zimmer, trat auf den Gang zurück und sah durchs Fenster, unter dem Griseldis stand. Mit geschlossenen Augen, unbeweglich. Nur den linken Hinterlauf zog sie gelegentlich an, als hätte sie Schmerzen. Hoffentlich war die Diagnose von »Dr. vet. Fontana« nicht leichtfertig gewesen. Anna zwinkerte Griseldis zu, die natürlich nichts davon mitbekam. Als der Esel die Augen öffnete, starrte er verdrießlich das Stückchen Gras zu seinen Vorderfüßen an, das er bereits weggefressen hatte, und schien nicht zu erkennen, dass es hinter ihm noch ein paar Quadratmeter gab, die ihn eine Weile satt machen würden. Anna grinste. Emilio hatte seine Rolle gut gespielt, sie musste nur darauf achten, dass es später nicht zu einer Klage wegen eines Kunstfehlers kam, wenn Griseldis' Erkrankung sich verschlechterte. Aber vermutlich würde der Esel nicht lange hinter ihrem Hotel stehen bleiben. Samantha Lindenbaum würde ihn zurückbringen, wenn Julius Schleicher sein Kokain gesichert hatte. Und dann?

Gerade als sie an die Rezeption zurückkehrte, fuhr ein Auto vor. Die neuen Gäste erschienen, die mit dem Zimmer, das Anna ihnen anbot, sehr zufrieden waren. Sie lobten den guten Geschmack der Hotelbesitzerin und hatten damit ihr Herz im Nu erobert.

Konrad kam aus Annas Wohnung. Er war wie immer über die Terrasse gekommen, großschädelig, breitbrüstig, grobknochig und schaufelhändisch, wie er war, und stellte sich zu ihr an die Rezeption. »Alles klar?«

Anna gab sich beschäftigt, blätterte in irgendwelchen Unterlagen und nickte. »Ich habe mir alles noch mal überlegt … es ist wirklich besser, ihr beobachtet Julius Schleicher nur. Wenn die Leute vom Drogendezernat ihn am Eselhof in Empfang nehmen, können sie die Tüte mit dem Puderzucker sicherstellen. Schleicher ist dann überführt. Es ist nicht nötig, dass ihr euch in Gefahr begebt.«

»Du vergisst, dass die Drogenfahnder mit der Sache nichts zu tun haben wollen. Sie lassen Emilio nur deshalb freie Hand, weil sie ihm ohnehin nichts zutrauen. Der Chef der Drogenfahndung schickt seine Leute nicht mitten in der Nacht zum Eselhof, weil Julius Schleicher vielleicht mit einer Tüte Puderzucker zurückkehrt. Außerdem … Schleicher ist gewieft. Ich würde mich nicht wundern, wenn er auf Nummer sicher geht und die Tüte erst mal irgendwo zwischenlagert, ehe er in den Eselhof zurückkehrt. In einem Auto, bei einem Komplizen oder so. Dann wäre alles umsonst gewesen. Nein, wir müssen Schleicher auf frischer Tat ertappen.«

In diesem Augenblick öffnete sich die Eingangstür erneut. Emilio Fontana trat ein und setzte seine Reisetasche vor der Theke der Rezeption ab. Blendend aussehend, in einem zartrosa Hemd, das exakt zu seiner rostfarbenen Jeans und den hellen Sneakers passte, mit einem Lächeln in den dunklen Augen, das sogar einen weniger gut aussehenden Mann attraktiv gemacht hätte. »Welches Zimmer darf ich beziehen?«

Der Abend zog sich hin. Anna hatte gleich mehrere Rotweinflaschen entkorkt, weil ihr schien, als müssten Konrad und Emilio sich Mut antrinken. Als der Abend dunkler, stiller und kälter wurde, hatte sie angefangen zu kochen, weil sie außerdem glaubte, dass Konrad und Emilio gestärkt werden müssten, ehe sie sich an eine so schwierige Aufgabe wie die Überführung eines gefährlichen Drogendealers machten. Tante Rosi hatte vor jeder Mathearbeit, vor den Bundesjugendspielen oder einer Klassenfahrt Westfälisches Blindhuhn gekocht, einen Bohneneintopf, von dem niemand wusste, wie er zu seinem ausgefallenen Namen gekommen war. Angereichert mit fetten Mettendchen gebe er Kraft, hatte Tante Rosi behauptet, beruhige aber auch die Nerven. Die blähende Wirkung der weißen Bohnen hatte sie jedes Mal als unerheblich abgetan und den Ermüdungseffekt einer deftigen Mahlzeit rundheraus geleugnet. Anna hatte nicht so recht daran geglaubt, nach dem Genuss von Blindhuhn Kraft und gute Nerven bekommen zu haben, dennoch war ihr, als sie über eine geeignete Mahlzeit nachgedacht hatte, sofort Tante Rosis Allheilmittel gegen sämtliche schwierige Lebenslagen eingefallen.

Sie hatte Blindhuhn lange nicht gekocht, in Siena noch nie, erinnerte sich aber ohne Weiteres an das Rezept. Die Mettendchen ließ sie weg, weil es im Supermercato nichts gab, was den westfälischen Mettendchen nahegekommen wäre, aber mit den Schinkenwürfeln ging sie desto großzügiger um.

Am Ende stand ein Topf auf dem Herd, dessen Inhalt für eine mehrköpfige Familie ausgereicht hätte. Konrad schnupperte und nickte anerkennend, Emilio dagegen verzog das Gesicht, als die Terrine mit dem Westfälischen Blindhuhn auf den Tisch kam.

»Wo liegt Westfalen überhaupt?«, fragte er, als hielte er für möglich, dass das Rezept von der ärmlichen Bevölkerung jenseits des Urals oder von Hottentotten überliefert worden sei. Dass Tante Rosi nach ihrer Schulentlassung eine Lehre in Lüdinghausen absolviert hatte, wo sie Westfälisches Blindhuhn kennenlernte, beruhigte ihn ein wenig. Aber während Konrad herzhaft zugriff, begnügte Emilio sich mit zwei, drei Löffeln. Natürlich lobte er Annas Kochkunst, weil ein gut erzogener Italiener alles lobte, was von weiblicher Hand gereicht wurde, aber Anna war klar, dass sie seinen Geschmack nicht getroffen hatte. Eigentlich war ihr das von vornherein klar gewesen. Aber Tante Rosis Ratschläge und ihre Alltagsklugheit hatten Anna nun einmal geformt und waren ihre Stütze geblieben.

Sie kennen kein Westfälisches Blindhuhn? Kein Wunder, das ist nur wenigen bekannt. Ein Huhn kommt in diesem Eintopf wirklich nicht vor, nicht mal Hühnerbrühe. Wie der Name entstanden ist, kann ich Ihnen nicht sagen, aber das Rezept verrate ich Ihnen am Ende dieses Buches. Versprochen.

Konrad strich sich über den Bauch und gähnte. »Vielleicht hätte ich nicht so viel essen sollen.« Er lächelte Anna an, als sollte schon wieder die Anrede »Liebes« folgen. Aber so weit trieb er es dann doch nicht. »Eine attraktive Frau, die eine tolle Figur hat und auch noch kochen kann! Der Traum eines jeden Mannes.«

Emilio bedachte ihn mit einem abschätzigen Blick, der bis zu seinen Bermudas und den Trekkingsandalen reichte. Dann stand er auf, ging zur Terrassentür und spähte hinaus. Anna war froh, dass er offenbar nicht den Wunsch verspürte, auf Konrads Rede etwas zu erwidern, sie womöglich zu steigern oder mit einem Kompliment abzuschließen, das Konrad in die Offensive gelockt hätte. Sie hatten weiß Gott Wichtigeres zu tun.

Anna betrachtete Emilio besorgt. »Besser, du lässt dich nicht blicken. Julius Schleicher könnte schon in der Nähe sein und meinen Garten beobachten.«

»Anna hat recht«, bestätigte Konrad, der sich nie eine Gelegenheit entgehen ließ, Commissario Fontana einen Fehler vorzuhalten.

Dafür erntete er einen vernichtenden Blick. »Pollo cieco!«, sagte Emilio und ließ offen, ob er Konrad als blindes Huhn bezeichnete oder auf das Essen Bezug nahm, das ihm nicht bekommen war, so wenig er davon auch gegessen hatte.

Sie entschlossen sich, das Licht zu löschen. Es war nun zwischen elf und Mitternacht, eine Zeit, in der eine Hotelbesitzerin, die morgens früh aus den Federn musste, im Bett sein sollte. Und da Touristen, die den ganzen Tag unterwegs waren und viel Pflaster getreten hatten, ebenfalls müde waren, lagen sämtliche Hotelfenster dunkel da.

»Einige sind vielleicht noch nicht zu Hause«, meinte Konrad.

Aber Anna war anderer Ansicht. Sie war ein weiteres Mal durchs Haus gegangen und hatte vorher das Schlüsselbrett inspiziert. Ihre Gäste hatten die Wahl: Sie konnten ihre Schlüssel mitnehmen oder sie sich beim Heimkommen an der Rezeption aushändigen lassen. Wenn dort niemand anzutreffen war, durfte sich jeder seinen Schlüssel eigenhändig vom Haken nehmen. Die Gäste, die spät heimkommen wollten, mussten ihren Schlüssel auf jeden Fall in der Tasche haben, um die Eingangstür zu öffnen, die Anna vorm Schlafengehen abschloss. Nur ungern, aber sie sah ein, dass sie ihren Gästen das Gefühl der Sicherheit zubilligen musste, die ein verschlossener Eingang erzeugte. Es gab auch eine Nachtklingel, die in Annas Wohnung einen Höllenlärm veranstaltete, und für Notfälle bekam jeder Gast Annas Telefonnummer ausgehändigt. Sie war dann bereit, aufzustehen und den Gast hereinzulassen, der sich verspätet hatte. Ein Service, auf den Anna beim Einchecken immer voller Stolz hinwies. Die Gäste sollten wissen, dass es im *Albergo Annina* sehr persönlich und sogar ein bisschen privat zuging, anders als in den großen Hotels der Stadt. Dort gab es bestenfalls einen Nachtportier, aber niemanden, der im Nachthemd an der Tür erschien und einen Gast hereinließ, wie eine Mutter ihren Teenagersohn, der sich nicht an die verabredete Zeit gehalten hatte. Bisher hatte diesen Service aber noch niemand in Anspruch genommen. Vielleicht hatten die Gäste Angst, dass ihnen mit dem Einlass eine Strafpredigt blühte.

Ein fehlender Schlüssel an der Rezeption war also kein Beweis dafür, dass der Gast in seinem Zimmer war, aber doch ein deutlicher Hinweis, wenn man die Gewohnheiten der Gäste kannte. Die beiden Paare, typische Siena-Touristen, ließen ihre Schlüssel immer im Hotel, lagen also im Bett, wenn die Schlüssel fehlten und die Zimmer dunkel waren. In Samantha Lindenbaums Zimmer hatte Anna ein Handy läuten hören und dann eine Stimme vernommen. Der Lichtschein in Ole Alfkes' Fenster, der von der Nachttischlampe stammte, war mittlerweile erloschen. Die beiden waren also zu Hause.

»Wir sollten nicht mehr lange warten«, meinte Anna.

Konrad und Emilio verständigten sich mit einem Blick. »Hast du dir schon überlegt, wo wir uns am besten verstecken?«, fragte Konrad.

Emilio nickte wie ein eifriger Schüler, der stolz darauf war, seine Hausarbeiten gemacht zu haben. »So, dass wir ihm den Rückweg abschneiden. Also in der Nähe der Mülltonnen. Von dort wird er kommen.«

Konrad war einverstanden. »Wir verhalten uns ruhig, bis er das Zeug aus der Satteltasche genommen hat und türmen will. Ich könnte mich hinter Annas Auto verstecken. Wenn er dann auf die Straße zurückwill, nehmen wir ihn in die Zange.«

In diesem Augenblick klingelte es an der Eingangstür. Anna zuckte zusammen, Konrads Füße scharrten, Emilio stieß an sein Rotweinglas. Trotz der Dunkelheit konnte Anna die Unruhe der beiden erkennen.

»Wer mag das sein?«, fragte sie flüsternd.

»Sind also doch noch nicht alle Gäste im Haus?« Konrads Stimme war ärgerlich.

Anna tastete sich im Dunklen zur Küchentür. »Es hilft nichts. Ich muss nachsehen.«

Sie machte Licht in der Diele und öffnete die Tür zur Lobby. Dort gab es immer ein kleines Nachtlicht in der Nähe der Tür, die zu den Hotelzimmern führte. Auf dem Gang vor den Türen sorgte dann ein Bewegungsmelder dafür, dass jeder zu seinem Zimmer fand.

Durch das Fenster neben der Eingangstür war ein Nachtschwärmer zu erkennen, der von den beiden Laternen beschienen wurde, die Anna draußen hatte anbringen lassen. Sie sog scharf die Luft ein, als sie sah, wer der Besucher war, und riss dann die Tür auf. »Tino! Du?«

Ihr Bruder grinste, als er in ihr erschrockenes Gesicht sah. »Habe ich dich etwa geweckt?«

»Wo kommst du her? So spät!«

»Aus Rom! Erst Billigflieger, dann Zug nach Florenz und von dort ein Taxi. Geht schneller, als ich dachte.«

Anna öffnete die Tür weiter und ließ ihren Bruder eintreten. Erst als sie sie hinter ihm geschlossen hatte, fiel sie ihm um den Hals. »Ach, Tino!«

Er sah sie gerührt an, als sie ihn wieder freiließ. »Seit du Witwe bist und in Siena wohnst, ist es viel schöner, dich zu besuchen.«

Er brauchte nicht zu erklären, was er damit meinte. Anna konnte sich gut erinnern, wie ungern Clemens ihren Brüdern die Tür geöffnet hatte. Und kein einziges Mal hatte er akzeptiert, dass die beiden bei ihnen übernachteten. Anna konnte sich an höchstens zwei oder drei Besuche in ihrer Stuttgarter Wohnung erinnern, und keiner hatte länger als zwei Stunden gedauert.

»Was ist mit Pippo?«, fragte sie, als sie Valentino in ihre Wohnung führte. »Warum ist er nicht mitgekommen?«

»Du kennst ihn doch«, antwortete Valentino. »Er muss immer erst …«

Weiter kam er nicht. Denn in diesem Augenblick ertönte ein Schrei. Er kam aus dem Garten …

Bevor Emilio seine Reisetasche gepackt hatte, musste er seine Mutter anrufen. Sie hatte ihn zum Abendessen eingeladen und wäre sehr ungehalten gewesen, wenn er ohne Begründung und Entschuldigung nicht erschienen wäre. Als sie aber hörte, dass er von Anna Wilders gebraucht wurde, war sie sofort versöhnt gewesen. »Das ist gut, Junge. Sie muss wissen, dass sie auf dich zählen kann.«

Dass es noch einen anderen Mann gab, auf den Anna zählen konnte, hatte sie nicht glauben wollen. »Sieht er gut aus?«

Nachdem sie gehört hatte, dass Konrad Kailer mit Vorliebe Bermudas und Trekkingsandalen trug, sich die Beine nicht rasierte und völlig uneitel war, war sie schnell beruhigt gewesen. »Den aus dem Rennen zu werfen kann doch nicht schwer sein.«

Mama machte sich alles so einfach. Einerseits gefiel es ihr, dass Anna anders war als die Frauen, die bisher als Eheaspirantinnen infrage gekommen waren, dann wieder wollte sie einfach nicht glauben, dass Anna anders reagierte als die Töchter ihrer Freundinnen.

Aber immerhin hatte Emilio großes Lob für die Idee bekommen, ins *Albergo Annina* zu ziehen. »Je näher du ihr bist, desto eher hast du Erfolg.«

Dass es ihm auch um seine Karriere ging, verschwieg er, denn Mama hatte schon oft versucht, ihm eine Laufbahn im Drogendezernat auszureden. »Das ist viel zu gefährlich!« Und in diesem Fall hätte sie ihm natürlich klar die Prioritäten vor Augen gehalten. Er solle sich auf das Wichtigste konzentrieren, damit das endlich was wurde mit ihm und Anna Wilders. »Du schaffst das, Junge!«

Emilio war sich da längst nicht so sicher. Anna hatte ihn nicht einmal zu seinem Zimmer begleitet, sondern ihm nur den Schlüssel ausgehändigt. Dann war sie in ihre Wohnung zurückgegangen, wo Konrad auf sie wartete.

Und der war geblieben. Stur und steif. Emilio war schnell klar geworden, dass diese Nacht nicht bei Kerzenschein in Annas Armen enden würde, sondern neben Konrad Kailer auf einem Küchenstuhl. Wenn er Pech hatte, würde der sogar die Pluspunkte einheimsen und sich von Anna als Bezwinger eines berüchtigten Drogendealers feiern lassen. Dann musste Commissario Emilio Fontana noch froh und dankbar sein, wenn der frühere deutsche Kriminalbeamte ihm den Sieg überließ, damit er im Drogendezernat eine Chance bekam und sich nicht vorhalten lassen musste, einen Außenstehenden in die Polizeiarbeit eingeweiht zu haben. Vor allem durfte es nicht so aussehen, als hätte Emilio Fontana Hilfe gebraucht, um zum Erfolg zu kommen.

Der Schrei aus dem Garten traf ihn derart unvorbereitet, dass er zunächst wie erstarrt sitzen blieb. Sie hatten zu lange gewartet? Hatten nicht früh genug Posten bezogen? Aber wer war dann angegriffen und wer überwältigt worden? Die Eselwanderin und ihr Komplize?

Emilio und Konrad sprangen gleichzeitig auf, die Küchentür wurde nur eine Sekunde später aufgestoßen, und Anna stand auf der Schwelle, hinter ihr ein Mann, den Emilio nicht auf Anhieb erkannte.

Es war ihm gleichgültig. Er riss die Terrassentür auf, ehe Konrad Kailer die Führung der Aktion an sich reißen konnte – da fiel ihm schlagartig ein, dass er seine Dienstwaffe nicht angelegt hatte. Das Holster lag noch auf Annas Küchenschrank.

»Stehen bleiben! Polizei!«

Er stürmte in den Garten und auf Griseldis zu, deren Umrisse mit einem Mal im Dunkel erschienen, weil in der ersten Etage jemand das Licht angeknipst hatte. Der Esel zwinkerte, anscheinend war er im Schlaf gestört worden, hob den Schwanz und ließ seinen Beitrag zu dem Geschehen auf den Rasen klatschen. Emilio schoss der Gedanke durch den Kopf, dass am nächsten Morgen die Eselwanderin bei ihm vorstellig werden könnte und von ihm erwartete, dass er sich um den Durchfall ihres Esels kümmerte.

Beinahe wäre er mit einem Mann zusammengestoßen, der auf ihn zugehumpelt kam und sich den Kopf hielt.

»Verdammt!«, knurrte Filippo Kolsky. »Was soll das Geschrei? Jetzt haben Sie den Kerl vertrieben!«

Anna sah einen nach dem anderen an. Zwei notorische Kriminelle, ein italienischer Polizist und ein pensionierter deutscher Kriminalbeamter! Dazwischen sie, die Tochter von Schwerverbrechern, die Witwe eines kreuzsoliden Verwaltungsangestellten. Was für eine Mischung! Da flossen Orchideenrosa, Aluminiumgrau, Margeritenweiß, Clematisviolett und Aquamarinblau ineinander. Was kam bei einer solchen Mischung heraus? Ein nichtssagendes Graubraun! Ein Mischmasch, in dem sich keiner wohlfühlte.

Hinter Konrads Stirn schienen sich sämtliche Verurteilungen und Gefängnisaufenthalte von Valentino und Filippo aufzulisten, Emilio schmeckte offenbar der Rotwein nicht mehr, seit zwei Verbrecher am selben Tisch denselben Wein tranken und er ihnen sogar zuprosten musste. Valentino und Filippo hingegen machten keinen Hehl aus dem Wunsch, schleunigst der doppelten Polizeipräsenz zu entkommen. Aber sie sahen ein, dass sie Erklärungen abgeben mussten, und das war mit einem alkoholischen Getränk in der Hand leichter als zwischen Tür und Angel.

»Du weißt doch«, sagte Valentino zu seiner Schwester, »dass Pippo nie durch die Haustür kommt.«

Ja, das wusste Anna, aber in diesem Fall hatte sie nicht daran gedacht. Ein Gebäude, das Filippo betreten wollte, umrundete er zunächst, hielt für den Fall der Fälle nach Fluchtwegen Ausschau und benutzte erst den Eingang, wenn er sich vergewissert hatte, dass die Luft rein war. So verhielt er sich immer, auch dann, wenn er ein reines Gewissen hatte und sich nicht vor Verfolgung oder Entdeckung zu fürchten brauchte. Eine Macke, ein Spleen, eine Absonderlichkeit? Oder gar eine Zwangshandlung?

Filippo schien sich immer verfolgt zu fühlen. Seine Angst war womöglich schon entstanden, als er ein kleiner Junge war und mehr als einmal auf dem Rücken seines Vaters vor der Polizei fliehen musste oder unter dem weiten Mantel seiner Mutter aus einer Gefahr hinausgeschmuggelt worden war. Jetzt jedenfalls war er unfähig, einen geraden Weg zu gehen. Valentino kannte das und hatte nichts eingewendet, als Filippo sich entschloss, nicht neben seinem Bruder vor dem Hoteleingang darauf zu warten, dass Anna ihnen öffnete. Dass er hinter dem Hotel in Gefahr geraten könnte, damit hatte Valentino natürlich nicht gerechnet.

»Da war ein komisches Geräusch«, erzählte Filippo widerstrebend. »Eine Rupfen, ein Schmatzen…« Er sah seine Schwester vorwurfsvoll an. »Wer kann denn ahnen, dass in deinem Garten ein Esel steht?«

Sein hageres Gesicht wirkte, wenn er zornig war, noch faltiger, er sah verlebt und verbraucht aus. Die Jahre im Untergrund, auf der Flucht, im Gefängnis hatten seinen Körper gezeichnet. Wenn er wollte, konnte Filippo charmant sein, das wollte er manchmal, wenn eine hübsche Frau in der Nähe war. Dann wirkte er jünger, auch weil er sich gern gut kleidete und Wert auf einen modischen Haarschnitt und saubere Fingernägel legte. Das war bei Valentino anders. Ihm war sein Äußeres gleichgültig, ob seine Kleidung aktuell war, interessierte ihn nicht, sauber und gebügelt musste sie auch nicht sein, und tägliche Körperpflege erschien ihm lästig und überflüssig. Wenn er unrasiert und mit fettigen Haaren durch die Stadt ging, nahm jede Mutter ihr Kind fester an die Hand. Wenn er auch durch sein künstliches Knie in seiner Beweglichkeit stark beeinträchtigt war, wirkte er dennoch stets angriffslustig und gefährlich.

»Was macht der Esel in deinem Garten?«, beharrte Filippo. »Wieso kriege ich eins über den Schädel, wenn ich mich ihm nähere?« Er tastete erneut seinen Hinterkopf ab und verzog das Gesicht.

»Wer bei Nacht durch fremde Gärten schleicht, macht sich verdächtig«, antwortete Anna. »Da darf man sich nicht wundern.«

»Meinst du, das war ein Gast?«, fragte Valentino, während Konrad und Emilio schwiegen, als wäre ihnen der Rotwein in ihren Gläsern erheblich wichtiger als die Gewalttat im Garten des Hotels.

Anna wehrte ab. »Ich habe nur seriöse Gäste.«

»Wer war es dann?«

»Was weiß ich!« Anna verschaffte sich Zeit, indem sie Rotwein nachgoss, obwohl alle Gläser noch zur Hälfte gefüllt waren. Sie dachte an das, was Valentino am Telefon gesagt hatte: Filippo war in irgendwelche Drogengeschäfte verwickelt. Hatte er sich sogar auf Geschäfte mit Julius Schleicher eingelassen? »Vielleicht ein Nachbar«, sagte sie, »der dich für einen Einbrecher gehalten hat.«

Valentino erhob sich und gab seinem Bruder einen Wink. »Los, Pippo! Alte Männer gehören zu dieser Zeit ins Bett.«

Filippo sah zunächst so aus, als wollte er eine Diskussion über die Frage anzetteln, wann ein Mann alt genannt werden durfte, gab dann aber klein bei und folgte seinem Bruder, der schon zur Tür gehumpelt war. Anna folgte den beiden, um ihnen ihre Zimmer zu zeigen.

Als sie zurückkehrte, schloss sie sorgfältig sowohl die Wohnungs- als auch die Küchentür hinter sich. Dass sie geschlossene Türen nur schwer ertrug, schien diesmal weniger zu wiegen als die Sorge, gehört zu werden. »Was haltet ihr davon?«, fragte sie flüsternd.

Konrad stand auf und löschte das Licht. »Lasst uns nachsehen, ob die Tüte weg ist.«

Anna war es, die vorsichtig die Hand in die Satteltasche schob und sie wieder herauszog, als ihre Fingerspitzen die Plastiktüte und ihren Inhalt ertastet hatten. »Sie ist noch da.«

Konrad reichte diese Behauptung nicht. Er zog die Tüte heraus, als wollte er unbedingt auf Nummer sicher gehen. Dabei war es so finster im Garten, dass er kaum erkennen konnte, was er in Händen hielt. Dennoch waren sie alle drei überzeugt, dass es das war, was sie vermuteten.

Emilio nahm Konrad die Tüte mit dem Puderzucker ab und steckte sie sorgfältig wieder zurück. »Das Kokain ist bei mir gut aufgehoben. Niemand ahnt, dass ich kein Tierarzt, sondern Commissario bin.«

»Nur Annas Brüder«, gab Konrad leise zurück, und es klang wie eine Warnung.

Darauf antwortete Emilio nicht, und auch Anna schwieg dazu. Das lag daran, dass ein Geräusch sie erstarren ließ. Ein zurückschnellender Zweig, ein rollender Stein, ein Schnalzen, das nicht zu identifizieren war. Sie hielten den Atem an, wagten nicht, sich zu rühren. Doch alles blieb still, die pechschwarze Angst wich allmählich von ihnen, die graue Erleichterung sorgte für einen tiefen Atemzug.

»Ein Vogel«, sagte Konrad.

Anna bestätigte es. »Ja, ein Vogel.«

»Oder ein Iltis«, schlug Emilio vor.

Als sie in die Küche zurückgekehrt waren, sorgte Anna dafür, dass auch die Terrassentür fest im Schloss saß. »Ist Julius Schleicher abgehauen, weil er dachte, dass er entdeckt worden ist?«

»Oder hatte der Kerl gar nichts mit dem Kokain zu tun?«, überlegte Emilio.

Das konnte sich jedoch keiner der drei vorstellen. Ohne das Licht wieder anzumachen, hockten sie am Küchentisch, dachten nach, seufzten, dachten wieder nach und seufzten erneut.

»Was kann das für Folgen haben?«, überlegte Konrad. »Glaubt Schleicher nun, dass hier jemand Bescheid weiß und auf ihn gewartet hat? Dann wird er nicht wiederkommen. Höchstens, um herauszufinden, wer es war, den er in der Nähe von Griseldis gesehen hat. Und dann wird er das nächste Mal fester zuschlagen.«

Anna stöhnte auf und schlug die Hand vor den Mund.

»Accidenti!«, fluchte Emilio. »Und wie kriegen wir ihn jetzt?«

Die Glocke der Basilica schlug zwölfmal. Mitternacht! »Giuseppe muss jeden Moment hier sein«, raunte Emilio. »Am besten, ich schicke ihn gleich wieder weg.«

»Wenn er schon mal da ist«, meinte Konrad, »kann er doch bleiben und sich auf die Lauer legen.«

»Allein?« Emilio wollte seinen Mitarbeiter auf keinen Fall einer Gefahr aussetzen.

Konrad sah ein, dass Emilio recht hatte. »Dann müssen wir natürlich auch Posten beziehen. Wie ursprünglich geplant.«

Beide sahen sehr lustlos aus. Aber Emilio war sicher, dass Giuseppe, wenn er sich bis Mitternacht wach gehalten hatte und auf ein polizeiliches Abenteuer hoffte, sehr enttäuscht sein würde, wenn er von seinem Chef zurückgeschickt wurde. »Der ist ja immer noch versessen auf Festnahmen, die möglichst gefährlich ablaufen. Wetten, dass er seine Dienstpistole dabeihat?«

Die Uhr schlug eins. Im Garten des *Albergo Annina* war alles still und dunkel, in Annas Wohnung ebenfalls. Neonweiß war die Stille, sie tat in den Ohren weh, mottengraue Dunkelheit hatte sich über diese Stunde gelegt. Dass jemand am Küchentisch saß und in das Schwarz vor dem Fenster starrte, würde keiner erkennen, der sich in diesen Garten traute.

Anna hatte schon lange dagesessen, als sich ihre Augen so weit an die Finsternis gewöhnt hatten, dass sie Schattierungen unterscheiden konnte. Das Schwarz der Büsche, die vor dem Zaun zu Konrads Garten standen, die etwas helleren Steine, die die Beete stützen sollten, und ein vibrierender Umriss, der zeigte, wie tief und ruhig Griseldis atmete.

Anna widerstand nur mit Mühe der Versuchung, die Stirn auf die Unterarme zu legen. Sie wusste, dass sie im Nu einschlafen und nichts von dem mitbekommen würde, was im Garten geschah. Würde überhaupt etwas geschehen? Eigentlich konnte sie es sich nicht vorstellen. Die Chance, Julius Schleicher auf frischer Tat zu ertappen, war vertan. Er würde glauben, dass es im *Albergo Annina* jemanden gab, der ihm auf die Schliche gekommen war, und nicht noch einmal das Risiko auf sich nehmen. Aber wie mochte er mit der Tatsache umgehen, dass hier jemand von seinen Drogengeschäften wusste?

Über Annas Rücken zog ein blaulichtgreller Schauer. Valentino hielt Schleicher für brutal und bösartig. Er würde mit denen, die ihm gefährlich werden konnten, kurzen Prozess machen. Nicht nur sie, Konrad und Emilio waren jetzt in Gefahr, auch Filippo und Valentino. Wenn Schleicher ihren älteren Bruder erkannt hatte, dann musste sie damit rechnen, dass es in ihrem Hotel demnächst Mord und Totschlag geben würde.

Sie hätte Filippo gern gewarnt, hätte ihn gebeten, sich nicht zu sorglos im Hotel und in der Umgebung zu bewegen, aber Emilio und Konrad waren dagegen gewesen. Männer wie Valentino und Filippo Kolsky durften sich hier nicht einmischen, das würde alles noch schlimmer machen. Sie pflegten Konflikte mit Gewalt zu lösen, und das wollte niemand, denn dann würde Emilios Chance, demnächst Mitarbeiter im Drogendezernat zu werden, gegen null tendieren. Was die Kolsky-Brüder handgreiflich lösen würden, das wollten Emilio und Konrad mit Taktik zu einem guten Ende führen. Besser also, die beiden wussten von nichts.

Giuseppe war wenige Minuten nach Mitternacht erschienen. In seiner aufrechten Erwartung wirkte er noch schlanker als sonst, mit den leuchtenden Augen noch jünger, sein Redefluss ließ ihn diesmal tatkräftig erscheinen, er sah aus, als platzte er vor Motivation. Und das, obwohl er wusste, dass er diesen Einsatz nicht als Überstunden würde abrechnen können, weil Scroffa nichts davon wusste und ihn nicht gutheißen würde. Die Idee, es den arroganten Drogenfahndern mal so richtig zu zeigen, hatte Kräfte in ihm geweckt, die Emilio mit Besorgnis erfüllten. Während er seinen Mitarbeiter auf den aktuellen Stand brachte, versuchte er, dessen Abenteuerlust auf Sparflamme herunterzukochen. Er wollte ihm nicht direkt sagen, dass sein Erscheinen überflüssig war, das hätte Giuseppe zu sehr deprimiert, aber er sollte auch nicht glauben, dass es in dieser Nacht etwas zu erleben gab, was er noch seinen Enkeln würde erzählen können.

Giuseppes Rhetorik raste von Emilios Abschwächungen zu seinen eigenen Hoffnungen und Erwartungen, ohne dass Anna mehr als der ungefähre Sinn seiner Worte erreichte. Am Ende jedenfalls hatten sich Konrad und Emilio kurz auf Deutsch darüber verständigt, dass sie so tun wollten, als wären sie davon überzeugt, dass Julius Schleicher ein zweites Mal versuchen würde, in Griseldis'

Satteltasche zu greifen. Sie brachten es einfach nicht fertig, Giuseppe den Spaß zu verderben.

»Hoffentlich hält er nicht lange durch«, flüsterte Konrad, ehe er sich daranmachte, einen geeigneten Platz im Garten zu suchen, an dem er nicht gesehen wurde, aber selbst einen guten Blick auf den Esel hatte. »Länger als zwei Stunden ertrage ich das nicht, ohne einzuschlafen.«

Anna nickte zu allen Warnungen, die Giuseppe ihr in die Ohren schleuderte, und versprach, kein Licht zu machen, weil sie glaubte, diese Bitte aus seinem raschen Redefluss herausgehört zu haben, und beteuerte, auf alles, was sich im Garten tat, ein Auge zu haben, damit sie später als Zeugin auftreten konnte. Sie hatte die Augen verdreht, als Giuseppe sich voller Elan und übermotiviert auf die Suche nach einem guten Versteck in Griseldis' Nähe machte, während Emilio und Konrad sich unauffällig zu den Mülltonnen begaben, dorthin, wo Julius Schleicher den Garten betreten musste. Sie würden sich vermutlich ein bequemes Plätzchen suchen und die Augen schließen …

Giuseppe hatte sich schon bestens über den polizeibekannten Gauner informiert, der scheinbar zum braven Eselhofbesitzer geworden war. »Der ist fett und unsportlich, den legen wir in den Dreck, ehe er bis drei zählen kann.« Diesen Satz hatte er sogar verständlich herausgebracht.

Anna lauschte dem sanften Ticken der Uhr, hörte die Stille rauschen und erschrak, als plötzlich ein Vogel aufflatterte und ein Zweig unter ihm brach. Als er sich woanders niedergelassen hatte und die Lautlosigkeit zurückkehrte, war das Ticken der Uhr mit einem Mal lauter geworden, und die Stille rauschte gewaltiger. Die Versuchung, sich der Müdigkeit zu ergeben, verging, und Anna fragte sich, was diese Veränderung bewirkt hatte. Eine Erstarrung in den Bäumen? Über den Beeten? In der Dunkelheit hinter dem Haus? Sie horchte angestrengt. Griseldis bewegte sich, unter ihren Hufen raschelte es, danach wog die Stille umso schwerer. Anna hätte gern die Luft angehalten, damit ihr Atem nicht die kleinsten Bewegungen überdeckte. Es gab sie, da war sie mit einem Mal ganz sicher. Kleine Bewegungen, vorsichtige, geheimnisvolle. Geräusche, die nicht gehört werden sollten, leises Rascheln, kaum wahrnehmbares Schaben.

Anna saß jetzt aufrecht, die Augen weit aufgerissen, obwohl sie nichts sehen konnte, die Ohren gespitzt, alle Sinne geschärft. Da! Eine winzige Veränderung im Schwarz der Nacht und eine Reaktion auf der anderen Seite des Gartens. Eine haarrissfeine Spur, die sich im Fensterglas spiegelte. Dann eine Bewegung in Griseldis' Nähe. Und schließlich … ein Schrei. Wer ihn ausstieß, wer in Not war, wer Hilfe brauchte oder Alarm schlagen wollte, konnte Anna nicht sagen. Eine andere Stimme antwortete, schrie ebenfalls, aber tiefer und wütender, dann eine dritte, ängstlich und warnend. Was folgte, war ein heftiger Tumult. Eine Schlägerei, ein Raufen, ein Angreifen und Abwehren, Drohen und Parieren.

Die Erstarrung wich von Anna, sie sprang auf und riss die Terrassentür auf. »Was ist da los?«

Anna war müde, schrecklich müde. Sie hatte höchstens drei Stunden Schlaf bekommen, vielleicht sogar weniger. Was hatte es für eine Mühe gekostet, rechtzeitig aus dem Bett zu finden! Und wie viel Selbstdisziplin war nötig gewesen, sich nicht einfach das Nächstbeste überzuwerfen, dessen Zipfel zufällig aus dem Kleiderschrank guckte, sondern sich anzukleiden, um als distinguiert wirkende Hotelbesitzerin durchzugehen! Unter Aufbietung aller mentalen Kräfte hatte sie ihren Teint mit einer Foundation geglättet und ihn mit Rouge aufgefrischt, statt sich einfach Wasser ins Gesicht zu spritzen und mit der Benutzung einer Feuchtigkeitscreme den Minimalanforderungen eines gepflegten Äußeren zu genügen. Nein, sie brauchte das Maximum, jeden Tag! Zum Glück war ihr Pixie-Cut mit den Fingerspitzen in Form zu bringen und sah trotzdem aus, als hätte sie sich am Morgen viel Mühe mit ihrer Frisur gegeben.

Nun lehnte sie am Kaffeeautomaten, verdeckte mit der linken Hand den Fleck auf ihrem marineblauen Kleid, den sie dem Glas Himbeermarmelade verdankte, das sie soeben aufgeschraubt hatte, und schloss die Augen. Was für eine Nacht! Sie musste sich unbedingt eine ausgiebige Siesta gönnen und Graziella während dieser Zeit an die Rezeption stellen, um bis zum Abend durchhalten zu können.

Als sie zu schwanken begann, weil sie beinahe im Stehen eingeschlafen war, gab sie die bequeme Haltung auf und schritt ihr Frühstücksbüfett ab. Frische, duftende Brötchen, eine Käseplatte, mit blauen Weintrauben garniert, ein Schinkenbrett, Mortadella und mehrere zucchinidicke Salamiwürste, Marmeladen in allen Farben und Honig, der bernsteinfarben aus dem Spender floss. Die Eier waren gekocht, einige weich, einige hart, das Rührei bereitete sie für jeden Gast frisch zu. Ein Gefühl von Zufriedenheit und Stolz erfüllte sie, jeden Morgen aufs Neue, beerenblau mit porzellanweißen Sprenkeln.

Aber heute stand vor ihren Augen eine Nebelwand aus Müdigkeit, hinter der alle Bilder verschwammen. Auch die, die aus giftgrüner Erinnerung kamen. Giuseppe, der sich den verletzten Arm hielt, Konrad mit der Hand vor dem rechten Auge, das sich bereits blau färbte, als er sie endlich wegnahm, Emilio mit der aufgeplatzten Lippe.

»Das war nicht Julius Schleicher«, hatte Emilio immer wieder gestöhnt. »Der Typ war muskulös und gut trainiert.«

»Wie der seine Rechte platziert hat!«, lautete Konrads Kommentar. »Alle Achtung!«

Giuseppe hatte es vor lauter Stöhnen kaum herausbringen können: »Aber er hat auch einen Haken kassiert. Direkt auf die Stirn.

Eigentlich hätte er in die Knie gehen müssen.« Er hatte auf seine Hände gezeigt, die blutverschmiert gewesen waren. »Eine Platzwunde hat er. Die wird ihn daran erinnern, dass mit uns nicht zu spaßen ist.«

Anna zuckte zusammen, als sich die Tür zum Frühstücksraum öffnete. Das ältere Ehepaar trat ein, das Siena in einer Woche intensiver kennengelernt hatte als Anna in einem Jahr. »Heute machen wir die Basilica di San Francesco.«

Bald erschienen auch die beiden anderen Siena-Touristen, und die Stimmung aus Kaffeeduft, Reiseführergeraschel, Austausch touristischer Empfehlungen und frisch aufgeschnittener Salami gefiel Anna. Jeden Tag aufs Neue! Erst als ihre Brüder den Frühstücksraum betraten, wich das kurze Hochgefühl einer leichten Anspannung. Valentino und Filippo standen sonst nie früh auf, klagten noch Wochen nach dem letzten Gefängnisaufenthalt darüber, dass sie dort zu nachtschlafender Zeit von ihren Pritschen geholt worden waren, und hatten bei ihrem Aufenthalt im *Albergo Annina* kein einziges Mal das Frühstücksbüfett ausgiebig genossen, sondern waren lieber im Bett geblieben, bis die Frühstückszeit vorbei war.

Warum erschienen sie jetzt schon? Und noch dazu in brüderlicher Einigkeit? Filippo hatte sogar darauf verzichtet, einen Umweg durch den Garten zu machen und zunächst durch die hinteren Fenster die Lage zu sondieren, wie es eigentlich seine Art war. Der Anblick der beiden Brüder, die nun nebeneinander vor dem Käseangebot standen und sich dann berieten, welche Marmelade die köstlichste sein mochte, erfüllte Anna mit Misstrauen. Außerdem litt sie unter den kritischen Blicken der anderen Gäste.

Valentino war unrasiert, die Stoppeln am Kinn konnten aber nicht als modischer Dreitagebart durchgehen. Er trug eine Hose, die ihre besten Tage hinter sich hatte und außerdem zwei prägnante Flecken in der Nähe des Hosenschlitzes aufwies, und sein T-Shirt würde den ersten Preis in einem Wettbewerb gewinnen, in dem es darum ging, wie viele Wäschen ein Baumwollteil aushielt, bevor es auseinanderfiel.

Filippo war zwar gut und sauber gekleidet, aber sein verschlagener Blick sorgte dafür, dass die Damen nach ihren Geldbörsen und die Herren nach ihren Handys tasteten. Sein Lachen war zu großspurig, seine Bewegungen wirkten prahlerisch, der Blick, mit dem er das Mobiliar des Frühstücksraums in Augenschein nahm, sollte Fachkenntnis ausdrücken. Eine Mischung, mit der er niemanden beeindrucken konnte, der es gewöhnt war, in soliden Hotels zu übernachten.

Die Siena-Touristen verzichteten darauf, sich gegenseitig Museen, Kirchen und Restaurants zu empfehlen, und brachen schleunigst auf. Anna kochte ihren Brüdern Espresso und beobachtete, wie sie sich gegenseitig dabei halfen, sich ohne Kleckerei an der Marmelade und am Honig zu bedienen. Der Verdacht, dass beide das *Albergo Annina* als Versteck nutzen wollten, weil die Polizei nicht damit rechnete, sie in einem freundlichen kleinen Hotel suchen zu müssen, ließ Anna keine Ruhe. Und dann noch dieser merkwürdige Zufall, dass Filippo in Rauschgiftgeschäfte verwickelt war! Hatte er etwa mit Julius Schleicher zu tun? War er womöglich wegen Samantha Lindenbaum und Ole Alfkes im *Albergo Annina* abgestiegen?

Sie schüttelte sich, als könnte sie damit alle belastenden Gedanken loswerden. Aber ihr wurde klar, dass es ihr nicht gelungen war, als Emilio im Frühstücksraum erschien, mit einer kleinen Reisetasche in der Hand, die er sorgsam neben seinem Stuhl absetzte. Die Reaktion ihrer Brüder auf die geschwollene Lippe, der man ansah, dass die Blutung erst in den Morgenstunden gestillt worden war, gab ihr zu denken. Valentino stieß Filippo kurz in die Seite, und sie wechselten einen kurzen, aber vielsagenden Blick. Wussten die beiden, wie Emilio zu seiner Verletzung gekommen war?

Er verhielt sich so, wie es alle Männer tun, die kein Leiden haben, das erst erklärt werden muss, sondern eine Verletzung, die auf der Hand oder in diesem Fall auf der Lippe liegt. Emilio gab sich heldenhaft, aber seine Augen waren voller Dramatik und seine Stimme so leise, als brächte er nur mit Mühe den Wunsch nach einem Espresso hervor, und der Griff zu seinem rechten Mundwinkel erweckte den Anschein, als sollte niemand sehen, wie groß seine Schmerzen waren.

Anna war drauf und dran, nach seinem Arm zu greifen, Emilio zum Büfett zu führen und ihm alles auf den Teller zu legen, was sein Herz begehrte. Vermutlich hätte er ihre Fürsorge sogar genossen oder sich in der Tapferkeit gefallen, sie zurückzuweisen. Doch sie entschied sich für ein schlichtes »Ciao, Emilio! Wie geht's?«.

Er erwiderte ihren Gruß lächelnd, vergaß aber nicht, schmerzhaft zusammenzuzucken und von da an aufs Lächeln zu verzichten. »Schon besser.«

»Ich dachte, du würdest heute länger schlafen.«

»Ich möchte so früh wie möglich los.« Emilio warf ihr einen vielsagenden Blick zu, damit sie merkte, was er vorhatte. Dass er in Valentinos und Filippos Gegenwart nicht vom Drogendezernat reden wollte, war klar. Und natürlich begriff Anna auch so, dass Emilio den Kollegen vom Drogendezernat von der vergangenen Nacht erzählen und ihnen das Kokain präsentieren wollte, das er an sich genommen hatte. Seine aufgeplatzte Lippe würde ihm dabei helfen, auf sämtliche überstandenen Gefahren hinzuweisen, ohne sie ausdrücklich beim Namen nennen zu müssen.

Der Himmel sah aus wie frisch gewaschen, als Emilio aus dem Haus trat, die Luft war unverbraucht, die Sonne überzog die Dächer von Siena mit einem hellen Glanz. Er entschloss sich, zu Fuß zu gehen. Eine aberwitzige Entscheidung! Kein Italiener ließ sein Auto stehen, wenn es nicht sein musste, selbst wenn es objektiv noch so vernünftig war. Aber er hatte mit einem Mal den Wunsch, seinen Besuch im Drogendezernat hinauszuzögern. Dabei war er beim Aufwachen noch von dem Ehrgeiz besessen gewesen, schleunigst aufzubrechen. Geradezu dynamisch war er aus dem Bett gestiegen und hätte unter der Dusche beinahe sogar »O sole mio« gesungen. Nun aber kam es ihm vernünftiger vor, auf seine Zukunft im Drogendezernat nicht zuzupreschen, sondern sich ihr in gemäßigtem Tempo zu nähern. Mama würde entsetzt sein, wenn sie hörte, dass ihr einziger Sohn demnächst zu den Drogenfahndern gehörte. Und Anna? Sie würde ihn vielleicht bewundern. Leider war er sich in diesem Punkt nicht ganz sicher, denn er wusste eigentlich nie, womit sie wirklich zu beeindrucken war. »Ach, Anna! Annina!«

Schon als er die Porta Ovile passiert hatte, bereute er, das Auto vor dem *Albergo Annina* stehen gelassen zu haben. Zwar waren die Touristen noch nicht so zahlreich vertreten, aber die Lieferanten blockierten dafür die Wege. Vor jeder Trattoria, vor jedem Imbiss und allen Geschäften standen Lieferwagen. Seine fröhlich lärmende Stadt war in diesen Morgenstunden schrill und dröhnend. Sie war ihm zu laut.

Emilio entschloss sich, für ein paar Minuten der Ruhe und Einkehr zu sorgen, ehe er zu dem Gebäude ging, in dem das Drogendezernat untergebracht war, um den Kollegen zu zeigen, dass sie ihm zu wenig zugetraut hatten. Und er wollte noch einmal darüber nachdenken, ob er sich wirklich eine Zukunft als Drogenfahnder vorstellen konnte. Daher ging er am Eingang der Questura vorbei zur Piazza del Duomo, wo er sich umschaute, als sei er ein Tourist mit einem Reiseführer in der Hand. Dabei hatte er eine Tasche bei sich, in der sich eine Tüte mit Kokain befand. »Santo dio!«, flüsterte er.

Er schickte sich an, die Treppe zum Domportal zu erklimmen, machte dann aber kurz entschlossen kehrt. Warum sollte ihm ein Gebet vor dem Hochaltar von Peruzzi helfen? Nur weil seine Mutter ihn früher dorthin geschickt hatte, damit er eine gute Note erhielt, die er durch fleißiges Lernen vermutlich eher erreicht hätte? Mama regelte ja gern alles mit dem Schlagen des Kreuzes. Wenn die Sache dann trotzdem schiefging, war der Herrgott schuld oder einer seiner Handlanger und Stellvertreter.

Erst auf dem Rückweg stellte er sich seiner Sorge. Er hatte dem Chef der Drogenfahnder angekündigt, den Dieb, der sich das Kokain holen wollte, festzunehmen und der Drogenfahndung zu übergeben. Er wollte den fetten Julius Schleicher zusammen mit Giuseppe in den Schwitzkasten nehmen, bis dieser wimmernd nachgeben und in die Knie gehen würde. Konrad hätte sie dabei unterstützt, aber davon wollte Emilio natürlich nicht reden. Nur von der Hotelbesitzerin, die rein zufällig Zeugin des Überfalls geworden und nun bereit sei, ihre Beobachtungen zu bestätigen. Dann hätte er die Kollegen mit dem Streifenwagen alarmiert, dafür gesorgt, dass Julius Schleicher abtransportiert worden wäre, und hätte sich an diesem Morgen von den Drogenfahndern feiern lassen, weil ihm das gelungen war, was sie am Vortag nicht geschafft hatten: dass Julius Schleicher überführt war.

Aber dummerweise war ihnen der Angreifer entwischt, weil es sich nicht um Julius Schleicher gehandelt hatte, sondern um einen weitaus jüngeren Mann, schlanker, muskulöser, ausgesprochen durchtrainiert. Wie sollte er nur die Drogenfahndung davon überzeugen, dass dieser Mann von Julius Schleicher geschickt worden war? Wenn ihm nicht geglaubt wurde, hatte Commissario Emilio Fontana nur einen neuen Fall eröffnet, was nicht auf Begeisterung stoßen würde.

Wenn er nun einfach behauptete, der Angreifer sei Julius Schleicher gewesen? Aber er verwarf diesen Gedanken wieder. Man würde sich über ihn lustig machen. Wer sich von einem Mann wie Julius Schleicher die Lippe blutig schlagen und ihn dann entwischen ließ, hatte im Drogendezernat nichts zu suchen.

Emilio entschied sich ein weiteres Mal anders, kehrte um und stieg nun doch die Treppe zum Eingang des Doms hoch. Ein Gebet vor dem Hochaltar war vielleicht doch nicht schlecht …

Anna bemühte sich um Freundlichkeit, als sie Samantha Lindenbaum begrüßte. »Buongiorno! Haben Sie gut geschlafen?«

Samy nickte strahlend. »Wie in Abrahams Schoß.« Sie ging zum Fenster des Frühstücksraums. »Wie geht's Griseldis?«

Anna stellte sich neben sie. »Ganz gut, wie mir scheint.«

Samy wandte sich zufrieden dem Frühstücksbüfett zu. »Ich werde den Tierarzt bitten, noch einmal nach ihr zu sehen.« Dann lobte sie die Speisenauswahl so lange und ausgiebig, als ginge es ihr darum, Annas Sympathie zu gewinnen.

Sie trug helle Shorts und eine kunterbunte Bluse. An ihren Ohren baumelten riesige Creolen, sie hatte ein dezentes Make-up aufgelegt und die Haare sorgfältig gestylt. Für Ole Alfkes?

Sie trat näher an Anna heran, ohne sie jedoch anzusehen. »Hätten Sie eventuell Platz für einen weiteren Esel in Ihrem Garten?«

Anna wusste erst nicht, was sie antworten sollte. »Noch einer?«

Samy ließ ihr keine Zeit zu überlegen. »Eigentlich wollte ich die Eselwanderung mit einem Freund zusammen machen. Nun wird ja nichts daraus, weil Griseldis lahmt. Und im Grunde gefällt mir der Gedanke, im *Albergo Annina* Urlaub zu machen, auch viel besser. Nur … der zweite Esel muss untergebracht werden.«

»Und Ihr Freund …?« Anna stockte, um nicht zu stottern.

»Der würde natürlich bei mir einziehen.«

Anna warf einen Blick auf Ole Alfkes, der in diesem Augenblick den Raum betrat. »Ja, klar … das geht … wo ein Esel Platz hat, wird auch ein zweiter …«

»Er wird gegen Mittag hier sein.«

Samy trug ihren Teller zu einem Tisch, an dem daraufhin auch Ole Alfkes Platz nahm. Er wünschte ihr mit zärtlicher Stimme einen guten Morgen, griff sogar nach ihrer Hand und beugte sich zu ihr, als wollte er sie küssen oder den Duft ihrer Haare einatmen. Sie entzog sich ihm nur ganz leicht, als hätte er einen Scherz gemacht, und spielte das Spiel der Liebe, als wäre es ein heimliches Vergnügen, von dem niemand etwas wissen durfte.

Anna war so verwirrt, dass sie sich eine Weile damit beschäftigen musste, die Silberplatte mit den Tomaten und den Mozzarellascheiben hin und her zu schieben und die Butter neu anzurichten. Was war das für ein Spiel? Samantha Lindenbaum versuchte Ole Alfkes auf Abstand zu halten, nährte aber gleichzeitig seine Hoffnungen. Was würde geschehen, wenn dieser Freund mit seinem Esel eintraf? Oder handelte es sich um einen weiteren Drogenkurier, und das Spiel um Liebe und Eifersucht sollte nur von den kriminellen Machenschaften ablenken, die sich ausgerechnet im *Albergo Annina* abspielten?

Anna ging zum Kaffeeautomaten und machte sich einen doppelten Espresso. Den brauchte sie jetzt unbedingt.

Jetzt mal ehrlich, so was geht doch nicht, oder? Sie macht ihm Hoffnungen, obwohl sie weiß, dass in zwei, drei Stunden ein Mann in ihr Doppelzimmer ziehen will. Ihr Liebhaber natürlich! Das ist empörend! Wenn ich Samantha Lindenbaum nicht trotz allem sympathisch fände, würde ich sie samt Esel aus dem Haus werfen. Ole Alfkes tut mir aufrichtig leid, wenn er mir auch nach wie vor nicht angenehm ist. Noch immer verhält er sich merkwürdig. Auch Samy fällt das auf, das merkt man. Sobald jemand den Raum betritt, wendet er sich ab, seine Kappe behält er immer auf dem Kopf und zieht sogar den Schirm so tief in die Stirn, dass sein Gesicht kaum zu erkennen ist. An diesem Morgen hat er sich auch nicht rasiert. Will er sich einen Bart stehen lassen, damit seine Gesichtszüge noch unkenntlicher werden?

Mit diesem Mann stimmt etwas nicht. Sehen Sie das nicht auch so? Gut, wer in Drogengeschäfte verwickelt ist, verhält sich vielleicht immer so wie Ole Alfkes. Ich weiß zum Glück nicht viel davon, wenn ich auch die Schwester von Kriminellen bin, die sich bestens in diesem Metier auskennen. Ob Filippo und Ole Alfkes sich kennen? Und warum schaut Samantha Lindenbaum so offenherzig in die Welt, ohne ihr Gesicht auch nur ansatzweise zu verbergen? Schade, dass diese sympathische Frau sich auf ein so mieses Geschäft wie den Drogenhandel eingelassen hat. Ob die beiden mit gefälschten Papieren unterwegs sind? Vermutlich. An nachgemachte Pässe zu kommen ist in diesem Betätigungsfeld wohl eine Kleinigkeit. Hätte ich mich nur nie auf diese Angelegenheit eingelassen!

Allmählich bekomme ich Angst. Mein schönes Hotel – ein Umschlagplatz für Drogen? Schlimm genug, dass ich ständig Angst um meine Brüder haben muss! Zwar weiß ich, dass sie mich auf ihre Art lieben und dass ihnen mein Hotel beinahe so wichtig ist wie mir, aber ich weiß eben auch, dass sie notorische Betrüger sind, die Ehrlichkeit und Lüge manchmal gar nicht mehr auseinanderhalten können.

Was schlagen Sie mir vor? – Wie bitte? Sie sind genauso ratlos wie ich? Na, das kann ja heiter werden.

Das konnte nicht sein. Völlig unmöglich! Ganz ausgeschlossen. »Santo dio!«

Was war nur geschehen? Sein Gefühlshaushalt war unaufgeräumt, nichts schien an seinem Platz zu sein. Die weichen Kissen des Phlegmas, in denen Emilio Fontana es sich schon vor Jahren behaglich eingerichtet hatte, gab es nicht mehr. Er müsste jetzt eigentlich dringend mit seiner Mutter reden. Sie hatte ja für jede Lebenslage einen Ratschlag, wenn er auch noch so unbrauchbar war. Aber selbst ihre verrücktesten Ideen hatten ihn oft zu einem richtigen Entschluss geführt.

Nur wenn es um Anna ging und um seine Chancen, endlich ihr

Herz zu erobern, war sie nicht besonders hilfreich gewesen. Wenn sie ihm vorhielt, auf welche Art sie selbst als junge Frau erobert worden war, konnte er nur den Kopf schütteln. Rote Rosen, Kniefälle, Gedichte … Mama wollte einfach nicht einsehen, dass eine moderne Frau damit nicht mehr zu beeindrucken war. Jedenfalls keine Frau wie Anna Wilders, die sich mit über sechzig emanzipiert hatte und ihre Unabhängigkeit liebte. Die würde sie sicherlich nicht aufgeben, weil ihr ein Mann einen Brillantring präsentierte. Nein, sie brauchte etwas anderes. Nur … was?

Emilio schwankte, als wäre er betrunken, und musste sich, als er die Eingangsstufen der Questura bewältigt hatte, an dem Außenspiegel eines Polizeiwagens festhalten, der dort geparkt war. Erst als ein Ragazzo von höchstens sechzehn Jahren zusprang und ihm Hilfe anbot, bewirkte dieser Generationsschock, dass er wieder zu Kräften kam. Ein Lümmel mit verschlissenen Jeans, umgedrehtem Käppi und zwei Nummern zu großen Turnschlappen war auf ihn und seine Schwäche aufmerksam geworden? »Santo dio!« Sollte eine Freundin seiner Mutter Zeugin dieser Schmach geworden sein, würde in Siena schon morgen die Nachricht von einer schweren Erkrankung oder akutem Liebeskummer die Runde machen. Er würde sich vor gut und weniger gut gemeinten Ratschlägen und brutal praktizierter Nächstenliebe nicht retten können.

»Schon gut«, murmelte er dem hilfsbereiten Jungen zu, der zum Glück nicht ahnte, dass er einen Commissario vor sich hatte, der noch vor wenigen Minuten mit einer Karriere im Drogendezernat gerechnet hatte.

Emilio nahm den direkten Weg zum Campo, stieg die steile Treppe hinab, die mit Souvenirläden und den Bänken und Tischen einer Pizzeria gesäumt war. Er sah sich nicht um, als er in das Licht des Platzes trat, wie es sonst seine Gewohnheit war. Auf keinen Fall wollte er jemanden erkennen, Small Talk halten oder sich gar zu einem Imbiss einladen lassen müssen.

Matteo, der noch damit beschäftigt war, die Tische für den

Ansturm der Gäste zu decken, erschrak, als er ihn sah. Nicht nur wegen der aufgeplatzten Lippe, sondern vor allem, weil die Spitze von Emilios Hemdkragen auf der linken Seite gen Osten wies, während sie auf der rechten unter seinem Pullover verschwand. Eine solche Asymmetrie zeigte, dass auch der seelische Zustand Emilios sein Gleichmaß verloren hatte.

»So früh unterwegs heute, Commissario?«, versuchte Matteo es trotzdem, erst dann wurde ihm klar, wie es um seinen Stammgast stand. »Ist Ihnen etwas zugestoßen?«

»Sì.« Dass Matteo auf eine ausführlichere Antwort wartete, übersah Emilio.

Dem Kellner wurde schnell klar, dass hier schwerere Geschütze aufgefahren werden mussten. »Ein eisgekühlter Weißwein? Oder besser ein Gin?« Dabei wusste Matteo doch eigentlich, dass Emilio um diese Zeit noch keinen Alkohol trank. Aber ihm fiel nichts anderes ein, was den Commissario entweder betäubte oder aufmunterte. Wenn der Weißwein und nicht einmal der Gin es schaffte, würde Matteo es wohl mit einem dreifachen Caffè corretto versuchen.

Aber Emilio akzeptierte den Weißwein, obwohl nicht klar war, ob er Matteos Angebot überhaupt verstanden hatte. Er stürzte ihn sogar hinunter, was er noch niemals getan hatte. Matteo machte sich nun große Sorgen. Was seinem Stammgast widerfahren war, musste die Katastrophenqualität eines Erdrutsches haben. »Wollen Sie darüber sprechen, Commissario?«

Matteo rechnete nicht mit einer positiven Antwort, weil Emilio ihn zu seinem allergrößten Bedauern nie in seine Arbeit einbezog. Diesmal jedoch erntete er kein entschiedenes »No!«, sondern tatsächlich eine ausführliche Antwort. Dass er mit ihr nichts, aber auch rein gar nichts anfangen konnte, war eine andere Sache.

»Bei einem Esel wird eine Tüte Kokain gefunden, vorsichtshalber ausgetauscht, gut verwahrt und zum Drogendezernat gebracht, aber…« Emilio machte eine Pause, doch noch bevor Matteo nachfragen konnte, wer, um Himmels willen, dieser selten dämliche Esel sei, fuhr der Commissario fort: »Das Kokain war billiger Puderzucker. Und dafür habe ich mich in Lebensgefahr begeben.«

Er wies auf seine aufgeplatzte Lippe und ließ sich von Matteo erst mal ausgiebig bemitleiden. Warum sich aber ein Pulver, das am Tag zuvor noch reinstes Kokain gewesen war, in Puderzucker verwandelt hatte, konnte sich auch der Kellner nicht erklären. Niemand bedauerte das mehr als Matteo selbst, der immer, wenn Emilio mit spannenden Ermittlungen beschäftigt war, gerne daran teilgenommen, seine messerscharfen Beobachtungen und seine intelligenten Schlussfolgerungen eingebracht hätte. Aber er war ebenso ratlos wie Emilio selbst. Der einzige Unterschied war, dass Matteo versuchte, diesem hirnverbrannten Esel die Schuld an Emilios bedauernswerter Gemütsverfassung zuzuschieben, von dem der Commissario gesprochen hatte, während Emilio selbst schwieg.

Er hatte noch immer das Lachen der beiden Drogenfahnder im Ohr. »Ecco, was für ein Erfolg! Da lässt er sich von einem Unbekannten einen auf die Lippe geben und das Kokain klauen! Und dann kommt er mit Puderzucker zu uns, weil er wohl vergessen hat, es vorher gegen das Kokain auszutauschen. Tolle Leistung, Kollege!«

Matteo stutzte und beugte sein Ohr an Emilios Lippen, ohne wirklich zu verstehen, was der Commissario meinte. »Ich hatte Kokain in meiner Tüte, ganz sicher.«

»Naturalmente!«, beeilte Matteo sich zu versichern, der zu der Ansicht gekommen sein musste, dass sein Stammgast nur mit viel Zustimmung von seiner Depression zu heilen war. »Bestimmt ist dieser Idiot, dieser… dieser schwachsinnige Esel an allem schuld.«

Der Mann legte seinen Personalausweis vor und sah sich um, als erwartete er jemanden.

»Frau Lindenbaum ist in ihrem Zimmer«, sagte Anna und beobachtete Rupert Diekel unauffällig.

Vor einer halben Stunde war er vor dem Eingang des *Albergo Annina* erschienen und hatte nichts dabei gefunden, dass der Esel, den er mit sich führte, seine Darmentleerung genau dort vornahm, wo jeder Hotelgast, der seinem Reiseführer mehr Aufmerksamkeit schenkte als seiner unmittelbaren Umgebung, reintreten musste. Das sicherte ihm keine Pluspunkte.

Anna rief, bevor sie Rupert Diekel begrüßte, nach Graziella und einem Wischeimer und führte den neuen Gast mitsamt seinem Esel ums Haus herum in den Garten. Auf die Idee, Graziella ein Wort des Bedauerns zu gönnen oder ihr ein Trinkgeld zuzustecken, kam er nicht. Bisher hatte er nur Minuspunkte gesammelt, und Anna bereute schon, sich auf Samys Bitte eingelassen zu haben. Eigentlich hätte sie daran denken sollen, einen Übernachtungspreis auch für die Esel auszuhandeln. Offenbar fehlte es ihr doch noch an Geschäftstüchtigkeit.

Casanova, ein Stück größer und kräftiger als Griseldis, schien zu glauben, dass er seinem Namen Ehre machen müsse, drängte sich an die Eseldame und rieb sein Fell an ihrem. Griseldis rückte konsterniert von ihm ab, so weit es ging, aber Casanova ließ sich nicht abweisen. Er folgte ihr, bis Griseldis von einer Beetumrandung gestoppt wurde, und schnitt ihr sogar den Rückweg in den Garten ab, als sie merkte, dass sie in die falsche Richtung geflüchtet war.

Verzweifelt schrie sie *iah*, was Konrad auf den Plan rief. Und der hatte, wie nicht anders zu erwarten, nicht nur eine Idee, wie Casanova zu mäßigen war, sondern setzte sie auch gleich in die Tat um.

Wenige Minuten später hatte er einen Pflock auf der anderen Seite des Gartens in die Erde gerammt und Casanovas Leine daran befestigt. Nun war es an ihm, in heiseres Geschrei auszubrechen, während Griseldis wieder ungerührt zu grasen begann.

Anna hatte mit einem Mal das Gefühl, einen Fehler nach dem anderen zu machen. Sie hätte Samy Lindenbaum und Ole Alfkes nicht ins Hotel einziehen lassen dürfen, nur weil deren Liebesgeschichte sie angerührt hatte, die sich überdies als Komplizenschaft entpuppt hatte. Sie hätte sich nicht darauf einlassen dürfen, eine Tüte Kokain gegen Puderzucker zu tauschen, und auf keinen Fall erlauben dürfen, dass ein Drogendealer in ihren Garten gelockt wurde. Und ihren Brüdern hätte sie eine Absage erteilen müssen. Dass Filippo sich vor der Polizei ausgerechnet im *Albergo Annina* verstecken wollte, konnte dem Ruf ihres Hauses so sehr schaden, dass sie womöglich schon in der nächsten Saison Konkurs anmelden musste. Eine entsetzliche Vorstellung! Ihr Hotel! Ihr Leben in Siena! Ihre Freundschaft mit Konrad und Emilio! Das alles würde sie verlieren, wenn sie nicht endlich lernte, für seriöse Hotelgäste zu sorgen.

Dieser Rupert Diekel gefiel ihr noch weniger als Ole Alfkes, der ihr erst durch sein verdächtiges Verhalten unangenehm geworden war. Bärtige Männer waren ihr mittlerweile suspekt. Versteckte auch Rupert Diekel sich hinter seinem Vollbart? Und wenn ja, warum hatte er das nötig? Klar, weil er ebenfalls ein Drogenkurier war. Auch er war mit einem Esel unterwegs, der garantiert in seiner Satteltasche eine Tüte Kokain mit sich führte. Und er hatte sogar zugegeben, dass Casanova von Julius Schleichers Hof stammte.

»Soviel ich weiß, ist das der einzige Eselhof weit und breit«, hatte er auf Annas Frage geantwortet.

Das stimmte nicht. Es gab mittlerweile mehrere Eselhöfe in der Toskana, der von Julius Schleicher war allerdings der einzige in der Nähe von Siena.

Ole Alfkes erschien im Garten, angeblich, um nach Griseldis zu sehen, aber Anna war davon überzeugt, dass er darauf hoffte,

Samy zu treffen. Er stutzte, als sein Blick auf Casanova fiel, und runzelte die Stirn, als er Rupert Diekel neben Anna sah.

»Noch ein Esel?«

»Meinen Sie mich?«, fragte Rupert Diekel und grinste. Er hatte also Humor, wenigstens etwas.

Ole Alfkes dagegen verzog keine Miene, antwortete auch nicht, sondern kümmerte sich um Griseldis' Hinterlauf. »Ist Ihr Esel auch fußlahm?«, fragte er, ohne Rupert Diekel anzusehen. »Dann haben Sie Glück. Es gibt einen Tierarzt im Haus.«

Anna schoss die Hitze durch den Körper, als Rupert Diekel antwortete: »Ich bin hier, weil meine Freundin ebenfalls in diesem Hotel abgestiegen ist.« Er zeigte auf Samys Esel, was Ole Alfkes die Steilvorlage zu einem ähnlichen Scherz bot:

»Griseldis ist Ihre Freundin?«

Rupert Diekel tat ihm den Gefallen zu lachen. Er war ein großer, schlanker Mann mit kurzen, dunklen Haaren, die noch keine grauen Strähnen aufwiesen, während sein Bart bereits helle Fäden zeigte. Ein eitler Mann hätte vermutlich aus diesem Grunde auf den Bart verzichtet, dennoch wurde er Anna durch diese Bodenständigkeit nicht sympathischer. Seine kleinen grauen Augen irrten unstet umher, seine Körperhaltung hatte etwas Geducktes, als setzte er unentwegt zum Sprung an.

»Welches Zimmer?«, fragte er.

Anna hätte am liebsten so leise geantwortet, dass Ole Alfkes es nicht hören konnte. »Zimmer fünf. Ich bringe Sie hin.« Sie zeigte auf Casanovas Satteltaschen. »Soll ich Ihnen beim Gepäck helfen?«

»Ich hole es später. Jetzt will ich erst mal meine Freundin begrüßen.«

Anna warf einen Blick zurück, als sie Rupert Diekel durch den Frühstücksraum vorausging. Ole Alfkes stand noch immer neben Griseldis und blickte ihnen nach, als fragte er sich, was ihn noch im *Albergo Annina* hielt. Anna war sicher, dass er in einer Stunde mit gepackten Koffern an der Rezeption erscheinen und auschecken würde. Jedenfalls dann, wenn ihn nichts anderes als der Magic Moment mit Samy Lindenbaum verband. Würde Ole Alfkes bleiben, war die Komplizenschaft so gut wie bewiesen.

Anna klopfte an Samys Tür, ohne auf die ungeduldigen Handzeichen von Rupert Diekel zu reagieren, der sie wohl gern zur Seite geschoben hätte. Das tat er tatsächlich, als sich ein Schlüssel im Schloss drehte und Samy in der Türöffnung erschien.

»Danke«, sagte er flüchtig, dann drängte er sich in das Zimmer und drückte die Tür hinter sich ins Schloss.

Anna blieb stehen und horchte, obwohl sie wusste, dass es eine der ganz schweren Todsünden für eine Hotelbesitzerin war, an einer Tür zu lauschen. Aber in diesem Fall konnte sie einfach nicht anders. Wie würden die beiden sich begrüßen? Wie Komplizen? Oder wie …?

»Liebling! Endlich!«

Das reichte ihr. Auf die Stille, die auf der anderen Seite der Tür entstand, musste sie nicht mehr lauschen. Anna ging den Gang zurück zu der Tür, die in die Lobby führte, und erwog nur ganz kurz, einen Blick in Casanovas Satteltaschen zu werfen, ehe Rupert Diekel sein Gepäck herausholte. Nein, genug! Wenn sie sich einen weiteren Drogenkurier ins Haus geholt hatte, wollte sie wenigstens nichts davon wissen!

Was für eine verrückte Idee! Wie Konrad darauf kommen konnte, war Anna ein Rätsel. Aber jetzt trotteten sie tatsächlich durch die toskanische Landschaft, eine Hotelbesitzerin, die eigentlich an ihrer Rezeption stehen sollte, ein ehemaliger deutscher Kriminalbeamter, dessen Auge ein prächtiges Veilchen schmückte, und ein angetrunkener Commissario mit einer aufgeplatzten Lippe, der zu verzweifelt war, um sich gegen die verrückte Idee zu wehren. Mit Emilio hätte man in diesem Zustand alles machen können. Wenn Konrad es für richtig gehalten hätte, dass Emilio sich mit einem Bungeesprung von seinen quälenden Fragen befreite, dann hätte er sich, ohne zu zögern, in die Tiefe gestürzt.

Er war in einem besorgniserregenden Zustand gewesen, als er ins Hotel zurückkehrte. Anna hatte schon eine Flasche Sekt kalt gestellt, und Konrad war nicht in seine Wohnung zurückgekehrt, weil er den Augenblick nicht verpassen wollte, in dem Emilio ihnen die verdutzten Gesichter der Drogenfahnder beschrieb. Wie sie dem Commissario auf die Schulter geklopft und ihm Anerkennung gezollt hatten. Wie der Chef gesagt hatte, dass sie dringend so einen wie Emilio in ihren Reihen brauchten. Jemanden, der weitermachte, wenn alle anderen schon aufgegeben hatten. Jemanden, der sich nicht beirren ließ, auch wenn ein ganzer Eselhof bereits erfolglos durchsucht worden war. Der sogar weiter ermittelte, wenn die Kollegen ihm nicht glaubten.

Aber dann kam kein dynamischer Commissario mit federnden Schritten ins Haus, sondern ein alkoholisierter Emilio, der durch die Lobby schlurfte, den Blick nicht hob und sich in Annas Küche schwer auf einen Stuhl fallen ließ. Sogar sein Kragen war in Unordnung geraten, was Anna nun wirklich in Sorge versetzte. Wenn Emilio der korrekte Sitz seiner Kleidung gleichgültig war, musste es schlimm um ihn stehen.

»In der Tüte war kein Kokain.«

Diesen Satz hatte er mehrmals wiederholen müssen, ehe Anna und Konrad ihm glauben konnten.

Und dann hatten sie schweigend dagesessen. Lange, sehr lange. Und keiner hatte ein Wort gesagt, weil niemand verstand, was er zu hören bekommen hatte, und keine Erklärung sah.

Erst als Graziella kam, um zu melden, dass ein Gast augenscheinlich Bettnässer war, blickten sie auf. Zum Glück erwartete Graziella nur ein bisschen Empörung über den rücksichtslosen

Gast und ein wenig Mitgefühl für die zusätzliche Arbeit, die ihr durch das Prostataleiden des Gastes aufgebürdet wurde, dann ging sie, um ein frisches Betttuch zu holen. Anna sah, dass sie einen Blick zurück warf und verärgert die Stirn runzelte, als weder Konrad noch Emilio ihr auf den Hintern starrten, der an ihrer Figur das hervorstechende Merkmal war. Graziella war es gewohnt, dass er zur Kenntnis genommen wurde, wenn sie auch noch nicht verstanden hatte, dass nicht alle, die von ihrer üppigen Kehrseite angezogen wurden, im positiven Sinne davon beeindruckt waren. Einige – darunter alle Frauen und auch Konrad und Emilio – wunderten sich auch nur über die Verschwendung der Natur, die in diesen einen Punkt so viel investiert hatte, was Graziella woanders fehlte.

»Ich verstehe es nicht«, sagte Anna, als ihr Zimmermädchen sich Richtung Wäschekammer entfernt hatte.

»Ich auch nicht«, erwiderte Konrad, während Emilio schwieg und so aussah, als würde er in wenigen Augenblicken schlafend vom Stuhl fallen.

Konrad war mit einem Mal aufgesprungen, als wäre er vom Frohsinn gebissen worden und könne sich vor Tatkraft kaum retten. »Wir müssen darüber reden! Dieses sinnlose Brüten bringt doch nichts.«

Anna stimmte ihm vorsichtig zu, hatte aber gleich den bösen Verdacht, dass hinter Konrads plötzlicher Aktivität noch etwas anderes steckte. Und seine Idee hatte nicht lange auf sich warten lassen …

So zogen sie jetzt mit zwei Eseln aus Siena heraus. Anna hatte die Leine in der Hand, die an Griseldis' Halfter befestigt war, Konrad führte Casanova. Für Emilio gab es keinen Esel, ihm hätte aber sowieso niemand ein Lebewesen anvertraut, das bei falscher Führung unter ein Auto geraten könnte oder bei nächster Gelegenheit die Flucht ergriffen hätte. Emilio schien nicht einmal auf sich selbst achtgeben zu können.

Erst als sie schon unterwegs waren, griff Konrad in Griseldis' Satteltasche, sowohl in die rechte als auch in die linke. »Leer«, sagte er und nickte, als habe er es sich schon gedacht. »Diese Samantha Lindenbaum hat neue Anweisungen bekommen. Die Übergabe soll woanders stattfinden.«

»Du meinst, das Zeug liegt jetzt in ihrem Zimmer?«, fragte Anna ängstlich.

»Kann schon sein. Schleicher wird einen Treffpunkt mit ihr vereinbaren, bei dem die Tüte unauffällig übergeben wird.« Er dachte nach. »Falls Rupert Diekel mit der Sache nichts zu tun hat, wird der Stoff vielleicht aus dem Zimmer geholt, wenn die beiden unterwegs sind.«

Emilio beteiligte sich nicht an den Spekulationen. Er sah nach wie vor so aus, als könnte er nicht bis drei zählen und habe den Überblick über den aktuellen Fall komplett verloren.

Eine Weile liefen sie schweigend nebeneinanderher. Dann meinte Konrad: »Wenn es wirklich stimmt, dass beim Eselwandern die Ruhe und Gelassenheit des Tieres auf einen übergeht, machen wir alles richtig.« Er schenkte Emilio einen Blick, der ihn aufrütteln sollte. »Und jetzt lasst uns mal in Ruhe überlegen, was eigentlich passiert ist.«

Er gab Casanova einen Klaps auf die Flanke, der darauf reagierte, als wäre ihm gesagt worden, er solle das beharrliche Werben aufgeben und sich endlich auf Griseldis stürzen und sie sich packen. Casanova machte einen Satz nach vorn, fiel über die entsetzte Eseldame her und hätte sie womöglich bestiegen, wenn Anna nicht beherzt dazwischengegangen wäre. Sie straffte die Leine und sorgte für einen Trab, der Griseldis gefiel, während Konrad die Leine spannte, um Casanova zurückzuhalten. »Nicht so schnell!«

Davon wurde Emilio endlich aus seiner Lethargie geholt. »Was machen wir hier eigentlich?«

Anna fiel in einen gemächlichen Wanderschritt zurück, ließ Konrad samt Casanova den Vortritt und sorgte dafür, dass Griseldis ihren Verehrer nur noch von hinten sah. »Wir machen eine Eselwanderung, um in aller Ruhe zu überlegen, was eigentlich geschehen ist und was nun werden soll.«

»Du weißt doch«, fiel Konrad ein, »während einer Eselwanderung relativieren sich die angeblichen Wichtigkeiten, man erkennt mit einem Mal, worauf es im Leben ankommt und was man bisher falsch gemacht hat. So ein Esel ersetzt dir glatt eine Therapiestunde beim Psychologen.«

»Aha.« Emilio sah auf seine Schuhe, die für eine Wanderung alles andere als geeignet waren. Natürlich hatte er kein festes Schuhwerk dabei, während Konrad eigentlich nie etwas anderes trug und Anna in ihrem Fundus auch etwas gefunden hatte, was ihr geeignet erschien. Emilio war versprochen worden, nur Wege zu nehmen, die seine teuren Slipper nicht ruinieren würden, weil weder Anna noch Konrad das Risiko eingehen wollten, Emilio nach Hause zu schicken, damit er sich geeignete Schuhe holte. Erstens glaubten sie nicht, dass er so etwas besaß, zweitens waren sie in Sorge, dass er dann einfach nicht wiederkommen würde. Dass diese Sorge berechtigt war, glaubte Anna noch immer. Im Grunde war sie nach wie vor erstaunt, dass Emilio sich überhaupt auf eine Eselwanderung eingelassen hatte. Anscheinend glaubte er wirklich, dass er dabei Antworten oder vielleicht sogar ganz neue Fragen finden würde.

Samantha Lindenbaum und Rupert Diekel waren hocherfreut gewesen, dass man ihnen die Verantwortung für die Esel ein paar Stunden abnehmen wollte. Dass die Tiere Bewegung brauchten, war ihnen bisher nicht in den Sinn gekommen.

Samy Lindenbaum ging zu dem Esel in den Garten, tätschelte ihn, als wollte sie sich von ihm Bestätigung holen, dass ihm an einer Wanderung gelegen war, und flüsterte Griseldis etwas ins rechte Ohr, was Anna nicht weiter wunderte. Schließlich hing die Satteltasche, in der eine Tüte mit Puderzucker steckte, ebenfalls an der rechten Seite. Samy hatte Sorge, dass Anna, Emilio oder Konrad während der Eselwanderung einen Blick in die Satteltasche werfen und die Tüte entdecken könnten.

Als Samy zurückkehrte, war ihre Hosentasche prall gefüllt, das war zu erkennen, obwohl sie eine weite Bluse trug, die sich über die Hosentasche bauschte. Ihre Bedenken, ob Griseldis die Strapaze einer Wanderung denn schon wieder zuzumuten sei, hatte Anna schnell zerstreut: »Genau das will der Doktor ja testen. Sollte der Esel Schwierigkeiten bekommen, kehren wir natürlich frühzeitig zurück.«

Griseldis hatte zum Glück nicht die geringsten Schwierigkeiten, sodass das Eingreifen eines Veterinärs nicht nötig sein würde. Ihr einziges Problem war der aufdringliche Casanova, dessen Leine Konrad nun kürzer hielt, damit er keine Dummheiten machte.

Sie waren am *Lampada Rossa* vorbeigegangen, froh, dass sie nicht von Ricardo entdeckt worden waren, der sie vermutlich aufgehalten hätte. Dann waren sie in südlicher Richtung am äußeren Stadtbezirk von Siena weitergezogen. Graziella, die ihren Vater täglich zu seiner Tankstelle brachte und wieder abholte, kannte ein paar Wege, die wenig befahren wurden, aber eine Pflasterung aufwiesen, die Emilios Schuhwerk nicht ruinieren würde. Sie hatte versichert, dass auch die Wege, die zwischen den Wiesen hindurchführten, glatt und gut zu gehen waren. Dann hatte sie sich in die Nähe der Rezeption gestellt und ihnen durch die offene Tür wohlwollend nachgeblickt. Mittlerweile würde sie wohl ihre sämtlichen Freundinnen telefonisch kontaktiert und ihnen erzählt haben, was für eine verrückte Idee ihre Chefin gehabt habe. Anna konnte nur hoffen, dass sie darüber ihre Pflichten nicht ganz vergaß.

Sie hatten noch nicht viel miteinander geredet, als Griseldis plötzlich nicht mehr weiterwollte. Jeder hatte seinen Gedanken nachgehangen, und tatsächlich spürte Anna mittlerweile eine ginstergelbe Ruhe in ihrem Inneren, die allen Fragen das Drängende, Quälende, Flammendrote nahm. Dieses gemächliche Wandern, das Tempo, das die Esel vorgaben, nicht die Menschen, die sie führten, ein Blick in Griseldis' große, dunkle, seelenvolle Augen, auf ihre langen Ohren, die manchmal aussahen, als wären sie ganz weich, und dann wieder, als könnten sie zustechen, sogar der unangenehme Geruch, der von ihr ausging, entfernte sie aus ihrem Alltag, als hätte sie sich in ein Flugzeug nach Timbuktu gesetzt.

Sie merkte, dass es Konrad genauso ging. Während sie aus der Stadt hinausgingen, hatte er noch darauf gedrängt, zu einer Lösung oder zumindest zu einer Erklärung zu finden, dem Geheimnis auf die Spur zu kommen und eine Strategie zu entwickeln, wie sie weiter vorgehen sollten. Aber als sie nicht mehr von Autos überholt wurden, als der Verkehrslärm sich entfernte und aus den Straßen Wege wurden, verfiel auch Konrad in Schweigsamkeit.

Anna strich sanft über Griseldis' Flanke. Ohne die beiden Esel wären sie ständig stehen geblieben, hätten heftig diskutiert, sich womöglich angeschrien oder sich gegenseitig zur Eile angetrieben. Aber da Griseldis und Casanova nicht die Absicht erkennen ließen, ihre ruhige Gangart zu unterbrechen, gab es diese Möglichkeit nicht. Sie mussten dem Tempo der beiden Esel folgen. So, wie sie jetzt stehen bleiben mussten, weil Griseldis ein Kraut am Wegesrand entdeckt hatte, das besonders gut zu munden schien. Casanova kam zu der gleichen Ansicht. Die beiden machten sich gemeinsam darüber her, Casanova vergaß sogar, Griseldis zu bedrängen, und die Eseldame dachte nicht mehr daran, wie lästig ihr Casanova gewesen war.

Konrad zeigte auf ein hölzernes Schild, auf das jemand mit roter Farbe gepinselt hatte: Eselhof Schleicher. »Wir müssen einen anderen Weg suchen. Wenn wir versehentlich auf seinem Hof landen, wird Schleicher uns fragen, wie wir an seine Esel gekommen sind.«

»Na und?«, entgegnete Anna. »Wir würden einfach die Wahrheit sagen. Er wird ja wissen, dass Samy Lindenbaum und Ole Alfkes bei mir abgestiegen sind. Wir haben uns Sorgen um die Tiere gemacht und gedacht, dass sie Bewegung brauchen. Basta.«

»Und dieser Rupert Diekel?«, fragte Konrad. »Wie passt der eigentlich in die ganze Geschichte?«

Endlich gab Emilio einen Kommentar ab: »Was geht uns das an? Gar nichts.«

Konrad ließ die Esel nicht aus den Augen, während er langsam sagte: »Vielleicht sind wir auf der falschen Spur. Ole Alfkes ist womöglich gar nicht der Komplize von Samy Lindenbaum, sondern ein Spion der Konkurrenz. Julius Schleicher ist sicherlich nicht der Einzige, der die Idee hatte, hinter der harmlosen Kulisse irgendeines Geschäftes einen Drogenring zu betreiben. Alfkes wurde vielleicht losgeschickt, um Samy Lindenbaum zu bespitzeln. Er soll ihr Liebe vorgaukeln und sie dann im Bett ganz unauffällig aushorchen.«

»Vielleicht soll er ihr das Kokain sogar abjagen?«, warf Anna ein.

»Da sollten wir uns besser raushalten«, meinte Emilio.

Anna schwieg. Ihr kam es so vor, als wäre es längst zu spät, sich aus der Angelegenheit rauszuhalten, die in ihrem Hotel gerade ihren Lauf nahm.

Sie ließ sich neben Griseldis nieder und ärgerte sich darüber, wie unbeholfen sie zu Boden kam, dass sie nämlich wie ein schwerer Mehlsack ins Gras fiel. Wie sollte sie je wieder hochkommen, ohne sich einer helfenden Hand entgegenzurecken, was sie unbedingt vermeiden wollte? Ob der Begriff der Emanzipation auch das Ablehnen männlicher Kavalierspflichten beinhaltete, würde sie sich erst später überlegen.

Konrad saß im Nu neben ihr. Erschreckend unkompliziert hatte er sich fallen lassen, als vertraute er seiner Oberschenkelmuskulatur blind, stellte die Füße auf und schlang die Arme um die Knie. Sogar Emilio entschloss sich nach kurzem Zögern, die Grasflecken auf seiner senffarbenen Chino in Kauf zu nehmen, und ließ sich vorsichtig nieder, als versuchte er, den Kontakt zwischen seiner Hose und dem Erdboden aufs Minimale zu beschränken.

Anna fiel das Reden schwer. Am liebsten hätte sie einfach dagesessen und den Eseln beim Grasen zugesehen. Sie spürte, dass es auch Konrad und Emilio so ging. Die versprochene Entspannung, die eine Eselwanderung angeblich bot, hatte bereits eingesetzt. Die Frage, warum man überhaupt diskutieren musste, war mit einem Mal wichtiger als die Antwort auf die Frage, wo das Kokain geblieben war.

»Wir müssen die Tüten durcheinandergebracht haben«, sagte Konrad schließlich. »Die Tüte mit dem Kokain lag vor mir auf dem Tisch.«

»Und ich hatte die Tüte mit dem Puderzucker in der Hand, als Emilio kam«, ergänzte Anna.

»Nein, es war genau umgekehrt«, erklärte Emilio, der bis zu diesem Augenblick den Eindruck gemacht hatte, er sei nur körperlich anwesend und habe seinen Verstand im Drogendezernat zurückgelassen.

Die beiden Männer begannen sofort, sich zu streiten, jeder wollte recht haben, keiner war bereit nachzugeben. Am Ende hatten sie beide ihre Sicherheit verloren und blickten Anna hilflos an, die genauso hilflos die Achseln zuckte.

Eine Weile sahen sie den Eseln beim Rupfen und Malmen zu. Fasziniert beobachtete Anna die Bewegungen der Unterkiefer, die sich nicht nur auf und ab, sondern auch seitlich bewegen konnten, während der Oberkiefer stehen blieb und nur als Gegendruck diente.

Konrad hatte sich noch nicht damit abgefunden, dass er die Schuld nicht ohne Weiteres Emilio in die Schuhe schieben konnte.

»Du hast das Kokain an dich genommen. Wo hast du es aufbewahrt?«

Angesichts der Beschuldigung, die hinter Konrads Frage lauerte, fiel die Lethargie nun endgültig von Emilio ab. »An einem sicheren Ort«, fauchte er. »Hältst du mich für einen Idioten?«

Zum Glück war Konrad diplomatisch genug, die Frage nicht zu beantworten. Sein Schweigen machte die Sache allerdings nicht besser.

Wütend fuhr Emilio fort: »Wir müssen die Tüten in Annas Küche durcheinandergebracht haben.« Er schlug sich so oft mit der flachen Hand vor die Stirn, wie es früher der Wärter in dem Gefängnis getan hatte, in dem Annas Eltern gestorben waren. Er hatte jeden Gefangenen für einen ausgemachten Dummkopf gehalten, der selber schuld war, wenn er sich sein Leben versaute, und war demzufolge aus dem Schlagen vor die Stirn gar nicht mehr herausgekommen. Dass er nach zehn Dienstjahren an schwerer Migräne litt, hatte niemanden gewundert.

»Dass das bloß niemand erfährt! Ich könnte vom Dienst suspendiert werden.«

Konrad machte eine wegwerfende Handbewegung. »Die Karriere im Drogendezernat kannst du sowieso vergessen. Aber für Handtaschendiebstähle und Verkehrsdelikte wird es wohl reichen. Ich glaube nicht, dass du arbeitslos wirst. Dein Chef muss wahrscheinlich nicht einmal erfahren, dass du damit geliebäugelt hast, das Dezernat zu wechseln.«

Anna war erleichtert, als sich ein Auto näherte, das Konrad und Emilio von ihrem Streit ablenkte. Ein dunkler Twingo, in dem zwei Frauen saßen, die miteinander redeten und lachten, ohne weiter auf die Wanderer zu achten. Immerhin waren sie so freundlich, das Tempo zu drosseln, als Casanova Anstalten machte, auf den Weg zu treten, der zum Eselhof Schleicher führte.

Der Twingo bewegte sich im Schritttempo an ihnen vorbei, deshalb konnte Anna die Gesichter der beiden Insassen erkennen. Als die Fahrerin wieder Gas gab, wäre Anna gern in die Höhe geschossen. Grund genug hatte sie, ihre Oberschenkelmuskulatur jedoch, die in Siena nicht mehr durch Pilates, Bodyflow und Step-Aerobic in Form gehalten wurde, verweigerte ihren Dienst. In Stuttgart war sie regelmäßig ins Fitnessstudio gegangen, in Siena aber zu der Ansicht gelangt, dass der Aufbau eines Hotels und die Arbeit darin als Krafttraining ausreichten. Möglich, dass sie sich getäuscht hatte. Ihr Versuch, auf die Beine zu kommen, war jedenfalls mehr als kläglich. Sie fiel hintenüber, musste sich mit den Händen abstützen und auf die Knie gehen, was ihrer Arthrose nicht guttat. Und dann blieb ihr nichts anderes übrig, als sich so aufzurichten, wie sie es eigentlich hatte vermeiden wollen: wie eine Frau im achten Monat beim Geburtsvorbereitungskurs, der in Stuttgart nicht umsonst den Namen »Elefantenturnen« erhalten hatte. Zum Glück war sie zu aufgeregt, um in Emilios Gesicht nach einer Reaktion auf ihre Schwerfälligkeit zu suchen.

Sie richtete sich auf und bog den Rücken durch, zunächst unfähig, etwas zu sagen. Die toskanische Landschaft um sie herum war mit einem Mal nicht mehr aquarellfarben, nicht mehr weichgezeichnet, blassgelb, bernsteinbraun und aus verblichenem Grün wie getrocknetes Seegras. Sie war nun scharf umrissen und loderte in Zinnoberorange.

Nicht einmal ihre Stimme passte mehr in die Landschaft. »Das war Henrieke.«

Emilio wäre Anna gern gefolgt, aber Griseldis und Casanova waren nicht geneigt, diesen Wegesrand, auf dem offenbar die schmackhaftesten Kräuter wuchsen, so schnell wieder zu verlassen. Konrad versuchte, Casanova vom Fleck zu zerren, aber vergeblich, und Griseldis schien auch mal zeigen zu wollen, wie der Begriff vom störrischen Esel entstanden war.

Emilio klopfte seinen Hosenboden ab. »Wir können Anna doch nicht allein lassen. In diesem Eselhof! Bei Julius Schleicher!«

»Sie will zu ihrer Tochter, nicht zu dem Drogendealer.« Aber in Konrads Augen stand ebenfalls Sorge. Er mochte nur nicht zugeben, dass er das Schlimmste befürchtete.

»Wir können die Esel irgendwo anbinden«, schlug Emilio vor.

»Siehst du hier einen Baum, einen Zaun, einen Pflock?«

»Accidenti!« Konrad hatte recht. Hier gab es nur Felder, Weiden, sanfte Gräben und leichtes Gebüsch. Die Zypresse am Ende des Weges gehörte schon zum Gelände des Eselhofs.

Dass sein Handy läutete, bemerkte Emilio erst, als ihm auffiel, dass Griseldis die langen Ohren spitzte. Offenbar hatte sie das Geräusch eher zu Kenntnis genommen als er selbst. Es war leichtsinnig, das Gespräch anzunehmen, ohne vorher aufs Display zu sehen. Hätte er die Nummer erkannt, hätte er das Telefon läuten lassen, bis die Mailbox ansprang.

»Angelo hat mich gerade angerufen.« Die Stimme seiner Mutter klang aufgeregt.

»Wer ist das?«, fragte Emilio ohne jedes Interesse.

»Der Bruder einer Bridgefreundin. Oder … der Schwager? Egal! Ich habe ihn jedenfalls mal bei einer Vernissage kennengelernt und ihm von dir erzählt.«

»Von mir? Warum?«

»Weil er auch bei der Polizei arbeitet. Oder zumindest früher mal. Allerdings in leitender Stellung. Irgendein hohes Tier.«

»Angelo?« Emilio wurde nachdenklich. Redete seine Mutter etwa von dem früheren Polizeipräsidenten Angelo Cercello? Er war stadtbekannt, vor allem wegen seines verbissenen Kampfes gegen die Rauschgiftkriminalität. Vor Jahren hatte er strenge Sanktionen und Haftstrafen für Drogentäter durchgesetzt und erreicht, dass die Geldbußen verdoppelt wurden. Da er mit dem Innenminister verwandt war, glaubte er, sich eine härtere Gangart leisten zu können und damit Erfolg zu haben. In seiner Amtszeit hatte die Zahl der Gefängnisinsassen, die wegen irgendwelcher Drogendelikte einsaßen, dann tatsächlich dramatisch zugenommen, die Gefängnisse waren bald überbelegt, weil die Drogenstraftäter mehr als ein Drittel der Insassen ausmachten. Aber geändert hatte sich nichts. Angelo Cercello scheiterte an den Mächtigen des Drogenhandels, die mit Gegendruck antworteten, Politiker bestachen und andere bedrohten. Als schließlich die Tochter eines Ministers entführt wurde, musste Angelo Cercello sich geschlagen geben. Er quittierte den Dienst, als in der Gesellschaft immer öfter von Legalisierung die Rede war und zum Beispiel Cannabis für den Freizeitgebrauch erlaubt werden sollte. Noch einmal protestierte er heftig, merkte aber, dass er mit seiner strikten Haltung scheitern würde, und schied aus dem Dienst aus.

Den kannte Mama? Emilio seufzte. Wen kannte sie nicht? Und warum rief sie ihn ausgerechnet jetzt an, um mit ihm über einen ehemaligen leitenden Drogenfahnder zu reden? Wusste sie etwas?

Da kam schon die Erklärung. »Angelo sagt, du hättest den Traum von einer Karriere im Drogendezernat noch immer nicht begraben.« Die Stimme seiner Mutter wurde schrill. »Junge, wie oft habe ich dir gesagt …«

»Ich kann jetzt nicht, Mama.« Beinahe hätte er es geschafft, den roten Knopf zu drücken. Aber da hörte er seine Mutter sagen: »Im Drogendezernat wird über dich gelacht. Wie konntest du mir das antun? Wenn du schon solche Ambitionen hast, dann geh die Sache richtig an, nicht so stümperhaft.«

»Mama, ich …«

»Angelo sagt, du kannst ihn anrufen. Er wird dir helfen. Ich habe ihn darum gebeten. Du kannst froh sein, dass deine Mutter mit Gott und der Welt befreundet ist! Was soll nur aus dir werden, wenn ich nicht mehr lebe? Du schaffst es ja nicht einmal, eine Frau zu finden, die zu dir passt.«

»Mama, ich habe zu arbeiten.«

»Angelo sagt, du sollst dich um einen gewissen Julius Schleicher kümmern, einen Deutschen, der sich in der Toskana niedergelassen hat und erfolgreich irgendwelche Drogengeschäfte betreibt. Er hat einen Mitarbeiter, der sein Partner werden will. Wenn du die beiden dingfest machst, kannst du damit rechnen, dass der Leiter der Drogenfahndung auf dich aufmerksam wird. Du weißt, dass mir das nicht recht ist, aber es ist mir immer noch lieber, als mir anhören zu müssen, dass die Drogenfahnder sich über meinen Sohn lustig machen. Wie konntest du Puderzucker ins Drogendezernat bringen und so tun, als wäre es Kokain? Impossibile!«

Wortlos legte Emilio auf. Eine Todsünde, die seine Mutter ihm noch jahrelang vorhalten würde. Normalerweise ging er dieses Risiko nicht ein, aber an diesem Tag war es ihm egal.

Konrad grinste, als Emilio das Handy in die Hosentasche zurücksteckte. »Na? Was sagt Mama? Ist sie etwa mit ihrem Figlio unzufrieden?«

Emilio setzte sich wieder zu Konrad ins Gras. »Es hat sich schon herumgesprochen, dass ich Puderzucker ins Drogendezernat gebracht habe.«

Anna rannte, so schnell sie konnte. Besonders rasant war das leider nicht, wie sie schon nach wenigen Metern bestürzt feststellen musste. Als Schülerin hatte sie nicht besonders weit werfen und erst recht nicht weit springen können, aber durch ihre Lauferfolge hatte es bei den Bundesjugendspielen dann doch immer für eine Siegerurkunde gereicht. Und jetzt? Ihr rechtes Knie tat ihr schon nach den ersten Schritten höllisch weh, der Versuch, die Schmerzen zu ignorieren, schlug fehl. Die Arthrose hatte bereits nach wenigen Metern gewonnen, nur eine Nasenlänge vor der Kurzatmigkeit und dem rasenden Herzschlag.

Anna drehte sich nicht um, wollte nicht wissen, ob Emilio und

Konrad ihr nachblickten und vielleicht sogar über sie lachten. Die Vorstellung, wie sie von hinten ausgesehen hatte, als der Schreck ihr für ein paar Augenblicke den Kontakt zur Realität abgeschnitten hatte, war nicht besonders angenehm. Wie die einzige Teilnehmerin im Wettkampf um die Ehrenurkunde für arthrosegeschädigte Seniorinnen? Kein schöner Gedanke.

Sie bemühte sich, nicht zu humpeln, während sie mit großen Schritten weiterging, was nicht wesentlich langsamer ausfiel als ihr Sprint, der keiner geworden war. Der Twingo war längst hinter einer Kurve verschwunden, das Geräusch des Motors nicht mehr zu hören. Was hatte Henrieke hier zu suchen? Warum war sie in die Toskana gekommen, ohne ihrer Mutter etwas davon zu verraten?

Anna war endlich an der Kurve angelangt. Der Weg führte nach rechts weiter, schlängelte sich an niedrigem Buschwerk vorbei, verschwand gelegentlich darin und tauchte wieder auf, um sich am Ende schnurgerade auf ein Gehöft zuzubewegen. Den Eselhof von Julius Schleicher.

Neben einem flachen Gebäude aus rotem Backstein gab es ein umzäuntes Gelände, auf dem mehrere Esel standen. Neben dem Eingang parkte der Twingo, aber nirgendwo war eine Menschenseele zu sehen. Anna näherte sich vorsichtig. Warum sie nicht schnurstracks auf das Haus zuging, an die Tür klopfte und nach Henrieke fragte, hätte sie nicht sagen können. Irgendetwas hielt sie zurück, vielleicht die Stille, die über dem Haus lag. Anna hatte das Gefühl, dass jedes dunkle Fenster des Hofs sie anstarrte und es irgendwo jemanden gab, der sie beobachtete und jeden ihrer Schritte verfolgte. Sie musste sich Mut zusprechen, sich sagen, dass sie nichts Böses im Schilde führte, also auch keine Angst zu haben brauchte. Sie wollte zu ihrer Tochter. Das hatte mit den beiden Eseln, die bei Konrad und Emilio geblieben waren, gar nichts zu tun.

Die Eingangstür des Hauses stand weit offen. Anna streckte den Kopf hinein und rief leise: »Hallo?«

Aber nichts rührte sich. Sie wiederholte ihren Ruf etwas lauter, ersetzte das Frage- durch ein Ausrufezeichen, aber es gab kein Echo. Dieses fremde Haus ungebeten zu betreten wagte sie nicht. Sie warf nur einen langen Blick auf das, was sie von hier aus erkennen konnte. Schmutzige Bodenfliesen, abgetretene Holzstufen, die auf eine Tür in der ersten Etage zuführten. Die Beine eines Holztisches konnte sie erkennen, einen Stuhl daneben, dahinter eine weitere Tür. Was Anna überblicken konnte, war vermutlich der Eingangsbereich des Hauses, von dem es zu den Wohnräumen und zu den Stallungen ging.

Sie stieg die Eingangsstufen wieder hinab und ging ums Haus herum. Der Zaun, hinter dem drei Esel friedlich grasten, besaß ein Türchen, das sie öffnete und sorgfältig wieder hinter sich schloss. Die Esel kümmerten sich nicht um sie, aber aus dem Stall kamen Geräusche. Dort schien jemand zu arbeiten, mit einem Besen, dann mit einer Schaufel. Und plötzlich fiel etwas zu Boden, und Stimmen waren zu hören. Der erstaunte Ausruf eines Mannes, das Kichern einer Frau.

Anna ging auf die Tür zu, die in Norddeutschland Klönschnacktür genannt worden wäre. Die untere Hälfte war geschlossen, die obere stand offen. Dahinter war es still geworden. Anna beugte sich vorsichtig hinein und blickte in einen Stall, in dem jedoch kein Esel stand. Die drei Boxen, die sie sah, waren leer. Nein, in einer regte sich etwas. Kein Tier kam zum Vorschein, sondern der Oberkörper eines Mannes, der sich sein T-Shirt über den Kopf zog. Dann verschwand er wieder, und kurz darauf hörte Anna erneut das Kichern einer Frau. Nun war sie sicher, dass die Stimme Henrieke gehörte.

Was hätten Sie an meiner Stelle gemacht? Sich umgedreht und so getan, als hätten Sie nichts gesehen und gehört? Oder die Tür aufgerissen und Henrieke zur Rede gestellt? Womöglich sogar den Mann mit Vorwürfen überschüttet, weil er sich an Ihre Tochter herangemacht hat? Henrieke ist Mitte dreißig! Da kann ich ihr nicht mehr mit Vorwürfen kommen. Ihr nicht und dem Mann, mit dem sie etwas anfängt, erst recht nicht. Und wenn eine Mutter mit dem Sexualpartner ihrer Tochter unzufrieden ist, weil er statt in einer Bank oder an der Börse im Stall eines Eselhofs arbeitet und sie sich etwas Besseres für ihre Tochter gewünscht hat, dann sollte sie unbedingt den Mund halten. Eine junge Frau, die verliebt ist, will solche Einwände nicht hören. Auch nicht den Hinweis, dass sie sich, wenn der erste Ansturm der Verliebtheit vorbei ist, garantiert Gedanken darüber machen wird, wie ihr Leben an der Seite eines solchen Stallausmisters aussehen soll.

Sorry, das war jetzt nicht nett von mir. Natürlich weiß ich, dass so etwas despektierlich und sogar diskriminierend klingt. Selbstverständlich will ich den jungen Mann nicht herabsetzen, nur weil er im Stall eines Eselhofs arbeitet. Aber… jetzt mal ganz unter uns, das hört ja sonst keiner: Würden Sie Ihrer Tochter, wenn sie eine solide Schulausbildung genossen hat, nicht auch einen Mann mit einer ebenso soliden beruflichen Zukunft wünschen? Na also! Wir kennen das Leben, in unserem Alter weiß man, wie schnell man Entscheidungen bereut, die aus Liebe getroffen werden, und wie weh es tut, sich später eingestehen zu müssen, dass die Liebe nur Verliebtheit gewesen ist oder, im schlimmsten Fall, ein einziger Irrtum.

Ich weiß, es ist total altmodisch, sich immer gleich zu fragen, ob der Mann zum Ehemann taugt, ob er eine Familie ernähren kann… aber Mütter sind nun mal so. Sie auch, wetten? Jedenfalls, wenn Sie keine vierzig mehr sind, sondern schon in dem Alter angekommen, in dem man von Enkelkindern träumt. Sie können mir erzählen, was Sie wollen, Sie hätten sich an meiner Stelle auch die Frage gestellt, ob dieser junge Kerl der Richtige für eine Tochter ist, die bei Männern noch nie ein glückliches Händchen hatte…

Anna machte ein paar Schritte von der Tür weg, dann erst rief sie laut und deutlich: »Ist hier jemand?« Sie drehte der Stalltür den Rücken zu, während sie wiederholte: »Hallo! Niemand da?«

Die Geräusche in ihrem Rücken ignorierte sie so lange, bis die Klönschnacktür knarrte und eine Stimme zurückfragte: »Ciao, Signora! Chi sta cercando?«

Anna drehte sich um und gab sich überrascht. »Wen ich suche? Meine Tochter!«

Der junge Mann verlor seine Sicherheit, sein Lächeln erlosch. »Ihre Tochter?«

Er war jünger als Henrieke, die dunklen Locken hingen ihm ins Gesicht, seine Augen blickten gutmütig und freundlich. Auch das Pflaster, das auf seiner Stirn prangte, tat seiner Anziehungskraft keinen Abbruch. Ohne es zu wollen, musste sie lächeln. Ein sympathischer Mann mit einer arglosen Ausstrahlung. Sogar attraktiv, wenn man einmal von seinen schmutzigen Händen mit den schwarz geränderten Fingernägeln absah.

Damit fuhr er sich nervös durchs Haar. »Was weiß ich, wo Ihre Tochter ist?«

Anna trat näher heran. »Ich habe sie zufällig gesehen. In einem Twingo, der vor dem Haus steht.«

Nun hörte sie Geraschel im Hintergrund. Der junge Mann wurde nervös und sah sich um. Anna hörte die Stimme ihrer Tochter, noch bevor sie sie sehen konnte.

»Mama! Was machst du denn hier?«

Zum ersten Mal seit langer Zeit hörte sich diese Anrede an wie ein Wort mit einem doppelten M. Seit Anna sich entschlossen hatte, nach Siena zu gehen, hatte Henrieke die Betonung stets auf die erste Silbe gelegt und es jedes Mal geschafft, diesen beiden Buchstaben einen Schwall Empörung aufzubürden. Sie war ja ständig empört gewesen. Darüber, dass ihre Mutter ein neues Leben anfing, dass sie das Geld ihres Vaters in ein Unternehmen steckte, das er niemals gebilligt hätte, dass es ihr, seit sie Witwe war, besser ging, dass sie vieles tat, was Henrieke nicht altersgemäß fand. Sie hatte am Lebenswandel ihrer Mutter herumgemäkelt, die mit über sechzig plötzlich zwei Verehrer hatte und nicht bereit war, sich so zu verhalten, wie eine Sechzigjährige es nach Henriekes Meinung tun sollte. Wenn es nach ihrer Tochter gegangen wäre, säße Anna mit den Händen im Schoß in ihrer Stuttgarter Eigentumswohnung, übte sich in Altersmilde und begnügte sich mit Kaffeefahrten und kirchlichen Seniorentreffen als den Höhepunkten des Lebens.

»Was ich hier mache?« Anna sah ihre Tochter fassungslos an. »Ich wohne in Siena. Schon vergessen? Warum kommst du nicht zu mir?«

Henrieke öffnete die Klönschnacktür und trat aus dem Stall. Sie trug eine ausgeleierte Jeans und ein graues T-Shirt mit dem Aufdruck »Love«. Ihr Gesicht war blass, die Haare hatte sie im Nacken zusammengebunden. Sie sah aus wie immer, farblos und unscheinbar. Neu waren nur die Gummistiefel. »Ich hätte dich heute noch angerufen.« Henrieke drehte sich um und gab dem jungen Mann einen Wink. »Bin gleich zurück, Dario.« Dann griff sie nach dem Arm ihrer Mutter und zog sie mit sich.

Anna wandte sich um und sah, dass Dario schon verschwunden war. Dafür war ein anderer Mann aufgetaucht. Er stand am Gatter auf der anderen Seite des Geheges, in dem die drei Esel grasten, und schien Anna und Henrieke zu beobachten. Er war groß und dick, von undefinierbarem Alter, hatte eine Halbglatze und wirkte sogar auf die Entfernung unsympathisch.

»Wer ist das?«, fragte Anna leise.

Henrieke, die gerade angesetzt hatte, ihrer Mutter diverse Rechtfertigungen entgegenzuhaspeln, stockte mitten in der Erklärung, dass ihre Freundin Vera mal etwas Neues habe probieren wollen, eine Eselwanderung nämlich, die auf einem Hof in der Nähe von Siena starten sollte, und dass Henrieke deshalb beschlossen habe, ihrer Mutter einen überraschenden Besuch abzustatten …

Sie brach ab und zeigte auf den Mann, auf den Anna aufmerksam geworden war. »Der da? Das ist Julius Schleicher. Ihm gehört dieser Eselhof. Wieso interessiert er dich?«

Als Anna zu Emilio und Konrad zurückkehrte, sah sie auf die Uhr. Die beiden warteten sicherlich schon ungeduldig. Sie hatte viel zu lange mit Henrieke geredet.

Aber zum Glück machten sie keinen gelangweilten Eindruck. Vor ihnen stand eine junge Frau, blond, langbeinig, vollbusig und in Begleitung eines Esels, der an ihrem Hinterteil schnupperte, ohne dass sie es bemerkte. Ihr helles Lachen ließ vermuten, dass sie sich gut unterhalten fühlte. Aber auch Emilio und Konrad schien die Bekanntschaft zu gefallen, vor allem Konrad. Er stand neben Griseldis, als hätte er sein Leben lang nichts anderes getan, als die Psyche von Eseln zu studieren, und könne über die Verstimmungen und Vorlieben dieser Tiere Auskunft geben. Er schien vergessen zu haben, dass sein Äußeres durch das blaue Auge an Attraktivität verloren hatte, hielt sich sehr aufrecht, warf gelegentlich den Kopf nach hinten und fuhr sich über den Schädel, als wollten seine Fingerspitzen eine dichte Lockenpracht zerteilen.

Emilio dagegen war auf Distanz bedacht, wenn er die junge Frau auch mit einem Lächeln bedachte, das selten ohne Wirkung blieb, sogar mit aufgeplatzter Lippe. Durch seine Kopfhaltung und seine kritische Miene zeigte er dennoch, dass mit ihm nicht zu rechnen war. Emilio war kein Mann für einen Flirt, das wusste Anna, wenn er ihn auch beherrschte wie kein Zweiter und immer wieder dazu verführt wurde. Eine Frau, die mit ihm flirten wollte, hatte von vornherein verloren. Aber wie sollte sie das ahnen, wenn ein so attraktiver Mann scheinbar auf ihre Avancen einging? Konrad war da natürlich ganz anders. Er war kein Mann, mit dem gern geschäkert wurde. Und wenn, dann stellte er sich gern als Besserwisser dar, der einer Frau alles abnehmen würde, sogar das Denken.

Als Anna sich näherte, erntete sie den Blick, den Ehefrauen erhalten, die das Spiel stören wollten. Sie hatte kein Interesse daran, den Irrtum aufzuklären, und brachte auch nicht die falsche Freundlichkeit auf, so zu tun, als wäre ihr an der Bekanntschaft mit der jungen Frau gelegen. Dass diese sich schleunigst aus dem Staub machte, gefiel ihr.

Wenn auch Konrad empört sagte: »Das war die Twingo-Fahrerin.«

»Ich weiß.«

»Vielleicht hätte sie uns …«

»Ich habe bereits mit Henrieke gesprochen.«

Konrad klappte den Mund zu, und Emilio hörte auf, Casanova die Ohren zu kraulen. »Und?«

Die beiden erfuhren in Kurzform, dass Henriekes Freundin Vera, die Twingo-Fahrerin, eine Eselwanderung in der Toskana geplant hatte und von Henrieke gebeten worden war, sie mitzunehmen. »Sie wollte mich mit ihrem Besuch überraschen.«

»Und warum hat sie es nicht getan?«, fragte Emilio.

»Weil sie sich spontan verliebt hat.« Anna verdrehte genervt die Augen. »In einen Mann, der hier im Stall arbeitet.«

Konrad grinste. »Klingt nicht nach Traumschwiegersohn!«

Anna setzte zu einer Verteidigung an. Sie hatte den jungen Mann bereits in Gedanken mit despektierlichen Attributen belegt, doch im Gespräch mit ihm hatte er sich als durchaus sympathisch erwiesen. »Er scheint aber ganz nett zu sein.«

Emilios Frage war sachlicher: »Ein landwirtschaftlicher Gehilfe oder eher… einer, der Julius Schleicher bei seinen Geschäften hilft? Einer, der hinter der Fassade des Stallarbeiters für den Drogenring arbeitet?«

Anna ließ sich entgeistert ins Gras plumpsen, direkt neben das, was Griseldis soeben von sich gegeben hatte. »An diese Möglichkeit habe ich gar nicht gedacht. Der Typ hatte ein Pflaster auf der Stirn.«

Es dauerte lange, bis eine Reaktion kam. Konrad ließ sich neben Anna fallen, Emilio hätte es wohl auch gern getan, beschloss dann aber, seiner noch halbwegs sauberen Chino eine letzte Chance zu geben. »Du meinst, das ist der Mann, dem Giuseppe einen auf die Glocke gegeben hat?« Er betastete seinen Mund. »Der Kerl, der mir die Lippe blutig geschlagen hat?«

Der Weg an Signor Pancoles Tankstelle vorbei fiel Anna besonders schwer. Noch am Tag zuvor hatte sie sich über die Eselwanderer lustig gemacht und war mit Graziellas Vater einer Meinung gewesen, dass solche Leute besser zum Psychiater gehen sollten, statt für die Eselwanderung tief in die Tasche zu greifen. Sie machte sich klein, als die Tankstelle in Sicht kam, ließ das Kinn auf die Brust sinken, blickte nur auf ihre Füße oder gab vor, an dem Müll in dem Graben neben der anderen Straßenseite höchst interessiert zu sein.

Aber ihre Bemühungen waren vergeblich. Signor Pancole hatte sie schon von Weitem erkannt und winkte ihnen zu, als sie noch ein gutes Stück entfernt waren. Lachend rief er ihnen entgegen: »Gelato für die Esel, Espresso für die Wanderer?«

Anna seufzte. Sie hätte es sich denken können! Natürlich hatte Graziella ihren Vater unverzüglich darüber informiert, dass ihre Chefin sich auf eine Eselwanderung begeben hatte. Und wenn der Vater davon erfahren hatte, würde sich auch der Rest der Familie noch heute das Maul darüber zerreißen, dass Anna Wilders mit zwei Eseln und zwei Männern unterwegs war. Die ganz Witzigen redeten womöglich von vier Eseln, die sich in der Begleitung der verrückten Tedesca befanden.

Anna lehnte sowohl das Gelato als auch die Espressi ab. Aus gutem Grund. Die Tiefkühltruhe mit dem Eisangebot befand sich hinter einem Reifenstapel in Signor Pancoles Werkstatt, die Kaffeemaschine auf einem wackeligen Ölfass daneben. Beides sah so aus, als würde Emilio bei dem Anblick die Hände über dem Kopf zusammenschlagen und in der Questura der entsprechenden Abteilung den Rat erteilen, die Tankstelle von Signor Pancole mal etwas genauer in Augenschein zu nehmen. Das fehlte noch! Mit Graziella und ihrer weitverzweigten Familie wollte Anna es sich nicht verscherzen.

Auf Signor Pancoles Frage, warum nun auch die Besitzerin des *Albergo Annina* mit der Eselwanderei begonnen habe, wo sie doch gestern noch diese Art der Selbsttherapierung völlig verrückt genannt hatte, konnte Anna nicht antworten. Die Wahrheit wäre gewesen, dass der Commissario Ablenkung nötig gehabt habe, weil ihm ein schwerer Fehler unterlaufen war, über den im Drogendezernat vermutlich immer noch gelacht wurde. Das hätte Signor Pancole sicherlich sehr interessiert. Auch davon, dass im *Albergo Annina* Kokain entdeckt worden und nun nicht mehr auffindbar war, hätte er sich gern etwas erzählen lassen. Aber natürlich kam es nicht infrage, Emilio bloßzustellen. So musste Konrad sich die Schuld für diese Unternehmung in die Schuhe schieben lassen. »Signor Kailer meinte, man sollte es einmal ausprobieren.«

Signor Pancole erkundigte sich ausführlich, ob bereits eine befreiende Wirkung eingesetzt habe, ob der Weg zur eigenen Mitte gefunden worden sei, ließ das Thema aber zum Glück ruhen, als Casanova auf seine Art zeigte, wie lästig ihm diese Fragerei war. Er präsentierte plötzlich einsetzenden Durchfall, was Signor Pancoles Belustigung schlagartig vertrieb. Seine Schwägerin, die Gattin des Metzgers, fuhr in diesem Augenblick vor, erkannte Anna, hupte erfreut, wunderte sich über ihre Begleitung und sprang so schwungvoll und gleichzeitig unachtsam aus dem Wagen, dass sämtliche Warnungen zu spät kamen. Sie war direkt in Casanovas Ausscheidungen gelandet, was ihrer Laune, der immer etwas Explosionsartiges anhaftete, gar nicht guttat.

Konrad zerrte an Casanovas Strick, Anna hielt Griseldis' Leine straff, und Emilio ging den beiden voraus, als hätten sie es mit einem Mal eilig. Das Zetern der Metzgersgattin folgte ihnen eine Weile, aber hinter der nächsten Kurve war endlich Ruhe.

Emilio schien zu seiner alten Form zurückgefunden zu haben. Anna sprach es nicht aus, ihr schien jedoch, dass Konrad mit seiner Idee ins Schwarze getroffen hatte. Das Wandern mit einem Esel konnte wirklich die Gedanken befreien und das Karussell, in dem sich Vorwürfe und Fragen drehten, anhalten. Emilios Niedergeschlagenheit lichtete sich, und er konnte sich wieder vorstellen, dass in ein paar Wochen niemand mehr von dem Puderzucker sprechen würde, den er im Drogendezernat abgegeben hatte, und glaubte, dass er herausfinden würde, wem er zu verdanken hatte, was geschehen war. Er gewann sogar an Optimismus, als ihm einfiel, dass nur Konrad schuld an der Verwechslung von Kokain und Puderzucker gewesen sein konnte.

Darüber entspann sich ein aufgeregter Wortwechsel, in dem jeder die Schuld von sich abzulenken versuchte und keiner der beiden bereit war, das eigene Verhalten kritisch zu überdenken. Den Eseln schien dieses laute Gezanke genauso wenig zu gefallen wie Anna. Alle drei versuchten sie, durch Ablenkungsmanöver den Streit zu beenden. Griseldis gab vor, einen Fluchtversuch zu planen, Casanova sammelte den Müll vom Straßenrand und schleuderte ihn von sich, sodass Emilio mit einem Wattebausch von undefinierbarer Farbe im Haar weiterzog und Konrad die Werbung eines Coop-Marktes am Ärmel hängen hatte. Anna sorgte dafür, dass diese unappetitlichen Müllreste unauffällig wieder an den Straßenrand zurückbefördert wurden, und erzählte eine langatmige Geschichte von Tante Rosi, der einmal ein Müllbeutel gerissen war. Noch zwei Jahre später war ein Kaffeefilter mit schimmeligem Kaffeesatz in einem stacheligen Busch neben der Mülltonne aufgetaucht.

Aber alle Versuche führten zu nichts. Casanova und Griseldis betrieben daraufhin Konfliktbewältigung auf ihre Art und hatten sofort Erfolg damit: Beide gleichzeitig weigerten sich weiterzugehen, blieben direkt vor dem Ortseingangsschild von Siena stehen und waren nicht zu bewegen, noch einen einzigen Schritt zu tun. Stur und steif standen sie da und starrten die männlichen Eselführer derart vorwurfsvoll an, dass die beiden bald aufhörten, an den Stricken zu zerren.

Emilio versuchte es mit einem Klaps auf Casanovas Hinterteil, Konrad wollte Griseldis mit sanfter Gewalt verführen, aber vergeblich. Die Esel schauten nur von einem zum anderen. Ihre Mienen veränderten sich auch nicht, als ein Wagen neben ihnen hielt, in dem eine vierköpfige Familie saß. Die Frau auf dem Beifahrersitz hatte eine Plastikdose auf dem Schoß, aus dem sie ihre Lieben während der Fahrt mit gesunder Kost versorgen wollte. Sie öffnete den Deckel, nahm zwei Apfelspalten und reichte sie durchs Fenster.

»Wir haben gerade eine Eselwanderung gemacht. Das hilft.«

Ihr Mann hatte es wohl eilig, denn er fuhr schon wieder an, bevor sie sich richtig bedanken konnten. Die beiden Kinder winkten durch die Rückscheibe vergnügt zurück.

Anna hielt Casanova und Griseldis die Apfelspalten hin und machte verführerische Schnalzgeräusche. Tatsächlich lösten sich beide Esel aus ihrer Starre und machten einen langen Hals. Griseldis setzte einen Fuß vor, Konrad schob von hinten und zwang sie so zu einem zweiten. Emilio zerrte an Casanovas Strick und erzählte ihm, wie wunderbar der Apfel schmecken werde, wenn er ihn sich verdient habe. »Du bekommst ihn erst, wenn du dich in Bewegung gesetzt hast.«

Tatsächlich war diese Taktik erfolgreich. Die bestochenen Esel wanderten nach dem Genuss der Äpfel wieder, als hätten sie verstanden, was Emilio ihnen versprach: Sie würden am Ziel mit mindestens einem Kilo Äpfeln belohnt werden.

Danach gingen Konrad, Emilio und Anna eine Weile schweigend weiter, jeder in eigene Gedanken versunken.

Schließlich murmelte Anna: »Irgendwie kann ich immer noch nicht glauben, dass wir die beiden Tüten verwechselt haben.«

»Es ist aber die einzige Möglichkeit«, sagte Emilio. »Eine andere Erklärung gibt es nicht.«

Konrad wollte stehen bleiben, unterließ es dann aber, weil er fürchtete, damit den Eseln ein schlechtes Vorbild zu sein, die sich womöglich auf eine Rast einstellten und erst nach der Zufütterung von weiteren Äpfeln bereit sein würden weiterzugehen. »Es gibt noch eine Möglichkeit«, wandte er sich an Emilio. »Das Kokain ist dir geklaut worden, und jemand hat dir eine Tüte mit Puderzucker untergeschoben, ohne dass du es gemerkt hast. Nun sag endlich, wo du es aufbewahrt hast. In deinem Hotelzimmer, nehme ich an?«

»Certo!«, fauchte Emilio, als wäre ihm bereits ein konkreter Vorwurf gemacht worden. »Wo sonst?«

»Wo genau?«

»Im Schrank.«

»Ganz offen? So, dass jeder drankonnte?«

»Zwischen meinen Hemden.«

»Also konnte jeder dran.«

Emilio starrte Konrad finster an. »Denkst du etwa an Graziella?«

»Unvorstellbar!«, warf Anna ein.

Emilio und Konrad nickten zustimmend. Offenbar teilten sie Annas Einschätzung.

»Die Tür zu deinem Hotelzimmer war nicht aufgebrochen«, stellte Konrad nachdenklich fest. »Dein Zimmer wurde nicht durchwühlt.«

Da es sich nicht um eine Frage handelte, antwortete Emilio auch nicht darauf.

»Wie hast du das Kokain eigentlich in die Questura gebracht?«, fragte Konrad.

»In einer kleinen Reisetasche.«

Anna nickte bestätigend. Sie erinnerte sich, dass Emilio mit dieser Tasche zum Frühstücken gekommen war und sie neben seinem Stuhl abgestellt hatte.

»In meinem Zimmer habe ich das Kokain eingepackt, nach dem Frühstücken bin ich zur Questura gegangen. Zu Fuß.«

»Mit der Tasche«, ergänzte Konrad unnötigerweise.

Casanova und Griseldis schienen von dem Duft aus dem *Lampada Rossa* angezogen zu werden. Den Kiosk daneben passierten sie noch anstandslos, aber vor dem Eingang der Trattoria blieben sie stehen. Ihre hellen Schnauzen bewegten sich zitternd in Richtung Eingangstür, die dunklen Augen in den hellen Blessen starrten den Mann an, der gerade mit drei Pizzakartons heraustrat.

»Die haben sich doch schon mit Gras vollgefressen«, schimpfte Konrad. »Pizza kriegen sie nicht.«

»Vielleicht hat Ricardo Äpfel in der Küche.« Anna drückte Emilio die Führleine in die Hand, an der Griseldis hing, und ging um die Trattoria herum in den Garten, wo es eine Tür gab, die in die Küche führte.

Ricardo war großzügig und spendierte vier glänzende rote Äpfel und dazu noch zwei, die wie Fallobst aussahen. »Buona fortuna! Saluti agli asini!«

Anna versprach, die Esel zu grüßen, hatte es aber schon vergessen, als sie wieder in den Garten der Trattoria trat. Vor dem Eingang hielt ein gelbes Cabrio, am Steuer saß eine sehr attraktive langhaarige Blondine. Sie spielte mit dem Gaspedal ihres Wagens und betrachtete kritisch die roten Lampen, die durchs Fenster des *Lampada Rossa* schimmerten, dann fuhr sie weiter und war im Nu verschwunden.

Die Frau, die Ole Alfkes aus dem Wagen geworfen hatte, kurz bevor Samantha Lindenbaum mit ihrem Esel auf die Straße getreten war! Was hatte sie hier zu suchen? Etwa Ole Alfkes? Wenn diese Frau ein weiblicher Drogenboss war, würde sie über kurz oder lang im *Albergo Annina* auftauchen. Oder wusste sie nicht, wo Ole Alfkes geblieben war? Hatte er sich nicht an ihre Vorschriften gehalten und war unerlaubterweise Samy gefolgt, in die er sich auf den ersten Blick verliebt hatte?

Anna merkte, dass sie einfach nicht von dieser Romanze ablassen wollte. Dass der Magic Moment zwischen den beiden, den sie miterlebt hatte, gar keiner gewesen sein sollte, mochte sie immer noch nicht glauben.

Sie führten die Esel in den Hotelgarten, wo sie sich sofort über das kleine Rasenstück hermachten, als hätten sie unterwegs hungern müssen.

Anna grinste Emilio an. »Soll ich Samantha Lindenbaum Bescheid sagen? Dann kann der Herr Doktor ihr selbst erklären, dass Griseldis wieder wohlauf ist.«

Emilio wehrte erschrocken ab. »Treib es bitte nicht auf die Spitze. Am Ende bin ich noch wegen Amtsanmaßung dran.« Der Ausdruck seiner Augen änderte sich schnell, er wurde weich und zärtlich, wie so oft, wenn Konrad nicht in der Nähe war. »Wie wär's mit einem Aperitivo in meinem Zimmer? Danach würde ich dich gern zum Essen einladen. Aber nicht ins *Lampada Rossa*, sondern … irgendwo in der City.«

Anna merkte, dass ihre Stimme genauso zärtlich klang wie Emilios, obwohl sie das gar nicht wollte. »Du hast Henrieke vergessen. Ich habe versprochen, sie mit dem Auto abzuholen.«

Emilio schien überrascht. »Sie will nicht auf dem Eselhof bleiben?«

Anna lachte. »Da gibt es Übernachtungsmöglichkeiten für Eselwanderer, aber Urlaub kann man auf dem Hof nicht machen. Und zum Glück hat meine Tochter ihren Intellekt nicht komplett im Stall unter dem Heu verbuddelt. Nein, sie wird nicht in Darios Zimmer einziehen. Das hätte noch gefehlt!«

Emilio tätschelte Casanova, Anna fuhr geistesabwesend durch Griseldis' Fell. Sie merkten beide, dass es sinnlos war, sich von der Cabrio-Fahrerin abzulenken, indem sie über etwas anderes sprachen. Schon bald gab Anna ihren Versuch auf. »Was mag das zu bedeuten haben, dass dieser weibliche Drogenboss hier herumfährt?«

Emilio ließ von Casanova ab und zog Anna von Griseldis weg. »Wir haben keine Ahnung, was das für eine Frau ist. Und ob sie auf der Suche nach Ole Alfkes ist, wissen wir auch nicht. Erst recht nicht, dass sie etwas mit Drogen zu tun hat.«

»Aber …«

»Es kann viele Gründe geben. Ganz harmlose.«

»Harmlos?« Anna sah ihn an, als hätte auch sie in diesem Augenblick erkannt, dass Emilio für eine Karriere im Drogendezernat nicht der Richtige war. »Samantha Lindenbaum ist ein Drogenkurier, so viel steht fest. Sie ist gemeinsam mit Ole Alfkes hierhergewandert, das habe ich selbst gesehen. Mit Kokain in Griseldis' Satteltasche! Und das ist von jemandem gestohlen worden, der …«

Emilio unterbrach sie: »… der von Julius Schleicher geschickt wurde?«

»Vielleicht! Ich glaube aber eher, dass sie die Chefin ist. Julius

Schleicher sitzt auf seinem Eselhof und zittert, weil er Angst vor den Konsequenzen hat. Das Kokain ist mehrere Hunderttausend Euro wert.«

»Die Chefin nimmt die Sache selbst in die Hand?« Emilio grinste Anna an, als wäre sie ein kleines Mädchen, das an das Märchen von Rotkäppchen und dem bösen Wolf glaubte.

»Genau! Eine attraktive Blondine, die alle Männer verrückt macht. So lange, bis ihr keiner mehr auf die Finger guckt, sondern nur noch auf die langen Beine und den Busen.« Anna machte keinen Hehl daraus, dass sie Emilio für einen Mann wie jeden anderen hielt, der selbstverständlich auch auf eine solche Frau reinfallen musste.

Emilio lächelte und zog sie an sich. Sein herbes Eau de Toilette roch wunderbar, das flauschig Weiche seines Kaschmirpullis war ausgesprochen einladend, dem sanften Druck seiner Hände zu widerstehen war viel schwieriger, als sie angenommen hatte … Hätte er sie jetzt noch einmal in sein Zimmer gebeten, wäre sie vielleicht schwach geworden. Aber gerade in diesem Augenblick erschien Konrad über ihnen am Gartenzaun.

»Das gelbe Cabrio ist schon wieder vorbeigefahren.«

Mit der Romantik war es augenblicklich vorbei. Anna und Emilio stiegen zu Konrad hoch und beriefen eine Konferenz am Gartenzaun ein. Die allerdings führte zu nichts. Emilio bestand weiterhin darauf, dass die Frau im Cabrio ganz harmlos sein könne, Konrad schlug sich nach einer Weile des Überlegens auf seine Seite, wenn auch sichtlich ungern, und Anna bestand darauf, dass sie als Augenzeugin alles besser wusste. »Ich habe gesehen, wie sie Ole Alfkes behandelt hat.«

Sie kamen nicht weiter, und als Konrad einfiel, dass er seinem Sohn ein Abendessen versprochen hatte, das gerade auf dem Herd verkochte, trennten sie sich. Konrad warf über die Schulter zurück, dass ein Anruf genüge, um ihn ins *Albergo Annina* zu rufen. »Wenn was ist, sag sofort Bescheid.«

Was er damit meinte, wollte Anna nicht so genau wissen. Dass er es für möglich hielt, Julius Schleicher könne noch einmal im Hotel auftauchen, machte ihr Angst. Und eine attraktive Blondine, die mit ihrer Schönheit alle Bedenken aus dem Weg räumte, war ihr regelrecht unheimlich. Eine Frau, die in diesem Gewerbe reich wurde, musste noch härter und gnadenloser sein als ein Mann, das war doch klar.

Emilio rief Konrad nach: »Vergiss nicht, dass Anna schon die Polizei im Hause hat.«

Konrad drehte sich um und grinste. »Ich weiß nur, dass ein Tierarzt bei ihr logiert.«

Emilio griff nach Annas Arm. »Hör auf zu grübeln, das bringt nichts.«

Sie begleitete Emilio bis zu seiner Zimmertür und hätte sich beinahe von ihm küssen lassen. Aber dann dachte sie an Henrieke, die auf keinen Fall Zeugin solcher Vertraulichkeiten werden durfte, weswegen es gut und richtig war, keine Gewohnheiten aufkommen zu lassen, die zu Schwierigkeiten führen mussten. Also löste sie sich von Emilio, ehe er seine Tür aufschließen und ihre Vorsätze auf die Probe stellen konnte, schenkte ihm einen Luftkuss zum Abschied und ging dann weiter zu Samys Tür. Doch auf ihr Klopfen reagierte niemand. Schade! Sie hätte Samantha Lindenbaum gern mitgeteilt, dass Griseldis die Wanderung ohne Schaden überstanden hatte, und sie bei dieser Gelegenheit in ein Gespräch verwickelt. Vielleicht wäre ihr eine verräterische Bemerkung zu entlocken gewesen.

Als sie in die Lobby zurückging, stellte sie fest, dass jemand die Eingangstür geschlossen hatte. Das Wetter war gut, aus der brillantgelben Mittagssonne wurde gerade das Burgunder-Ocker des späten Nachmittags. Der Blick auf die Basilica di San Francesco war um diese Zeit besonders schön.

Anna öffnete die Tür weit und sorgte dafür, dass sie nicht wieder zufiel. Atemberaubend, dieser Blick! Er fand sich in jedem ihrer Werbeblätter und hatte maßgeblich dazu beigetragen, dass sie sich für dieses Haus entschied. Bedauerlich, dass der Parkstreifen auf der gegenüberliegenden Straßenseite immer voll war. Ohne diese parkenden Autos wäre der Ausblick noch schöner gewesen. Die Stadt Siena hatte Parkautomaten in den Wohngegenden aufgestellt, in denen die Touristen gern ihre Autos abstellten, um sich die teuren Parkgebühren auf den öffentlichen Parkplätzen zu sparen. Aber da sie niemand kontrollierte und es keine Sanktionen gab, wenn die Autos von morgens bis abends hier standen, obwohl nur eine einzige Stunde bezahlt worden war, hatte sich nicht viel geändert. Es sprach sich immer schnell herum, wo man billig oder sogar kostenlos parken konnte und wo die Polizei nie nach dem Rechten sah.

Hinter einem der Autos machte Anna eine Bewegung aus. Ein Kopf, der ein paarmal auf und nieder wippte, als versuche dort jemand, in die Senke hinabzusteigen, die sich ein paar Meter tiefer, zu Füßen der Basilica, erstreckte, baum- und gebüschlos. Wenn Anna sich nicht täuschte, gehörte dieser Kopf Ole Alfkes.

Sie sah sich um, aber in der Nähe gab es niemanden, der sie beobachtete. Schnell huschte sie auf die andere Straßenseite, drängte sich zwischen zwei Autos hindurch und konnte nun von oben auf den struppigen Hang hinabsehen. Ole Alfkes hockte hinter einem dieser undefinierbaren Sträucher, die lange Trockenheit und eisige Winter überstanden, von Staub überkrustet waren, im Herbst schon verdorrten, aber im Frühling dann doch wieder ein paar grüne Stängel aufwiesen und ihr kümmerliches Dasein eine weitere Saison fortsetzten. Er machte einen langen Hals, als beobachtete und belauschte er jemanden. Anna musste noch ein paar Schritte machen, ehe sie sehen konnte, wen er im Blick hatte. Samantha Lindenbaum und Rupert Diekel! Sie schienen zu streiten. Ihre Gesten waren hektisch und unbeherrscht, ihre Stimmen klangen laut und zornig, wenn Anna auch die Worte nicht verstehen konnte. Nur ein paarmal ein »Nein!« von Samy, woraufhin

Rupert Diekel jedes Mal mit einer beschwichtigenden Geste nach ihrem Arm griff und seine Stimme senkte. Dann wieder hörte sie von ihm ein zweisilbiges Wort mit einem langen I. Liebe? Vielleicht. Aber Samy reagierte nicht weich und versöhnlich darauf, sondern so, als würde sie bedrängt.

Filippo kam ihr in der Lobby entgegen, strahlend, als hätte er im Lotto gewonnen, euphorisch, als wäre ihm außerdem die große Liebe begegnet. »Annina! Schwesterchen!«

»Warum bist du so gut drauf?« Anna sah ihn misstrauisch an. »Hat die Polizei dich von der Liste der Verdächtigen gestrichen?«

»Was für eine Liste? Und was für eine Verdächtigung?«

»Drogenhandel? Mitgliedschaft im Drogenkartell? Korruption? Geldwäsche? Vielleicht sogar Waffenhandel?«

»Annina!« Filippos Entrüstung war schlecht gespielt. »Ich habe ganz andere Ideen. Ich werde mit Tino einen Eselhof aufmachen. Hier! Ganz in deiner Nähe! Dann sind wir drei zusammen! Für immer! Drei Kolskys als ehrbare Bürger! Wenn unsere Eltern das noch erleben könnten!«

Anna hörte die Tür, die von den Hotelzimmern in die Lobby führte, und zog Filippo an dem eisernen Krieger vorbei in ihre Wohnung. »Was ist los, Pippo? Bist du betrunken?«

Bei dem Gast, der in die Lobby getreten war, hatte es sich offenbar um Valentino gehandelt, denn Augenblicke später erschien er in ihrer Küche. »Pippo ist schon seit zwei Stunden so drauf. Wenn du mich fragst, der hat was geschnupft.«

Anna erstarrte. Hatte Filippo Kokain im Gepäck gehabt, als er nach Siena kam? Oder hatte er etwa …?

Bilder flackerten durch ihren Kopf. Emilios Tasche neben seinem Stuhl. Valentino, der Emilio am Büfett in ein Gespräch verwickelte. Filippo, der nach Akazienhonig fragte, den Anna aus dem Vorrat holen musste. Hatte er währenddessen in Emilios Tasche gegriffen? Hatte er eine präparierte Tüte mit Puderzucker bei sich gehabt? Dann hatte er gewusst, dass es im *Albergo Annina* eine große Portion Kokain gab, und sich darauf vorbereitet, sie an sich zu bringen.

Oder lüftete Graziella die Zimmer zu ausgiebig? Emilio liebte es, bei geöffnetem Fenster zu schlafen, das wusste Anna. Und er klappte tagsüber erst die Fensterläden zu, wenn die Hitze ins Zimmer drang. Hatte Filippo ihn beobachtet? Hatte er gesehen, wie Emilio das Kokain zwischen den Hemden versteckte? Und hatte sie selbst gut genug auf den Generalschlüssel aufgepasst?

Immer noch sprachlos starrte sie ihren Bruder an, der auf die Terrasse getreten war und den Garten bewunderte, der ihm sonst nicht gefiel, weil Konrad Kailer von oben auf diese Terrasse herabsehen konnte. Er bejubelte den blauen Himmel, die kleine weiße Wolke, die sich neben dem Schornstein von Konrads Haus zeigte, und die beiden friedlich grasenden Esel. »Wunderbar, diese Idylle!«

Anna starrte auf seinen Rücken, ohne ihn zu sehen. Filippo war bei seiner Ankunft durch den Garten gekommen. Wie immer. Er war ja unfähig, sich geradewegs auf ein Ziel zuzubewegen. Was hatte er mitbekommen, als er glaubte, erst die Lage sondieren zu müssen, ehe er das Haus seiner Schwester betrat?

»Was hältst du von Pippos Idee?«, fragte Valentino und riss Anna damit aus ihren Gedanken.

»Was für eine Idee?«

»Wir wollen einen Eselhof aufmachen. Um genauer zu sein: Wir werden Julius Schleicher dazu zwingen, seinen Hof aufzugeben, und dann führen wir ihn weiter.«

Mit demselben Konzept wie Julius Schleicher?, hätte Anna gern gefragt. Also einem Drogenhandel hinter den Kulissen? So stellten sich die beiden also ein Leben als ehrbare Bürger vor! Und wie wollten sie Julius Schleicher überhaupt zwingen, sein Geschäft aufzugeben?

Ein Tsunami überspülte Anna, tintenblau, eisgrau, tiefseeschwarz. Wenn Emilio davon erfuhr, war es mit den unrealistischen Plänen der Brüder vorbei. Er würde niemals Gnade vor Recht ergehen lassen, würde Filippo und Valentino auch nicht ihr zuliebe schonen. Er selbst war ja zum Opfer ihrer Betrügereien geworden. Natürlich würde er sie den deutschen Kollegen verraten, Filippo war dann vergeblich nach Siena zu seiner Schwester geflüchtet. Spätestens morgen würden Polizisten mit Handschellen in der Lobby des *Albergo Annina* erscheinen. Und sie selbst müsste dann Verständnis für Emilio haben, wenn ihr nicht nachgesagt werden sollte, dass sie keinen Deut besser als die anderen Kolskys war.

Mit dem Wagen war der Weg nicht weit. Als Anna in die Zufahrt zum Eselhof einbog, war die Sonne gerade untergegangen, die Abenddämmerung stieg von den Hügeln herab. Stille lag über dem Hof. Gelegentlich war das Schreien eines Esels zu hören, danach war die Lautlosigkeit umso deutlicher. Aus dem Stall drangen keine Geräusche, trotzdem bewegte Anna sich auf die Klönschnacktür zu. Das Wohnhaus, in das sie am Nachmittag einen Blick geworfen hatte, wollte sie noch immer nicht betreten.

Aber im Stall war niemand, weder Henrieke noch Dario waren zu sehen. Anna ging weiter an der Rückseite des Gebäudes entlang und blieb erst stehen, als sie eine Stimme hörte, eine männliche Stimme, tief und dröhnend. Und sie sprach deutsch. Julius Schleicher?

Anna achtete darauf, kein Geräusch zu verursachen, während sie voranschlich, dicht am Gemäuer entlang, über weiche Grasbüschel, die keinen Schritt verrieten. Die Stimme kam näher, nun konnte sie ein geöffnetes Fenster erkennen. Ein Fallrohr, das vom Dach bis zum Boden führte, markierte die Grenze zwischen Stallgebäude und Wohnhaus. Hinter dem geöffneten Fenster schien das Büro zu sein, Anna erkannte zwei, drei Aktenordner in einem Regal.

»Ich habe gleich gemerkt, dass sie anders aussieht. Wer kann das gewesen sein?«

Die Stimme klang wütend. Anna war nun sicher, dass es sich um Julius Schleicher handelte. Niemand antwortete, vermutlich telefonierte er gerade.

»Nein, ich irre mich nicht«, sagte er jetzt. »Natürlich habe ich einen Test gemacht.«

Wovon redete er? Etwa von dem Puderzucker, der aus Griseldis' Satteltasche verschwunden war?

»Die Eselwanderin natürlich! Wer sonst?«

Anna biss sich auf die Lippen. Er musste von Samantha Lindenbaum sprechen. Namen wurden in diesem Gewerbe vermutlich niemals genannt.

»Du weißt, was du zu tun hast.«

Anna hörte, wie etwas auf den Schreibtisch geworfen wurde, wütend, unbeherrscht, womöglich ein Handy oder ein schnurloses Telefon. Im selben Augenblick sah sie zwei Hände, die sich auf der Fensterbank abstützten. Große, starke, dicht behaarte Hände. Anna drückte sich an die Wand, wagte kaum zu atmen. Wenn Julius Schleicher sich herauslehnte, wäre sie verloren. Dann würde er sie entdecken, sie fragen, warum sie ihn belauschte, und dafür sorgen, dass sie nichts von dem, was sie gehört hatte, weitererzählen konnte …

Aber die Hände verschwanden wieder, Anna hörte Schritte und dann eine Tür schlagen. Julius Schleicher hatte den Raum verlassen. Sie wagte sich an das geöffnete Fenster heran, zog sich an der Fensterbank hoch und spähte in den kleinen Büroraum. Er war leer.

Sie konnte sich gerade noch rechtzeitig ducken, als die Tür plötzlich aufgerissen wurde. »Schade, Chef! Ich …«

Die Stimme verstummte, die Tür wurde vorsichtig, beinahe lautlos ins Schloss gedrückt. Zögernde Schritte waren zu hören, Papiergeraschel, das Klicken einer Computertastatur.

»Dario?« Das war Henriekes Stimme. Sie kam aus dem Stall.

Hektisch sah Anna sich um. Wo durfte sie gesehen werden, ohne Verdacht zu erregen?

»Dario!«

Im Büro waren wieder Schritte zu hören, dann wurde die Tür geöffnet und geschlossen. War es Dario gewesen, der in Julius Schleichers Büro getreten war und sich dort umgesehen hatte?

»Ich komme!«, hörte sie seine Stimme weit entfernt rufen.

Anna ging zu den drei Eseln, streichelte den ersten, strich dem zweiten, der sich prompt dazugesellte, über die Blesse und schnalzte so lange mit der Zunge, bis auch der dritte herankam. Eine tierliebe Frau, die Esel gernhatte! Wer sie hier sah, würde nicht auf die Idee kommen, dass sie gelauscht hatte!

Anna hatte ihre Tochter schon lange nicht mehr so zufrieden und heiter gesehen. Henrieke verlor kein Wort darüber, dass ihre Mutter im Überholverbot an einem Lastwagen vorbeiflitzte, und sagte auch nichts zu den neuen italienischen Schimpfwörtern, die Anna gelernt hatte und großzügig an andere Verkehrsteilnehmer verteilte.

»Freust du dich, Mama?«

Anna nickte und verzichtete auf eine Erklärung, warum sie sich diesmal besonders über Henriekes Besuch freute. Kein einziges Mal hatte ihre Tochter, wenn sie ihre Mutter anredete, die Betonung auf die erste Silbe gelegt und bisher keinerlei Empörung gezeigt, obwohl Anna Shorts trug, die bei Henriekes letztem Besuch noch skandalös gewesen waren, und dazu ein Top, das besonders deswegen keine Gnade vor Henriekes Augen gefunden hatte, weil Anna, seit sie in Siena lebte, darunter keinen BH trug. Nein, der Blick ihrer Tochter ging diesmal über all das hinweg, und sie unternahm keinerlei Versuche, mit ihrer eigenen Unzufriedenheit klarzukommen, indem sie die Zufriedenheit ihrer Mutter mit Sticheleien vertrieb.

»Eigentlich wollte ich schon gestern kommen«, erklärte Henrieke. »Vera hätte mich zu dir bringen können, aber …«

»Schon klar.« Anna lächelte. »Du hast dich verknallt.«

»Knall auf Fall«, bestätigte Henrieke strahlend. »Ich habe Dario gesehen und wusste gleich: Das ist er.«

»Und er? Ist es ihm genauso ergangen?« Anna warf einen Blick auf Henriekes unkleidsame Hose, die sie unter den Knien abgeschnitten hatte, und ihre Bluse, bei der nicht klar war, ob sie ihre Farbe erhalten hatte, weil eine braune Socke in die Weißwäsche geraten war, oder ob der Designer sich ohne jeden Zwang für dieses Beige entschieden hatte, das eher wie schmutziges Weiß aussah. Henrieke war ungeschminkt und hatte die halblangen Haare im Nacken zusammengebunden. Immer wenn Anna ihr einen flotten Kurzhaarschnitt vorschlug oder ihr empfahl, es einmal mit Lidschatten, Wimperntusche und Rouge zu probieren, wehrte sie ab. Sie habe sich für Natürlichkeit entschieden, hatte sie bei ihrem letzten Besuch erklärt. Eine Frau, die ihrem Erscheinungsbild mit Make-up auf die Sprünge half, habe doch nur Minderwertigkeitskomplexe, sonst wäre sie mit dem zufrieden, was die Natur ihr gegeben habe.

Vielleicht hatte sie recht. Dieser Dario schien in sie verliebt zu sein, obwohl er als Italiener vermutlich jede Menge Schwestern, Tanten und Cousinen hatte, die nicht im Traum daran dachten, sich mit dem abzufinden, was sie am Morgen, direkt nach dem Aufstehen, im Spiegel sahen.

Henrieke war das Gegenteil einer Italienerin. Allerdings entsprach auch Dario nicht dem Klischee eines Italieners, der gern flotte Anzüge und Goldkettchen unter dem weißen Hemd trug. Trotzdem machte Anna sich Sorgen. Henrieke hatte jahrelang an einem Freund gehangen, der sie ausnutzte, ihr Liebe vorgaukelte und schließlich im Gefängnis gelandet war. Bis zum letzten Tag hatte sie ihn verteidigt und nicht sehen wollen, wie er wirklich war. Ob sie jetzt mehr Menschenkenntnis bewies?

Auf Henriekes Gesicht machte sich ein geradezu überirdisches Lächeln breit. »Ich befasse mich neuerdings mit Achtsamkeit, Mama. Seitdem kann ich die Welt und die Menschen positiver sehen.«

Anna vergaß das Gasgeben und ließ den Wagen rollen, bis sie so langsam fuhr, dass ihr Hintermann ein Überholmanöver riskierte, das beinahe in eine Katastrophe gemündet hätte. »Achtsamkeit? Was soll das denn heißen?«

»Achtsamkeit ist das neue Yoga. Noch nie gehört? Mit Achtsamkeit nimmt man den Augenblick bewusst wahr, wird aufmerksamer, gelassener, dankbarer und glücklicher.«

Anna passte sich wieder der Geschwindigkeit des italienischen Verkehrs an. »Aha. Und wie sieht das in der Praxis aus?«

»Mal einen Moment einfach innehalten und das Hier und Jetzt auskosten.« Henrieke sah aus wie Annas Religionslehrerin, wenn sie von der Auferstehung gesprochen hatte.

»Ist dir klar, was passieren würde, wenn ich jetzt einfach mal innehielte, um das Hier und Jetzt auszukosten? Dann würden wir bald im Straßengraben landen.«

»Mama!« Da war sie wieder, die Betonung der ersten Silbe. »War ja klar, dass du kein Verständnis für mich hast.«

Anna riss sich zusammen. »Doch, natürlich habe ich Verständnis. Ich … ich begreife es nur nicht so richtig. Was meinst du?«

»Du solltest zum Beispiel dir selbst mit einer freundlichen Haltung begegnen. Fehler passieren, niemand ist perfekt. Lebe so, wie du es mir raten würdest. Warum rätst du nicht alles, was du mir sagst, einfach mal dir selbst?«

»Äh … einen Job finden? Ich habe einen.«

Aber Henrieke überhörte diesen lästigen Einwand. »Wenn du traurig bist, lass es zu. Man muss nur aus einer anderen Perspektive auf negative Gedanken schauen, dann sind es nur Gedanken, nichts Negatives. Hab Mitgefühl mit dir selbst.«

Anna erinnerte sich an eine Freundin, die nicht mehr lange ihre Freundin geblieben war, nachdem sie sich in einen Yogalehrer verliebt hatte. Während sie zuvor viel Spaß bei Prosecco gehabt hatten, musste es plötzlich stille Heiterkeit bei grünem Tee sein. Anna hatte sich von da an Mühe gegeben, anders zu atmen, positiv zu denken und jeden Morgen mit Meditation zu beginnen, aber es war ihr nicht gelungen.

»Man kann nicht negativ denken und dann etwas Positives erwarten. Versuch, öfter zu lächeln. Das bringt dich gleich auf positive Gedanken, und du gehst den Tag optimistischer an.« Henrieke wandte sich ihr zu und lächelte, was das Zeug hielt. »Entspann dich, beruhige deinen Geist, lächle und sei glücklich. Dario hat mich sofort verstanden.«

Anna war froh, dass das Gespräch wieder auf so etwas Handfestes wie den Stallburschen kam. »Diese Verletzung an der Stirn … hat ihm die etwa ein Esel beigebracht?«

Henrieke schüttelte den Kopf, dann lachte sie leise. »Der Chef hat nach Dario gerufen. Erschrocken ist er aufgesprungen und dabei auf die Knie gefallen und mit den Händen auf eine Schaufel …« Nun lachte sie laut. »Der Stiel ist ihm gegen die Stirn geknallt. Es hat ein bisschen geblutet, deswegen habe ich ihm ein Pflaster auf die Wunde geklebt.«

Es ist verrückt! Meine Ängste und Sorgen sind schon wieder dieselben wie bei Dennis Appel. Für ihn hätte Henrieke jede Lüge auf sich genommen, um ihn zu schützen. Jetzt schon wieder? Was meinen Sie? Soll ich nicht erfahren, was wirklich geschehen ist? Ist er in der vergangenen Nacht zu ihr gekommen und hat ihr verraten, was passiert ist? Wenn Henrieke weiß, dass Dario sich die Verletzung im Garten meines Hotels zugezogen hat, dann wird sie unbedingt dafür sorgen wollen, dass ich keinen Verdacht schöpfe. Sie kennen doch Henrieke mittlerweile auch ganz gut, oder nicht?

Okay, wenn Sie nicht dabei waren, als Henrieke zum ersten Mal nach Siena kam, und wenn Sie sie bei der Einweihung des Albergo Annina *nicht erlebt haben, dann kennen Sie meine Tochter vielleicht doch nicht gut genug. Es ist nicht immer einfach mit ihr, dennoch bin ich davon überzeugt, dass ein guter Kern in ihr steckt. Es ist nur schwierig, ihn herauszuschälen. Ihr erster Freund hat viel kaputt gemacht. Er hat mir mein Kind entfremdet, und wir haben das Vertrauen zueinander verloren. Schlimm, wirklich schlimm! Und dann hat er sie sogar dazu verführt, etwas Ungesetzliches zu tun. Er steckte ja immer in Geldnöten, faul und arbeitsscheu, wie er war. Und Henrieke war so dumm, sich dazu verleiten zu lassen, in die Kasse ihres Arbeitgebers zu greifen. Ein Opfer der Kolsky-Gene? Diese Frage habe ich mir damals sofort gestellt. Und ich glaube, Henrieke auch. Zumindest später. Was war ich froh, dass Tante Rosi das nicht mehr miterleben musste! Schließlich war sie davon überzeugt, dass Erziehung schwerer wiegt als Vererbung.*

Zum Glück war und blieb das Henriekes einziger Fehltritt dieser Art. Aber seitdem ist sie arbeitslos, und ihre Chancen, eine neue Stelle zu finden, stehen schlecht. Klar, mittlerweile hat sie kapiert, dass ich recht hatte mit meinen Vorbehalten, dass Dennis Appel nicht der Richtige für sie war. Und sicherlich bereut sie jetzt die Jahre, die sie mit ihm verplempert hat.

Aber hätten Sie, wenn Sie an meiner Stelle wären, nicht auch

Angst, dass Henrieke erneut Augen und Ohren verschließt? Sie ist keine attraktive Frau, der die Männer hinterhersehen. Ist es da nicht verständlich, dass sie nur das Gute an einem Mann sehen will, der sich für sie interessiert? Und dieses Gefasel von Achtsamkeit! Ob sie das attraktiver macht? Sie ist Mitte dreißig und möchte eine eigene Familie haben. Das glaube ich jedenfalls. Aber mit einem Mann, der für Julius Schleicher arbeitet? Ich sehe es Ihnen an: Sie haben auch Bedenken. Sie fürchten genau wie ich, dass sie ein zweites Mal auf einen Kerl reinfällt, der es nicht ernst mit ihr meint. Was soll ich nur tun?

Das *Lampada Rossa* war gut besucht. In einer Ecke hatte sich eine deutsche Reisegesellschaft breitgemacht, die alle anderen Gäste immer wieder durch unerwartet einsetzendes kreischendes Gelächter erschreckte. An den übrigen Tischen saßen Paare, viele Einheimische, nur wenige Touristen. Den großen Tisch in der Mitte hatte Ricardo für eine italienische Familie aus Rom gedeckt, die es akustisch durchaus mit der deutschen Reisegesellschaft aufnehmen konnte.

Ricardo hatte viel zu tun und konnte deswegen nicht auch noch Überlegungen darüber anstellen, warum Anna mit zwei Männern zu ihm gekommen war. Sie konnte sich durchaus vorstellen, dass seine Fantasie erblüht wäre, wenn er Zeit dafür gehabt hätte. So aber beließ er es bei: »Oh, là, là, un triangolo!« Wie er dieses Dreieck bewertete, behielt er zum Glück für sich. Ricardo war sehr konservativ, und wenn es nicht zu viele Gäste im *Lampada Rossa* gegeben hätte, hätte er Anna wohl eindringlich vor einer Lebensform gewarnt, die nicht zu legalisieren war. Womöglich hätte er von ihr verlangt, sich auf der Stelle zu entscheiden, am liebsten für Konrad, den Ricardo schon lange als künftigen Ehemann für Anna favorisierte. Bei Emilios Anblick reagierte er so wie viele Männer. Seine Attraktivität forderte in den Geschlechtsgenossen den Wunsch heraus, gerade ihm kein Glück beim anderen Geschlecht zu gönnen.

Bei der nächsten Lachsalve vom Tisch der deutschen Reisegesellschaft rückten die drei enger zusammen. Der Lärm störte sie nicht, im Gegenteil, sie genossen den Schutz, den er bot. Sie hatten sich dagegen entschieden, den Abend im *Albergo Annina* zu verbringen, weil sie dort womöglich belauscht worden wären. Henrieke wollte sich zwar in ihrem Zimmer einrichten, aber am Ende wäre sie gerade in dem Moment in der Wohnung ihrer Mutter erschienen, wenn die konspirative Sitzung der drei an einem brisanten Punkt angekommen war. Nein, Henrieke sollte nichts wissen. Noch nicht. Valentino und Filippo natürlich auch nicht.

Anna merkte mit einem Mal, wie nervös sie war. Emilio und Konrad durften nichts von Filippos merkwürdigem Verhalten erfahren. Sie musste sich zusammenreißen, damit die Pläne, die sie gemeinsam schmieden wollten, nicht mit dem kollidierten, was sie über ihren älteren Bruder wusste.

Ricardo servierte ihr roten Prosecco, vor Emilio stellte er eine Karaffe Rotwein hin, und Konrad erhielt ein frisch gezapftes Bier, und das alles, ohne dass sie eine Bestellung aufgegeben hatten. Ricardo kannte seine Stammgäste und ihre Gewohnheiten.

»Samantha Lindenbaum und Rupert Diekel haben sich gestritten«, berichtete Anna, nachdem sie sich zugeprostet hatten. »Wie ein glückliches Liebespaar wirken sie nicht. Und Ole Alfkes hat sie heimlich beobachtet.«

»Eifersüchtig«, konstatierte Konrad wegwerfend. Sie hatten genug andere Probleme, als sich um solche Gefühle zu kümmern.

»Vielleicht hat er Gründe, die wir nicht kennen. Wir haben keine Ahnung, was dieser Rupert Diekel für eine Rolle spielt.« Emilio war der Meinung, dass es bei ihren Überlegungen vorrangig um Julius Schleicher gehen sollte. »Das meint sogar Angelo

Cercello, der frühere Polizeipräsident«, erklärte er. »Dort müssen wir ansetzen.«

»Schleicher wird bald aus der Deckung kommen«, vermutete Anna. »Wir müssen uns darauf einstellen, dass heute Nacht etwas passiert. Er weiß, dass er kein Kokain, sondern Puderzucker bekommen hat. Ich habe gehört, was er am Telefon gesagt hat. Etwas hätte anders ausgesehen, damit muss er die Plastiktüte gemeint haben. Und er hätte einen Test gemacht.« Sie nickte zu Konrad und Emilio, die ihr gezeigt hatten, wie man feststellen kann, ob man es mit Kokain zu tun hat. »Zum Glück verdächtigt er Samantha Lindenbaum. Er hat am Telefon von der Eselwanderin gesprochen.«

Konrad griff nach Annas Hand. »Trotzdem werden wir auf dich aufpassen. Ich könnte bei dir auf dem Sofa schlafen.«

»Es reicht, wenn ich in ihrer Nähe bin«, sagte Emilio ärgerlich.

Anna entzog Konrad unauffällig ihre Hand, denn sie befürchtete, dass Emilio in den Wettbewerb einsteigen könnte. Womöglich säße sie dann da mit einer männlichen Hand auf ihrer linken und einer zweiten auf der rechten. Ricardo würde wochenlang damit zu tun haben, aus dieser Verirrung wieder wohlgeordnete Verhältnisse zu machen, und garantiert nicht glauben, dass er komplett auf dem Holzweg war.

»›Du weißt, was du zu tun hast‹«, wiederholte Anna nachdenklich. »Das hat Schleicher am Telefon zu seinem Gesprächspartner gesagt. Damit kann er nur eins meinen: Er verlangt, dass der Fehler wiedergutgemacht wird. In der kommenden Nacht muss der Typ, der euch angegriffen hat, Schleicher das Kokain bringen.« Sie nutzte die Gelegenheit, beiden Männern einen mitleidigen Blick zuzuwerfen. Prompt betastete Emilio seine Unterlippe, und Konrad fuhr sich über seinen dunkelblauen Augenring.

»Dario?« Emilio bemühte sich, undeutlich zu sprechen, damit seine aufgeplatzte Lippe nicht so schnell wieder in Vergessenheit geriet.

»Henrieke sagt, er hat sich in ihrer Gegenwart verletzt.«

»Es wäre nicht das erste Mal, dass deine Tochter einen Mann in Schutz nimmt, der es nicht verdient.«

Anna nickte unglücklich. »Andererseits … Henrieke hat wegen Dario die Nacht auf dem Eselhof verbracht.«

»In seinem Bett?«, fragte Emilio.

Anna zuckte mit den Schultern. »Wenn er es war, der letzte Nacht in Griseldis' Satteltasche gegriffen hat, müsste sie eigentlich etwas mitbekommen haben.«

»Vielleicht sind die jungen Leute sexuell gar nicht so freizügig, wie man immer sagt«, überlegte Emilio. »Könnte ja sein, dass Henrieke bei ihrer Freundin geschlafen hat.«

»Und wenn es gar nicht Dario war?«, überlegte Konrad. »Wer dann?«

Diese Frage konnte keiner von ihnen beantworten.

»Wie schützen wir Samantha Lindenbaum?«, fragte Emilio. »Wenn sie mir das Kokain geklaut hat, ist sie in Gefahr.«

Anna stellte das Proseccoglas zu Seite. Sie allein wusste, dass Filippo das Kokain besaß. Was geschehen war, bevor Anna mit Emilio und Konrad ins *Lampada Rossa* aufgebrochen war, konnten die beiden ja nicht wissen.

Beinahe hätte sie den Mut nicht aufgebracht, sich in Pippos Hotelzimmer zu schleichen und nach der Tüte mit dem Kokain Ausschau zu halten. Aber die Gelegenheit war günstig gewesen, denn Filippo hatte sich auf den Weg in die City gemacht, in irgendeine Bar, und Valentino war eine halbe Stunde später ebenfalls losgezogen, um sich eine Dönerbude zu suchen, weil er das italienische Essen leid war. Die Zeit hatte nicht gereicht, um sämtliche Risiken zu bedenken und sie den positiven Wirkungen gegenüberzustellen. Erst als sie vor dem Kiosk neben dem *Lampada Rossa* stand, waren ihr ernste Zweifel gekommen. Es wäre ohnehin vernünftiger gewesen, in der eigenen Küche zu suchen. Aber dort war Henrieke gewesen, der sie nicht erklären wollte, was sie brauchte. Und vor allem, warum.

Der Kioskbesitzer hatte sich kopfschüttelnd ihre Wünsche angehört. »Puderzucker und Tiefkühlbeutel? Die liegen bei mir sonst wochenlang im Regal. Aber zurzeit wird ständig danach gefragt.«

Anna war froh, als ihre Gedanken in eine andere Richtung gelenkt wurden. Denn Samantha Lindenbaum und Rupert Diekel betraten das *Lampada Rossa*. Sie sahen sich nicht um, nahmen Anna, Konrad und Emilio nicht zur Kenntnis, gingen auf den erstbesten freien Tisch zu und setzten sich. Sie redeten kein Wort miteinander. Samantha knipste ihr Lächeln nur für Ricardo an, während Rupert Diekel seine Bestellung aufgab, als hätte er eine Beschwerde vorzubringen. Die Stimmung zwischen den beiden war sturmwolkengrau, der düstere Himmel hing tief über ihrem Tisch, Blitz und Donner waren zu erwarten.

Womöglich hätte sich das Gewitter sogar auf der Stelle entladen, wenn Samy und Rupert aufgefallen wäre, wer als Nächster die Trattoria betrat: Ole Alfkes. Er bemühte sich, nicht in die Richtung der beiden zu blicken, und ging auf den einzigen Tisch zu, der noch frei war. Die Sonnenbrille nahm er auch hier nicht ab. Er setzte sich so, dass er einen guten Blick auf das Paar hatte, wenn er auch sicherlich nichts von ihrer Unterhaltung mitbekommen konnte, die nun einsetzte. Heftig, streitbar, mit zornigen Gesichtern und Gesten, die zeigten, dass jeder sich von dem anderen unterbrochen fühlte und darauf bestand, seine Rede zu Ende zu führen.

Anna stellte fest, dass in der deutschen Reisegesellschaft getuschelt wurde. Eine Frau zeigte unauffällig zu Ole Alfkes, redete leise mit einer anderen, die eine Dritte auf ihn aufmerksam machte. Was hatte das zu bedeuten? Anna beobachtete, dass Ole Alfkes nervös wurde. Er hatte das Getuschel der Frauen mitbekommen, sah kurz zu ihnen hinüber, blickte aber sofort wieder auf seine Hände, als sie ihn anlächelten und dann verstohlen kicherten. Wenige Augenblicke später stand er auf, noch ehe Ricardo ihn nach seinen Wünschen fragen konnte, und verließ die Trattoria.

Nun erst wurde Samantha Lindenbaum auf ihn aufmerksam und sah ihm mit großen Augen hinterher, ohne dass er es bemerkte.

Emilio spürte das Vibrieren seines Handys in der Hosentasche. Unauffällig zog er es heraus und blickte aufs Display. Mama! Seit sie mit Angelo Cercello gesprochen hatte, kam sie sich vor wie Mutter Courage. Sobald sie den Verdacht hatte, dass ihrem Sohn Unrecht geschah, wuchs sie über sich hinaus. Als Emilio zehn war, hatte sie sogar einen heftigen Flirt mit seinem Englischlehrer begonnen, der exakt so lange gedauert hatte, bis Emilio die Zeugnisnote bekam, die seine Mutter für angemessen hielt. Er wagte nicht, sich vorzustellen, dass sie es auch mit dem früheren Polizeipräsidenten und berühmten Drogenfahnder so weit trieb. Manchmal vergaß sie ja, dass sie schon über achtzig war …

Vermutlich hatte sie längst gehört, dass er brav die Telefonnummer von Angelo Cercello gewählt hatte, und wollte ihren Sohn jetzt dafür loben und seine Dankesworte hören, weil sie sich so vehement für ihn eingesetzt hatte. Dabei hatte Emilio nur angerufen, damit seine Mutter ihn nicht täglich mehrfach daran erinnerte, war aber dann doch froh gewesen, dass er sich dazu entschlossen hatte.

»Julius Schleicher ist angeschlagen«, hatte er zu hören bekommen. »Dies ist der richtige Moment, ihn in die Knie zu zwingen. Er muss nur endlich überführt werden. Die Drogenfahnder brauchen Beweise.«

Emilio hatte gegähnt. Damit erfuhr er nun wirklich nichts Neues, das wusste er genauso gut wie Angelo Cercello.

»Schauen Sie sich mal den Deutschen an, der bei Schleicher arbeitet«, fuhr Cercello fort. »Er kommt alle zwei Wochen und bleibt dann mehrere Tage. Immer, wenn Lieferungen zu erwarten sind, ist er da. Deswegen die Razzia. Mein Nachfolger hatte mitgekriegt, dass der Deutsche aufgetaucht ist, und gedacht, der Augenblick wäre günstig.«

»Wo kann Schleicher die Lieferung versteckt haben?«, fragte Emilio lustlos und nur, um das Hilfsangebot mit angemessenem Interesse zu vergelten.

»Auf dem Eselhof jedenfalls nicht«, bekam er zur Antwort. »Aber in den folgenden Nächten sollten Sie die Augen offen halten. Wenn gegen Mitternacht eine dunkle Limousine auf den Eselhof fährt, können Sie gleich die Drogenfahndung alarmieren. Dann ist es so weit.«

Emilio war froh, dass Cercello sein Gesicht nicht sehen konnte. Er sollte die Drogenfahndung alarmieren? Um sich erneut zu blamieren, wenn Schleicher sich ein paar Nutten kommen ließ, die bekanntlich auch gern von ihren Zuhältern in dunklen Limousinen gebracht wurden? Nein, noch einmal würde er kein Risiko eingehen. Was Cercello ihm da verriet, vergaß er am besten gleich wieder.

Aber dann war etwas gekommen, was tatsächlich interessant war. Dafür hatte sich das Telefonat gelohnt.

»Schleicher soll Ärger mit einem der Kolsky-Brüder haben.« Angelo Cercello hatte eine Pause eingelegt, als rechnete er damit, dass Emilio mit diesem Namen nichts anfangen konnte. »Filippo Kolsky hat ihm in Deutschland eine Kokainlieferung weggeschnappt, heißt es. Aber als die Polizei eine Hausdurchsuchung bei ihm durchführte, war das Ergebnis genauso wie nach der Durchsuchung des Eselhofs: negativ! Angeblich hat Kolsky den Stoff im letzten Augenblick beiseiteschaffen können. Jedenfalls konnte ihm nichts nachgewiesen werden, aus der geplanten Verhaftung wurde nichts, und jetzt soll er sich abgesetzt haben. Mit unbekanntem Ziel verreist.« Angelo Cercello lachte ohne jede Heiterkeit. »Ich hoffe, er taucht nicht in Siena auf. Dann könnte es Ärger geben …«

Emilio hatte versichert, dass er die Augen offen halten würde, und sich später, als er das Telefonat beendet hatte, Angelo Cercellos Gesicht vorgestellt, wenn dieser herausbekäme, dass er mit Filippo Kolsky unter einem Dach lebte und in dessen Schwester unglücklich verliebt war. Dass nur Mama nichts davon erfuhr!

Er beschloss, den Anruf seiner Mutter zu ignorieren, und steckte das Handy wieder ein. Konrad redete gerade von dem gelben Cabrio und seiner Fahrerin, während Anna noch immer nachdenklich auf die Eingangstür starrte, die sich hinter Ole Alfkes geschlossen hatte. Warum hatte er die Trattoria schon wieder verlassen? Ohne etwas bestellt zu haben! War ihm etwa aufgegangen, dass das *Albergo Annina* zurzeit verwaist war?

Emilio unterbrach Konrads Überlegungen, die sich allesamt um die Cabrio-Fahrerin drehten. »Vielleicht hätte ich Giuseppe Bescheid sagen sollen, damit er im *Albergo Annina* bleibt und aufpasst.«

Annas Gesicht wurde prompt ängstlich. »Du meinst …« Sie sprach den Satz nicht zu Ende und sah sich um. Unauffällig nickte sie zu dem Tisch von Samantha Lindenbaum. »Weil ihr Zimmer gerade leer ist? Ole Alfkes hat den Auftrag, das Kokain aus ihrem Zimmer zu holen?«

»Kann doch sein«, gab Emilio zurück. »Seine Rolle haben wir noch nicht durchschaut. Und dass er sich merkwürdig verhält, ist jedem von uns aufgefallen.«

»Stimmt!« Konrad sah Emilio an, als hätte er sich bisher in ihm getäuscht. »Vielleicht gehen wir besser zurück …«

Puh, mir ist ganz elend zumute. Vielleicht habe ich einen Fehler gemacht. Dass Filippo das Kokain aber auch so nachlässig versteckt! In seinem Waschbeutel! Anscheinend ist er gar nicht auf die

Idee gekommen, dass ihn jemand verdächtigen könnte. Oder habe ich sein Verhalten falsch interpretiert? Mit Drogen kenne ich mich nun wirklich nicht aus. Sie etwa? Ich habe tatsächlich nie etwas konsumiert, aber ich habe gelegentlich erlebt, wie sich Menschen verändern, wenn sie Koks geschnupft haben. Euphorisch, begeisterungsfähig, enthemmt, von übersteigertem Selbstwertgefühl und voller Selbstüberschätzung. So wie Filippo. Valentino, der sich garantiert besser auskennt als ich, hatte ja auch diesen Verdacht. Ich kann doch nicht zulassen, dass Filippo mit Koks erwischt wird, und ich möchte auch nicht, dass er sich selbst bedient und am Ende noch süchtig wird. Das soll ja sehr schnell gehen.

Ich werde das Zeug gut verstecken. Oder besser vernichten? Irgendwie… fällt mir das schwer. Das Rauschgift ist sehr viel wert, eine halbe Million kann man doch nicht einfach in den Müll werfen!

Was wird heute Nacht im Albergo Annina *abgehen? Julius Schleicher hat am Telefon von der Eselwanderin gesprochen. Ihr traut er also zu, dass sie Kokain gegen Puderzucker vertauscht hat, um sich mit dem teuren Koks davonzumachen. Klar, was soll er auch sonst denken? Aber wundert er sich gar nicht, dass sie noch immer in meinem Hotel wohnt? Würden Sie sich nicht schleunigst verdrücken, nachdem Sie Ihren Auftraggeber derart betrogen haben? Können Sie sich in Julius Schleicher hineinversetzen? Sie haben recht, das ist schwierig. Als anständiger Mensch kann man sich nicht vorstellen, was im Hirn eines solchen Verbrechers vorgeht.*

Was also wird heute Nacht passieren? Wenn jemand in Samanthas Zimmer einbricht, muss er sowohl ihr als auch ihrem Freund einen über den Schädel geben, um in Ruhe alles durchsuchen zu können. Körperliche Gewalt in meinem Hotel! Ich könnte heulen. Und was wird erst passieren, wenn Julius Schleicher begreifen muss, dass er schon wieder nur Puderzucker bekommen hat? Lieber Himmel, das Zeug muss aus dem Haus. Aber…

Ah, ich sehe Ihnen an, dass Sie eine Idee haben! Ja, ja, daran habe ich auch schon gedacht. Würde ich es Emilio zuspielen, könnte er endlich seinen Erfolg im Drogendezernat feiern. Aber wie, ohne dass er merkt, woher es kommt? Da fällt Ihnen nichts ein? Na, Sie machen mir Spaß. Was nützt eine gute Idee, wenn sie sich nicht umsetzen lässt? Sie werden darüber nachdenken? Okay, ich auch. Vielleicht kommt uns ja gemeinsam ein Gedanke…

Sie saßen in der Küche, die Lampe tief über den Tisch gezogen, die Köpfe dicht beieinander. Die Stimmung war blau, amethystblau, manchmal, wenn sich jemand bewegte, bekam sie eisvogelblaue Spitzen. Auf ihren Gesichtern spielten die Schatten, die die leicht schwankende Hängelampe erzeugte. Im Haus war es still. Henrieke war wohl schon zu Bett gegangen, auch die anderen Hotelgäste schienen zu schlafen, oder sie waren noch unterwegs. Es war ja noch nicht spät.

»Was wird heute Nacht passieren?«, fragte Anna nun schon zum dritten Mal und bekam auch diesmal keine Antwort.

Emilio war mit seinen Gedanken ganz woanders. »Wir müssen deine Tochter bitten, sich für uns umzusehen. Als Darios neue Flamme kann sie sich auf dem Eselhof frei bewegen.«

»Die wird nichts tun«, antwortete Konrad verächtlich, »was ihrem Liebsten schaden könnte.«

»Stimmt«, sagte eine Stimme, die vom Flur in ihre Küche kam. Henrieke stand in der Tür und blickte einen nach dem anderen kopfschüttelnd an. »Was ist hier los?«

Anna entzog sich einer Antwort, indem sie ein Proseccoglas für ihre Tochter holte und sich ausführlich erkundigte, ob sie mit dem Hotelzimmer zufrieden sei.

Henrieke achtete weder auf das eine noch das andere. Sie wirkte frisch und ausgeruht, ihr Gesicht sah aus, als hätte sie es mit einem körnigen Handtuch trocken gerubbelt, ihre Haare waren noch feucht. Die Hände, die nach der Arbeit im Eselstall ganz rau gewesen waren, hatten nun saubere Nägel und waren rosig und weich. Das gelbe Shirt, das sie trug, gab ihr etwas Mädchenhaftes. Die bequeme Jogginghose war, als sie sich gesetzt hatte, zum Glück nicht mehr zu sehen.

»Was ist hier los?«, wiederholte sie und bedachte ihre Mutter mit demselben Blick, den Tante Rosi aufgesetzt hatte, als Anna im Alter von dreizehn Jahren wieder Annina heißen wollte, weil einige Freundinnen mit ihren Eltern neuerdings die Ferien in Italien verbrachten. »Sind irgendwelche Ganoven im *Albergo Annina* abgestiegen?« Jetzt sah Henrieke so aus, als wäre nichts anderes zu erwarten gewesen, nachdem die Nachfahrin von Schwerverbrechern dem guten Einfluss der Tante und ihres Ehemannes entzogen worden war. »Kein Wunder, wenn auch Onkel Tino und Onkel Pippo hier sind. Dann muss man ja immer auf alles gefasst sein. Da hilft nur Achtsamkeit.«

Emilio runzelte die Stirn, als wäre ihm diese Vokabel nie begegnet. Konrad hatte sie zwar verstanden, konnte aber damit offenbar nichts anfangen.

Anna versuchte zu helfen. »Henrieke beschäftigt sich neuerdings mit Achtsamkeit. Also mit …«

»… mit einer Art von Meditation, wenn Sie so wollen.«

Weder Emilio noch Konrad wollten etwas in dieser Art, das war nicht zu übersehen.

»Warum immer etwas tun? Man muss versuchen, einfach mal zu sein. Wer achtsam ist, wird sensibler für die wesentlichen Dinge des Lebens«, fuhr Henrieke fort. »Für die Kleinigkeiten, die genauso wichtig sind wie die großen Aufgaben.«

Anna merkte, dass sie nervös wurde. »Wenn Valentino und Filippo im Hause sind, reicht es nicht, einfach nur zu sein. Dann gibt es immer etwas zu tun.«

»Sieh die Anwesenheit der beiden doch einfach positiv.« Henrieke hatte die beiden Brüder ihrer Mutter nicht oft gesehen, dennoch legte sie Wert darauf, so zu tun, als läge ihr etwas an ihnen.

Anna hatte sie nie mitgenommen, wenn sie Filippo und Valentino im Gefängnis besuchte, eine Gewohnheit, die sie auch nach ihrer Eheschließung und nach Tante Rosis Tod beibehalten hatte. Doch bei aller Intoleranz, die Henrieke ihrer Mutter gegenüber an den Tag legte, war sie Annas Brüdern immer sehr unvoreingenommen begegnet. Manchmal war es Anna sogar so vorgekommen, als bewunderte sie die beiden für den Mut, ein Leben abseits der gesellschaftlichen Normen gewagt zu haben. Jedenfalls hatten Valentino und Filippo von ihrer Nichte nie Verächtlichkeit zu spüren bekommen, hatten von ihr nie einen Vorwurf gehört und waren von ihr auch nie ermahnt worden, sich für den Weg der Tugend zu entscheiden. »Sag dir einfach, dass es schön ist, zwei Brüder zu haben. Dann wirst du bald alles Negative vergessen.« Aufmerksam sah Henrieke von einem zum anderen. »Was ist los mit dem Eselhof? Ist da irgendwas nicht in Ordnung?«

»Annas Brüder haben damit nichts zu tun«, erklärte Konrad, und Anna wäre froh gewesen, wenn er recht gehabt hätte.

Sie warf Emilio einen Blick zu, der so starr auf seine Hände sah, als wollte er verhindern, dass seine Augen etwas verrieten. Verdächtigte er ihre Brüder bereits?

»Wir dachten, Sie könnten sich ja mal auf dem Eselhof ein bisschen umsehen«, meinte Emilio. »Sicherlich werden Sie morgen wieder dort sein?«

»Garantiert«, erwiderte Henrieke fröhlich. »Ich will Dario beim Stallausmisten helfen. Ich kann mich da ganz neu entdecken. In der ungewohnten Umgebung bin ich ein anderer Mensch.«

»Wenn Ihnen irgendwas auffällt …«

»Ich weiß, dass es dort gestern eine Drogenrazzia gegeben hat. Dario hat das auch mitbekommen. Aber die Polizei hat nichts gefunden.« Sie sah nachdenklich von einem zum anderen, dann richtete sie ihren Blick auf Emilio. »Sie meinen, dass da doch was dran ist?«

Emilio zuckte mit den Schultern und tat so, als ginge es nur um einen vagen Verdacht. »Sollte Ihnen also etwas auffallen …«

Anna begann zu frieren. Sie ging ins Schlafzimmer, um sich eine Strickjacke zu holen. Langsam, ganz langsam steckte sie die eine Hand in den Ärmel, dann die zweite und ließ sich noch einmal viel Zeit mit dem Zuknöpfen. Sie trat auf den Flur zurück, zögerte und ging dann in die Lobby.

Morgen würde Henrieke zu Dario fahren und ihm sagen, dass der Commissario einen Verdacht hegte. Das würde Dario jedoch nicht überraschen. Er war in der vergangenen Nacht in ihren Garten eingedrungen und hatte sich gegen drei Männer verteidigen müssen, die in ihren Verstecken auf ihn warteten. Er musste längst wissen, dass es hier jemanden gab, der ahnte, was auf dem Eselhof geschah. Dass die Polizei bereits im Hotel Posten bezogen hatte, würde ihn vielleicht wirklich überraschen. Henrieke würde diesen Umstand besonders eifrig erwähnen, um sich Belobigung und reichen Lohn zu sichern. In dieser Hinsicht machte sich Anna keine Illusionen. Wie konnte Emilio nur auf die Idee kommen, dass Henrieke etwas tun würde, was ihrer neuen Liebe schaden könnte?

Sie schaffte es nicht, wieder in die Küche zu gehen. Ihre Gedanken wanderten zu der Plastiktüte mit dem Kokain, die sie im Schlafzimmer versteckt hatte, in der Schatulle, in der Tante Rosi früher ihren Granatschmuck aufbewahrte. Was würde geschehen, wenn Filippo merkte, dass er Puderzucker in seinem Waschbeutel hatte?

Sie machte den Kontrollgang, den sie immer vor dem Schlafengehen unternahm, einmal die Flure rauf und runter, sich über jede Stimme freuen, die durch die Türen drang, über die Geräusche des Fernsehers, das Knarren einer Schranktür oder das Seufzen eines Sessels. Wenn ihr Hotel bewohnt war, machte sie diese Kontrollgänge immer besonders gern.

Unter der Tür von Zimmer fünf drang ein kalter Luftzug auf den Flur. Das Fenster war geöffnet. Waren Samy Lindenbaum und Rupert Diekel schon zurückgekehrt? Sie lauschte, legte sogar ein Ohr an die Tür, vernahm aber keine Stimme. Dann jedoch ein Geräusch, das sich wie ein Schluchzen anhörte. Weinte da drinnen jemand? Sie hörte ein Räuspern, das eindeutig von einer männlichen Stimme kam. Rupert Diekel? War er allein? Im *Lampada Rossa* hatte er mit Samy zusammen am Tisch gesessen. Und überhaupt… eigentlich konnten die beiden noch gar nicht zurück sein. Sie hatten etwas zu essen bestellt, Ricardo hatte alle Hände voll zu tun, es hatte garantiert lange gedauert, bis es serviert worden war.

Wieder spürte Anna den kalten Luftzug. Warum war das Fenster geöffnet? Sie lief in die Lobby, riss die Eingangstür auf und rannte aus dem Haus. Tatsächlich! Das Fenster von Zimmer fünf stand sperrangelweit offen. Anna schlich sich so dicht wie möglich an die Hauswand und lauschte erneut. Rascheln, leise Schritte, dann das Öffnen oder Schließen einer Schranktür, ganz leise, so behutsam, als sollte es nicht gehört werden. Da stimmte etwas nicht!

Anna sah sich hektisch um, dann lief sie hinters Haus, wo sie zwei Tage zuvor mehrere Getränkekisten aufeinandergestapelt hatte. Der Getränkelieferant hatte sie noch nicht abgeholt. Eine davon schleppte sie möglichst lautlos unter das Fenster von Zimmer fünf, sorgte dafür, dass sie sicheren Stand hatte, und stieg hinauf. Leider konnte sie noch immer nicht viel sehen. Sie stellte sich auf die Zehenspitzen, zog sich an der Fensterbank in die Höhe und wartete, bis der Mann sich in die Nähe des Fensters begab. Dann erst konnte sie ihn sehen. Er stand vor dem offenen Schrank und holte ein Kleidungsstück heraus. Als er es vor seinen Augen auseinanderfaltete, sah Anna, dass es sich um ein Dessous handelte, ein Hemdchen aus einem zarten lila Stoff, mit schwarzer Spitze am Ausschnitt. Wieder gab der Mann etwas von sich, das sich wie ein Schluchzen anhörte. Und nun griff er unbeherrscht in den Schrank und holte etwas heraus, was er kurz darauf wütend auf die Erde warf. Eine Männerunterhose!

Anna stieg vorsichtig und ohne ein Geräusch zu verursachen, wieder von der Getränkekiste herunter. Was hatte das zu bedeuten? Sie lehnte sich mit dem Rücken an die Hauswand und dachte nach. Wie war der Kerl in das Zimmer gekommen? Vermutlich war er sehr sportlich und hat sich an der Mauer hochgehangelt, was ihr selber niemals gelungen wäre. Auch ohne Kniearthrose nicht. Dann musste er das Fenster aufgebrochen haben. Verdammt, wenn das Schloss kaputt war, würden Kosten auf sie zukommen. Aber was wollte er?

Sie hatte erwartet, dass Julius Schleicher jemanden schickte, der Samy Lindenbaums Zimmer nach dem Kokain durchsuchte! Aber jetzt war jemand in ihr Zimmer eingedrungen, der viel größeres Interesse an ihrer Unterwäsche und der ihres Freundes hatte! Sie schloss kurz die Augen, atmete tief durch und schlich sich dann wieder ums Haus herum zur Eingangstür. Sie musste Konrad und Emilio holen. Dieser Mann war verdächtig. Sie hatten ihn erst später, in tiefer Nacht, erwartet, aber vermutlich hatte er die Lage seit Stunden ausgespäht und nur darauf gewartet, dass Samy mit ihrem Freund das Zimmer verließ. Ein Mann mit einem Pflaster auf der Stirn. So wie Dario. Ein Mann, der für Julius Schleicher arbeitete. So wie Dario. Vielleicht hatte Henrieke doch die Wahrheit gesagt, und Dario hatte sich am Stiel eines Besens verletzt.

Sie musste tief ein- und ausatmen, bevor sie so ruhig war, dass sie nicht kopflos durch die Lobby rannte und ihre Gäste aufschreckte. Mit großen zügigen Schritten ging sie auf die Tür ihrer Wohnung zu, eine viel beschäftigte Hotelbesitzerin, die von früh bis spät auf den Beinen war, um ihren Gästen alles zu bieten, was sie sich wünschten. Erst als sie die Tür hinter sich ins Schloss gedrückt hatte, rief sie nach Konrad und Emilio …

»Giuseppe muss das erledigen«, sagte Emilio. »Samantha Lindenbaum darf nicht merken, dass ich Polizist bin.«

»Warum nicht?«, fragte Henrieke, während Anna schon wieder an der Tür stand und mit den Armen wedelte, als wäre sie ein Verkehrspolizist, der dafür sorgen sollte, dass sich ein Stau möglichst zügig auflöste. »Schnell! Sonst ist er weg.«

»Wer?«, fragte Henrieke.

Konrad sprang auf. »Ich bin ein Nachbar, der zufällig gesehen hat, dass in ein Hotelzimmer eingebrochen wird. Das geht.«

»Wieso denn das?«, fragte Henrieke.

Konrad lief hinaus, während Emilio sein Handy aus der Tasche zog und in aufreizender Langsamkeit Giuseppes Nummer aus dem Speicher holte.

»Schnell! Schnell!«, drängte Anna.

Sie warf Konrad einen Blick hinterher, wagte aber nicht, ihm zu folgen, weil sie der böse Verdacht beschlich, dass Emilio doppelt so lange brauchen würde, wenn ihn niemand zur Eile antrieb.

Giuseppe war alles andere als erfreut, als er den Anruf seines Chefs annahm, denn er genoss gerade sein erstes Date mit einem Mädchen, das er am Vortag kennengelernt hatte.

»Selber schuld«, sagte Emilio mitleidlos. »Warum gehen Sie ans Handy? Aus der Sache wird sowieso nichts. Das verzeiht Ihnen keine Frau, Sie Anfänger! Beim Knutschen aufs Handy schauen – unentschuldbar!«

Ein Schwall von aufgeregten Worten antwortete ihm, und Emilio beendete die Schwadronade, indem er einfach auflegte. »Giuseppe kommt, so schnell er kann.«

»Mach schnell!« Anna zerrte an Emilios Arm, und endlich lief er einigermaßen zügig hinter ihr her. Währenddessen steckte er sein Handy zurück, rief über die Schulter, dass Henrieke im Haus bleiben solle, und tastete nach seinem Holster, als glaubte er wirklich, er könne seine Dienstwaffe bei sich tragen. Dennoch alles in allem eine beeindruckende Darstellung von Multitasking!

Als sie unter dem Fenster von Samantha Lindenbaums Hotelzimmer ankamen, trafen sie nur Konrad an. Er hockte im Gras, hielt sich den Kopf und stöhnte. Als er Anna und Emilio hörte, streckte er die Hände aus, ohne die Augen zu öffnen, und ließ sich vom Commissario in die Höhe ziehen.

»Was ist passiert?«, fragte Anna.

Konrad öffnete probeweise erst das linke, dann das rechte Auge und schien erfreut, dass beide funktionierten. »Der Kerl ist aus dem Fenster gesprungen. Auf mich drauf.«

»Hast du ihn gesehen?«, fragte Emilio aufgeregt.

Konrad wackelte mit dem Kopf, als wollte er ihn nicht schütteln, sondern die Frage weniger eindeutig beantworten. »Er hatte ein Pflaster auf der Stirn«, antwortete er, »so viel konnte ich sehen.«

»Also der Typ, der uns in der vergangenen Nacht überfallen hat?«, fragte Emilio.

Dass Henrieke sich an Emilios Anweisungen nicht gehalten hatte und ihnen trotzdem gefolgt war, bemerkten sie erst, als sie fragte: »Wieso?« Doch auch diesmal erhielt sie keine Antwort.

»Jetzt ist er jedenfalls getürmt«, stellte Anna fest.

Konrad fühlte sich offenbar einem Vorwurf ausgesetzt. »Ich konnte ihn nicht aufhalten.« Er griff sich an den Hinterkopf und zeigte Anna eine Beule, die beweisen sollte, dass er einer Übermacht erlegen war, die sich mit blanker Gewalt einen Vorteil verschafft hatte.

Samantha Lindenbaum und Rupert Diekel kamen heim, als Anna gerade in Erwägung zog, ins *Lampada Rossa* zu laufen, um sie zu holen. Soeben war Giuseppe erschienen, den es freute, dass er die Ermittlungen allein leiten durfte, weil sein Chef in diesem Hause undercover als Tierarzt tätig war.

Er streckte die Hand aus und forderte Anna auf: »Den Generalschlüssel bitte.«

Die Tür war noch nicht offen, als Samantha im Flur erschien. »Was machen Sie da?«

Rupert Diekel, der lustlos hinterhergetrottet war, stellte sich an ihre Seite und faselte etwas von Hausfriedensbruch.

Giuseppe hielt ihm seinen Dienstausweis unter die Nase. »Bei Ihnen wurde eingebrochen.«

Samantha entfuhr ein Schreckenslaut, als sie sah, dass ihre Unterwäsche aus dem Schrank gerissen und auf den Boden geworfen worden war. Rupert Diekel klaubte fassungslos seine Hipster vom Boden und sorgte dafür, dass niemand den Stringtanga sah, an dem noch das Preisschild hing.

Anna verkniff sich ein Grinsen. Das erotische Wäschestück war anscheinend für den Liebesurlaub gekauft worden, aber bisher nicht zum Einsatz gekommen.

»Schauen Sie bitte nach, ob etwas fehlt«, bat Giuseppe, ließ diese Aufforderung von Anna übersetzen und beobachtete Samantha bei ihrer Suche genau.

Sie schaute in der Schublade des Schreibtisches nach, wo ihre Ausweispapiere lagen, dann zog sie die Lade ihres Nachttisches auf, die sie aber gleich wieder schloss.

»Vielleicht hatten Sie etwas im Kleiderschrank versteckt?«, fragte Emilio auf Deutsch.

Samantha sah ihn erstaunt an. »Was machen Sie überhaupt hier?« Sie blickte auch Konrad fragend an.

Diesem fiel als Erster eine Antwort ein. »Wir haben den Einbrecher auf frischer Tat ertappt. Der Doktor wollte gerade nach dem Esel schauen … und ich …«

Samantha bedachte Emilio mit einem Blick, als habe er sie aus schwerer Seenot gerettet, dann warf sie einen kurzen Blick in sämtliche Fächer des Schranks. »Alles noch da. Designerklamotten besitze ich nicht, teuren Schmuck auch nicht.« Sie zeigte auf ihre Handtasche, die sie aufs Bett geworfen hatte. »Mein Geld und die Kreditkarten hatte ich sowieso dabei.«

Bei Rupert Diekel war es genauso. Während Samantha sich mit einem kurzen Blick ins Bad vergewisserte, dass dort nichts weggekommen war, schaute er ebenfalls pflichtbewusst nach, zuckte aber die Schultern. »Mir fehlt auch nichts.« Er warf Emilio und Konrad einen anerkennenden Blick zu. »Anscheinend ist er abgehauen, bevor er etwas finden konnte. Sie haben ihn vertrieben.« Er griff zwischen seine Pullover und zog eine Armbanduhr hervor. »Die wäre vielleicht nicht mehr hier, wenn der Kerl mehr Zeit gehabt hätte.«

»Dann ist es ja noch mal gut gegangen«, meinte Giuseppe, und Anna bedauerte in deutscher Sprache die Unannehmlichkeiten, die ihren Gästen entstanden waren.

»Ich helfe Ihnen beim Einräumen.« Sie bückte sich, um Samanthas Unterwäsche einzusammeln, wurde aber von ihr daran gehindert. »Das mache ich selbst.«

Anna nickte verständnisvoll. Vielleicht würde Samy, während sie ihre Wäsche wieder in den Schrank packte, noch einmal etwas gründlicher nachsehen, ob die Plastiktüte mit dem weißen Pulver wirklich verschwunden war. Und danach würde sie sich fragen, wer sie ihr gestohlen hatte. Ein Mann, der lange ihr Seidenhemdchen betrachtet und dann ein Schluchzen von sich gegeben hatte, das Anna ans Herz gegangen war …

Die Handtasche hatte sich, als Samantha sie aufs Bett geworfen hatte, geöffnet. Ihre Geldbörse und auch ihr Handy waren herausgerutscht. Anna war die Letzte, die das Zimmer verließ, sie konnte sehen, welcher Name im Display erschien, als das Handy zu klingeln begann. Heiko. Diesen Namen hatte sie auch gesehen, als Samy während ihres Einzugs ins *Albergo Annina* einen Anruf erhielt. Damals hatte sie ihn ignoriert.

Anna sah das Erschrecken in Samanthas Gesicht, das Alarmierte in Ruperts Augen und bemerkte als Einzige, dass er ins Badezimmer ging und die Tür hinter sich ins Schloss zog. Sie tat so, als hätte sie vergessen, die Tür zu Samanthas Zimmer fest zu schließen, folgte Konrad, Emilio und Giuseppe nur wenige Schritte und blieb dann stehen. Als die anderen die Lobby betraten, konnte sie Samantha Lindenbaum telefonieren hören.

»Hallo, Liebling! Wie ist das Wetter in Hamburg?« Sie machte ein paar Schritte hin und her, ging zum Fenster und wieder zurück. »Hier ist es wunderbar. Der Gardasee ist um diese Jahreszeit einfach traumhaft. Denise und ich haben gerade einen langen Spaziergang über die Uferpromenade gemacht. Herrlich!« Anna hörte, dass sie ein paar Accessoires verrückte. »Das geht leider nicht, Denise ist draußen geblieben. Ich bin nur schnell ins Hotelzimmer, um mir eine Strickjacke zu holen.« Die Tür das Kleiderschranks wurde geöffnet, als wollte Samy Lindenbaum akustisch den Beweis erbringen, dass sie die Wahrheit sagte. »Klar, ich grüße sie von dir.« Nun kicherte sie, als wäre ihr eine verrückte Idee ins Ohr geflüstert worden. »Nein, nein, ein Gläschen Wein auf der Terrasse, mit Blick auf den Gardasee, dann gehen wir schlafen …«

In diesem Augenblick musste Samy die offene Tür aufgefallen sein. Jedenfalls hörte Anna zwei, drei Schritte, dann wurde die Tür ins Schloss gedrückt. Nun hätte sie Samy nur noch belauschen können, wenn sie das Ohr ans Türblatt legte.

Langsam ging Anna in die Lobby zurück, wo Henrieke noch immer sämtliche Fragewörter im Munde führte. »Wieso? Warum? Woher? Weshalb?«

Niemand gab ihr eine klare Antwort, auch Anna beließ es bei einsilbigen Auskünften. Und als Ole Alfkes das Hotel betrat, konnte sie sich gar nicht mehr auf Henriekes Fragen konzentrieren.

Er stutzte, als er Giuseppe sah, der auch in Zivil die Autorität eines Uniformträgers ausstrahlte. Grußlos ging er vorbei, die Kappe tief in die Stirn gezogen, die Sonnenbrille vor den Augen.

Anna sah ihm nach. Und wieder wurde sie von dem Gefühl bedrängt, dass Ole Alfkes etwas zu verbergen hatte …

Was sagen Sie dazu? Wer immer dieser Heiko ist, Samantha Lindenbaum hat ihn ganz schön für dumm verkauft. Eigentlich kann das ja nur ihr Ehemann sein, dem sie diesen Bären aufgebunden hat. Ein Spaziergang am Gardasee! Grüße an Denise! Erstunken und erlogen! Oder wie sehen Sie das? Ein Liebhaber in ihrem Hotelzimmer, ein Verehrer im Nachbarzimmer und ein Ehemann in Hamburg! Das ist ja unglaublich! Oder ist dieser Heiko ein Bruder, Vater oder Chef? Hm, das wäre auch möglich. Kein Ehemann, der mit einem Liebhaber betrogen wird, sondern einer, der nichts davon erfahren darf, dass Samy in Drogengeschäften unterwegs ist. Ja, so könnte auch ein Schuh draus werden. Wie sie wohl reagieren wird, wenn sie merkt, dass die Tüte mit dem weißen Pulver weg ist? Das hat sie natürlich sofort geahnt, als sie von dem Einbruch in ihr Zimmer erfuhr. Vermutlich hatte sie die Tüte zwischen ihrer Unterwäsche versteckt. Sie hat in dem Wäschefach herumgetastet, sich aber nichts anmerken lassen.

Können Sie mir auf die Sprünge helfen? Ich verstehe das alles nicht. Wenn Julius Schleicher jemanden schickt, der ihm das Kokain bringen soll, warum treffen die beiden sich nicht einfach irgendwo? Auf dem Campo oder im Dom, wo immer viele Leute sind und keiner auf den anderen achtet? Da lässt sich so was ganz unauffällig erledigen.

Ach so! Sie meinen, weil Rupert Diekel nicht in die Sache involviert ist. Glauben Sie wirklich, dass der von nichts weiß? Dann wäre es in der Tat schwierig für Samy, für eine Stunde zu verschwinden, um sich mit jemandem zu treffen. Zum Glück kann ich wenigstens damit rechnen, dass das Fenster nicht aufgebrochen wurde. Natürlich hat Samy es vorher nicht richtig zugemacht, damit der Typ ohne Schwierigkeiten ins Zimmer kommen konnte. Der wusste genau, wann er freie Bahn hatte und wo er suchen musste. Aber warum dieses merkwürdige Verhalten, als er ihr Seidenhemdchen fand? Und warum der blinde Zorn, als ihm eine Unterhose von Rupert Diekel in die Hände fiel? Hier stimmt was nicht, oder? Sie meinen das auch?

Wenn Sie schon so messerscharf kombinieren, könnten Sie mir vielleicht auch sagen, was passieren wird, wenn sich herausstellt, dass ich das Kokain habe? Machen Sie mir bitte keine Angst! Wie soll das jemand feststellen? Das ahnt ja niemand. Nicht mal Filippo! Klar, er könnte Schwierigkeiten machen, wenn er noch einmal versucht, sich in den Zustand zu versetzen, in dem man sich so stark fühlt wie Herkules und so unwiderstehlich wie Casanova. Aber selbst dann wird er niemals mich, seine kleine Schwester, verdächtigen.

Sie meinen, ich soll mich erst mal selbst überzeugen, ob das Zeug in Tante Rosis Schatulle wirklich reines Kokain ist? Warum? Filippo war high, also muss er Emilio das Kokain geklaut haben. Andererseits… Sie denken auch an den Kioskbesitzer? Dass der plötzlich einen besonders hohen Absatz von Puderzucker und Tiefkühlbeuteln zu verzeichnen hat, ist wirklich merkwürdig. Okay, ich probiere es nachher aus. Ich habe ja beobachtet, wie Konrad und Emilio getestet haben, ob in dem Beutel Kokain oder Puderzucker ist. Bevor ich ins Bett gehe, werde ich es auch probieren, versprochen. Sie könnten währenddessen schon mal darüber nachdenken, wie ich das Kokain dann Emilio in die Hände spielen kann, damit er endlich die berufliche Chance bekommt, die er sich so sehr wünscht. Und natürlich auch, damit das gefährliche Zeug nicht doch noch in falsche Hände gerät. Danke für Ihre Hilfe. Echt nett von Ihnen.

Übrigens… haben Sie sich schon mal überlegt, wie Julius Schleicher reagieren wird, wenn er schon wieder Puderzucker statt Kokain bekommt? Der wird Samy Lindenbaum die Hölle heißmachen. Aber vielleicht merkt er es ja gar nicht. Oder zu spät. Oder erst einer seiner Abnehmer merkt es und hält ihm und nicht Samy eine Pistole an die Stirn. Aber so ein Typ, der mit allen Wassern gewaschen ist? Nein, der lässt sich kein X für ein U vormachen. Mannomann, allmählich blicke ich nicht mehr durch. Und ich bekomme Angst, immer größere Angst. Was wird aus meinem schönen Hotel, wenn es zum Schauplatz für den Krieg einer Drogenbande wird? Und was wird aus Samantha Lindenbaum, wenn Julius Schleicher klar wird, dass er schon wieder nur Puderzucker bekommen hat? Jetzt sind Sie genauso ratlos wie ich, stimmt's? Na toll!

Emilio lauschte ins Haus, dann griff er nach seinem Zimmerschlüssel und steckte ihn in die Hosentasche. Er sah in den Spiegel und runzelte verärgert die Stirn. Schrecklich, diese riesigen Schlüssel, die die Hosentaschen ausbeulten. Wie das aussah! Er trat näher an den Spiegel und betastete seine Lippe. Wenigstens war die Schwellung mittlerweile zurückgegangen. Ob er Anna, wenn sich die Gelegenheit ergäbe, mit dieser Lippe küssen könnte?

Er verbot sich diesen Gedanken und steckte ein paar Geldscheine in die Gesäßtasche. Seine Papiere ließ er in der Schublade des Nachttisches zurück, auch seinen Dienstausweis. Es kam ihm ungefährlicher vor, im Fall der Fälle nicht als Polizeibeamter entlarvt zu werden. Dass er sich ausweisen musste, weil er jemanden festnehmen wollte, glaubte er nicht. Bei Drogendelikten brauchte man eine ganze Hundertschaft, da konnte ein einzelner Beamter sowieso wenig ausrichten.

Lautlos öffnete er seine Zimmertür und schloss sie ebenso leise. Die Tür, die in die Lobby führte, war gut geölt, darauf achtete

Anna, damit das Öffnen und Schließen nachts niemanden störte. Dämmrig lag der Eingangsbereich vor ihm, nur die Lampe neben der Eingangstür spendete ein wenig Licht, das es jedoch nicht schaffte, die Farben aus der Dunkelheit zu holen. Der Raum lag in Grau- und Brauntönen vor ihm.

In der Nähe des eisernen Kriegers, der den Weg zu Annas Wohnung versperrte, blieb er kurz stehen. Am liebsten hätte er sein Ohr gegen die geschlossene Wohnungstür gelegt, um zu horchen. Konrad war nicht davon abzubringen gewesen, auf der Wohnzimmercouch zu schlafen, um Anna Schutz zu bieten, falls sie während der Nacht in Gefahr geriete. Es hatte Emilio geschmerzt, dass sie sich darauf eingelassen hatte. Glaubte sie wirklich, dass Julius Schleicher es ausgerechnet auf sie abgesehen hatte? Oder gefiel es ihr, den großen, starken Deutschen in ihrer Nähe zu haben?

Emilio hatte sie immer wieder darauf hingewiesen, dass er selbst im Hause war, ein Commissario, der sofort zur Stelle wäre, wenn Gefahr drohte, und selbstverständlich ebenfalls bereit sei, in ihrer Wohnung, ganz in ihrer Nähe, zu nächtigen. Aber Anna hatte sich von Konrads Beteuerungen überzeugen lassen. Er würde jeden Laut hören und schon hinter dem Angreifer stehen, wenn dieser die Arme noch gar nicht gehoben hatte, um auszuholen. Emilio hatte gleich den bösen Verdacht gehabt, dass er versuchen würde, zwei Fliegen mit einer Klappe zu schlagen. Ob Konrad plante, während der Nacht in Annas Bett zu wechseln? »Anna! Annina!«, flüsterte Emilio.

Dann schüttelte er die quälenden Gedanken aus seinem Kopf und ging auf die Eingangstür zu. Im selben Moment hörte er etwas. Stimmen, aufgeregte, wütende Stimmen vor dem Haus. Zwei Männer, die sich zu streiten schienen. Emilio ging zu einem der Fenster und sah vorsichtig hinaus. Es war niemand zu erkennen. Nur zwei zuckende Schatten im Schein einer Straßenlaterne. Männer, die sich auf dem Rückweg von der Kneipe in die Haare geraten waren? Dann würde es nicht lange dauern, bis wieder

Ruhe herrschte. Solche Konflikte wurden immer schnell gelöst, durch einen Nachbarn, der sich in seiner Ruhe gestört fühlte, oder durch eine Ehefrau, die ihren Mann ins Haus holte.

Dann hörte Emilio, wie eine Autotür geöffnet wurde. Er trat noch näher ans Fenster. Wollte sich da etwa ein Betrunkener ans Steuer setzen? »Santo dio!« Er würde einschreiten müssen, dabei hatte er in dieser Nacht weiß Gott Wichtigeres vor, als einen leichtsinnigen Autofahrer zu stoppen. Emilio tastete nach seinem Handy. In dem Fall würde er Giuseppe anrufen, damit der sich um diese Angelegenheit kümmerte.

Dann aber stellte er fest, dass die beiden Kontrahenten mit einem Mal zu verdächtiger Einigkeit gelangt waren. Der eine schwang sich hinter das Steuer, der andere lief um das Auto herum und riss die Beifahrertür auf. Sein Gesicht war ganz kurz im Licht der Straßenlaterne zu erkennen. Emilio Fontana erstarrte. Valentino Kolsky? War der andere etwa sein Bruder Filippo? Und wem gehörte dieses Auto? Die beiden Brüder waren mit dem Flugzeug nach Siena gekommen. War Emilio gerade Zeuge eines Diebstahls geworden? Dass die Kolsky-Brüder wussten, wie man ein Auto knackte und ohne Zündschlüssel startete, bezweifelte er keine Sekunde.

Es war besser, wenn er nicht gesehen wurde. Sobald die beiden ihn bemerkten und vor ihm flüchteten, wäre er gezwungen, sie zu verfolgen. Nein, nur das nicht! Anna würde ihm nie verzeihen, wenn er ihre Brüder verhaften musste. Und Konrad würde, wenn Emilio es sich mit Anna verscherzte, auch die nächsten Nächte in ihrer Wohnung verbringen.

Emilio beschloss, die Tür zu nehmen, die vom Frühstückszimmer in den Garten führte. Von dort kam er zu dem Platz neben dem Haus, wo die Mülltonnen und Annas Auto standen. Seinen eigenen Wagen hatte er ganz in der Nähe abgestellt.

Als er ihn startete, stand das Auto mit Annas Brüdern noch immer auf dem Parkstreifen gegenüber vom Hotel. Emilio drosselte beim Vorbeifahren sein Tempo und stellte fest, dass die Kolskys nicht zu sehen waren. Sie hatten sich so tief geduckt, wie es ihre Bandscheiben zuließen.

Emilio gab Gas. Es kam jetzt nicht auf einen Autodiebstahl an. Er hatte Wichtigeres vor. Seine Karriere im Drogendezernat lag wie eine breite, glatt asphaltierte Straße vor ihm …

Anna konnte nicht schlafen. Dass Konrad nebenan auf dem Sofa lag, gab ihr keineswegs die Sicherheit, die sie sich erhofft und er ihr großspurig versprochen hatte. Wieder und wieder sagte sie sich, dass sie keine Angst zu haben brauchte. Niemand konnte ahnen, dass sie das Kokain besaß. Also würde auch niemand vor ihrem Bett erscheinen und sie mit einer Waffe bedrohen, damit sie das wertvolle Rauschgift herausrückte. Ob Konrad auch so ruhig gewesen wäre, wenn er gewusst hätte, dass einer von Schleichers Leuten, wenn er kommen würde, bei ihr tatsächlich genau richtig war?

Aber das konnte er natürlich nicht ahnen. Sie durfte eigentlich ganz entspannt sein. Vor Filippo brauchte sie sich sowieso nicht zu fürchten, selbst wenn er begriff, dass sie ihn bestohlen hatte. Er konnte sicherlich sehr ungemütlich werden, auch wenn es um seine kleine Schwester ging, aber er würde ihr nie etwas zuleide tun. Trotzdem zog die Angst wie eine Speerspitze durch ihren Körper. Filippo würde sehr wütend sein, wenn er herausbekam, dass sie ihn bestohlen hatte. Und trotz allem fürchtete sie sich vor seiner Wut.

Ihr fiel ein, dass sie sich vorgenommen hatte, das Kokain zu probieren, um sicherzugehen, dass es sich wirklich um Rauschgift handelte. Die Worte des Kioskbesitzers gingen ihr nicht aus dem Kopf. Leider war er nicht bereit gewesen, Namen zu nennen, aber er hatte behauptet, es seien mehrere Personen gewesen, die gekauft hatten, was im Kiosk bisher Ladenhüter gewesen war. Ein Zufall? Anna mochte nicht recht daran glauben.

Sie öffnete die Schranktür so leise, dass Konrad es unmöglich hören konnte, und zog Tante Rosis Schmuckschatulle hervor. Die Tüte, die sie in Filippos Waschbeutel gefunden hatte, war so weiß, dass das Pulver selbst bei Dunkelheit zu erkennen war. Mit spitzen Fingern holte sie die Tüte hervor und öffnete sie behutsam. Bloß nichts verschütten! Sie hatte hier ein Vermögen in der Hand! Wenn es auch ein Vermögen war, das Leid und Tod über viele Menschen bringen konnte.

Sie hatte gesehen, wie Konrad und Emilio es gemacht hatten, tippte wie sie den Zeigefinger in das Pulver und leckte ihn ab. Beide, Konrad und Emilio, hatten sofort festgestellt, dass ihre Zunge taub wurde. Der Beweis dafür, dass es sich um Kokain handelte.

Anna ließ sich auf ihre Bettkante sinken, die Tüte in ihrem Schoß, und wartete. Es dauerte nicht lange, da fühlte sie genau das, was Emilio und Konrad beschrieben hatten. Ihre Zunge wurde taub. Nun war es klar! Sie war im Besitz einer Kokainmenge, die ein Vermögen wert war. Was sollte damit geschehen? Ihre Hände begannen zu zittern, sie legte die Tüte in die Schmuckschatulle zurück. Steifbeinig erhob sie sich, schob die Schatulle in den Schrank zurück und wollte sich wieder ins Bett legen. Aber ihre Unruhe war zu groß. Sie ging zur Tür und wieder zurück, dann zum Fenster, schob die Gardinen zur Seite, blickte aber nicht hinaus, sondern wandte sich schon wieder um. Sie brauchte sich eigentlich nicht zu fürchten. Niemand ahnte, was sie in ihrem Schrank versteckt hatte. Dennoch blieb ihre Angst, wo sie war. Sie hatte sich in ihrem Herzen eingenistet und würde sich wohl erst daraus lösen, wenn … ja, wann eigentlich? Wenn Filippo begriffen hatte, dass seine Schwester ihn um ein Vermögen gebracht und ihm die Chance genommen hatte, sich den Eselhof von Julius Schleicher unter den Nagel zu reißen? Dann, wenn Annas Brüder zu Drogendealern geworden waren? Wenn Samantha Lindenbaum nicht mehr im *Albergo Annina* wohnte? Wenn sich herausgestellt hatte, was Ole Alfkes zu verbergen hatte?

Annas Angst, die beim Zubettgehen noch basaltgrau gewesen war, wurde immer dunkler. Sie war gerade ins Tintenfischschwarze gewechselt, als sie die Geräusche hörte. Die Via Valdambrino lag nachts normalerweise ruhig da. Fußgänger gab es wenige, höchstens den alten Rodolfo im Nachbarhaus, der so viel trank, dass seine Familie ihm den Führerschein weggenommen hatte und den Autoschlüssel vor ihm versteckte. Wenn gelegentlich ein Wagen am Hotel vorbeifuhr, gehörte er entweder der Krankenschwester, die am Ende der Straße wohnte und zweimal im Monat Nachtdienst hatte, oder dem Freund von Signora Carusco, der als Nachtportier arbeitete.

Die Geräusche kamen von dem Parkstreifen, der dem Hotel gegenüberlag. In einem der dort abgestellten Autos machte sie eine Bewegung aus. Das Auf und Ab einer Hand, die an der Beifahrerseite zu sehen war, dann ein Ruckeln der Karosserie. Das Licht der Straßenlaterne fiel auf ein Auto, in dem zwei Männer saßen. Anna wartete darauf, dass der Motor gestartet wurde und der Wagen sich in Bewegung setzte. Aber es kam ihr so vor, als würde sich darin etwas zutragen, als würde hantiert, probiert und diskutiert. Und dann sah sie den Kopf des Beifahrers, der sich so weit vorgebeugt hatte, dass der Schein der Laterne kurz auf sein Gesicht fiel. Valentino! Wie war er in dieses Auto gekommen?

Anna überlegte nicht lange. Sie war jetzt sicher, dass Filippo auf der Fahrerseite saß und dass ihr ältester Bruder dabei war, das Auto kurzzuschließen. Das machte er garantiert nicht zum ersten Mal, da kannte er sich aus. Aber warum?

Auch über diese Frage dachte Anna nicht lange nach. Filippo und Valentino waren keine Männer, die nach einem Taxi riefen, erst recht nicht, wenn sie eine Fahrt planten, von der später kein

Zeuge berichten sollte. Wie das Ziel hieß, konnte Anna sich denken.

Wenige Minuten später war sie in einen dunklen Jogginganzug und Turnschuhe geschlüpft. Auf dem Flur horchte sie kurz auf Konrads Atem, dann hob sie leise den Autoschlüssel vom Haken, verließ die Wohnung über die Terrasse und stand bald darauf neben ihrem Fiat. Als sie die Tür aufriss, setzte sich der Wagen gerade in Bewegung, den Filippo steuerte. Anna wendete mit quietschenden Reifen und folgte ihm.

Sie fand den Weg, ohne sich ein einziges Mal zu verfahren. Den Wagen, den ihr Bruder steuerte, hatte sie schon bald aus den Augen verloren. Filippo fuhr ja immer so, als sei er auf der Flucht. Anna erinnerte sich noch gut an eine Verhaftung, die durchaus vermeidbar gewesen wäre. Dazu war es nur deshalb gekommen, weil er gerast war, als wäre nicht nur der Teufel, sondern die gesamte Polizei hinter ihm her. Dabei hatte er es nicht einmal eilig gehabt. Wäre er gefahren, wie es die Verkehrsregeln verlangten, wäre die Polizei nicht auf ihn aufmerksam geworden und hätte ihn nicht gestoppt. Aber Filippo ließ sich niemals von der Polizei stoppen, ob sein Gewissen rein war oder nicht. Er dachte nie daran, dass es klug sein konnte, eine Anzeige wegen zu schnellen Fahrens auf sich zu nehmen, sich reumütig zu geben und die Strafe zu akzeptieren. Nein, Filippo ergriff immer die Flucht. Damals war er in einem so mörderischen Tempo vor der Polizei davongefahren, dass man ihm, als er endlich gefasst worden war, automatisch Schlimmeres unterstellte als die Übertretung diverser Verkehrsvorschriften. Die Polizisten sahen sich seine Akte etwas genauer an und kamen zu der Überzeugung, dass Filippo Kolsky einen Juwelier in Braunschweig überfallen haben musste, ein Fall, der bisher ungelöst war. Damit hatten sie leider recht. Und Filippo wurde für eine Tat verurteilt, die bis dato nicht mit ihm in Zusammenhang gebracht worden war. Trotzdem hatte er noch immer nicht eingesehen, dass es besser war, sich im Straßenverkehr so zu verhalten, dass er der Polizei nicht auffiel. Wer in dieser Nacht erlebt hätte, wie er Vollgas gab und aus Siena herausraste, hätte automatisch entweder an einen flüchtigen Mörder oder einen werdenden Vater gedacht. Da Letzteres eher unwahrscheinlich war, wäre Filippo ruck, zuck des Autodiebstahls überführt worden, was nicht passieren würde, wenn er sich an die Höchstgeschwindigkeiten hielt.

Trotz seines Tempos kam Filippo erst nach Anna am Eselhof Schleicher an. Anscheinend hatte er sich verfahren oder einen Umweg genommen. Beides war möglich. Er kannte sich ja nicht in Siena aus, und da er, wenn er zu Fuß war, nie auf direktem Wege ein Ziel ansteuerte, war das womöglich genauso, wenn er auf vier Rädern unterwegs war.

Anna hatte gerade einen Platz für ihren kleinen Fiat gefunden, weit genug vom Hof entfernt, hinter einem Gebüsch, das nicht von der Beleuchtung erfasst wurde. Sie öffnete die Fahrertür, als sie ein weiteres Auto hörte, und zog sie wieder zu sich heran. Gespannt beobachtete sie den Wagen, der sich im Schritttempo näherte. Ja, das war das Fahrzeug, mit dem Filippo und Valentino losgefahren waren. Die beiden wagten sich näher heran, schalteten das Licht aus und fuhren sehr vorsichtig und langsam noch weiter. Meter für Meter. An der hohen Zypresse blieben sie stehen, die so aussah, als sollte sie das Wahrzeichen des Hofs sein. Als sich die Türen des Wagens öffneten, blieb alles dunkel. Sie hatten also daran gedacht, die Innenbeleuchtung auszustellen. Sehr vorsichtig drückten sie die Türen ins Schloss, kaum hörbar.

Anna suchte den Schalter für ihre Innenbeleuchtung und sorgte ebenfalls dafür, dass sie nicht ansprang, wenn sie die Wagentür öffnete. Sie lehnte sie nur an, nachdem sie ausgestiegen war, und bewegte sich geduckt vorwärts. So, wie Filippo und Valentino es taten, die natürlich mehr Übung im Anschleichen hatten.

Die beiden schienen zu wissen, wohin sie wollten. Zielsicher bewegten sie sich auf das Wohnhaus zu, wo in den Fenstern des Erdgeschosses ein kleines Licht brannte. Beide bemühten sich, in eins der Fenster zu schauen, als mit einem Mal Motorengeräusche zu hören waren. Zwei Scheinwerfer schienen das Gelände abzusuchen. Anna warf sich ins Gras und landete bäuchlings auf einem feuchten Etwas, das sie nicht identifizieren konnte. Wie Filippo und Valentino sich retteten, konnte sie nicht erkennen. Als sie vorsichtig den Kopf hob, waren beide nicht mehr zu sehen.

Eine dunkle Limousine, ein schwarzer Mercedes B 200, fuhr an ihr vorbei, so langsam, als beförderte er im Fonds zwei hohe Gäste für einen Staatsbesuch. Der Scheinwerfer holte für den Bruchteil einer Sekunde Annas weißen Fiat aus der Finsternis. Aber der Fahrer nahm das Gas nicht weg, sondern fuhr in unverändertem Tempo auf den Eselhof zu. So langsam und leise, dass er von denen, die sich im Hause aufhielten, womöglich gar nicht gehört wurde. Anna vertraute darauf, dass er den Fiat nicht bemerkt oder ihm keine Bedeutung beigemessen hatte.

Erst als die Scheinwerfer erloschen, wagte sie, den Kopf zu heben. Von ihren Brüdern war nach wie vor nichts zu sehen. Der große, schwarze Mercedes stand da, keine der Türen öffnete sich. Erst als das Licht hinter der Eingangstür des Wohnhauses aufflammte und ein großer Leuchter in der Diele erstrahlte, gingen die Autotüren auf. Julius Schleicher erschien auf der Schwelle seines Hauses, lief die Stufen hinab auf den Fahrer zu, der nun ausstieg. Die Männer klopften sich auf die Schultern, sagten etwas in einer Sprache, die Anna nicht verstehen konnte, dann erst stiegen drei weitere Personen aus.

Schleichers Haltung veränderte sich jetzt, das war trotz der Dunkelheit und trotz der Entfernung zu erkennen. Er deutete sogar eine Verbeugung an, ehe er die dunkel gekleideten Herren ins Haus geleitete. Der Fahrer blieb am Fuß der Treppe stehen. In einer Haltung, die den Eindruck erwecken musste, als könne er mit einem schnellen Griff seine Waffe ziehen.

Wo waren Valentino und Filippo geblieben? Das Auto, in dem sie gekommen waren, stand noch da, aber von ihren Brüdern keine Spur.

Anna wusste nicht, war sie tun sollte. Die beiden warnen? Das würde nicht nötig sein, garantiert hatten sie mitbekommen, was geschah. Nach Hause fahren und darauf warten, dass ihre Brüder zurückkehrten? Nein, das würde sie nicht aushalten. Sie musste wissen, was hier los war. Dass die Besucher in der dunklen Limousine etwas mit Drogengeschäften zu tun hatten, war klar. Und dass in der Welt der Drogenkriminalität nicht zimperlich mit Leuten umgegangen wurde, die sich einmischten oder etwas mitbekamen, was sie nichts anging, konnte sie sich denken. Valentino und Filippo hatten oft genug von Mordopfern erzählt, die mit einem Loch im Kopf zur Wasserleiche geworden waren.

Ein Ruf kam aus dem Haus, der Fahrer des Wagens lief die Treppen hoch. Hinter der Tür gab es jetzt lautes Stimmengewirr, teilweise aggressiv, teilweise von Gelächter zerrissen, das jedoch ebenfalls aggressiv klang. Ging es dort um das verschwundene Kokain? Beteuerte Julius Schleicher, dass er keinen Fehler gemacht und nicht den blassesten Schimmer habe, warum er Puderzucker statt Koks bekommen hatte? Vielleicht erzählte er gerade, dass er zwei Drogenkuriere mit einem Esel losgeschickt habe, dass sie aber nicht weit gekommen seien, weil der Esel zu lahmen begonnen habe. Offenbar hatte Schleicher jemanden entsandt, der das Kokain aus der Satteltasche holen sollte, aber mit Puderzucker abgespeist worden war. Möglicherweise musste sich Schleicher jetzt sogar dafür rechtfertigen, dass er Samantha Lindenbaum nicht sofort, mit der Pistole an der Schläfe, gezwungen hatte, das Kokain rauszurücken. Vielleicht erklärte er dem großen Drogenboss gerade, dass die Umgebung für so eine Gewalttat nicht geeignet gewesen sei, ein kleines Hotel mit einem Zimmer, in dem die Eselwanderin nie allein war. An dieser Stelle hätte Anna gern gelauscht. Ob Julius Schleicher erklären konnte, was es mit Rupert Diekel und Ole Alfkes auf sich hatte? Und ob er die Fahrerin des gelben Cabrios erwähnte?

Jedenfalls hatte er vor wenigen Stunden erneut jemanden losgeschickt, der das Kokain holen sollte, aber wieder nur Puderzucker mitgebracht hatte. Anna konnte sich gut vorstellen, dass es nun Julius Schleicher war, dem eine Waffe an die Schläfe gehalten wurde. Samantha Lindenbaum schwebte in allergrößter Gefahr. Hoffentlich passte Emilio gut auf sie auf. Aber vielleicht schlief er genauso tief und fest wie Konrad, der Anna bewachen wollte.

Sie hatte gerade beschlossen, dass es viel zu gefährlich sei, sich dem Hof, dem schwarzen Mercedes, dem Hauseingang noch weiter zu nähern, da nahm sie eine Bewegung an der Seite des Hauses wahr, dort, wo es zu den Koppeln ging, wo die Klönschnacktür in den Stall führte.

Nun wagte sie sich doch ein paar Meter vor, geduckt, lautlos, mit vorsichtigen Schritten und immer auf den Schutz des Gebüschs bedacht. Auf diese Weise kam sie ein gutes Stück voran. Der hintere Teil des Gehöftes wurde von einem Licht erhellt, das aus dem Stall drang, und bot ihr jetzt, da sie näher herangekommen war, eine verschwommene Sicht auf einen Mann, der an der Hausecke stand und vorsichtig herumspähte.

Sie erkannte ihn, als er rasch um die Ecke verschwand. Emilio! Um Himmels willen! Was machte er hier? Anna dachte an das Bürofenster, unter dem sie gehockt und gelauscht hatte. Ob Emilio dort Horchposten beziehen wollte? Hoffentlich hatte er nicht wieder seine Dienstwaffe vergessen.

Sie wollte gerade alle Vorsicht fahren lassen und ihm hinterherschleichen, da sah sie erneut eine Bewegung. Jemand löste sich aus dem Schatten des Hauses und folgte Emilio. Einer der Männer aus der schwarzen Limousine? Nein, das konnte nicht sein. Dass dieser keinen schwarzen Anzug, sondern eine knielange Hose und ein Shirt trug, war sogar bei Dunkelheit zu erkennen. Und als er an der Hausecke angekommen war, erkannte Anna ihn. Dario!

Soll ich hinterher? Oder besser zur nächsten Polizeistation und Hilfe holen? Oder noch besser die Polizei herbeitelefonieren? Ja, das wäre eine gute Idee! Aber… ich habe es Ihnen noch gar nicht gesagt, weil es mir so peinlich ist… mein Handy steckt noch in der Ladestation. Daran habe ich in der Eile gar nicht gedacht! Was für ein Mist! Ausgerechnet der Tochter von Schwerverbrechern, der Schwester von notorischen Kriminellen, unterläuft so ein Anfängerfehler!

Eigentlich bin ich ja dankbar dafür, dass Tante Rosi mich zu einem anständigen Menschen erzogen hat, obwohl ich mich auch gelegentlich frage, ob der Hang zur Unehrlichkeit und zum Kriminellen in den Genen liegen kann. Ich weiß, dass auch Clemens sich das oft gefragt hat. Immer, wenn der Postbote darüber klagte, dass ihm mal wieder ein Päckchen gestohlen worden war, oder im Supermarkt die Rede davon war, dass es mit den Ladendiebstählen immer schlimmer wurde, hatte er einen nachdenklichen Blick aufgesetzt. Jetzt wäre ich direkt froh, wenn ich so gewieft wäre wie ein Straftäter und an das Wichtigste gedacht hätte: an ein Handy, das man einfach braucht, wenn man als Verbrecher unterwegs ist.

Egal, ich muss hinterher. Wer weiß, was Dario plant? Würden Sie mir bitte die Daumen drücken? Es wäre auch nett, wenn Sie die Augen offen halten könnten. Sollten Sie etwas sehen, was mir gefährlich wird, warnen Sie mich. Versprochen? Ich bin ja keine Kriminelle, das wissen Sie doch. Oder haben Sie etwa Zweifel?

Nein, ich bin sicher, dass Sie mir glauben. Ich will nichts Unrechtes tun. Für das, was ich jetzt vorhabe, bin ich einfach nicht abgebrüht genug. Ich brauche Ihre Unterstützung…

Als Anna an der Hausecke angekommen war, wusste sie, dass man sie erkennen konnte, denn genau an dieser Stelle hatte sie auch Emilio und dann Dario erkannt. Aber es half nichts. Dort trennte sich die Nacht in finster und schemenhaft.

Dario war längst verschwunden. War er Emilio auf den Fersen? Verfolgte er ihn, um zu sehen, was er im Schilde führte? Oder bedrohte er ihn? Was wusste sie schon über Dario?

Den unterdrückten Schrei hörte sie genau in dem Augenblick, in dem sie es wagte, um die Hausecke zu spähen. Ein Schlag, noch ein Schrei, dann Rascheln und Keuchen. Und schließlich Stille. Drei oder vier Sekunden. Danach waren leise Schritte zu hören und ein schleifendes Geräusch, die Klönschnacktür wurde geschlossen, erst die untere, dann die obere Hälfte, und von innen verriegelt. Das schwache Licht, das aus dem Stall gekommen war, erlosch. »Emilio!« Anna schluchzte, ohne sich Gedanken darüber zu machen, ob sie von jemandem gehört wurde. Emilio!

Im selben Moment merkte sie, dass sie nicht allein war. Füße raschelten im Gras, ein Schatten zitterte auf der Umzäunung der Koppel. Es kam jemand auf sie zu. Ein großer Mann, der seine Schritte beschleunigte, als er feststellte, dass er bemerkt worden war.

Anna fuhr herum und begann zu laufen. Weg, nur weg! Sie stolperte, fiel auf die Knie, rappelte sich hoch und flüchtete weiter. Weg! So rasch wie möglich!

Aber der Mann war schneller, sie hörte seine Schritte, merkte, dass sie immer näher kamen. Und sie vernahm eine Stimme, die etwas rief. Leise! Nicht so, dass alle es hören konnten. Nicht so, dass andere gewarnt wurden. Nein, so leise, dass nur Anna es hörte. Und was er rief, klang wie ihr Name. »Anna!« Und dann, etwas lauter, aber eindringlich: »Liebes!«

Sie blieb wie angewurzelt stehen. Konrad? Langsam drehte sie sich um, dann erkannte sie ihn. »Konrad!« Später wusste sie nicht, wie lange sie in seinen Armen gelegen, sich an seine Brust geschmiegt und wie oft sie seinen Namen gemurmelt hatte. »Was machst du hier? Wie kommst du hierher?«

Konrad schob sie von sich weg und schenkte ihr ein Lächeln, das sie trotz der Dunkelheit erkannte. »Meinst du, ich habe nicht gemerkt, dass du aufgestanden bist? Und dass deine Brüder vor dem Haus ein Auto geknackt haben? Du bist ihnen gefolgt! Und da du es so eilig hattest, dachte ich mir, dass die Fahrt zum Eselhof gehen würde. Ich habe Levis Auto genommen und bin hinterher. Und natürlich habe ich gleich gemerkt, dass hier etwas im Gange ist.« Er nickte in die Richtung, wo der Mercedes stand, obwohl er von hier nicht zu sehen war. »Da ist wohl eine größere Lieferung gekommen.« Sein Blick wurde besorgt. »Oder macht die Drogenmafia einen Besuch bei Schleicher, weil sich rumgesprochen hat, dass ihm Kokain abhandengekommen ist?«

Anna hatte ihre Schwäche überwunden, sie löste sich von Konrad. »Emilio ist überfallen worden.«

Konrad starrte sie an, als wäre er drauf und dran, sich an die Stirn zu tippen. »Was?«

In Windeseile erzählte sie ihm, was sie beobachtet hatte. »Dario hat ihn im Stall eingesperrt.«

»Emilio ist auch hier?« Konrad konnte es nicht fassen. »Und deine Brüder ebenfalls.« Das war keine Frage, sondern eine Feststellung. Konrad hielt sich den Kopf, als könnte er ohne diese Stütze herunterfallen. »Was wollen die beiden eigentlich hier?«

Darauf antwortete Anna nicht. Ganz genau wusste sie es ja selbst nicht. Nur dass sie Schleicher sein Geschäft kaputt machen wollten, um es dann in eigener Regie weiterzuführen. »Egal!«, sagte Konrad. »Wir müssen Emilio helfen. Alles andere ist erst mal unwichtig.«

Der Mann sprach akzentfreies Deutsch. Wie Schleichers Mitarbeiter sah er nicht aus, eher wie ein Stallbursche. Hatte er etwa diesen Dario vor sich, in den Henrieke sich verguckt hatte? Dann war Annas Sorge berechtigt gewesen. Ihre Tochter hatte sich mal wieder in den Falschen verliebt. In einen, der in dunkle Geschäfte verwickelt war und sich jeden, der sie gefährdete, mit Gewalt vom Hals schaffte. Was hatte er mit ihm vor?

Die Fesselung war nicht besonders stark, der junge Mann war offenbar nicht darauf vorbereitet gewesen, jemanden hier festzusetzen. Er hatte das Seil ziemlich nachlässig um das Gatter gebunden, das die Boxen voneinander trennte. Trotzdem würde es schwierig sein, sich selbst zu befreien. Emilios Handgelenke waren eng miteinander verbunden, die Hände hatten keinen Spielraum, er würde es mit Ziehen und Zerren versuchen müssen, vielleicht gab das Seil dann irgendwann nach.

Der Knebel war ihm am unangenehmsten. Er hatte Angst, dass er würgen musste, dass Mageninhalt hochkam, dass er ersticken würde. Ergeben schloss er die Augen, als der Kerl von ihm abließ. Wenn er das hier überlebte, würde er darüber nachdenken, den Dienst zu quittieren. Ganz sicherlich würde er zukünftig nicht mehr davon träumen, Karriere im Drogendezernat zu machen. Ein Commissario, der sich von einem Stallburschen überwältigen, fesseln und knebeln ließ, würde ohnehin nur für Gelächter sorgen. Hoffentlich erfuhr das niemand. Wenn er diese Angelegenheit nicht überlebte, war es zwar eigentlich egal, aber er würde trotzdem lieber als Held oder zumindest als gewissenhafter Polizeibeamter in die Annalen eingehen statt als dummer Tropf, der sich wie ein Anfänger hatte überwältigen lassen.

Der Mann sah ihn misstrauisch an. »Wo ist dein Handy?«

Emilio hasste es, von Fremden geduzt zu werden. Auch von Kriminellen erwartete er ein Mindestmaß an Höflichkeit. Deswegen antwortete er nicht. Sollte der Kerl sich doch auf die Suche machen und sich über seine Hosentaschen hermachen. Ihm selbst waren Leibesvisitationen ja immer schrecklich unangenehm, aber der Stallbursche sah so aus, als machte ihm das wenig aus. Der würde sich auch nicht vorher die Hände reinigen. Auch schon egal. Seine Chino war ohnehin fällig für die Reinigung. Wenn sie überhaupt noch zu retten war. Wolle-Kaschmir-Gemisch im schmutzigen Stroh eines Eselstalls! Santo dio!

»Wo?«, fuhr der Mann ihn an.

Emilio zuckte nur die Schultern. Er hatte gemerkt, dass ihm das Handy aus der Hosentasche gerutscht war, als er ins Stroh geworfen wurde. Genauso unerreichbar für ihn, als wäre es in der Tasche geblieben, kein Grund zur Freude also. Trotzdem hatte er dafür gesorgt, dass er auf dem Handy zu sitzen kam, während der Mann seine Kleidung absuchte.

»Kein Handy?«

Emilio schüttelte den Kopf.

»Wer bist du? Polizei?«

Wieder schüttelte Emilio den Kopf. Vielleicht glaubte der Kerl es ja. Sein IQ war garantiert unterdurchschnittlich.

»Was willst du dann hier?«

Erwartete der Typ wirklich eine umfangreiche Erklärung? Wie sollte das gehen mit dem Knebel im Mund?

Er machte eine wegwerfende Handbewegung, richtete sich auf und sah auf ihn herab. »Auch schon egal. Wenn du dich schön ruhig verhältst, lasse ich dich in ein oder zwei Stunden laufen. Dann ist es mir wurscht, ob du von der Polizei bist oder nicht.«

Emilio sah ihm nach. Was hatte das zu bedeuten? Warum in ein oder zwei Stunden? Wenn die Drogen geliefert und die Dealer wieder vom Hof waren? Aber warum war es ihm dann egal, ob Emilio Polizist war oder jemand, der der Polizei erzählen könnte, was er hier gesehen hatte? Emilio fühlte Verzweiflung in sich aufsteigen. Natürlich würde das niemandem egal sein. Der Kerl wollte nur, dass er geduldig auf die Freilassung wartete und nicht versuchte, sich selbst von den Fesseln und dem Knebel zu befreien. Selbstverständlich würden Schleicher und seine Kumpane ihn nicht davonkommen lassen. Die wussten, wie man Mitwisser beseitigte.

Das Zirpen seines Handys riss ihn aus seiner Angst. Eine SMS war eingegangen. Es gelang ihm, seine Körperhaltung so weit zu verändern, dass das Handy unser seinem Unterkörper zum Vorschein kam und er die Nachricht lesen konnte. Sie stammte von Angelo Cercello.

»Alle verhaftet? Und der Sohn der Frau, die mit mir an der Bar des Grandhotels sitzt, ein Held?«

Die Trauer kam wie eine große Müdigkeit über ihn. Er würde Mama nie wiedersehen und sich nicht einmal von Anna verabschieden können. Er würde ihr nicht sagen können, dass er in sie verliebt war, dass seine Mutter darauf wartete, dass er ihr endlich einen Antrag machte, dass er es nur deshalb bisher nicht gewagt hatte, weil er Angst hatte, sie könnte ihn ablehnen.

Als er ihre Stimme hörte, glaubte er an eine Halluzination. So intensiv hatte er an sie gedacht, dass es ihm nun so vorkam, als spräche sie mit ihm. Erst als Konrads Stimme sich einmischte, kehrte er in die Wirklichkeit zurück. Und damit war auch sein Lebenswille wieder geweckt. Verzweifelt gab er Geräusche von sich und riss an seinen Fesseln.

»Emilio!«

Anna! Annina! Wie gerne hätte er ihren Namen gerufen. Aber ihm blieb nur, neben dem Knebel etwas herauszupressen, was draußen zu hören war.

»Keine Angst! Wir holen dich da raus!«

Es war leicht. Der obere Teil der Klönschnacktür ließ sich mit grober Gewalt ins Innere des Stalls drücken. Das Holz war morsch, der Riegel auf der anderen Seite saß locker. Konrad benötigte nicht mehr als fünf oder sechs Anläufe, bis seine linke Schulter Emilios Gefängnis geöffnet hatte. Das ging zwar nicht geräuschlos vonstatten, aber das Risiko, gehört zu werden, mussten sie eingehen. Die Chance, dass sie unbemerkt blieben, war trotzdem groß. Im Wohnhaus wurde laut gesprochen, und es lief dröhnende Musik, als sollten die Stimmen übertönt werden.

Anna hatte den Eindruck, dass es dort Streit gab, der jeden Augenblick eskalieren konnte. Da achtete niemand auf splitterndes Holz oder kreischende Scharniere. Höchstens derjenige, der Emilio hier eingesperrt hatte. Vielleicht war er noch in der Nähe und würde auf der Bildfläche erscheinen, wenn er Geräusche hörte? Also mussten sie Emilio schleunigst befreien, damit sie so schnell wie möglich fliehen konnten.

»Wir sind zu dritt«, murmelte Konrad, während er nach dem Riegel für den unteren Teil der Klönschnacktür suchte. »Wenn er kommt, werden wir locker mit ihm fertig.«

Aber es kam niemand, sie blieben ungehört, unbeachtet. Emilio stöhnte auf, als Anna und Konrad zu ihm kamen, und stöhnte noch einmal, als sie ihm den Knebel aus dem Mund genommen hatten.

»Wer war das?«, fragte Anna.

Emilio schenkte ihr einen mitleidigen Blick. »Ich schätze, der Stallbursche, in den deine Tochter sich verknallt hat.«

Anna wandte sich ab, damit niemand ihre Tränen sehen konnte. Sie waren ihr in die Augen geschossen, ehe sie es verhindern konnte. Henrieke! Musste sie immer Pech haben? Musste sie immer ihr Herz an den Falschen hängen? Ein einziger Tag Glück war ihr vergönnt gewesen, morgen würde schon wieder eine schreckliche Enttäuschung auf sie warten. Warum war es ihr nicht gelungen, einen zufriedenen Menschen aus ihrer Tochter zu machen, die ihr Glück bei dem Richtigen oder aber allein fand?

Konrad brauchte nicht lange, bis er auch Emilios Fesseln gelöst hatte. »Schnell, schnell«, trieb er ihn an. »Auf die Beine! Wir müssen verschwinden.«

»Wohin?«, fragte Emilio.

»Erst mal weg.« Konrad verhinderte, dass Emilio sich die Hose abklopfte, den Hemdkragen richtete und seine Frisur glättete. »Schnell.«

Emilio steckte sein Handy ein und ließ sich nach draußen schieben. »Grazie«, murmelte er und griff sanft nach Annas Hand. »Grazie, Anna.«

Konrad hob die Augenbrauen. Offenbar hätte er Emilio gern erklärt, dass vor allem er den Dank verdiente. Auffällig lange rieb er sich die Schulter, als wollte er daran erinnern, dass er sich ohne Rücksicht auf Verletzungen für Emilio ins Zeug gelegt hatte.

»Danke, amico mio«, sagte Emilio.

Dann liefen sie in die Dunkelheit hinaus. An einer besonders finsteren Stelle blieben sie stehen und sahen sich um. Von der Anhöhe aus, auf der sie standen, war der Eselhof gut zu überblicken. In dem Gebäudeteil, in dem die Stallungen untergebracht waren, herrschte Finsternis. Im Wohnbereich brannte in allen Zimmern, die nach vorne rausgingen, Licht. Hinter dem Haus war es dunkel, die Esel auf der Koppel hatten ihre Ruhe, sie wurden allenfalls von dem Lärm gestört, nicht aber vom Licht.

»Wo sind meine Brüder?«, flüsterte Anna.

Darauf konnte ihr niemand eine Antwort geben. Doch schon im nächsten Moment vergaß sie die Frage, denn im Büro ging ein Licht an. Anna erkannte das Fenster sofort.

»Das ist Schleichers Büro«, erklärte sie.

»Sicher?«, fragte Konrad.

»Ganz sicher.« Anna machte ein paar Schritte und drehte sich um. »Kommt mit! Vielleicht können wir erfahren, was da abgeht.«

Konrad maulte, er habe keine Lust, sich anzuhören, dass jemand seine Frau anrief und fragte, ob die Kinder schon schliefen. Und auch Emilio war davon überzeugt, dass in dem Büro zu dieser Zeit nichts Wichtiges passieren konnte. Aber Anna ließ sich nicht zurückhalten. Wo sie einmal etwas Interessantes belauscht hatte, würde vielleicht auch ein zweites Mal etwas geschehen, wofür sich das Risiko lohnte. Valentino! Filippo! Henrieke! Ihre ganze Familie, diese drei Angehörigen, die sie noch besaß, hatten ihr Schicksal auf diesem Eselhof aus den Augen verloren. Henriekes Schicksal lag irgendwo im Eselstall, wo der Mann, in den sie sich verliebt hatte, Emilio gefesselt und geknebelt hatte, das Schicksal ihrer Brüder war womöglich längst verloren gegangen. Anna musste verhindern, dass die Polizei es fand und Tino und Pippo es erst im nächsten Gefängnis wiederfanden. Es ging um das Schicksal ihrer Familie!

Als sie loslief, als hätte sie keine Angst vor Entdeckung, lösten sich auch Konrad und Emilio aus der Dunkelheit und folgten ihr. Wenn auch sehr vorsichtig und auf Abstand bedacht.

Sie schlichen an der Hauswand entlang. Anna blieb immer wieder stehen und sah sich um, ehe sie weiterhuschte. Trotz des erleuchteten Bürofensters war es noch immer sehr dunkel hinter dem Haus, die Esel auf der Koppel waren nicht zu erkennen. Wer immer das Büro betreten hatte, begnügte sich mit einem kleinen Licht, vielleicht einer Schreibtischlampe. Ihr Schein war nur ein heller Klecks auf der Rückwand des Hauses.

Anna lief geduckt, obwohl das Fenster so hoch war, dass man ihre Köpfe ohnehin nicht hätte sehen können. Dann hockte sie sich lautlos unter das Fenster, und Konrad saß im Nu neben ihr. Emilio blieb stehen, trat von einem Bein aufs andere und ging schließlich zur nächsten Hausecke, als machte er sich Sorgen, dass sie überrascht werden könnten. Das Fenster war gekippt, die Stimme des Mannes, der im Büro telefonierte, gut zu verstehen.

»Geh schon dran…«, murmelte er. Sie hörten ungeduldige Schritte, sahen einmal einen Schatten am Fenster, der sich jedoch schnell wieder abwandte.

»Wo steckst du denn?« Dann änderte sich seine Stimmlage, er sprach lauter, höher und mit einem Mal sehr freundlich. »Hallo, Schatz! Wir machen gerade eine Pause, da wollte ich mal hören, was du so treibst.« Er blieb stehen, statt seiner Schritte war nun das nervöse Trommeln von Fingerspitzen auf der Tischplatte zu hören. »Ja, diese Fortbildung ist besonders langweilig. Ich säße jetzt auch lieber mit dir am Gardasee an einer Hotelbar. Meinetwegen sogar gemeinsam mit Denise.« Er stieß ein künstliches Lachen aus und scharrte mit den Füßen. »Wo denkst du hin? Das Hamburger Nachtleben interessiert mich nicht. Ich werde gleich todmüde ins Bett fallen. Mir schwirrt der Kopf.« Nun ließ er ein Stöhnen hören, das wohl für Mitleid sorgen sollte. »Ah, die Pause ist vorbei. Ich muss wieder in den Vortragssaal …«

Emilio war mittlerweile verschwunden. War er auf etwas aufmerksam geworden?

Das Fenster wurde geräuschvoll geschlossen. Nun war die Stimme nur noch gedämpft zu vernehmen, der Sinn der Worte drang nicht mehr nach draußen. Emilio ließ sich wieder blicken. Er wirkte nervös und ungeduldig und schien nicht besonders an dem Gespräch interessiert zu sein, das sie belauscht hatten. Ohne danach zu fragen, ließ er sich neben Konrad an die Erde sinken.

Anna sah die beiden bedeutungsvoll an. Dieser Mann log wie gedruckt. Das musste Heiko sein, mit dem Samantha Lindenbaum telefoniert hatte. Auch bei diesem Gespräch war vom Gardasee und einer gewissen Denise die Rede gewesen.

»Der Deutsche«, sagte Emilio, war aber immer noch mit den Gedanken weit weg. »Er will Teilhaber von Schleicher werden, und er ist immer auf dem Hof, wenn eine Lieferung kommt.«

Das wird ja immer schlimmer. Ich verstehe gar nicht mehr, dass mir Samantha Lindenbaum anfänglich so sympathisch war. Ein Liebhaber in ihrem Zimmer, einer, der es werden möchte, im Nachbarzimmer, und ein Ehemann, der glaubt, dass sie mit ihrer Freundin am Gardasee ist. Und nun entpuppt sich dieser Ehemann sogar als Helfershelfer von Julius Schleicher, der seiner Frau weismacht, dass er in Hamburg an einer Fortbildungsveranstaltung teilnimmt. Sodom und Gomorrha! Aber… warum hat der Ehemann eigentlich keine Ahnung davon, dass seine Frau als Drogenkurier für Julius Schleicher arbeitet? Wenn er demnächst Teilhaber werden will, müsste er doch Bescheid wissen! Verstehen Sie das? Es wäre nett, wenn Sie mal für mich darüber nachdenken könnten. Ich habe jetzt keine Zeit, ich muss sehen, dass ich mich mit Konrad und Emilio in Sicherheit bringe. Jeder muss unbemerkt zu seinem Auto kommen und vom Hof herunter, ehe uns jemand aufhalten kann. Aber wo stecken Valentino und Filippo? Verdammt, hoffentlich haben sie sich nicht in Schwierigkeiten gebracht. Dafür haben sie ja ein besonderes Talent. Was mögen sie vorhaben?

Jeder von ihnen visierte den Punkt an, an dem das eigene Auto stand. Jeder maß den Weg, der vor ihm lag, die Zeit, die er für die Bewältigung benötigen würde, die Gefahren, die bis zum Einsteigen und dem Starten des Motors lauern konnten.

»Wir müssen hier weg«, erklärte Konrad, und es hörte sich an, als wollte er sich selbst Mut machen.

»Alle gleichzeitig?«, entgegnete Anna.

Konrad hielt es für geschickter, wenn einer nach dem anderen loslief. »Wenn sie auf einen von uns aufmerksam werden, haben die beiden anderen eine größere Chance.«

Das glaubte auch Emilio. »Außerdem würden drei flüchtende Personen eher auffallen.«

Konrad war der Erste, der startete. Geduckt lief er los, so nah wie möglich an der Hauswand entlang, um nicht aus einem der Fenster im ersten Stock gesehen zu werden. Zum Glück hatte der Deutsche das Licht im Büro gelöscht, als er es verließ, sodass es hinter dem Haus wieder sehr dunkel war. Erst an der Ecke, wenn es galt, sich aus dem Schatten des Gebäudes zu lösen, würde es heikel werden. Dann mussten sie eine Strecke überwinden, die vom Eingang des Eselhofs und vom Vorplatz, wo die dunkle Limousine stand, gut zu übersehen war. Hier würden sie warten müssen, bis sie sicher waren, dass sich niemand vor dem Haus aufhielt.

Beunruhigend war die Lautstärke der Musik, die nach wie vor im Haus dröhnte. Sie überdeckte viele Geräusche, die einen Flüchtenden vielleicht verraten hätten, dennoch trug sie nicht zu Annas Beruhigung bei. Mit einem Mal kam es ihr sogar so vor, als wäre die Musik angestellt worden, um die Anwesenheit von mehreren Personen vorzutäuschen, die sich in Wirklichkeit woanders aufhielten. Oder es sollte simuliert werden, dass im Haus eine Partygesellschaft durch Musik und Unterhaltung abgelenkt wurde. Wovon? Von der Wirklichkeit, in der es um Rauschgift, Kriminalität und viel Geld ging?

»Jetzt du«, sagte Emilio und drückte Annas Hand.

Aber sie bemerkte, dass er seinen Körper geringfügig, nur wenige Zentimeter, in die andere Richtung drehte, zur gegenüberliegenden Hausecke, um die er gerade verschwunden war, zu der Seite des Gebäudes, die ihrem Fluchtweg gegenüberlag. Er war in Gedanken nicht dort, wo er Anna hinschickte. Er dachte nicht daran, möglichst bald in seinem Auto zu sitzen und vom Eselhof zu preschen, er hatte etwas anderes im Sinn. Anna spürte es ganz deutlich.

»Was hast du vor?«, fragte sie leise.

Er wandte sich ihr zu und zog sie statt einer Antwort in seine

Arme. Emilio war nicht wie Konrad, er drückte sie nicht fest an sich, so heftig, dass sie anschließend einen Kamm und einen Wattepad benötigte, um sich die verschmierte Wimperntusche abzuwischen. Emilio lehnte nur ihren Körper an seinen, wühlte nicht sein Gesicht in ihr Haar, sondern hauchte einen Kuss darauf. Anna bekam für einen winzigen Augenblick einen Eindruck davon, wie die Liebe mit Emilio sein würde: so weich wie sein Kaschmirpulli, so empfindlich wie seine helle Leinenhose, so edel, so besonders und so angenehm umhüllend.

Er ließ von ihr ab, schob sie von sich weg und lächelte sie an. »Lauf los! Wir treffen uns in deiner Küche. Bei Rotwein und Prosecco.«

»Und Bier.« Anna fühlte sich verpflichtet, daran zu erinnern, dass Konrad Teil dieser Unternehmung war.

»Klar.« Emilio verlor sein Lächeln nicht. »Also los! Ich komme nach, sobald du in deinem Auto sitzt.«

In diesem Augenblick hörten sie einen Motor starten. Konrad hatte in seiner Aufregung zunächst zu viel Gas gegeben, nun aber schien er sich zügeln zu können. Der Wagen raste nicht mit quietschenden Reifen vom Hof, sondern rollte mit wenig Gas, so leise es ging. Anna wartete, bis er kaum noch zu hören war, bis sie sicher sein konnte, dass Konrad unbemerkt die Straße erreicht hatte. Dann sprang sie auf und lief ebenfalls los. Aber nur bis zur Klönschnacktür. Dort blieb sie stehen und schaute sich um. Ihr Gefühl hatte sie nicht getäuscht! Emilio sah ihr nicht nach, sondern verschwand hinter der Hausecke. Was hatte er vor?

Sie drängte sich an die Hauswand und hoffte, dass er sie nicht sehen würde, wenn er sich umwandte. Aber eigentlich war ihr klar, dass er es nicht tun würde. Er war auf etwas anderes konzentriert. Worauf?

Er warf keinen Blick zurück, als er hinter der Hausecke verschwand. Anna wäre ihm am liebsten gefolgt, entschloss sich dann aber anders. Auch sie schlich um die Ecke und huschte zur nächsten, zur vorderen Ecke, wo sie den Platz vor dem Haus überblicken konnte. Sie brauchte nicht lange zu warten, da bemerkte sie auf der anderen Seite des Hauses eine kleine Bewegung. Emilios Kopf, der kurz zu sehen war. Er trat einen Schritt vor, sein Gesicht wurde von einem hellen Rechteck beleuchtet. Sein Handy! Entweder tippte er eine Nachricht, oder er erhielt gerade eine. Nicht lange, dann erlosch das helle Rechteck wieder, Emilio trat einen Schritt zurück und war nicht mehr zu sehen. Offenbar wartete er darauf, dass Anna sich in Sicherheit gebracht hatte. Danach würde er ihr folgen und ebenfalls versuchen, sein Auto zu erreichen.

Anna rannte los, den Blick starr auf ihr Ziel gerichtet. Schon bald konnte sie etwas Helles ausmachen, ihren weißen Fiat, der durchs Gebüsch schimmerte. Sie riss die Fahrertür auf, ließ sich in den Wagen fallen und fingerte in der Hosentasche nach dem Autoschlüssel.

Im selben Augenblick war es mit der Stille vorbei. Wie ein Orkan schwoll das Brausen starker Motoren an, wie ein Tsunami brach es in den Eselhof ein. Reifen quietschten, Kies spritzte, Zweige und Äste schlugen. Und dann kreischten Bremsen, Autotüren wurden aufgerissen und schlugen dröhnend zu. Dunkel gekleidete Gestalten stürmten den Eingang des Hauses, andere liefen um das Gebäude herum, sicherten Neben- und Hintereingänge.

»Polizia! Hände hoch! Keine Bewegung!«

Anna saß starr vor Schreck da, sah, dass sich zwei Beamte neben den schwarzen Mercedes stellten, die Waffen im Anschlag. Die Scheinwerfer der Polizeiwagen tauchten den Hof in grelles, bedrohliches Licht. Mit zitternden Händen steckte sie den Zündschlüssel ins Schloss. Es wurde Zeit, dass sie die Flucht ergriff. Aber ihr Auto würde zu sehen und zu hören sein, wenn sie startete, sie musste schnell sein, Gas geben, solange sich alle Aufmerksamkeit auf das Haus von Julius Schleicher richtete.

Andererseits … war es überhaupt richtig, sich durch Flucht verdächtig zu machen? War es womöglich besser, zurückzugehen und ihre Anwesenheit zu erklären? Und was war mit Emilio? Würde er jetzt noch fliehen wollen? Oder würde er ruhig hinter der Hausecke hervortreten und sich als Commissario Emilio Fontana vorstellen? Wie hatten die Drogenfahnder überhaupt Wind davon bekommen, was hier abging? Dass es sich um eine weitere Drogenrazzia handelte, davon war Anna überzeugt. Gab es jemanden, der sie verständigt hatte? Der ihnen vor wenigen Minuten den Hinweis gegeben hatte, dass der Augenblick günstig war?

Doch ehe sie weiter nachdenken konnte, zischte eine wohlbekannte Stimme vom Rücksitz: »Hau ab! Schnell!«

Sie folgte der Anweisung erst, als sie einen anderen Wagen sah, der aus einer Schonung brach und schlitternd auf den Weg einbog, der zur Straße führte. Mit offenem Mund starrte sie ihm nach. Da ergriff jemand die Flucht. Einer von Schleichers Leuten?

»Nun mach schon!«

Anna rammte den ersten Gang hinein und trat aufs Gas, sodass die Räder durchdrehten. Der Wagen, der gerade auf die Straße einbog, hatte auf dem Vorplatz für Aufregung gesorgt. Es wurde Zeit. Zwei Beamte liefen zu einem Fahrzeug und warfen sich hinein. Ein Motor heulte auf, Reifen quietschten, ein dumpfer Schlag zeigte, dass der Wagen unvorsichtig gewendet worden war.

»Schnell, schnell, verdammt noch mal! Tritt auf den Pinsel, aber dalli!«

Jetzt endlich fielen Angst und Unentschlossenheit von Anna ab. Ja, sie musste weg, so schnell wie möglich. Davon, dass Emilios Name hinter ihren Schläfen pochte, durfte sie sich nicht lähmen lassen. Den Fragen würde sie sich erst später stellen. Oder vielmehr … den Antworten. Dass Emilio die Drogenfahndung alarmiert hatte, war keine Frage, sondern mehr als offensichtlich.

Sie bog nicht in die Richtung ein, die der andere Wagen genommen hatte, sondern in die entgegengesetzte. Und dann, nach knapp hundert Metern, schlitterte sie in einen Feldweg, der vor einem Zaun endete, und schaltete das Licht aus, bevor sie zum Stehen kam. Die Verfolger hatten die andere Richtung genommen, wie sie vermutet hatte, ihr kleiner weißer Fiat war entweder nicht zur Kenntnis genommen worden, oder man glaubte, dass sie gemeinsam mit dem anderen floh, also dieselbe Richtung eingeschlagen hatte.

Anna drehte sich zu ihren Brüdern um. »Verdammt! Was ist das für ein riesengroßer Mist? Habt ihr eigentlich noch alle Latten am Zaun?«

Emilio fuhr langsam, jedenfalls für seine Verhältnisse. Aber er wollte sich Zeit zum Überlegen nehmen, damit er klarer sah, wenn er sich später in Annas Küche Rotwein einschenken ließ. Die SMS, die bei ihm eingegangen war, kurz bevor die Drogenfahnder in den Eselhof einbrachen, ging ihm nicht aus dem Kopf.

»Bravissimo! Die Sache ist geglückt, tolle Leistung!«

Woher wusste Cercello so gut Bescheid? Wer hielt ihn auf dem Laufenden? Offenbar war er, als er damals seinen Dienst quittierte, seinem größten Anliegen treu geblieben und hatte sich im Hintergrund weiter dem Kampf gegen die Drogen gewidmet. Emilio konnte sich gut vorstellen, dass er den derzeitigen Fahndern als Berater zur Verfügung stand und somit mehr erfuhr als andere Pensionäre. Auch so manches, was dem Sohn einer Frau, die ihm gefiel, zugutekam.

»Mama!« Sie würde erst aufhören, den Männern den Kopf zu verdrehen, wenn ihr der letzte Hundertjährige von Siena zu Füßen lag und alle anderen längst weggestorben waren. Wie sein Vater es mit dieser Frau ausgehalten hatte, war Emilio noch immer ein Rätsel. Als Frau, die sich erobern ließ, war sie wohl der Traum vieler Männer, als Ehefrau dagegen musste sie ein Albtraum gewesen sein.

Er fuhr nun etwas schneller, in seinem Kopf lichtete sich allmählich der Nebel der Ereignisse. Wie gut, dass er sich rechtzeitig verdrücken konnte! Er war der Einzige, der wusste, dass sich auch diesmal kein Beweis finden würde, der Julius Schleicher ins Gefängnis bringen könnte. Kein Kokain in der dunklen Limousine! Und es würde Emilio doch sehr wundern, wenn sich Rauschgift im Hause fand. Wären ihm die Kollegen aus dem Drogendezernat begegnet, hätte er ihnen erklären müssen, warum er sich auf dem Eselhof aufhielt, dann wäre schnell in irgendeinem Kopf die Idee entstanden, dass Emilio Fontana etwas mit dem erneuten Misserfolg zu tun hatte. Wer einmal Puderzucker statt Kokain ins Drogendezernat getragen hatte, brachte es womöglich sogar fertig, sich so auffällig zu verhalten, dass Julius Schleicher und seine Drogenlieferanten rechtzeitig gewarnt wurden. Emilio seufzte erleichtert. Nur gut, dass er ungesehen verschwinden konnte! Die Aufmerksamkeit hatte sich ja eine ganze Weile auf den Wagen gerichtet, der in halsbrecherischem Tempo vom Hof geprescht war.

»Der Deutsche!« Diesen Ruf hatte er mehrmals vernommen. Der Kerl hatte also rechtzeitig Wind bekommen und war getürmt. Und Henriekes Liebster? Der hockte wohl in Handschellen neben Schleicher und versuchte sich rauszureden.

Als er in die Via Valdambrino einbog, wusste er immer noch nicht, wie er sich verhalten sollte. Er stellte seinen Wagen dort ab, wo vorhin das Auto gestanden hatte, das den Kolsky-Brüdern zum Opfer gefallen war. Ein paarmal setzte er vor und zurück, bis sein Wagen exakt parallel zur Bordsteinkante stand. Bei deutschen Touristen belächelte er das gern, doch diesmal war er froh, dass es etwas gab, was ihn noch ein wenig von Annas Gegenwart fernhielt. Er wollte gerade die Fahrertür öffnen, da fiel ihm ein Wagen auf, der langsam die steile Straße herunterkam, die die Via Boninsegna mit der Via Valdambrino verband. Vor dem *Albergo Annina* stoppte er kurz. Die Fahrerin, eine auffällige Blondine, schien nicht zu merken, dass sie neben einem Wagen angehalten hatte, in dem jemand saß. Emilio machte sich so klein wie möglich und rührte sich nicht. Aber die Frau war nur auf den Eingang des Hotels fokussiert. Nun fuhr sie wieder an, bis sie aus dem Lichtkegel heraus war, der vom Hoteleingang ausging. Schon vor dem übernächsten Haus war es viel dunkler, dort fiel ein gelbes Cabrio nicht weiter auf. Die Finsternis verschluckte die auffällige Farbe.

Emilio richtete sich vorsichtig auf. Was wollte die Frau vor dem *Albergo Annina?* Darauf hatte er noch keine Antwort gefunden, als er den Mann wahrnahm, der die Straße herunterkam. Ole Alfkes! Er ging zügig, mit großen Schritten, als wäre er gern gerannt, wollte aber nicht zeigen, wie eilig er es hatte. Er sah nicht auf, das gelbe Cabrio bemerkte er nicht. Die Stufen zum Hoteleingang sprang er hoch, den Schlüssel hielt er schon bereit, als er vor der Tür angekommen war. So schnell es ging, öffnete er, huschte in die Lobby und drückte die Tür ins Schloss. Eilig. Hektisch.

Dahinter blieb es dämmrig, Emilio machte keine Bewegung hinter dem Fenster aus. Normalerweise konnte man, da Anna in der Lobby auf Gardinen verzichtet hatte, erkennen, wenn jemand auf die Tür zuging, die zu den Hotelzimmern führte. Der Bewegungsmelder dort flackerte dann auf, was ebenfalls von draußen zu sehen war. Aber nichts dergleichen geschah. Emilio kam es so vor, als wäre Ole Alfkes hinter der Tür stehen geblieben. Worauf wartete er?

Mit einem Mal hörte er Geschrei, schrille Rufe, spitzes Lachen. Eine Mädchengruppe kam von der Via Boninsegna heruntergelaufen, drei, vier Teenager von fünfzehn oder sechzehn Jahren. Sie stoppten an der Ecke, blieben stehen und schienen sich zu beraten. Dabei sahen sie immer wieder die Straße hinab. Eine trat auf die Fahrbahn, als könnte sie dort etwas erkennen, was vom Bürgersteig aus nicht zu sehen war. Nun streckte das Mädchen seinen Zeigefinger aus. »Eccolo!«

Emilio sah im Außenspiegel die roten Lichter des Cabrios, die Mädchen setzten sich in Bewegung und hielten darauf zu. Es dauerte eine Weile, bis die Cabrio-Fahrerin reagierte. Die Bremslichter erloschen, der Wagen setzte sich langsam in Bewegung. Dann gab die Fahrerin Gas und preschte die Straße hinab. Die Reifen quietschten, als sie viel zu schnell die Kurve nahm.

Emilio saß kopfschüttelnd da. Was hatte das zu bedeuten? Aber er kam nicht dazu, über diese Frage nachzudenken, denn das Zirpen seines Handys kündigte eine SMS an. Während er den Mädchen nachblickte, die enttäuscht den Rückweg antraten, zog er sein Handy aus der Tasche. »Ich bin stolz auf dich, mein Junge. Das hast du toll hingekriegt. Angelo hat gerade zur Feier des Tages Champagner bestellt. Wenn du kannst, leiste uns doch Gesellschaft. Wir sitzen immer noch an der Bar des Grandhotels.«

Die Spitzen von Annas Empörung waren noch nicht runder geworden, ihr Zorn stand nach wie vor in Flammen, loderte drachenblutrot. Die Fahrt vom Eselhof ins Hotel zurück hatte sie nicht ruhiger gemacht. Als sie es endlich gewagt hatte, unter Missachtung sämtlicher Verkehrsvorschriften nach Siena hineinzufahren, hatten sie alle drei geschwiegen. Anna, weil sie sich am Steuer eines Wagens nicht aufregen wollte, ihre Brüder, weil sie heilfroh waren, dass sie keine Auskünfte geben mussten. Wahrscheinlich wären sie auch gerne gleich in ihre Zimmer gegangen, aber als ihr schwacher Versuch, Müdigkeit vorzuschützen, nicht einmal zur Kenntnis genommen wurde, wussten sie, dass sie erst eine Strafpredigt über sich ergehen lassen mussten.

Nun saßen sie in Annas Küche, zwei Ganoven, die nie davor zurückschreckten, in einer Vernehmung die Polizeibeamten zu beleidigen, zu lügen, dass sich die Balken bogen, und Gewalt anzudrohen, wenn es nicht nach ihrer Mütze ging. Sie hatten einem Menschen, mit dem sie verwandt waren, an den sie durch das Band der Familie gefesselt waren, nichts entgegenzusetzen.

»Warum seid ihr auf den Eselhof gefahren?«

»Woher wusstest du das überhaupt?«, gab Filippo zurück, ohne auf ihre Frage zu antworten.

Anna machte es genauso, sie verzichtete ebenfalls auf eine Antwort. »Jedenfalls weiß ich jetzt, warum ihr so viel Zeit im Knast verbracht habt. Weil ihr zu dämlich seid, ein Auto zu knacken, ohne dass es jemand merkt.«

Ihre Brüder wirkten nun tatsächlich betroffen. »Wie hast du das mitgekriegt?«

Dies war der Tag der Fragen, die keine Antworten erhielten. »Was wolltet ihr auf dem Eselhof?«

»Woher wusstest du, wohin wir fahren?«

»Weil ich nicht blöde bin.« Endlich eine konkrete Antwort auf eine konkrete Frage. »Im Gegensatz zu euch.«

Valentino und Filippo nahmen die Beschimpfung hin, ohne sich zu wehren. Wenn Anna einen fröhlichen, unbeschwerten Abend verbracht hätte, wäre sie vielleicht sogar über das Drucksen der beiden amüsiert gewesen, die sich benahmen wie gescholtene Schüler. Sie waren Vorwürfe und Beschuldigungen gewöhnt, aber wenn sie von ihrer Schwester kamen, hatten sie offenbar ein anderes Gewicht. Anna hatte ihnen nie so nahe kommen können wie eine Schwester, die mit ihren Brüdern zusammen groß geworden war, die Liebe, die sie zweifellos für sie empfanden, war immer ein fremdes Gefühl geblieben, das zerbrechlich war und nicht so selbstverständlich sein konnte wie die Liebe, die in der Mitte einer Familie entstand. Mit der Liebe ihrer Schwester gingen Valentino und Filippo Kolsky sehr vorsichtig um.

»Wir hatten den Tipp bekommen«, stotterte Valentino, »dass Julius Schleicher heute eine Lieferung erwartet. Seit gestern haben Pippo und ich schon damit gerechnet …«

»…weil der Deutsche da ist«, ergänzte Filippo. »Der ist immer bei Schleicher, wenn eine Lieferung kommt.«

»Warum interessiert euch diese Kokainlieferung?«, blaffte Anna und war erst jetzt bereit, ihren Brüdern ein Bier einzuschenken.

Die beiden waren heilfroh, dass sie darauf nicht zu antworten brauchten. Ein Geräusch auf der Terrasse hielt sie davon ab. Konrad betrat die Küche, nachdem er das Auto wieder an seinen Platz gestellt und sich seinem Sohn gezeigt hatte, damit dieser daran glauben konnte, dass sein Vater nur einen längeren Spaziergang unternommen hatte und nicht etwa in Siena einem Gewaltverbrechen zum Opfer gefallen war.

Konrad stutzte, als er Valentino und Filippo sah. »Steht das geklaute Auto wieder an seinem Platz?«, fragte er streng.

Die Brüder hofften, dass keine Antwort von ihnen erwartet wurde, aber sie hatten sich geirrt. Konrad sprach nicht weiter, und Anna sah sie ebenfalls an, als sei sie an einer Erklärung interessiert.

Schließlich sagte Filippo: »Ein Auto, das erst kurzgeschlossen werden muss, taugt nicht als Fluchtfahrzeug. Deswegen sind wir in Annas Wagen gesprungen. Der ist uns zum Glück rechtzeitig aufgefallen.«

»Warum mussten Sie fliehen?«, fragte Konrad.

»Sie sind doch auch abgehauen«, entgegnete Valentino, und Anna merkte, dass Konrad sich über seine eigene Frage ärgerte. Dass er sich gern erkundigt hätte, warum die beiden Kolsky-Brüder sich auf dem Eselhof herumgetrieben hatten, sah sie ihm an, aber da die Gegenfrage vermutlich gelautet hätte, was er selbst dort gesucht habe, schwieg er.

»Der Wagen steht also noch auf dem Eselhof?«

Die beiden nickten und gaben sich Mühe, schuldbewusst auszusehen.

»Ist der Diebstahl schon bemerkt worden?«, fragte Konrad und sah nun Anna an.

Sie hob die Schultern bis zu den Ohren. »Vermutlich wird Signor Musso erst morgen sehen, dass sein Auto nicht mehr da ist.« Sie blickte nervös zur Uhr. »Wo Emilio nur bleibt!«

Auch Konrad wurde unruhig. »Er ist noch nicht zurück? Verdammt, der hat sich hoffentlich nicht erwischen lassen.«

»Von wem?«, fragte Anna. »Von Julius Schleicher und seinen Leuten oder von den Drogenfahndern?«

»Dann schon lieber Letzteres«, knurrte Konrad. »Für Emilio vermutlich schlimm genug. Wie soll er denen erklären, warum er sich bei Dunkelheit auf dem Eselhof rumtreibt? Weil er einer Frau hinterhergefahren ist, die wiederum ihren Brüdern hinterhergefahren ist, der ihrerseits ein Nachbar hinterhergefahren ist? Diese Erklärung wird nur wieder für einen Lacherfolg sorgen.«

Valentino und Filippo standen auf. »Wir sollten schlafen gehen«, meinte Valentino, und Filippo nickte bestätigend. »Es ist spät geworden. Im Knast wäre das Licht schon ausgegangen.«

Als sie verschwunden waren, sah Anna noch einmal auf die Uhr. »Emilio müsste längst da sein.« Sie blickte Konrad lange und nachdenklich an. Doch ehe sie aussprach, was sie bedrückte, goss sie Konrad zunächst ein Bier ein und sich selbst einen roten Prosecco. »Emilio hat die Drogenfahndung alarmiert«, sagte sie so leise, dass Konrad sein rechtes Ohr vorschob, damit er alles verstand.

»Bist du sicher?«

»Ich habe gesehen, wie er sein Handy rausholte. Und kurz darauf ging es los. Die Drogenfahnder müssen irgendwo in der Nähe darauf gewartet haben, dass er das Zeichen zum Angriff gibt.«

Konrad runzelte die Stirn. »Das hätte er uns doch erzählt.«

Danach trat Stille ein, violett wie Herbstastern. Schließlich sagte Anna: »Er hätte so lange warten müssen, bis Valentino und Filippo in Sicherheit sind.«

»Vielleicht wollte er gerade das nicht. Wenn er glaubt, dass deine Brüder die Finger im Spiel haben …« Er überlegte, als fragte er sich, ob er es wirklich aussprechen könne. »Der Chef des Drogendezernats wäre sehr zufrieden gewesen, wenn er auch die Kolsky-Brüder geschnappt hätte.«

»Er hätte ihnen nichts nachweisen können.«

»Vielleicht doch? Die Tatsache, dass sie sich auf dem Eselhof rumtreiben, während eine Kokainlieferung ankommt, macht sie auf jeden Fall verdächtig.«

»Wir waren ja auch da.« Annas Stimme klang trotzig.

»Wir haben aber keine Vorgeschichte wie deine Brüder.«

»Ist ja auch egal. Diesmal war die Razzia auf jeden Fall erfolgreich.« Anna trank ihr Glas in einem Zug aus. »Du kannst wieder zu Hause schlafen. Julius Schleicher, der Deutsche – die sitzen jetzt alle hinter Gittern.«

Konrad sah nicht begeistert aus. »Soll ich nicht vorsichtshalber doch …?«

»Danke, Konrad! Aber was soll mir schon passieren?«

Emilio war müde, schrecklich müde. Er hatte schlecht geschlafen, war immer wieder aus wirren Träumen aufgeschreckt und hatte jedes Mal lange gebraucht, um erneut in den Schlaf zu finden. Und sobald er in die Erinnerung zurückgekehrt war, hatte er wieder die zwei Gestalten hinter dem Schuppen hervorkommen sehen. Welches Ziel sie hatten, war leicht zu erkennen gewesen: den schwarzen Mercedes, der noch immer vor dem Haus parkte.

Es war erstaunlich, wie schnell und routiniert sie das Auto durchsucht hatten, der eine den Kofferraum, der andere den Fahrgastraum. Und sie schienen die Verstecke zu kennen. Es hatte nicht lange gedauert, da gab derjenige, dessen Kopf im Kofferraum gesteckt hatte, dem anderen ein Zeichen. Die Fahrertür hatte fast unhörbar geklickt, der Kofferraumdeckel hatte sich ohne einen Laut ins Schloss gesaugt. Die beiden Männer waren so schnell wieder verschwunden, wie sie gekommen waren. Der Karton, den sie trugen, schien nicht besonders schwer zu sein.

Dass es hinter Annas Fenstern schon dunkel gewesen war, als er heimkam, hatte ihn gekränkt. Er hatte fest damit gerechnet, dass sie auf ihn wartete. Auch Konrad musste doch wissen wollen, ob er heil zurückgekehrt war. Emilio fühlte sich wie früher als kleiner Junge, wenn die Kinder ihn nicht mitspielen lassen wollten, weil er sich nicht gern schmutzig machte und auch nichts dagegen hatte, dass Mädchen sich an den Spielen der Jungen beteiligten. Beides wurde damals in italienischen Nachbarschaften nicht gern gesehen.

Hatte Anna überhaupt etwas von der Razzia mitbekommen? Und hatte sie sich Gedanken gemacht, wo ihre Brüder geblieben waren? Er beeilte sich mit seiner Morgentoilette, was er ungern tat. Der Start in den Tag gelang ihm besser, wenn er sich Zeit mit dem Duschen lassen, sich in aller Ruhe rasieren und frisieren konnte. Auch die Wahl seiner Kleidung traf er gern geruhsam. Das allerdings kam an diesem Tag sowieso nicht infrage, weil er schließlich nicht das gesamte Angebot seines Kleiderschranks vor Augen hatte. Das Anziehen ging also flott, und auf das Styling mit Haarwachs verzichtete er gänzlich. Er blickte auf die Uhr, während er sein Zimmer verließ. Es wurde Zeit. Das Frühstücksbüfett wurde bald abgeräumt. Von seinem Dienstbeginn ganz zu schweigen …

Er fand Anna wie erwartet im Frühstücksraum. Sie sprach gerade mit einem Ehepaar, das einen Reiseführer neben den Kaffeetassen liegen hatte, und erklärte ihnen den Weg zum Dom und zum Campo. Alle anderen Gäste hatten sich schon auf den Weg zu den Sehenswürdigkeiten gemacht. Anna blickte nur kurz auf, als er eintrat, und ging zum Kaffeeautomaten, ohne ihn zu begrüßen. Emilio wollte sich eigentlich setzen, entschloss sich dann aber anders und ging zu ihr. »Guten Morgen, Anna!«

»Guten Morgen!« Sie blickte ihn kühl an. »Wirst du heute auschecken?«

»Du meinst, weil …«

Sie ließ ihn nicht aussprechen. »Die Razzia gestern Abend muss ja erfolgreich gewesen sein. Julius Schleicher ist überführt, das Kokain sichergestellt.«

»Aber …«

Sie blickte sich um und sprach erst weiter, als sie merkte, dass das Ehepaar sich mit dem Reiseführer beschäftigte und ihr nicht zuhörte. »Du willst noch Samantha Lindenbaum und Ole Alfkes verhaften lassen? Wie soll das gehen?« Sie winkte ab, als wären seine Antworten sowieso nicht von Belang. »Du bist der Polizeibeamte, du wirst es schon wissen.«

Er griff nach ihrem Arm und zwang sie, ihn anzusehen. »Was ist los, Anna?«, fragte er so leise wie möglich. »Warum hast du gestern Abend nicht auf mich gewartet?«

»Du meinst, ich hätte mir Sorgen um dich machen müssen?«

»Ich habe eine Weile gebraucht, bis ich zu meinem Auto kam. Da war ja mit einem Mal die Hölle los. Oder hast du das nicht mehr mitbekommen?«

Nun funkelte es in ihren Augen. »Ich habe sogar mitbekommen, wer die Drogenfahnder alarmiert hat!«, zischte sie.

Emilio ahnte, was kommen würde. »Du meinst …«

»Ich habe gesehen, wie du dein Handy rausgeholt hast. Und kurz darauf ging es los.« Sie stieß ihm mit dem rechten Zeigefinger vor die Brust. »Du hast die Drogenfahnder auf den Eselhof geholt. Obwohl du nicht wusstest, ob meine Brüder in Sicherheit waren. Oder weil du wusstest, dass sie nicht in Sicherheit waren?«

Emilio war entgeistert. »Du glaubst, ich hätte deine Brüder ans Messer geliefert, damit ich anschließend belohnt werde?«

»Natürlich meine ich das!« Anna senkte erneut die Stimme, während das Gäste-Ehepaar an ihr vorbeiging. Sie wünschte ihnen einen schönen Tag, dann war sie mit Emilio allein und tat sich keinen Zwang mehr an. »Meine Brüder waren so dumm, sich dort rumzutreiben. Aus Neugier! Warum sonst? Aber du musst wissen, was ihnen blüht, wenn sie erwischt werden. Auch wenn sie nichts Böses getan haben.«

»Du irrst dich, Anna.«

»Warum hast du nicht gesagt, was du vorhast? Konrad und ich hätten wissen müssen, dass du die Drogenfahndung alarmieren wolltest. Dass du schon alles in die Wege geleitet hattest. Du hast sie vermutlich auf dem Weg zum Eselhof schon informiert. Und sie sind in Stellung gegangen und haben auf deinen Startschuss gewartet. Dass ich noch nicht vom Hof runter war, hat dich nicht interessiert. Und was mit Valentino und Filippo geschieht, war dir auch egal. Nein, anders! Du hast gewusst, dass du den Kollegen vom Rauschgiftdezernat noch zwei weitere fette Fische ins Netz treiben kannst.«

»Nein, Anna ...«

Emilio wurde unterbrochen, denn in diesem Moment betrat Henrieke den Frühstücksraum. Sie weinte so laut und unbeherrscht, dass die beiden Gäste, die gerade den Frühstücksraum betreten wollten, es sich anders überlegten und erst mal vor die Tür gingen, um den Blick auf die Basilica zu genießen. Emilio war derart verdutzt, dass er zwei Schritte zurück machte, an das Schinkenbrett stieß und nur im allerletzten Moment dafür sorgen konnte, dass es keinen Salto machte und alles, was in Parma langsam gereift war, in Sekundenschnelle zu Boden schickte.

Anna regierte einigermaßen cool. Sie lächelte das Ehepaar entschuldigend an, ging auf ihre heulende Tochter zu und zog sie in die Lobby. »Was ist denn mit dir los?«

Emilio folgte der tränenüberströmten Henrieke und der strengen Anna, die sogar von hinten so aussah, als würde sie ihre Tochter am liebsten so lange schütteln, bis sie zu heulen aufhörte.

»Dario ... Er ist ...«

Anna schob Henrieke an dem eisernen Ritter vorbei, gab Graziella einen Wink, die mit offenem Mund an der Rezeption stand, und tat so, als hätte sie nicht bemerkt, dass Emilio ihr folgte. Sie warf die Wohnungstür vor seiner Nase ins Schloss. Emilio blieb verdattert davor stehen und fragte sich, was geschehen war.

Graziellas Trost half ihm nicht viel. »Die ist doch immer so. Heulen kann die Tochter der Chefin wie keine Zweite.«

Anna hatte nicht gewusst, dass Henrieke schon in aller Herrgottsfrühe losgefahren war. In der Via Boninsegna, in der Nähe von Konrads Haus, gab es eine Radstation. SiPedala bot Fahrräder an, die an einem Automaten zu mieten waren. Dort hatte Henrieke sich bedient und war mit einem Rad zum Eselhof gefahren. Im Stall, so glaubte sie, wartete Dario schon ungeduldig auf sie. Die beiden wollten im Stroh frühstücken und dann gemeinsam Darios Arbeit verrichten.

»Wie romantisch!« Anna verdrehte heimlich die Augen, drückte ihre Tochter auf einen Küchenstuhl und ging zur Kaffeemaschine.

Henrieke brach erneut in Tränen aus. »Ich wusste, dass du mich nicht verstehen würdest.«

Anna stellte ihr den Kaffeebecher hin und überlegte, wie sie Henrieke klarmachen sollte, dass Dario ein anderer war, als sie glaubte. Er hatte Emilio überwältigt, gefesselt und geknebelt und im Eselstall sich selbst überlassen. Ein Krimineller! Was war das eine unheilvolle Weiterentwicklung der Kolsky-Gene! Das Leugnen des Sozialen, das Leben neben der Gesellschaft, das vermeintliche Recht, sich zu nehmen, was man wollte – das hatte doch ein Ende haben sollen, als Tante Rosi sich der kleinen Annina annahm und aus ihr die Anna machte, die wusste, was man tun durfte und was nicht. Gab es dennoch in ihr diese Neigung, sich über Recht und Gesetz hinwegzusetzen? Und hatte sie sie an Henrieke weitergegeben, auf die immer wieder ein Krimineller besondere Anziehungskraft ausübte? Ach, Tante Rosi! Sie hatte sich doch so viel Mühe gegeben.

»Dario ist verhaftet worden?«

Henriekes Tränen versiegten schlagartig. Verblüfft sah sie ihre Mutter an. »Wie kommst du denn darauf?«

Anna antwortete vorsichtig: »Es soll in der letzten Nacht eine Razzia gegeben haben.«

»Woher weißt du das?«

Anna behauptete, der Bäcker habe es ihr erzählt, als er die Brötchen brachte. »Angeblich ist der Laden komplett auseinandergenommen worden.«

Aus dem Garten kam ein schrilles *Iah*. Anna warf einen Blick hinaus und sah, dass Samantha Lindenbaum beruhigend auf Griseldis einsprach und den Pflock, an dem Casanova angebunden war, ans andere Ende der Rasenfläche setzte. Scheinbar hatte er die Eseldame schon wieder belästigt.

Anna stand auf und schloss die Terrassentür. Besser, Samy bekam nicht mit, was in der Küche gesprochen wurde.

»Von einer Razzia habe ich nichts gehört.« Henrieke strich sich die Haarsträhnen, die sich aus ihrem Pferdeschwanz gelöst hatten, hinter die Ohren. Ihre Augen waren gerötet, als hätte sie während des ganzen Heimwegs geweint. Das Glück, das sie am Tag zuvor noch hübsch gemacht hatte, war dahin. Und von Achtsamkeit war auch nicht mehr viel zu erkennen.

Anna suchte sich eine Lücke im Muster der Gardine und ließ Samy nicht aus den Augen, während sie Henrieke fragte: »Wer versorgt jetzt auf dem Hof die Esel? Hat Julius Schleicher Mitarbeiter, die auf freiem Fuß geblieben sind?«

Die Verblüffung stand Henrieke nicht besonders gut. Der halb offene Mund, die aufgerissenen Augen, der verständnislose Blick – sie sah aus wie vor einem Jahr, als sie endlich erkannt hatte, dass sie seit Jahren mit einem Ganoven zusammen war, der sie schamlos ausnutzte. Und nun schon wieder! Wenn Henrieke sich doch endlich auf ihre eigenen Fähigkeiten besinnen würde, statt sich die Zukunft an der Seite eines Mannes auszumalen. Sie musste wieder eine Stelle finden, ihr eigenes Geld verdienen und merken, dass das Leben auch ohne Mann schön sein konnte. Vielleicht sogar noch schöner …

»Dann muss Julius Schleicher eben selbst in den Stall«, sagte Henrieke achselzuckend und wischte sich die Wangen trocken. »Das passt ihm nicht, aber es wird ihn nicht umbringen. Als ich ankam, war er schon dabei, nach einem neuen Stallburschen zu telefonieren.«

»Moment!« Anna setzte sich aufrecht hin und starrte ihre Tochter an. »Du hast Julius Schleicher angetroffen?«

Henrieke schien sich plötzlich vor ihrer Mutter zu fürchten. Sie antwortete nicht, sah sie nur misstrauisch an und schien damit zu rechnen, dass sie in den nächsten Minuten die Telefonnummer der Notaufnahme heraussuchen musste.

»Er ist verhaftet worden! Genau wie dein Dario! Und dieser Deutsche … der auch.«

»Was redest du da, Mama?« Henrieke bekam nun, da das Glück der jungen Liebe von ihr abgefallen war, wieder das Gouvernantenhafte, das überall Unanständiges, Verdorbenes und Unpassendes witterte. »Woher will der Bäcker das wissen? Und woher kennt er die Namen? Beliefert er etwa auch den Eselhof?«

Darauf antwortete Anna nicht. Genau genommen waren Henriekes Worte nicht zu ihr durchgedrungen. Julius Schleicher war überhaupt nicht verhaftet worden? Anna kehrte erst aus ihrer Verwirrung zurück, als Henrieke fragte: »Welchen Deutschen meinst du? Heiko oder Dario?«

Anna fürchtete, dass sie nun genauso dümmlich wie Casanova aussah, seit der an einer kurzen Leine Griseldis' Hinterteil nur noch aus der Ferne betrachten durfte. »Dario ist auch Deutscher?«

»Er hat eine deutsche Mutter und einen italienischen Vater, die beiden waren aber nicht verheiratet. Er ist in Deutschland geboren und erst später zur Familie seines Vaters nach Italien gezogen. Deutscher ist er geblieben.«

Jemand pochte an die Terrassentür. Konrad stand davor und sah Anna verwundert an. »Du hast die Tür geschlossen?«

Anna warf einen Blick hinaus, nachdem Konrad eingetreten war, stellte fest, dass Samy nicht mehr im Garten war, drückte die Tür aber trotzdem wieder ins Schloss. Und das, obwohl jeder wusste, wie unwohl sie sich fühlte, wenn der Weg nach draußen nicht offen war. Um die Angst vor dem Eingeschlossensein zu kompensieren, öffnete sie die Küchentür zur Diele hin. »Ich möchte nicht, dass uns jemand belauscht.«

Konrad sah Henrieke fragend an. »Ist was passiert?«

»Dario ist verschwunden«, erklärte Anna anstelle ihrer Tochter.

»Klar. Verhaftet.«

Henrieke stieß einen Schrei aus, der Anna in die Höhe trieb. Entsetzt warf sie die Küchentür ins Schloss. »Pscht! Was sollen die Gäste denken?«

Das war Henrieke von Herzen egal. »Was redet ihr da für ein dummes Zeug? Niemand ist verhaftet worden. Dario ist verschwunden, Julius Schleicher hat es mir gesagt. Er hat in der Nacht heimlich seine Sachen gepackt und ist abgehauen. Auf seinen Lohn hat er komischerweise verzichtet.« Wieder stiegen ihr die Tränen in die Augen. Anna hätte ihre Tochter am liebsten in ihre Arme gezogen und getröstet. »Vermutlich meinetwegen«, schluchzte sie. »Wetten, dass er irgendwo eine Frau und drei Kinder hat?«

Anna warf Konrad einen vielsagenden Blick zu. »Dario ist Deutscher.«

Konrad bekleckerte sich nicht mit Ruhm, als er begriffsstutzig fragte: »Ich denke, der Deutsche heißt Heiko.«

»Der ist auch weg«, heulte Henrieke los. »Das hat mir die Putzfrau erzählt.«

Es klopfte an der Küchentür. Jemand war in die Wohnung gekommen, ohne dass der eiserne Ritter am Eingang sie gewarnt hatte. Anna riss die Tür auf, bereit, einen Gast in seine Grenzen zu weisen oder Graziella an ihre Arbeit zurückzuscheuchen.

Emilio stand vor ihr, erschrocken und so wachsam wie ein Tierpfleger, der zum ersten Mal das Gehege eines Raubtieres betritt. »Es hat jemand geschrien.«

»Wir brauchen keine polizeiliche Unterstützung.«

Anna knallte die Tür wieder zu, blieb schwer atmend stehen und wartete auf den Klang von Emilios Schritten. Erst nach mehreren Atemzügen klirrte der eiserne Krieger, Emilio hatte ihre Wohnung verlassen.

»Dieser Verräter!«

Ein Klingeln schreckte sie auf. Es kam von der Tischglocke auf der Rezeptionstheke. Anna ließ ihre heulende Tochter mit Konrad allein, der darüber alles andere als glücklich war.

Samantha Lindenbaum ging nervös in der Lobby auf und ab. Sie wirkte anders als sonst. Das Souveräne war ihr abhandengekommen, ihr Gesichtsausdruck war hoch konzentriert. Sie presste die Lippen aufeinander und legte die Stirn in Falten. Als sie Anna erblickte, unterbrach sie ihre Wanderung von einer Tür zur anderen und bemühte sich um eine verbindliche Miene. Sie kam zur Rezeptionstheke, hinter der Anna ihre Würde und Souveränität wiederzufinden hoffte. Es gelang ihr, als sie merkte, dass Samantha Lindenbaum genauso wenig entspannt war wie sie selbst.

Samy beugte sich über die Theke und flüsterte: »Ich habe eine Bitte, Frau Wilders.«

In diesem Moment betrat Ole Alfkes die Lobby, im Jogginganzug, als wollte er Frühsport treiben, natürlich mit Sonnenbrille und einem Käppi, das einen besonders großen Schirm besaß. Als er Samantha bemerkte, blieb er stehen, sah sich unsicher um und ließ sich dann in die lederne Polstergruppe neben dem Getränkeautomaten sinken.

Samy hat keine Ahnung, dass sie von hinten mit Blicken betrachtet wurde, die viel verrieten. »Haben Sie noch ein Einzelzimmer frei? Mein Freund … also, Herr Diekel möchte … er muss bei mir ausziehen. Aber er will noch im Hotel bleiben. Nur eben … in einem Einzelzimmer.«

Anna machte keinen Hehl daraus, dass sie Samys Bitte nicht verstand, aber gern gewusst hätte, was dieses Hin und Her zu bedeuten hatte. Erst zog sie alleine ins *Albergo Annina,* dann folgte ihr ein Mann, der ihr Liebhaber zu sein schien, und nun …?

»Mein Mann ist auf dem Weg hierher.«

Anna riss die Augen auf. »Ihr Mann?« Heiko, der Deutsche, der in der vergangenen Nacht vom Eselhof geflohen war, um sich dem Zugriff der Polizei zu entziehen? Der wollte ins *Albergo Annina* einziehen?

»Ist es zu viel verlangt, wenn ich Sie um Diskretion bitte?« Samantha Lindenbaum warf Anna einen prüfenden Blick zu, die gerade einen Ellbogenstoß von Tante Rosi verspürte, der sie wohl warnen sollte. Sie durfte sich nicht in etwas hineinziehen lassen, was schon manchen Kolsky in Schwierigkeiten gebracht hatte. Trotzdem nickte sie, wenn auch zögerlich.

Samantha schien diese Zustimmung zu reichen. »Mein Mann ist mir auf die Schliche gekommen.« Sie lachte unsicher. »Ich ihm allerdings auch.«

Anna verstand kein Wort, sagte jedoch trotzdem: »Aha.«

»Ich möchte jetzt keine unüberlegten Entscheidungen treffen. Verstehen Sie das?«

Das tat Anna zwar nicht, antwortete aber dennoch: »Ja.«

»Ich bin schon lange nicht mehr glücklich in meiner Ehe. Aber zur Scheidung konnte ich mich trotzdem nicht durchringen. Oder vielmehr …« Sie wischte über die Rezeptionstheke, als wollte sie die Erklärungen, die sie eigentlich vor Anna ausbreiten wollte, vernichten, ehe sie ausgesprochen waren. »Sie kennen das vielleicht.«

Nein, Anna hatte keine Ahnung. Und ihre verständnislose Miene machte Samantha Lindenbaum schnell klar, dass sie deutlicher werden musste. Sie sprach jetzt noch leiser, damit sie sicher sein konnte, dass niemand sie belauschte. Dass Ole Alfkes verzweifelt versuchte, ihre Worte zu verstehen, bekam sie nicht mit. »Ich habe seit Jahren eine Affäre mit Rupert Diekel. Er ist auch verheiratet. In unserem Alltag können wir nicht viel Zeit miteinander verbringen. Aber wir machen einmal im Jahr zusammen Urlaub.« Ein Lächeln überzog ihr Gesicht, das sekundenlang von der Sonne des Glücks beschienen wurde. Dann aber zogen Gewitterwolken auf. »Ich wollte endlich eine Entscheidung. Zehn Jahre so ein Verhältnis! Das hält doch kein Mensch aus. Deswegen habe ich Rupert diese Eselwanderung vorgeschlagen statt Urlaub im Luxushotel. Ich dachte, wir könnten beim Wandern in Ruhe miteinander reden und zu einer Entscheidung finden.«

»Er ist es, der sich nicht zur Scheidung durchringen kann?«

Samantha nickte, als wäre sie bei einer Lüge ertappt worden. »Ich wollte während unserer Eselwanderung endlich hören, dass er sich für mich entscheiden will, ganz und gar für mich! Und dass Steffi für ihn keine Bedeutung mehr hat.«

»Aber Griseldis lahmte«, entgegnete Anna. Sie hatte das Bedürfnis vorzugeben, dass sie verstand, worauf Samy hinauswollte. In Wirklichkeit kam sie sich vor wie Tante Rosi, wenn diese glauben sollte, dass die Antibabypille nur eingenommen wurde, um Hautunreinheiten zu kurieren.

»Schlimmer! Als ich auf dem Eselhof ankam, habe ich meinen Mann gesehen. Ich wusste sofort: Er spioniert mir nach und hat herausgefunden, dass ich nicht mit meiner Freundin Urlaub am Gardasee mache, sondern …« Den skandalösen Rest sprach sie nicht aus.

»Und er?« Anna erfreute sich heimlich daran, mehr zu wissen, als Samantha Lindenbaum ahnen konnte. »Er kann Ihnen ja auch nicht die Wahrheit gesagt haben.«

»Angeblich ist er auf einer Fortbildung in Hamburg.«

»Also hat er Sie auch belogen.«

»Aber doch nur, um mich überführen zu können.«

Dieses Wort gefiel Anna nicht. Überführt wurden Verbrecher, Diebe, Betrüger, Mörder, keine Frauen, die unglücklich verheiratet waren.

»Er hat mich auf dem Eselhof übrigens gar nicht bemerkt. Ich bin natürlich sofort mit Griseldis losgelaufen, als ich sein Auto gesehen hatte, und habe Rupert von unterwegs angerufen, damit er wartet, bis mein Mann den Eselhof verlassen hat. Der musste ja bald merken, dass er zu spät gekommen war. Oder vielmehr … ich hatte die Hoffnung, dass er glaubte, sich geirrt zu haben.« Sie runzelte die Stirn. »Es ist mir sowieso ein Rätsel, wie mein Mann dahinterkommen konnte, dass ich mit Rupert eine Eselwanderung plane. Wahrscheinlich hat er meinen PC geknackt und die Buchungsunterlagen gefunden.« Nun sprühte ihre Miene vor Zorn. »Eine solche Indiskretion gehört bestraft.«

Anna zuckte die Achseln. Samy war ein Drogenkurier und ihr Ehemann der Mitarbeiter von Julius Schleicher. Und nun erzählte sie etwas von Eheproblemen, von ehelicher Untreue, von einem Geliebten, der sich nicht für sie entscheiden wollte, der gern die Freuden einer verbotenen Liebe genoss, aber die Sicherheit einer Ehe nicht aufgeben wollte … eine alte Geschichte, von der Samy wohl glaubte, dass man sie einer Frau wie Anna auftischen konnte. Sie ahnte nicht, dass Anna mehr wusste. Da passte ja eins nicht zum anderen. Wieso behauptete Samy, dass ihr Mann ihr gefolgt sei, um sie des Ehebruchs zu überführen? Wenn er der Deutsche war, den alle kannten, kam er oft auf den Eselhof. Andererseits … vielleicht stimmte das gar nicht. Nicht Samys Ehemann war der Deutsche, sondern Dario … Aber nicht Dario war in Samys Zimmer eingebrochen, sondern ein Mann, der sich am Telefon in Schleichers Büro Heiko genannt hatte.

Anna schüttelte den Kopf, als könnte sie das Chaos hinter ihrer Stirn damit aufräumen. »Und wieso reist Herr Diekel nicht ab?«

»Er will nicht feige sein. Und überhaupt … er meint, dass der Zeitpunkt gekommen ist.«

Wofür?, hätte Anna gern gefragt, aber sie wurden unterbrochen. Giuseppe, Emilios Mitarbeiter, kam in die Lobby. »Buongiorno!«

Anna erschrak. Dass nur Samantha nichts davon mitbekam, wie Giuseppe seinen Chef begrüßte, der im *Albergo Annina* noch immer als Tierarzt durchging.

Giuseppe winkte ihr nur kurz zu, dann ging er auf die Tür zu, die zu den Hotelzimmern führte. Offenbar hatte Emilio ihn zu sich bestellt. Giuseppe wusste, wo er zu klopfen hatte.

Anna schenkte Samantha ihr professionellstes Lächeln. »Der Name Ihres Mannes?« Sie wandte sich dem Computer zu und griff nach der Maus.

»Heiko Lindenbaum.«

Heiko! Also tatsächlich der Mann, den sie belauscht hatte! Der Mann, der im Garten ihres Hotels gelauert hatte. Der Mann, der Konrad niedergeschlagen hatte. Der Mann, der in Samys Zimmer auf der Bettkante gesessen und geschluchzt hatte, der sich ihre Dessous angesehen und die Herrenwäsche wütend zu Boden geworfen hatte. Dieser Mann war Samanthas Ehemann. Oder irrte sie sich? War doch alles ganz anders?

»Wie lange werden Sie noch bleiben?«

Samy Lindenbaum sah jetzt sehr unglücklich aus. »Vermutlich nur ein oder zwei Tage. Mein Mann meinte am Telefon, wir könnten noch mal von vorne anfangen. Zweite Flitterwochen in Siena! Aber Rupert will jetzt eine Entscheidung. Ausgerechnet!« Nun sah sie aus, als wollte sie in Tränen ausbrechen. »Er will sich endlich scheiden lassen. Für mich!«

»Und Sie? Was wollen Sie?«

Samy zuckte mit den Schultern. »Bei so einer Eselwanderung schafft man es wirklich, die Welt mit anderen Augen zu sehen. Ich war kaum losgezogen, da hat sich mein Leben verändert. Sie können das vielleicht verstehen. Sie haben ja auch Hals über Kopf Ihr Leben verändert.«

Anna warf Ole Alfkes einen Blick zu. Offenbar fühlte er sich ertappt, denn er stand auf und verließ das Hotel. Als Samy sich entschloss, in ihr Zimmer zu gehen, um dort auf ihren Mann zu warten, war er schon verschwunden …

Emilio war so unglücklich wie schon lange nicht mehr. Er gehörte nicht zu den Menschen, die einen Freudenschrei ausstießen, wenn ihnen großes Glück widerfuhr, er zählte nicht einmal zu jenen, die von großem Glück sprachen, wenn sie es erlebten. Er war einer, der immer von der gleichen Zufriedenheit erfüllt wurde, wenn sich in seinem Leben nichts Unangenehmes ereignete. Folgerichtig war Emilio Fontana auch selten unglücklich. Da Unglück das Gegenteil von Glück war, gab es bei ihm nur satte und sang- und klanglose Zufriedenheit. Das Wort Unglück benutzte er lediglich im Zusammenhang mit Anna, still und heimlich, ohne es jemals auszusprechen. Nun allerdings war ihm klar geworden, dass das Unglück viele Schattierungen hatte. Anna als Synästhetikerin würde vermutlich davon reden, dass das Unglück schmutzig weiß, bleigrau, düster, wolkenverhangen oder rußschwarz sein konnte. Emilio hatte bisher nur eine einzige Variante des Unglücks kennengelernt: wenn er sich nicht wohlfühlte, wenn seine Ansprüche ans Leben sich nicht erfüllen wollten.

Mit sechzehn war er seiner Erinnerung nach zum letzten Mal unglücklich gewesen. Da hatte sich herausgestellt, dass der Schulabschluss, den er anstrebte, nur durch Fleiß und großes Engagement zu erreichen sein würde. Eine neue Erfahrung für Emilio, dem bisher alles in den Schoß gefallen war und der auf alles andere, was mühsam erarbeitet werden musste, gern verzichtete. Er hatte sich damals den Regeln des Glücklichseins unterworfen, um nicht ein Leben lang unglücklich sein zu müssen, und hatte damit das partielle Unglück überwunden. So gedachte er es bis an sein Lebensende zu halten. Nicht für sein Glück wollte er kämpfen, sondern nur für die Verhinderung des Unglücks. Alles andere war ihm viel zu strapaziös.

Wenn es um den Wechsel ins Drogendezernat ging, dachte er ähnlich. Natürlich nannte er diese Zukunftsaussicht nicht Glück und würde niemals von Unglück reden, wenn ihm der Aufstieg nicht gelänge. Eine Karriere im Drogendezernat wäre für ihn allenfalls ein paar Tropfen gewesen, die das Glas des Glücks ein bisschen voller machten. Also nichts, wofür er sich besonders anstrengen wollte oder wofür es sich lohnte, eine Menge Ärger in Kauf zu nehmen.

Als Giuseppe bei ihm anklopfte, hatte er sich gerade eingestanden, dass er sehr unglücklich war, weil Anna glaubte, er sei ihr in den Rücken gefallen und habe ihre Brüder in Gefahr gebracht, weil ihm seine Karriere wichtiger sei als sie. Ja, wenn es um Anna ging, konnte er wirklich schrecklich unglücklich sein.

»Ich habe was für Sie, Chef.«

Emilio öffnete die Tür weiter und ließ Giuseppe eintreten. »Geht's um Samantha Lindenbaum?«

Giuseppe ließ sich auf einen Stuhl fallen und berichtete, als ginge es um einen Wettbewerb für Schnellredner, dass die Eselwanderin, die im *Albergo Annina* abgestiegen war, kein unbeschriebenes Blatt war. »Sie hat schon als Studentin gedealt, jedoch nur, um ihren eigenen Bedarf zu finanzieren. Irgendwann ist sie bei einer Drogenrazzia am Bahnhof der Polizei in die Hände gefallen und seitdem nicht wieder auffällig geworden. Allerdings …« Giuseppe wühlte in seinen Papieren und zog ein Blatt hervor, das so beschrieben war, wie er redete: chaotisch, unverständlich, unartikuliert. »Samantha Lindenbaum hat früh geheiratet. Einen Mann, der in der Drogenszene gut bekannt war. Heiko Bebers! Er hat ihren Namen angenommen, vermutlich, weil er nach seinem Staatsexamen mit einer weißen Weste ins Berufsleben starten wollte.«

»Was macht er denn beruflich?«

»Er hat ursprünglich auf Lehramt studiert und arbeitet heute als Journalist, sehr erfolgreich sogar. Hat mal im Drogenmilieu ermittelt und eine Story geschrieben, die viel Beachtung gefunden hat.« Giuseppe grinste. »Kein Wunder. Der wusste vermutlich genau, wo er recherchieren musste.« Wieder durchforstete Giuseppe seine Notizzettel und zog schließlich einen hervor, der ihn selbst überraschte, obwohl er mit seiner Schrift bekritzelt war. »Er hat seine Stelle vor ein paar Monaten verloren. Wie er zurzeit sein Geld verdient, weiß ich nicht.«

»Vielleicht so wie früher«, vermutete Emilio.

»Sie meinen, er dealt wieder?«

»Er könnte der Deutsche sein, der häufig bei Schleicher auftaucht.«

»Und seine Frau?«

»Arbeitet mit ihrem Mann zusammen.«

»Und dieser Ole Alfkes?«

»Und Rupert Diekel?«

Ratlos saßen sie da, ohne Antworten, ohne jede Vermutung.

Schließlich fragte Giuseppe: »Was ist in der letzten Nacht schiefgelaufen?«

Emilio sah ihn überrascht an. »Woher wissen Sie das?«

»Sie sehen verdammt unglücklich aus, Chef.«

Emilio wäre am liebsten aufgestanden und hätte in den Spiegel gesehen. »Die Drogenfahndung ist alarmiert worden, aber die Razzia hat auch diesmal nichts ergeben. Keine Drogen auf dem Eselhof, das Auto, in dem das Kokain gebracht werden sollte, war leer. Die vier Insassen des Wagens haben sich als harmlose Besucher ausgegeben, niemand konnte das Gegenteil beweisen.«

»Zwei Fehlschläge hintereinander? Eine Katastrophe.«

Emilio nickte. »Julius Schleicher wird sich jetzt sehr sicher fühlen.«

»Vielleicht eine Falle?«, überlegte Giuseppe. »Hat jemand mitbekommen, dass Sie der Sache auf der Spur sind? Sollen Sie lächerlich gemacht werden?«

Emilio konnte es nicht glauben. »Ich bin kein Polizist, vor dem Ganoven Angst haben müssen. So viel Aufwand, um zu verhindern, dass ich ins Drogendezernat wechsle? No!«

»Haben Sie denn gar nicht beobachten können, was bei Schleicher los war, ehe Sie die Drogenfahnder alarmierten?«

»Ich habe sie nicht alarmiert.«

Giuseppe riss die Augen auf. »Nicht? Wer dann?«

Emilio antwortete erst nach einer Weile, in der Giuseppe herumzappelte, als könnte er nicht abwarten, was sein Chef zu sagen hatte. »Wir müssen herausbekommen, wo dieser Stallbursche geblieben ist«, sagte er schließlich. »Dario heißt er.«

Dann erst erfuhr Giuseppe, dass sein Chef von Dario überwältigt und gefesselt worden war. »Wie haben Sie sich befreien können?«

Emilio sah seinen Mitarbeiter nicht an, während er ausweichend antwortete: »Entweder war dieser Dario nicht besonders geübt, oder es hat ihm gereicht, mich für kurze Zeit außer Gefecht zu setzen. Er war dann ja bald verschwunden. Was danach passierte, war ihm vermutlich gleichgültig.«

»Dario.« Giuseppe machte sich eine Notiz. »Selbst wenn der Name stimmt, wird es schwierig sein, etwas über ihn herauszubekommen. Julius Schleicher zu fragen ist wohl eher keine gute Idee?«

Emilio schüttelte den Kopf, sein Mitarbeiter verfiel mit ihm zusammen in dumpfes Brüten. Schließlich sagte Giuseppe: »Scroffa ist aus seinem Kurzurlaub zurück. Und er ist stocksauer, weil wir uns um Sachen kümmern, die uns nichts angehen.«

»Dafür stehe ich gerade«, antwortete Emilio schnell. »Das geht alles auf meine Kappe.«

Er war gerührt, als Giuseppe ihn anlächelte, als wäre ihm Emilio Fontana wichtiger als der Leiter der Questura. »Schon passiert. Scroffa plant, Sie in der Luft zu zerreißen.«

Das Geschrei auf der Straße holte Anna aus ihren schweren Gedanken. Sie hatte Graziella gerade von den Veränderungen erzählt, hatte sie angewiesen, für Rupert Diekel ein Einzelzimmer herzurichten und das Doppelzimmer, in dem er bisher gewohnt hatte, neu zu ordnen. Das hatte eine Weile gedauert, weil Graziella Zeit brauchte, sich darüber zu entrüsten, dass eine Ehefrau ihren Mann in dasselbe Zimmer ziehen ließ, das sie kurz vorher noch mit ihrem Liebhaber geteilt hatte. Dass der Liebhaber sich nicht vor der Rache des Ehemanns fürchtete, konnte sie überhaupt nicht begreifen, dass der Ehemann ohne Weiteres bereit war, seiner untreuen Gattin zu verzeihen, war ihr ein Buch mit sieben Siegeln. Nur gut, dass ihr Ole Alfkes' sehnsuchtsvoller Blick noch nicht aufgefallen war. Graziella würde nicht verstehen können, dass eine Frau wie Samantha Lindenbaum, die die vierzig schon überschritten hatte und in nichts einem männermordenden Vamp glich, von drei Männern begehrt wurde, während Graziella noch immer nach dem Einen suchte, der endlich erkannte, dass sie mehr zu bieten hatte als einen verlockenden Hintern. So jedenfalls hatte sie es noch vor wenigen Tagen ausgedrückt, und Anna hatte vorsichtshalber darauf verzichtet zu fragen, was es denn sei, was Graziella außerdem für einen Mann so verführerisch machen sollte.

Sie ging zum Fenster der Lobby und sah hinaus. Signor Musso

stand auf der anderen Straßenseite und brüllte seinen Sohn an, der achselzuckend vor ihm stand und ein ums andere Mal behauptete, er habe keine Ahnung, wovon sein Vater redete. »Ich habe das Auto nicht genommen.«

Anna beschloss, sich dem Streit unauffällig zu nähern, um zu hören, was Signor Musso zu tun gedachte, um wieder an sein Auto zu kommen, das am Tag zuvor noch auf dem Parkstreifen gestanden hatte. Sie wollte den Autoschlüssel aus ihrer Wohnung holen, sich unauffällig an ihrem Wagen zu schaffen machen und währenddessen herausbekommen, ob Signor Musso nun sogleich die Polizei verständigen oder seinem Sohn zunächst noch eine Chance geben wollte. In diesem Fall könnte sie mit ihren Brüdern zum Eselhof fahren und nachschauen, ob Signor Mussos Auto vielleicht noch dort stand, wo Valentino und Filippo es abgestellt hatten. Dann könnten die beiden es in einem unbeobachteten Moment zurückbringen, und Signor Musso würde sich dann nur noch darüber aufregen müssen, dass es nicht mit dem Autoschlüssel, sondern mit krimineller Energie in Gang gesetzt worden war. Darüber würde der Nachbar aber sicherlich bald hinwegkommen.

Verblüfft stand Anna in ihrer Diele und starrte das Schlüsselbrett an. Ihr Autoschlüssel war verschwunden. Dabei war sie ganz sicher, ihn am Abend dort hingehängt zu haben. Wie immer! Waren Valentino und Filippo etwa auf die gleiche Idee gekommen wie sie? Hatten sie ihr Auto benutzt, um zum Eselhof zu fahren?

Sie lief über die Terrasse in den Garten, an den beiden Eseln vorbei, die ihr verständnislos nachglotzten, und von dort zu den Mülltonnen. Daneben stand ihr weißer Fiat und hinter ihm ihre beiden Brüder, die einen langen Hals machten. Signor Mussos Vorstellung lief ihrem Höhepunkt entgegen, alles sah danach aus, als würde sein Figlio in den nächsten Augenblicken geohrfeigt, und Valentino und Filippo schienen sehr gespannt zu sein, wie der Junior darauf reagieren würde. Valentino stand mit offenem Mund am Kofferraum von Annas Fiat und drehte ihren Autoschlüssel in den Händen, während Filippo seine Fäuste rieb und so aussah, als würde er sich gern einmischen.

Anna riss Valentino den Schlüssel aus der Hand. »Fragt mich gefälligst, wenn ihr mein Auto ausleihen wollt.«

Valentino zuckte zusammen. »Wir … wir wollten nur … ich glaube, ich habe meine Sonnenbrille in deinem Auto liegen lassen. Ich wollte mal nachschauen …«

Anna öffnete den Wagen und tastete die Rückbank ab, wo ihre Brüder gesessen hatten. »Hier ist nichts.«

Mittlerweile war Signora Musso aus dem Haus geeilt, um ihren Sohn zu verteidigen. Dessen Bruder erschien ebenfalls, um sich zwischen die Kontrahenten zu stellen und zu verhindern, dass sie aufeinander losgingen. Ein Nachbar gesellte sich zu der verzweifelten Ehefrau und Mutter, die schon anfing, sich die Haare zu raufen, ein weiterer kam dazu, der gesehen haben wollte, wie zwei Ganoven Signor Mussos Wagen in der Nacht aufgebrochen hatten.

Das veränderte die Dramatik grundsätzlich. Valentino und Filippo zogen es vor, den Rückzug durch den Garten anzutreten, ehe dieser Nachbar sie wiedererkannte. Doch der hatte zum Glück genug damit zu tun, alle Vorwürfe abzuwehren, die ihm nun gemacht wurden. Warum er die Polizei nicht alarmiert habe, warum er sich den Tätern nicht in den Weg gestellt habe, warum er nicht bei den Mussos geklingelt und sie in Kenntnis gesetzt habe … Damit hatte der Nachbar, dem angeblich die ungestörte Nachtruhe der Mussos wichtiger gewesen war, eine Menge zu tun, sodass die Kolsky-Brüder unauffällig verschwinden konnten.

Anna schaffte es nicht, sich diesem Theaterstück zu entziehen, das sich in Stuttgart so ganz anders zugetragen hätte. Schwäbische Wut war einfach nicht so leicht, nicht so episodisch und nicht annähernd so belustigend wie italienische. Anna erinnerte sich an einen Tag, an dem Clemens vergessen hatte, dass er seinen Wagen ausnahmsweise in einer Seitenstraße statt auf seinem gemieteten Parkplatz abgestellt hatte, der durch Schneeräumungsarbeiten blockiert gewesen war. Danach hatte er sich drei Nachbarn zu Feinden gemacht, die in den Verdacht gekommen waren, sich Clemens' Auto unter den Nagel gerissen zu haben, und hatte alle anderen verärgert, die nicht bereit gewesen waren, bei klirrender Kälte vors Haus zu kommen und Zeugenaussagen zu machen. In diesem Fall, das wusste Anna, war das Getöse zwar lauter als in Schwaben, würde aber viel schneller vorübergehen und vor allem nicht zu lebenslangen Zerwürfnissen führen. Wenn auch Signor Musso gerade in diesem Augenblick ankündigte, dass sein Sohn ausziehen müsse, nie wieder einen Fuß in die elterliche Wohnung setzen dürfe und mit seinem Gewissen fertigwerden müsse, wenn er seine Mutter dadurch ins Grab gebracht habe. Die Signora schluchzte herzergreifend, der Bruder des angeblichen Missetäters tippte sich mit dem rechten Zeigefinger an die Schläfe, und Signor Mussos Stimme wurde schwächer. Anna wollte sich aber nicht eher von dem Drama losreißen, bis er sein Pulver endgültig verschossen hatte. Also gab sie sich beschäftigt, öffnete den Kofferraum, suchte sinnlos darin herum und horchte auf Signora Mussos Drohungen, noch in der nächsten Stunde mit Selbstmord der Familienschmach zu entkommen …

Doch auf einmal wurde ihre Aufmerksamkeit abgelenkt. Die Stimmen drangen nicht mehr an ihr Ohr, der Sinn ihrer Worte erst recht nicht. Es war gar nicht mehr nötig, so zu tun, als wühle sie im Kofferraum ihres Autos herum, weil sie etwas suchte. Ganz im Gegenteil, sie hatte etwas gefunden. Etwas, wonach sie dort niemals gesucht hätte …

Emilio sah seinem Mitarbeiter hinterher und wunderte sich über das Gefühl, das in seiner Körpermitte, direkt unter den Rippenbögen, entstand. Rührung! Eine Empfindung, die ihn selten überkam. Er gehörte nicht zu denen, die angesichts eines Säuglings, der übers Taufbecken gehalten wurde, mit Tränen zu kämpfen hatten, und blieb von Zeremonien auf Friedhöfen und vor Traualtären weitgehend unberührt. Aber dass Giuseppe bereit war, sich seinetwegen gegen Scroffas Anweisungen zu stellen, rührte ihn tatsächlich. Dass er aber etwas über Dario herausfinden würde, bezweifelte er. Der Vorname war vermutlich frei erfunden und der Nachname unbekannt. Er könnte Henrieke fragen, aber selbst wenn sie den kompletten Namen schon einmal gehört hatte, musste man davon ausgehen, dass es ein Deckname war. Einen Durchsuchungsbeschluss, um im Eselhof nach Bewerbungs- und Einstellungspapieren zu schauen, würde er nicht bekommen, und selbst diese Dokumente konnten gefälscht sein.

Emilio verließ sein Zimmer und hielt nach Anna Ausschau. War sie in einem der Hotelzimmer? Kontrollierte sie Graziellas Arbeit? Stand sie an der Rezeption? Kümmerte sie sich um die Esel? Aber wo er auch nachschaute, sie war nicht zu sehen.

Der Mann, der in die Lobby kam, sah sich ebenfalls suchend um, wie ein Gast, der gerade eingetroffen war. Emilio stutzte, blieb neben dem kleinen Tisch stehen, der zur Sitzgruppe gehörte, und griff nach einer Zeitschrift, die dort auslag. Kein Zweifel, das war der Deutsche, der in der letzten Nacht die Flucht ergriffen hatte. Emilio hätte ihn weit weg vermutet, auf dem Weg nach Sizilien, nach Nordafrika, in einem Flugzeug, das in Rom ins Ausland startete. Und nun erschien er im *Albergo Annina* und gab sich als harmloser Hotelgast aus?

Emilio war verblüfft. Aber nicht lange, da wurde aus seinem Erstaunen Respekt. Der Deutsche wurde garantiert gesucht, auf allen Bahnhöfen, allen Flughäfen, auf den Autobahnen. In der vergangenen Nacht, als er die Flucht ergriffen hatte, war er zwar von den Drogenfahndern verfolgt worden, aber den Vorsprung hatten sie nicht aufholen können und waren unverrichteter Dinge zurückgekehrt. Dass er in Siena geblieben war, zu seiner Ehefrau in ein Hotelzimmer zog und sich als harmloser Siena-Tourist ausgab, war ein cleverer Schachzug. Heiko Lindenbaum konnte ja nicht ahnen, dass er von einem Polizisten beobachtet wurde. Erst recht konnte er nicht ahnen, dass er von diesem unbehelligt bleiben würde …

Nach kurzem Zögern ging er zur Rezeptionstheke und betätigte die Tischklingel. Sie holte Graziella herbei, die den Gast erstaunlich unfreundlich begrüßte. »Herr Lindenbaum? Ich weiß Bescheid. Ihre Frau hat Zimmer fünf. Die Formalitäten erledigen Sie später mit Frau Wilders.« Sie schaute mit einem langen Hals über die Theke. »Kein Gepäck?«

»Das kommt später«, antwortete Heiko Lindenbaum kurz angebunden, folgte dem Schild, das zu den Hotelzimmern wies, und verschwand.

Emilio nutzte die Gelegenheit, sich bei Graziella zu erkundigen: »Wo ist Frau Wilders?«

»Das weiß ich nicht.« Graziella hatte einen schlechten Tag. Erst das unmoralische Verhalten von Eheleuten, das sie empörte, obwohl es sie nichts anging, und dann die Tatsache, dass ihre Chefin weggefahren war, ohne ihr zu sagen, wohin und wann sie zurückzukehren gedachte. »Sie hat mich einfach mit der ganzen Arbeit alleingelassen.«

Heiko Lindenbaum kehrte in die Lobby zurück. »Meine Frau ist nicht in ihrem Zimmer.«

»Dann werden Sie sich gedulden müssen«, entgegnete Graziella spitz. »Vielleicht kümmert sie sich um ihren Esel.« Sie wies zum Frühstückszimmer, von wo eine Tür in den Garten führte.

Heiko tat ihr den Gefallen, sich für den Esel seiner Frau zu interessieren, und machte sich auf den Weg. Emilio ging ihm nach, ohne recht zu wissen, warum, und beschäftigte sich scheinheilig mit Casanova, immer darauf bedacht, Heiko Lindenbaum den Rücken zuzukehren. Auf gar keinen Fall wollte er von ihm angesprochen werden und nicht der italienischen Gewohnheit anheimfallen, mit einem Fremden ein Small Talk zu beginnen, mit dem man allein war.

Heiko! Nur eine zufällige Namensähnlichkeit? Er war sich mit einem Mal nicht mehr sicher. Das Gesicht des Deutschen hatte er auf dem Eselhof nur flüchtig gesehen. Und in der Nacht in Annas Garten überhaupt nicht. Dieser Kerl war der Ehemann von Samantha Lindenbaum? Erstaunlich, dass Anna ihn als Hotelgast akzeptiert hatte. Emilio seufzte. Anna, Annina! Er würde wohl doch mit Mama reden müssen. Ihre Ratschläge, wenn es um Anna ging, waren ihm zwar selten willkommen, aber diesmal wusste er wirklich nicht weiter.

Er schenkte Heiko Lindenbaum keinen Blick und tastete Casanovas Leib ab, der ihn anglotzte, als wären ihm meterlange Eselsohren gewachsen. Währenddessen beobachtete er Lindenbaum, der Griseldis etwas zumurmelte, was Emilio nicht verstehen konnte. Er dachte an die Informationen, die Giuseppe zusammengetragen hatte. Ein Journalist, der einen viel beachteten Artikel über das Drogenmilieu geschrieben hatte, der aber jetzt arbeitslos war! Natürlich musste er nun eigentlich die Drogenfahndung anrufen und dafür sorgen, dass dieser Mann verhaftet wurde. Der Chef des Drogendezernats würde ihm die Füße küssen, wenn er den Deutschen auslieferte, und Angelo Cercello würde Mamma erzählen, dass sie einen fähigen und sehr klugen Sohn hatte, was sie ja leider gelegentlich bezweifelte. Aber wenn er Heiko Lindenbaum ans Messer lieferte, würde er zugeben müssen, dass er in der Nacht auf dem Eselhof gewesen war, und das wollte er unter gar keinen Umständen. Am Ende würde er außerdem etwas zugeben müssen, was ihn Annas Liebe kostete. Oder vielmehr … ihren Respekt und ihre Freundschaft. Von Liebe konnte er ja leider noch nicht sprechen.

Ein Fenster in der ersten Etage öffnete sich. Emilio warf einen kurzen Blick nach oben und erkannte Rupert Diekel. Aufrecht stand er in der Fensteröffnung und blickte auf Heiko Lindenbaum herab, ohne sich vorzubeugen. So, als wollte er sich unbedingt überlegen fühlen. Hatte das wirklich private Gründe? Oder gab es zwischen diesen beiden Männern noch etwas anderes?

Samantha Lindenbaum, die in diesem Augenblick in den Garten trat, sah nicht nach oben. »Da bist du ja!« Sie ging auf ihren Mann zu, ihr Lächeln sollte wohl unbefangen aussehen, wirkte aber verkniffen. »Das Zimmermädchen hat mir gesagt, dass du im Garten bist.«

In Heiko Lindenbaum ging eine Veränderung so schlagartig vor, als wäre der Blitz in seine Miene eingeschlagen. Er lächelte seine Frau zärtlich an und zog sie in seine Arme, was sie sich ungern gefallen ließ.

So schnell wie möglich entwand sie sich ihm wieder. »Lass uns reingehen. Wo ist dein Koffer?«

Emilio beobachtete Heiko Lindenbaum, um zu sehen, wie er log. Der Deutsche war in der letzten Nacht Hals über Kopf getürmt. Seinen Koffer hatte er garantiert nicht mehr packen können.

»Der kommt nach«, antwortete er auch diesmal.

Samy wollte nach dem Grund fragen, entdeckte aber in diesem Augenblick Emilio. »Darf ich dir Dr. Fontana vorstellen, Heiko? Er ist Tierarzt und hat sich um Griseldis gekümmert, als sie lahmte.« Ihr Lächeln vertiefte sich, als Emilio zwei, drei Schritte auf die beiden zumachte und Heiko ein freundliches Nicken schenkte. »Er hat die Behandlung nicht einmal in Rechnung gestellt.«

Emilio wehrte ab. »Das war doch nicht der Rede wert.«

In diesem Augenblick betrat noch jemand den Garten. Ole Alfkes blieb wie vom Donner gerührt stehen, als er Samy bemerkte. Unsicher sah er von Emilio zu Heiko und schien sogar das offene Fenster im ersten Stock wahrzunehmen. Kaum hörbar grüßte er: »Hallo.«

Heiko Lindenbaums Miene veränderte sich. Er schien den Mann zu kennen. Waren die beiden sich schon auf dem Eselhof Schleicher begegnet? Aber wenn der Deutsche Ole Alfkes als Drogenkurier kannte, warum war er dann so überrascht?

»Sie kommen mir bekannt vor«, sagte er nun und sah Ole Alfkes nachdenklich an.

Der setzte prompt die Sonnenbrille auf. Mühsam lächelte er, als er antwortete: »Das passiert mir öfter. Ich habe wohl ein Allerweltsgesicht.«

»Wir haben uns auf der Eselwanderung kennengelernt«, sagte Samy schnell und bedachte Ole Alfkes mit einem Blick, der Emilio zu denken gab. Nun konnte auch er nachvollziehen, warum Anna der Meinung war, dass Samy und Ole etwas verband.

»Und dann sind Sie meiner Frau in dieses Hotel gefolgt?« Heiko Lindenbaums Stimme war scharf vor Misstrauen. Er machte keinen Hehl daraus, dass ihm diese Tatsache zu denken gab. Hielt er Ole Alfkes für den Liebhaber seiner Frau? Wusste er nichts von Rupert Diekel und hatte keine Ahnung, dass dieser in ein neues Zimmer hatte ziehen müssen, um das Feld für den Ehemann zu räumen?

Ole Alfkes erstarrte. Er blieb bewegungslos stehen, nur seine Augen huschten zwischen Samy und Heiko hin und her. »Ihre Frau?«

Heiko legte besitzergreifend den Arm um Samys Schultern. »Wir werden noch ein paar Tage bleiben. Das *Albergo Annina* scheint ein nettes Haus zu sein.« Er sah sich zufrieden um und blickte dann erschrocken nach oben, als in der ersten Etage ein Fenster zugeknallt wurde.

Emilio ließ Samy nicht aus den Augen. Unmerklich entfernte sie sich von der Hand ihres Mannes, ein, zwei Zentimeter nur, sah Ole Alfkes an, als wollte sie ihm etwas suggerieren, was sie in Heikos Gegenwart nicht aussprechen konnte, und legte alle Kraft in ihren Blick. Aber Ole Alfkes schien diese Sprache nicht zu verstehen. Er drehte sich wortlos um und ging in den Frühstücksraum zurück. Emilio nahm an, dass er in seinem Zimmer die Koffer packen würde.

Emilio tätschelte Casanova die Flanke. Was ging ihn diese Liebesgeschichte an? Wenn es überhaupt eine war! Er hatte genug mit seinen eigenen Gefühlen zu tun. Wo steckte Anna? Und wie konnte er ihr klarmachen, was in der vergangenen Nacht geschehen war? Wie konnte er erreichen, dass sie ihm glaubte?

Anna nahm die SP 73 über Costalpino und Ampugnano. In Rosia, dem letzten Ort vor Pentolina, machte sie halt und kehrte in einem Bistro ein, dessen Wirt ein paar Tische und Stühle an die Straße gestellt hatte. Sie brauchte einen starken Espresso mit sehr viel Zucker.

Während er serviert wurde, fragte sie sich, warum es sie nach Pentolina zog. Sie hatte nicht lange nachgedacht, wusste nur, dass sie wegmusste, dass der Inhalt ihres Kofferraums nicht in ihrer Nähe bleiben durfte. Ebenso wenig wie das, was sie in Tante Rosis Schmuckschatulle verwahrte. Sie war ins Haus gelaufen, hatte den Kleiderschrank aufgerissen, die Tüte mit dem Kokain herausgenommen und in ihre Handtasche geschoben. Dann hatte sie Graziella Bescheid gesagt und war gestartet, ohne zu wissen, wohin. Hauptsache, weg!

Aber dann hatte sie gemerkt, dass sie ganz automatisch die Richtung eingeschlagen hatte, die nach Pentolina führte. Wohin sonst sollte sie fahren, wenn sie einen Ort brauchte, von dem niemand etwas wusste? In Siena gab es so etwas nicht. Ihr Hotel war eine Insel, die von der Stadt umspült wurde, ohne Nachbarinseln, auf die sie sich zurückziehen konnte. Das Ferienresort Pentolina dagegen war ihr von Anfang an wie eine Zuflucht erschienen, war ihr schnell vertraut geworden, die Geschichte, die Traditionen, all das Neue, was sich so wunderbar in das Alte fügte.

Den Resortmanager und seine Frau hatte sie bei Ricardo kennengelernt, kurz nachdem sie in Siena eingetroffen war. Sie war mit Sergio und Nona ins Gespräch gekommen und hatte ihre Einladung nach Pentolina gern angenommen. Sie erinnerte sich gut, wie sie staunend die Zypressenallee hochgegangen war, die vom Parkplatz zum Haupthaus führte, in dem früher der Graf gelebt hatte, wie sie auf dem Platz davor gestanden hatte, der einmal der Dorfplatz gewesen war, und später in dem Restaurant *Tre Tigli* gesessen hatte, das in dem Gebäude entstanden war, das dem Grafen als Gerätehaus gedient hatte. Die drei Eichen davor, die dem Restaurant seinen Namen gegeben hatten, spendeten herrlichen Schatten. Das Ferienresort war modern und komfortabel ausgestattet, hatte aber nichts von seinem altertümlichen Charme verloren. Die mittelalterlichen Gemäuer waren so gut wie möglich erhalten geblieben, und das Dorf, das Graf Scroffa einst heruntergewirtschaftet hatte, war wiederauferstanden, als ein Schweizer Unternehmen daraus ein Feriendorf gemacht hatte. Es war aufgebaut worden, wie es gewesen war, bevor der Conte Ende des 19. Jahrhunderts die Dorfbewohner aus der Leibeigenschaft entlassen musste. Danach waren sie weggezogen, ihre Häuser verfallen, der Graf hatte die Arbeiter verloren, die er nötig hatte, jedoch weiterhin auf großem Fuß gelebt und seine berühmten Jagdgesellschaften gegeben. Als ihm endlich klar geworden war, dass sein Dorf nicht mehr zu retten war, hatte er sich wohl glücklich geschätzt, dass sich jemand fand, der es wieder aufbaute. Bei der Einweihungsfeier war er noch zugegen gewesen, kurz darauf war er gestorben.

Emilios Chef berichtete gern und immer voller Stolz, dass er ebenfalls zur Einweihungsfeier eingeladen gewesen war. Scroffa, der Leiter der Questura von Siena, war ein entfernter Verwandter des Grafen, der in Pentolina residiert hatte, stellte sich aber gerne so dar, als wäre er ein direkter Nachfahre. Gern machte er Besuche in Pentolina, stellte sich dann den Feriengästen vor, die bei der Nennung des Namens erwartungsgemäß zusammenzuckten, und ging zum Friedhof, um auf den Gräbern der anderen Scroffas Blumen niederzulegen.

Als Anna dieser Gedanke durch den Kopf ging, wusste sie mit einem Mal, was sie zu tun hatte. Sie stürzte den Espresso herunter, bezahlte und schwang sich wieder in ihren Fiat. Fünf Minuten später stieg sie auf dem Parkplatz von Pentolina aus und ging die Zypressenallee hoch, mit zwei Stoffbeuteln in der Hand, die sie zum Glück in ihrem Auto gefunden hatte. Sie waren nun gut gefüllt, der Karton wäre zu auffällig gewesen. So konnte sie Sergio und Nona weismachen, sie hätte in dem kleinen Laden des Ferienresorts Einkäufe erledigt.

Aber von dem Leiter und seiner Frau war nichts zu sehen, das Büro war verwaist, an der Rezeption standen zwei junge Frauen, die mitteilten, dass das Ehepaar einen Besuch in Tonda machte.

Anna verließ das Haupthaus wieder und wandte sich nach rechts, wanderte aus dem Dorf hinaus, ließ das alte Gemäuer hinter sich, schaute aber immer wieder zurück, weil der Blick auf Pentolina so schön war, dass sie nicht warten konnte, bis sie das Dorf auf dem Rückweg bei jedem Schritt vor sich haben würde. Sie wusste genau, an welcher Stelle sie abbiegen musste. Noch bevor sie an der kleinen Kapelle ankam, ging sie links in den Wald hinein, auf einem Weg, der schmal und steinig war. Die Stoffbeutel, die sie mit sich führte, schlugen gegen ihre Knie. Jetzt blieb nur zu hoffen, dass sie eine Schaufel fand, an die sie nicht gedacht hatte. Aber Anna spürte eine so unbändige Entschlossenheit in sich, dass ihr selbst die Aussicht, mit bloßen Händen ihren Plan durchzuführen, nichts ausmachte.

Der Friedhof, auf dem die Bewohner von Pentolina begraben lagen, erschien überraschend auf der rechten Seite des Weges. Ein kleines Areal, das von einer nagelneuen Mauer eingefasst worden war! Dahinter ruhten auch sämtliche Mitglieder der gräflichen Familie unter gewaltigen Grabsteinen. Anna blieb vor dem schmiedeeisernen Tor stehen und betrachtete es, um den Augenblick, in dem sie womöglich feststellen musste, dass es verschlossen war, hinauszuzögern. Ein schönes Tor! Im unteren Bereich gab es dichte senkrechte Verstrebungen, im oberen waren die Abstände größer. Auf dem Tor saßen zwei elegante Schwingen, die durch ein aufrecht stehendes Kreuz miteinander verbunden wurden. Links neben dem Tor hatte die Gemeinde von Chiusdino, zu der Pentolina gehörte, den Dank an das Unternehmen, das aus dem alten Dorf eine Ferienanlage gemacht hatte, in eine Marmorplatte gemeißelt.

Zum Glück ließ sich das Tor öffnen. Die Angeln quietschten, häufig wurden sie wohl nicht beansprucht. Anna schloss das Tor sorgfältig hinter sich und sah sich um. Die meisten Gräber waren verwahrlost, die Toten, die dort ruhten, hatten keine Angehörigen, die das Andenken an ihre Vorfahren pflegten. Lediglich auf den Gräbern der Familie Scroffa standen frische Blumen.

Anna suchte sich das Grab des Letzten der Dynastie aus. Edoardo Scroffa war ein Lebemann gewesen, hatte viel auf Tradition, aber wenig auf Konventionen gegeben. Er würde vermutlich nichts dagegen haben, wenn sein Grab dazu benutzt wurde, etwas sehr Weltliches verschwinden zu lassen, was der Welt nur Schaden zufügen konnte. Ja, es musste verschwinden, aber es durfte nicht weggeworfen, nicht vernichtet werden. Anna wollte sicher sein, dass das Kokain jedem Zugriff entzogen war, aber notfalls wieder zum Vorschein gebracht werden konnte. Dabei dachte sie nicht an den ungeheuren Wert dessen, was sie im Grab von Edoardo Scroffa verbuddeln wollte, sondern vor allem an die Möglichkeit, notfalls einen Beweis anzutreten. Was sie in ihrem Kofferraum vorgefunden hatte, war ein Beweismittel. Wenn es gegen ihre Brüder sprach, sollte es mit den Gebeinen des Conte ruhen und bis zum Sankt-Nimmerleins-Tag verschwunden bleiben. Wenn es jedoch gebraucht wurde, um Julius Schleicher und seinen Drogenlieferanten das Handwerk zu legen, musste sie darauf zurückgreifen können. Hier war es gut verwahrt, an diesem Ort würde es entweder bleiben oder von hier zurückgeholt werden können. Warum war sie nicht eher auf die Idee gekommen?

Schließlich machte ihr die Tüte in Tante Rosis Schmuckschatulle seit Stunden Angst.

Hinter einem Grabstein fand sich eine alte Gießkanne aus Plastik, deren Tülle sie ab- und dann auseinanderbrach. Damit eignete sie sich notdürftig als Schäufelchen, mit dem die Arbeit lange dauern würde. Aber das war ihr egal. Sie kniete sich neben das Grab des Grafen und schaufelte lange, merkte nicht, dass ihr der Schweiß über den Nacken lief, und hörte erst auf, als das Loch tief genug war. Vorsichtig hob sie die Beutel in das Loch. Noch immer zu niedrig! Sie mühte sich weitere zehn Minuten ab, dann reichte der Platz aus. Anschließend schaufelte sie die Erde auf die Beutel, bis kein verräterisches Blau und kein grelles Rot mehr zu sehen war, trat sie fest, schaufelte wieder, trat sie noch mal fest und ließ den letzten Teil der Erde lose darauf fallen. Den Rest verstreute sie auf dem Nachbargrab.

Stöhnend dehnte sie sich und staunte, dass ihr die Knieschmerzen erst jetzt auffielen. Während der Arbeit hatte sie ihre Arthrose erfolgreich verdrängt. Zweifelnd betrachtete sie ihr Werk. Natürlich konnte man sehen, dass hier jemand gearbeitet hatte, aber Anna vertraute darauf, dass dieser Friedhof selten besucht wurde. Und das Wetter, die Sonne, der Wind, vielleicht ein Regenguss würden schon dafür sorgen, dass die Spuren, die sie heute hinterlassen hatte, bald nicht mehr zu erkennen waren.

Sie starrte lange auf den Grabstein. Wer sie von Weitem gesehen hätte, wäre vermutlich zu der Ansicht gekommen, dass sie ein Gebet sprach. Tatsächlich überkam sie nun die Ruhe, die tiefe Gedanken zuließ. Jetzt erst konnte sie über das nachdenken, was ihre Brüder getan hatten. Sie waren zum Eselhof gefahren, weil sie aus irgendeiner dunklen Quelle erfahren hatten, dass eine Kokainlieferung erwartet wurde. Und sie hatten es irgendwie geschafft, den Karton mit den Kokaintüten aus dem Wagen zu stehlen, ehe Emilio die Drogenfahnder alarmierte. Und das bedeutete, dass auch diese Razzia erfolglos gewesen war. Ein großes Vermögen war verschwunden. Was würde das für Folgen haben? Für Emilio, der schon wieder blamiert war, für Julius Schleicher, für die Drogenmafia, für ihre Brüder?

Es wird immer verrückter. Nicht nur der Verkehr und die unzähligen Straßenschäden, die nie repariert werden, sondern mein ganzes Leben. Glaubt der Kerl, der mich gerade überholt, wirklich, er habe mich damit besiegt? Ha! Der hat ja keine Ahnung! Ich habe den Rauschgifthandel besiegt – das würde ich am liebsten an meine Windschutzscheibe schreiben! Diese Straßencowboys, die glauben, sie könnten andere, vornehmlich Frauen, beeindrucken, wenn sie ihre Motoren nur laut genug dröhnen lassen, sind ja so erbärmlich. In meinem kleinen weißen Fiat, der nicht über die Schlaglöcher hinwegjagt, sondern durch sie hindurchspringt, ist etwas transportiert worden, was diese Rüpel nicht einmal erahnen können. Rauschgift von einem Wert, dass ich es mir gar nicht vorstellen will. Und ich habe es vernichtet. Ich! Eine Witwe von über sechzig, die bisher nie etwas mit Drogen zu tun hatte, die jahrelang ein zwar langweiliges, aber unbescholtenes Leben geführt hat, deren einzige Verbindung zur Unterwelt die kriminelle Familie ist. Ich habe es geschafft, den Drogenhandel zu besiegen. »Basta!«

Ich erlaube mir, einem Alfa Romeo das Überholen unmöglich zu machen, indem ich auf der linken Spur bleibe, bis sein Fahrer die Nerven verliert und mich rechts überholt. Über sein Schimpfen und die empörten Handzeichen, die nicht dramatischer hätten ausfallen können, wenn ich seine gesamte Familie mit dem Tod bedrohte, kann ich nur lachen und winke ihm exaltiert zu, was ihn zur Raserei bringt. Wenn er könnte, würde er an den Straßenrand fahren, mich zum Anhalten zwingen und mir zeigen, was ein ita-

lienischer Macho zu bieten hat. Mir! Einer Frau, die gerade ein Vermögen neben den Gebeinen eines Grafen verbuddelt hat! Wenn der wüsste! Da muss ich glatt eine ganze Weile die Höchstgeschwindigkeit übertreten, bis mir klar wird, dass ich so was nicht nötig habe. Diese Kerle können mich mal.

Ich bin wirklich froh, dass das Kokain nun aus dem Haus ist. Nicht nur das! Es ist aus der Welt! Das, was durch mein Hotel gegeistert ist, und das, was die Drogenlieferanten auf den Eselhof bringen wollten. Weg! Irgendjemand ist jetzt zwar ein Stück ärmer, aber ein Drogenmafioso, der viel Geld verliert, tut mir nun wirklich nicht leid. Nicht einmal meine Brüder tun mir leid, wenn sie nun hunderttausend Euro ärmer sind. Nein, es ist richtig, was ich getan habe. Das sehen Sie doch auch so, oder? Im Grab von Edoardo Scroffa ist das Zeug gut aufgehoben. Zu ihm, diesem Lebemann, diesem Verschwender und Genussmenschen, passt es. Dem können solche Aufputschmittel nichts mehr anhaben. Und wenn Emilio demnächst darüber klagt, dass er seine Karriere beim Rauschgiftdezernat verpasst hat, werde ich mit keiner Wimper zucken. Es wird Zeit, dass er aus meinem Hotel auszieht. Ich brauche keinen Schutz mehr, er muss nicht mehr nah am Geschehen sein, und er braucht sich auch nicht mehr als Tierarzt auszugeben, sondern kann jedermann erzählen, dass er Polizist ist. Ich muss unbedingt so bald wie möglich in die Basilica di San Francesco gehen und mit Tante Rosi sprechen. Ihr Grab ist ja weit weg, aber auf einer Kirchenbank kann ich den Kontakt zu ihr herstellen. Sie wird mir recht geben, ganz sicher. Sie war ein strikter Gegner von Rauschgift, hatte immer Angst, dass ich einer Verführung unterliege und süchtig werde. Das war ihre größte Sorge. Sie wird sagen, dass ich richtig gehandelt habe. Und Sie? Sie sind doch auch dieser Meinung, oder? Klar, das sind Sie!

Als sie zurückkehrte, stand die Sonne hoch am Himmel. Er war nicht ansichtskartenblau, sondern wirkte verwaschen, war von Wolkenschlieren überzogen und machte aus der Sonne einen glanzlosen hellen Fleck. Aber die Luft war sommerlich warm. Anna hatte sich, als sie in Pentolina losgefahren war, die Jacke ausgezogen und die Jeans hochgekrempelt. Während sie sich Siena näherte, blickte sie endlich wieder vorwärts, statt nur an das zu denken, was hinter ihr lag. An ihr Hotel, an Henrieke, die dort hockte und schrecklich unglücklich war, an Konrad, der als Fels in der Brandung die Stellung hielt, an Emilio, der sie so bitter enttäuscht hatte, und an ihre Brüder, die es natürlich objektiv verdient hatten, von den Drogenfahndern geschnappt zu werden. Aber diese Einsicht schüttelte sie gleich wieder ab. Emilio wusste doch, wie alt die beiden waren und wie schlecht es um ihre Gesundheit bestellt war. Filippo mit seiner Lebererkrankung, Valentino mit dem künstlichen Kniegelenk! Eine längere Zeit im Gefängnis würden sie nur schwer überstehen und womöglich hinter Gittern sterben, so wie ihre Eltern. Wie hatte Emilio gleichgültig darüber hinwegsehen können? Sie hoffte, dass er sich in der Zwischenzeit entschlossen hatte, aus ihrem Hotel auszuziehen. Sie brauchte seinen Schutz nicht. Und seine Gegenwart wollte sie auch nicht mehr.

Während der Autofahrt hatte sie versucht, sich mit einem Lied abzulenken. »Atemlos durch die Nacht«, aber es hatte nicht funktioniert. Sie sang ja gerne, wenn auch schlecht, doch an diesem Tag störten sie die falschen Töne, die ihr sonst gar nicht auffielen. Nein, zum Singen brauchte sie eine positive Stimmung. Dann sang sie zwar genauso schlecht wie jetzt, aber sie konnte sich einbilden, ihr Musiklehrer hätte unrecht gehabt und Clemens auch.

Konrad kam ihr in der Lobby entgegen. »Endlich! Wo warst du?«

Anna antwortete mit einer Gegenfrage: »Wie geht's Henrieke?«

Konrad verdrehte die Augen. »Sie heult immer noch.«

»Was ist mit ihrer Achtsamkeit? Gibt's da nicht irgendeinen Spruch, der sie vom Weinen abhält?«

»Keine Ahnung. Aber ich finde, allmählich kann sie allein weiterheulen. Ob ich neben ihr sitze oder nicht – das ändert nichts.«

Anna hatte Verständnis für Konrad. Henrieke neigte dazu, aus ihrem Kummer ein Ereignis zu machen, das nur zufällig nicht in den Abendnachrichten Erwähnung fand. Natürlich hatte Anna auch Verständnis für ihre Tochter, aber dass Konrad vor ihren Tränen geflüchtet war, durfte sie ihm nicht übel nehmen.

»Zum Glück musste sie zwischendurch mal aufs Klo«, sagte Konrad. »Währenddessen habe ich ein interessantes Gespräch belauschen können.«

Anna folgte ihm in ihre Küche. Die Tür zur Terrasse stand offen, so wie sie es gernhatte. Griseldis und Casanova grasten dicht beieinander, weil es Casanova gelungen war, den Pflock zu lösen, der ihn eigentlich am anderen Ende des Gartens halten sollte. Aber anscheinend hatte er sich damit abgefunden, dass Griseldis auf seine lästige Anmache niemals eingehen würde, und begnügte sich nun mit ihrer körperlichen Nähe, indem er gelegentlich ein Eselsohr an ihrem rieb.

»Wo ist Henrieke jetzt? Immer noch auf dem Klo?«

»Der eiserne Krieger hat geklirrt. Offenbar hat sie das Haus verlassen. Frische Luft schnappen, schätze ich. Das wird ihr guttun.« Konrad ging zum Herd, auf dem ein Topf mit Tomatensuppe stand. »Ich habe Dosentomaten in deinem Vorrat gefunden.«

»Wunderbar!« Anna war in Pentolina kurz in Versuchung gewesen, ein Essen im *Tre Tigli* einzunehmen, aber sie hatte schnell gemerkt, dass ihr für diesen Genuss die innere Ruhe fehlte. So war sie Konrad jetzt dankbar für das, was sie manchmal Übergriffigkeit nannte. Das Besitzergreifende ärgerte sie immer dann, wenn ihr schien, dass Konrad damit ihr, sich selbst und allen anderen beweisen wollte, dass sie eigentlich Partner waren, vermutlich sogar Lebenspartner, die einander keine Schranken setzten.

Konrad gab einen Klecks Crème fraîche auf ihre Suppe, dann setzte er sich zu ihr und sah zufrieden zu, wie sie hungrig nach dem Löffel griff.

»Hm! Lecker!«

Er schob ihr den Korb mit den Panini hin, die auf dem Frühstücksbüfett liegen geblieben waren, dann begann er selbst zu essen. »Als Henrieke eine Weile im Badezimmer statt in der Küche geheult hat, konnte ich ein Gespräch von Samantha Lindenbaum und Rupert Diekel belauschen.« Er nickte nach draußen. »Bei ihren Eseln.«

Anna legte den Löffel zurück. »Was haben sie gesagt?«

Konrad fragte unsicher: »Es ist doch richtig, dass er ihr Liebhaber ist, oder?«

Anna setzte das Essen fort. »Sieht so aus.«

»Und jetzt ist ihr Mann in das Doppelzimmer gezogen?«

Anna nickte mit vollem Mund.

»Sie hat ihm gesagt, er soll abreisen. Sie hält es nicht aus, mit Heiko in ihrem Zimmer und Rupert eine Etage darüber.«

»Das stelle ich mir auch schwierig vor.«

»Aber Rupert Diekel meinte, er will jetzt endlich Nägel mit Köpfen machen. Zu ihrem Mann gehen und heldenhaft eingestehen, dass er seine Frau liebt.«

Anna verging der Appetit. »Der nächste Kriegsschauplatz?«

Konrad konnte sie jedoch beruhigen. »Samantha Lindenbaum hat ihn gefragt, ob er endlich bereit sei, sich von seiner Frau scheiden zu lassen. Und er hat geantwortet: Ja, das will ich. Die Vorstellung, dass du zusammen mit deinem Mann in unserem Doppelbett schläfst, ist mir unerträglich. Er will ein Gespräch von Mann zu Mann.«

»Und sie?«

»Jahrelang hat sie vergeblich darauf gehofft, aber jetzt will sie es nicht mehr. Sie hat gesagt, es hätte sich viel geändert in diesen Tagen.«

»Was hat sie damit gemeint? Hat sie die Liebe zu ihrem Mann wiederentdeckt?«

Konrad sah eine Weile nachdenklich vor sich hin. »Für mich hörte sich das anders an. Sie denkt darüber nach, sich von ihrem Mann zu trennen. Früher hätte sie das nur gemacht, um dafür mit Rupert zusammenzuleben. Aber nun hat sie erkannt, dass sie mit ihrem Mann nicht mehr glücklich werden kann. So oder so.«

Konrad schüttelte den großen Schädel, als wüsste er nicht, wie er mit diesen Emotionen umgehen sollte, die ihm fremd waren. Ehebruch und Untreue passten nicht in Konrads Welt.

»Rupert Diekel war ganz verzweifelt. Dann wäre doch alles klar, hat er gesagt! Dann könnten sie beide endlich miteinander glücklich werden.« Konrad nickte, als wollte er sagen, dass man alles andere hätte voraussehen können. »Sie hat ihn lange angesehen und dann gemeint: ›Du hast zu lange gewartet, Rupert. Meine Eselwanderung hat mir gezeigt, was wirklich wichtig ist und wofür ich endlich den Mut aufbringen muss. Die Anbieter der Eselwanderungen haben recht. Wer neben einem Esel hergeht, wird auf das Grundsätzliche zurückgeworfen. Neben einem Esel versteht man mit einem Mal, was einem jahrelang ein Buch mit sieben Siegeln gewesen ist.‹« Konrad griff sich an den Kopf. »Die paar Stunden! Als könnten die ein Leben verändern! Das hat der Diekel natürlich nicht geglaubt.«

Nun lächelte Anna. »Also doch! Die Begegnung mit Ole Alfkes hat alles verändert. Wetten?« Ihr Lächeln erstarb. »Nur scheint er nichts davon zu wissen. Und ob sie mit ihm glücklich wird?« Anna schüttelte den Kopf. »Mit diesem Mann gerät sie womöglich vom Regen in die Traufe.«

»Ich verstehe nicht, dass er nicht gleich wieder ausgezogen ist, nachdem Rupert Diekel hier auftauchte.«

»Ja, das hat mich auch gewundert.«

»Sobald er merkt, dass Samy nicht nur einen Liebhaber hat, sondern sogar verheiratet ist, wird er sich sowieso vom Acker machen.«

»Er weiß es längst. Wenn er jetzt noch bleibt, hat seine Anwesenheit vielleicht einen anderen Grund.«

»Du meinst …« Konrad sprach es nicht aus.

»Er ist nicht nur hier, weil er sich Hals über Kopf verliebt hat, sondern weil er ein Drogenkurier ist, dem die Chefin befohlen hat, hier auf etwas zu warten. Auf sie, auf eine neue Kokainlieferung, auf einen Esel, mit dem er weiterziehen soll … was weiß ich.«

Konrad schob seinen Teller weg, als wäre ihm der Appetit vergangen. »Dieser Deutsche! Dem geht es nicht um seine Ehe, der ist froh, dass er hier Unterschlupf gefunden hat. Nach dem wird garantiert gesucht. Die Drogenfahnder …«

»… waren auch diesmal erfolglos«, unterbrach Anna ihn. »Kann aber sein, dass er es noch nicht weiß. Kann natürlich auch sein, dass er trotzdem gesucht wird.«

»Was meinst du?« Konrad betrachtete sie fassungslos.

»Emilio hat die Drogenfahnder vergeblich alarmiert.« Sie verzog ihr Gesicht zu einem bitteren Lächeln. »Diese Razzia war genauso erfolglos wie die vorherige.«

»Wie bitte?« Konrad sah sie entgeistert an. »Auf dem Eselhof ist kein Kokain gefunden worden?«

Anna nickte. »Ich weiß es von Emilio.«

Daraufhin verfiel Konrad in dumpfes Brüten. Auf Annas Bemerkung, die Suppe schmecke hervorragend, nickte er nur zerstreut. Und ihre Frage, ob er sich erklären könne, wo das Kokain geblieben sei, wollte er nicht beantworten. Anna machte sich Sorgen, dass Konrad nur deshalb schwieg, weil er ihre Brüder in Verdacht hatte.

Henrieke kam in die Küche zurück, als sie mit dem Essen fertig waren, warf einen Blick in den leeren Topf und intensivierte prompt ihre Leidensmiene. Sie war betrogen worden, sie litt unter Herzschmerz, ihre Zukunft war ruiniert, aber ihre Mutter dachte nicht einmal daran, einen kleinen Teller Suppe für ihre unglückliche Tochter zurückzulassen. Prompt brach sie wieder in Tränen aus. »Bei SiPedala gibt es keine Fahrräder mehr. Alle Ständer sind leer. Kann ich das Auto haben?«

»Was hast du vor?«, fragte Anna.

»Ich muss zum Eselhof fahren. In Darios Zimmer habe ich etwas vergessen.« Unter Annas fragendem Blick wurde sie verlegen. »Mein Portemonnaie. Viel Geld war nicht drin, aber meine Papiere. Personalausweis, Führerschein …«

»Dann fahre ich dich besser«, entschied Anna, die zwar nichts dabei gefunden hätte, wenn Henrieke den Hinweg zum Eselhof ohne Führerschein zurückgelegt hätte, die aber die Gelegenheit günstig fand, sich dort umzusehen. »In Italien sind die Strafen hoch, wenn man ohne Führerschein erwischt wird«, erklärte sie wider besseres Wissen und warf Konrad einen vielsagenden Blick zu, damit er ja nicht das Gegenteil behauptete.

Henrieke zuckte gleichgültig mit den Schultern und erhob sich, um nach einer Nagelfeile zu suchen, denn die Arbeit im Eselstall hatte ihre Nägel ruiniert. »Meinetwegen«, brummte sie im Hinausgehen.

Anna wartete so lange, bis sie Henriekes Schritte in der Lobby hörte. »Valentino und Filippo sollten auch mitfahren«, sagte sie zu Konrad. »Was meinst du? Vielleicht steht der Wagen von Signor Musso noch dort, wo sie ihn abgestellt haben …«

»Dann sucht die Polizei nicht vergeblich nach ihm.«

Im Raum stand die Ergänzung: Und niemand stellt fest, dass die Kolsky-Brüder in Siena sind und dass sie einen Wagen gestohlen haben. Ob die beiden Handschuhe getragen hatten, wussten weder Anna noch Konrad, darauf hatte niemand geachtet. Dass sie Fingerabdrücke hinterlassen hatten, war also möglich. Und dass in einem Fall von solcher Brisanz ein Auto, das in der Nähe des Eselhofs herumstand, genauer unter die Lupe genommen wurde, war wahrscheinlich.

»Ich vermute«, meinte Anna, »es ist längst beschlagnahmt worden. Dann wird die Polizei bald im *Albergo Annina* erscheinen.«

»Wir müssen Emilio bitten, sich darum zu kümmern.«

Aber Anna winkte ab. »Den will ich um nichts bitten. Um gar nichts.« Die Stille, die nun entstand, war rubinrot, wurde aber immer dunkler, karmin- und schließlich heiderot. Als sie beinahe schwarz war, sagte Anna: »Solange Signor Musso noch nichts davon gehört hat, dass sein Wagen aufgetaucht ist, können wir hoffen.«

Konrad schien in Gedanken die Personen durchzuzählen, die in Annas kleines Auto steigen sollten, und kam zu der Ansicht, dass er seine langen Beine dort nicht unterbringen würde.

Die Sonne brannte, als sie losfuhren, Henrieke auf dem Beifahrersitz, Valentino und Filippo auf der Rückbank. Sie hatten zunächst gemurrt, als Anna sie aufgefordert hatte, sie zum Eselhof zu begleiten, damit Signor Musso sein Auto zurückbekam. Und sie hatten energisch klargestellt: »Aber wir wollen nicht gesehen werden. Wir setzen uns in die Karre, und ab geht's.«

Danach hatten sie sich so klein wie möglich gemacht, damit Henriekes Vorwürfe über sie hinwegziehen und sie nicht unversehens treffen konnten. Die Brüder ihrer Mutter gemeine Autodiebe! Wie sehr sie sich doch schämen müsse! »Ist das peinlich! Meine uralten Onkel!«

Hier hatte Filippo lauthals protestiert, weil er sich auf keinen Fall uralt nennen lassen wollte, aber Valentino hatte ihn beruhigt. Sollte Henrieke doch reden, was sie wollte, es kam nur darauf an, dass sie sie nicht verpfiff.

Das war zum Glück nicht zu befürchten. Henrieke wollte auf keinen Fall – das betonte sie immer wieder – ihre Mutter darunter leiden lassen, dass sie zwei kriminelle Brüder hatte. Dafür lohnte es sich, den Kopf einzuziehen und die Klappe zu halten.

»Loslassen ist wichtig«, dozierte Henrieke prompt. »Ob Erinnerungen, Gegenstände oder Menschen! Lasst uns unsere Gedanken entrümpeln, unsere Erinnerungen auch und all das, was uns belastet. Weg damit! Auf so vieles kann man verzichten.«

Valentino und Filippo sahen sich an, als fragten sie sich, ob ihre Nichte einen Sockenschuss hatte. Ein Verdacht, der nicht ganz neu war.

»Entrümpelt eure Seelen!«

Nun waren die beiden ganz sicher. Mit Henrieke stimmte etwas nicht. Bei solchen Leuten sagte man am besten Ja und Amen, dann hatte man schnell seine Ruhe.

»Ja, ja, es ist schon viel ordentlicher in meiner Seele«, behauptete Valentino.

Und Filippo stimmte ihm zu. »In meiner auch.«

Henrieke warf ihrer Mutter einen fragenden Blick zu, woraufhin Anna ebenfalls brav erklärte, sie habe auch soeben festgestellt, dass in ihrer Seele ein ganz schönes Durcheinander geherrscht habe. Aber jetzt wolle sie Henriekes Rat befolgen und sich umgehend um seelische Ordnung bemühen.

Mit einem Blick in den Rückspiegel fragte Anna: »Könnt ihr euch vorstellen, warum auch diese Razzia keinen Erfolg gehabt hat?«

Valentino sah rechts und Filippo links zum Fenster hinaus. Sie taten so, als kümmerten sie sich noch immer um die Entrümpelung ihrer Gedanken.

»Ich habe doch gesehen, dass ein schwarzer Mercedes vorfuhr«, meinte Anna. »Und ich weiß, dass es immer so ist, wenn eine Kokainlieferung erwartet wird.«

»Es gibt auch andere Leute, die dunkle Autos fahren«, gab Valentino zurück.

»Wenn andere Leute mit einer dunklen Limousine bei Schleicher einen Besuch machen«, entgegnete Anna scharf, »wäre euch ganz sicher nicht die Idee gekommen, dort ebenfalls zu erscheinen. Ganz heimlich und mitten in der Nacht.«

Henrieke fuhr herum. »Ihr habt das Auto geklaut, um in der Nacht auf den Eselhof zu fahren?«

Filippo glaubte, seine Nichte beruhigen zu können: »Wir wollten nur mal sehen, wer da zu Besuch kommt.«

»Woher wusstet ihr, dass Besuch erwartet wird?«

Eine Frage, auf die weder Valentino noch Filippo eine Antwort hatten, die Henrieke überzeugte. »Wir haben was läuten hören …«

Henrieke drehte sich wieder nach vorn. »Ich weiß ja, dass mit Schleichers Eselhof was faul ist.«

Anna schoss ihre Frage aufs Geratewohl ab: »So wie mit Dario?«

Sie rechnete mit Vorwürfen und Tränen, aber Henrieke antwortete: »Er heißt gar nicht Dario.«

Anna nahm den Fuß vom Gas. »Sondern?«

»Mario.«

»Und weiter?«

»Keine Ahnung.«

»Hat er dir verraten, warum er seinen Vornamen geändert hat?«

»Er weiß nicht einmal, dass ich es herausbekommen habe.«

»Wie hast du das gemacht?«

»Ich hatte so eine Ahnung … dass er verheiratet sein könnte … da habe ich in einem unbeobachteten Moment in seinen Sachen geschnüffelt.«

»Henrieke!«

Valentino beugte sich nach vorn. »Redet ihr von dem Deutschen?«

Henrieke zuckte nur mit den Achseln. »Deutscher ist er.«

Valentino lehnte sich wieder zurück. »Dann soll er froh sein, dass er rechtzeitig abgehauen ist. Wenn ich der Deutsche wäre, säße ich schon im Flieger nach Timbuktu.«

»Warum?«, fragte Anna scheinheilig. »Wovor hättest du Angst?«

Darauf antwortete Valentino nicht. Und Filippo sah aus dem Fenster, als interessiere es ihn kein bisschen, was seine Schwester redete. Anscheinend waren diese Gedanken gerade seiner Seelenentrümpelung zum Opfer gefallen.

Mittlerweile waren sie an der Abzweigung angekommen, die zum Eselhof führte. Anna bog ab und fuhr dann sehr langsam über den sandigen, durchlöcherten Weg weiter. »Wo habt ihr den Wagen abgestellt?«

Valentino und Filippo sahen angespannt aus dem Fenster. Sie schienen Mühe zu haben, sich an die vergangene Nacht zu erinnern. Anna warf einen Blick zu dem Gebüsch, hinter dem sie ihren Fiat abgestellt hatte, weit vom Haus entfernt, weil sie Angst gehabt hatte, der weiße Lack könne zu sehen sein. Valentino und Filippo hatten sich mit dem dunkelgrauen Auto von Signor Musso weiter herangetraut. Deswegen hatten sie es später nicht gewagt, mit dem Wagen zu flüchten, den sie überdies erst noch umständlich hätten kurzschließen müssen.

»Da!« Valentino zeigte auf einen grauen Schimmer hinter einem niedrigen, aber dichten Busch. »Er ist tatsächlich noch da.« Dann lobte er ausgiebig die Kraft seiner Augen und prahlte, dass er mit über siebzig noch sehen könne wie ein Luchs. Er stieß seinen Bruder in die Seite. »Wetten, dass du daran vorbeigelaufen wärst?«

Das wies Filippo natürlich weit von sich. Die beiden stritten sich, während sie ausstiegen, aber Anna merkte schnell, dass sie plapperten, um einem heimlichen Beobachter weiszumachen, sie führten nichts Böses im Schilde. Wer so harmlos daherkam, erweckte kein Misstrauen, da kannten sie sich aus. Plaudernd, als wären sie zwei Besucher des Eselhofs, stiegen sie aus und folgten der Schneise, die Signor Mussos Auto in der vergangenen Nacht geschlagen hatte.

Anna ließ den Wagen weiterrollen und parkte ihn vor dem Eingang des Hauses. So lange blieben sie schweigend sitzen, bis sie in ihrem Rücken den Motor von Signor Mussos Auto hörten. Dann erst stiegen sie aus.

»Wo ist Darios Zimmer?«, fragte Anna.

Henrieke wies nach oben. »In der ersten Etage.«

Zögernd blieben sie neben dem Auto stehen. »Keiner zu sehen«, stellte Anna unnötigerweise fest.

»Die Putzfrau arbeitet nur stundenweise«, meinte Henrieke.

»Und Julius Schleicher?«

»Der ist meistens im Büro.«

»Können wir läuten?«

Henrieke wies zur Eingangstür. »Dort gibt es eine Klingel. Aber eigentlich trampeln alle Besucher einfach ins Haus.«

Das wollte Anna auf keinen Fall. Sie ging auf den Eingang zu, blieb aber vor der unteren Stufe der kleinen Treppe stehen. Es war ruhig auf dem Eselhof. Sehr ruhig. Keine Stimmen waren zu hören, kein Esel schrie. Ein paar Insekten summten, in der Ferne war der Motor eines Autos zu hören, ansonsten war es still. So, als hielte sich niemand im Haus auf. So, als wäre es ausgestorben.

Die Tür stand weit offen, aber es drang nichts heraus, kein Laut, erst recht keine Stimmen.

»Besser, wir gehen hintenrum«, flüsterte Anna, als gäbe es in ihrer Nähe jemanden, der sie belauschen könnte.

Auch Henrieke brachte nicht den Mut auf, einfach ins Haus zu laufen und die Treppe zu Darios Zimmer hochzusteigen. »Ja, versuchen wir es durch den Eselstall. Von dort führt eine Tür ins Wohnhaus.«

Hinter dem Haus bot sich ihnen die gleiche Reglosigkeit, die gleiche Stille wie vorher. Zwei Esel grasten friedlich, ein kleiner Traktor stand in der Nähe des Zauns, Gerätschaften lehnten daran, aber es war niemand zu sehen.

Anna fiel es schwer, auf die Klönschnacktür zuzugehen. Was würden sie dahinter finden? Der obere Teil stand offen, nur der untere war geschlossen. Sie warfen einen vorsichtigen Blick in den Stall, doch er war leer. Offenbar waren die Esel bis auf die beiden, die auf der Koppel grasten, mit Touristen auf Wanderung.

Die Tür quietschte, als sie den Stall betraten, sie schwang mehrmals hin und her, bis sie hinter ihnen zur Ruhe gekommen war. Henrieke schaute in jede Box, obwohl sie mit einem kurzen Blick feststellen konnten, dass alle leer waren. Zögernd ging sie den Mittelgang entlang bis zu einer Tür, die wohl ins Wohnhaus führte. Aber sie sah ängstlich aus. Ihr ging es nicht anders als ihrer Mutter.

Anna war in der Nähe der Klönschnacktür stehen geblieben und winkte Henrieke zu sich. »Lass uns lieber ums Haus herumgehen.«

Henrieke war erleichtert. Sie hatte genauso wenig Mut wie ihre Mutter, obwohl sie schon mehrmals an Darios Seite durch diese Tür gegangen war.

Sie verließen den Stall wieder und atmeten auf, als wären sie aus einem überheizten, ungelüfteten Raum getreten. Annas Interesse richtete sich auf das Bürofenster, das auch diesmal offen stand. Und das, obwohl es längst von der Sonne erreicht worden war. In Italien wurden alle Fenster und auch die Läden geschlossen, wenn die Sonne höher stieg. Zu dieser Zeit, am hohen Nachmittag, ließ niemand die Wärme herein.

Anna betrachtete die Koppel, die beiden Esel, ließ die Stille auf sich wirken, die mit einem Mal eine Macht in ihr wachsen ließ, die sie noch nie erlebt hatte. Ja, die Stille konnte einen Menschen stark machen, wenn er sich als Herr der Stille fühlte, wenn er keine Angst vor ihr hatte und es ihm überlassen war, aus der Stille etwas anderes zu machen als Reglosigkeit. So ähnlich hatte es ihr Tante Rosi einmal erklärt, die die Stille geliebt hatte. Komisch, dass sie gerade in diesem Moment daran dachte … Womöglich lag es an der Kraft der Entscheidung, die sie am Vormittag getroffen hatte. Sie hatte sich zur Herrin über heimliche Drogengeschäfte, über Schuld und Verbrechen, über Raffgier, über Eigensucht gemacht. Und sie fühlte sich gut dabei.

Sie wandte sich wieder dem Fenster zu, das zu hoch lag, um hineinsehen zu können. Das wusste sie ja bereits. »Räuberleiter?«, flüsterte sie Henrieke zu.

Henrieke verdrehte zwar die Augen, wie immer, wenn ihre Mutter eine Idee äußerte, die angeblich nicht zu ihrem Alter passte, aber sie verhakte bereitwillig die Finger und ließ Anna auf die Innenflächen ihrer Hände steigen.

Anna zog sich an der äußeren Fensterbank hoch. Sehr vorsichtig, ganz langsam. Dann blickte sie in den Raum. Zunächst sah sie nicht mehr als die Lampe an der Decke, dann die Schreibtischleuchte in der Nähe des Fensters, schließlich die Regale mit den Aktenordnern.

»Mach schnell!«, stöhnte Henrieke.

Anna wurde mutiger und zog sich noch höher. Am Schreibtisch saß niemand, das Büro schien leer zu sein. »Niemand da«, sagte sie.

Gerade wollte sie Henrieke ein Zeichen geben, damit sie ihre Mutter zur Erde ließ … da sah sie etwas, was aus der Stille einen Schrei machte und nun aus ihrer Macht Kraftlosigkeit. Zwei Füße! Nackte Füße. Die Fußspitzen waren nach außen gefallen, sie regten sich nicht.

Scroffa wuchs mit jeder Anschuldigung, die er Emilio entgegenschleuderte. Scheinbar reichte es ihm nicht, dass er Emilio einen Platz angeboten hatte und selbst stehen geblieben war, um ihn zu überragen. Er musste noch größer, noch mehr dem Grafen Scroffa ähnlich werden, der in Pentolina begraben lag. »Wie konnten Sie? Dafür hätten Sie meine Genehmigung benötigt!«

»Sie waren nicht da«, antwortete Emilio so ruhig wie möglich.

Aber diesen Einwand ließ Scroffa nicht gelten. »In einem Fall von solcher Brisanz hätten Sie mich kontaktieren müssen. Sie können nicht einfach dem Drogendezernat zuarbeiten, ohne dass ich davon weiß.« Seine Augen wurden klein, für wenige Augenblicke wirkte er sogar boshaft. »Haben Sie die Absicht, sich bei den Drogenfahndern zu bewerben? Gefällt es Ihnen nicht mehr in der Questura?«

»Darum geht es nicht«, wich Emilio aus. »Ich wurde um Hilfe gebeten und habe geholfen, wie es für einen Polizisten selbstverständlich sein sollte.«

Dann machte er den Fehler, seinen blütenweißen Hemdkragen ein wenig aufzustellen, die Bügelfalten seiner Hose senkrecht auszurichten und einen winzigen Flusen von seinen Schuhen zu wischen. Die Attraktivität seines Commissarios war Scroffa schon immer ein Dorn im Auge gewesen. Was für ihn selbst durch Schönheitsoperationen, Haartransplantationen, Selbstbräuner und Absatzerhöhung nicht zu erreichen gewesen wäre, sollte Emilio Fontana büßen! »Ich werde ein Disziplinarverfahren gegen Sie einleiten!«

Emilio sah ihn verblüfft an. »Warum? Hätte ich darüber hinwegsehen sollen, dass im *Albergo Annina* Kokain gefunden wurde?«

»Sie hätten die Sache an die Zuständigen weiterleiten müssen. An die Drogenfahndung.«

»Als ich gerufen wurde, wusste ich noch nicht, worum es ging. Und später wurde mir nicht geglaubt.«

»Was haben Sie überhaupt mit dieser Hotelchefin zu tun?«, bellte Scroffa.

»Gar nichts«, behauptete Emilio. »Aber sie hat einen Nachbarn, der früher bei der deutschen Kriminalpolizei gearbeitet hat. Wir kennen uns, und er hat mich darüber informiert, dass Kokain gefunden wurde.«

»Ach ja!« Scroffas Stimme troff vor Spott. »Das Kokain, das dann nur Puderzucker war!« Hätte er einen Schnabel besessen, er hätte Emilios Gesicht zerhackt, derart wütend fuhr er auf ihn herab. »Sie haben die Questura unmöglich gemacht. Einer meiner Mitarbeiter wird zum Gespött der Drogenfahnder. Wie stehe ich jetzt da? Wie soll ich erklären, dass ich seit Jahren mit einem

Commissario zusammenarbeite, der für den Polizeidienst offenbar nicht geeignet ist?«

Emilio antwortete nicht, Scroffa erwartete auch nichts von ihm. Nur Beschämung, Schuldgefühle und die Rolle des begossenen Pudels. Da er Emilios Beherrschung so interpretieren konnte, war er diesbezüglich zum Glück zufrieden.

»Woher haben Sie überhaupt die aufgeplatzte Lippe?«

»Eine private Angelegenheit.«

»Aha!« Scroffa schien nur mit Mühe zu seinen ursprünglichen Vorwürfen zurückzufinden. »Komischer Zufall übrigens, dass in diesem Hotel, in dem sich angeblich Kokain gefunden hat, später ein Einbruch verübt wurde. Ihr Mitarbeiter hat den Fall bearbeitet, weil Sie nicht zugegen waren.«

»Der Fall fiel in unsere Kompetenz. Und ich war durchaus zugegen.«

Scroffa wischte diesen unerheblichen Einwand energisch zur Seite. »Und dann diese zweite Drogenrazzia auf dem Eselhof. Wieder ohne Ergebnis.«

»Damit habe ich nichts zu tun.«

»Sie waren es also nicht, der die Drogenfahnder alarmiert hat?« Scroffa ging mit dem rechten Zeigefinger auf Emilio los. »Wissen Sie, was ich glaube? Dass Sie das nicht zugeben wollen. Weil Sie schon wieder auf dem Holzweg waren. Erst Puderzucker und dann ein Fehlalarm! Das kann Sie die Polizeikarriere kosten. Und glauben Sie ja nicht, dass das Drogendezernat an Ihrer Mitarbeit interessiert ist.«

»Warum die Razzia wieder ergebnislos verlaufen ist, weiß ich nicht.«

»Man hat Sie aber auf dem Eselhof gesehen. Einer der Drogenfahnder ist sicher, dass Sie dort waren.«

»Kann er das beweisen?«

Emilio merkte sofort, dass Scroffa nichts in der Hand hat. Sollte ihn tatsächlich jemand erkannt haben, dann waren in dieser Aussage die Wörter »vielleicht«, »möglicherweise« oder »nicht auszuschließen« vorgekommen. Nein, er musste nicht zugeben, dass er auf dem Eselhof gewesen war. Und auch dass er wusste, wer das Kokain gestohlen hatte, konnte er getrost für sich behalten.

Er erhob sich, obwohl Scroffa das Gespräch noch nicht beendet hatte. »Ich kann dann wohl gehen? Der Einbruch ins *Albergo Annina* ist noch nicht aufgeklärt. Ich habe zu tun.«

Scroffa rettete sich, als Emilio ihn unvermittelt um beinahe Haupteslänge überragte, in seinen gewaltigen Chefsessel. Anscheinend ahnte er nicht, dass er in diesem ledernen Ungetüm noch kleiner wirkte. »Von der Rauschgiftgeschichte lassen Sie die Finger, capito? Ich werde mit den Drogenfahndern reden. Vielleicht kann ich etwas für Sie erreichen.«

Was er erreichen wollte, ließ er dahingestellt. Vermutlich würde er beim Leiter der Drogenfahndung vorstellig werden, sich über seinen unfähigen Mitarbeiter beklagen und versichern, dass das alles nicht passiert wäre, wenn er selbst, der Leiter der Questura, im Hause gewesen wäre.

Emilio war es egal. Er verließ die Questura und ging zum Campo. Ein Glas Weißwein im *Fonte Gaia* würde ihm helfen. Das half immer.

Henrieke lief voraus, Anna hinterher. Nun hatten sie keinerlei Hemmungen, dieses fremde Haus zu betreten. Ohne zu zögern, stieß Henrieke die Eingangstür auf und rannte über die Diele auf die gegenüberliegende Tür zu, von dort links in einen Gang und blieb erst vor dem Büro stehen. Ängstlich sah sie sich um. »Sollen wir wirklich?«

»Wir müssen!« Anna griff an ihr vorbei zur Klinke und stieß die Tür auf.

Julius Schleicher lag auf dem Boden. Er war nackt. Seine Hände waren über dem Kopf gefesselt und durch ein starkes Seil mit einem Regal verbunden, in das jemand einen kräftigen Nagel geschlagen hatte. Es schwankte, als Julius Schleicher sich bewegte, drohte vornüberzukippen und ihn unter sich zu begraben.

Erschrocken sprang Henrieke hinzu und stemmte sich dagegen, während Anna mit zitternden Fingern versuchte, Schleichers Hände aus den Fesseln zu lösen.

»Du meine Güte! Wer hat Ihnen das angetan?«

Julius Schleicher stöhnte auf, als er aus seiner quälenden Haltung befreit worden war, und streckte sich lang aus. Seine Augen blieben geschlossen, er rührte sich nicht, sein Gesicht war fahl. Er lag da wie jemand, der sich in der Sonne ausgestreckt hatte und überall braun werden wollte. Sie schien zum Glück nur auf seine Füße, der Rest befand sich im Schatten des Schreibtisches. Trotzdem rann ihm der Schweiß die Schläfen hinab, der Teppich unter ihm war feucht.

Anna kniete sich neben ihn, während Henrieke eine Decke holte und über ihn ausbreitete. Anna überprüfte Schleichers Atmung, die zum Glück gleichmäßig ging, und rief ihn an: »Herr Schleicher! Hören Sie mich?«

Er reagierte auf ihre Stimme, bewegte sich geringfügig, und über seine Lippen kam ein Summen, als wollte er antworten, könne es aber nicht.

Anna bewegte ihn in die stabile Seitenlage. »Wähl den Notruf, Henrieke.«

In diesem Augenblick sah sie die Wunde am Hinterkopf. Julius Schleicher war niedergeschlagen worden. Anna rief immer wieder seinen Namen, während Henrieke nach einem Rettungswagen telefonierte. Schließlich öffnete Schleicher die Augen, starrte wie vernebelt in Annas Gesicht und schloss sie wieder. Dann, als hätte sich hinter seinen Lidern die richtige Erkenntnis formiert, öffnete er sie erneut. Diesmal war sein Blick klar, er fixierte Anna und schien zu überlegen, wer sie war und wie sie in sein Büro gekommen sein mochte.

Das bewies er, indem er mit gebrochener Stimme fragte: »Wer sind Sie?«

Anna antwortete mit einer Gegenfrage: »Was ist Ihnen zugestoßen? Sind Sie überfallen worden? Wer hat Sie gefesselt?«

Schleicher wollte sich zurückrollen, weg von Anna, weg von ihren Fragen, aber sie verhinderte es und sorgte dafür, dass er in der stabilen Seitenlage blieb und die Wunde am Hinterkopf nicht erneut mit dem schmutzigen Teppich in Berührung kam.

Henrieke kniete sich neben ihre Mutter. »Der Rettungswagen wird gleich da sein.« Sie berührte Annas Arm und sorgte dafür, dass sie sich erhob. »Besser, wir hauen ab«, flüsterte sie.

Anna sah sie entgeistert an. »Warum?«

Henrieke wurde nervös. »Ich laufe in Darios Zimmer und hole mein Portemonnaie. Das sollte besser niemand zu Gesicht bekommen. Und du fährst schon mal los. Die Sanitäter dürfen deinen Wagen nicht sehen. Jedenfalls nicht hier vor dem Haus. Fahr auf den Weg und warte dort. Ich komme gleich nach.«

»Aber warum?«

»Das erkläre ich dir später.« Henrieke warf einen mitleidigen Blick auf Julius Schleicher. »Sie bekommen gleich Hilfe. Versprochen! Kann nicht mehr lange dauern.«

»Aber er …«

»Beeil dich, Mama! Wir können ihn allein lassen. Gleich wird Hilfe da sein.«

Ehe Anna etwas sagen konnte, war Henrieke schon aus dem Zimmer. Anna tastete sich zur Tür. Julius Schleicher hilflos am Boden zurückzulassen fiel ihr sehr schwer. Der flehentliche Blick, den er ihr nachschickte, ging ihr durch und durch. Und die stabile Seitenlage hatte er wieder aufgegeben, der Hinterkopf mit der offenen Wunde lag auf dem vollgekrümelten Teppichboden. Verzweifelt versuchte er sich aufzurichten.

»Bleiben Sie ganz ruhig liegen!«, rief Anna. Und dann entschied sie sich zu einer barmherzigen Lüge. »Ich bin gleich wieder da. Ich laufe nur vors Haus und nehme den Rettungswagen in Empfang. Die Sanitäter wissen ja nicht, wo Sie zu finden sind.«

Sie kam sich mies vor, schrecklich mies. Aber schon als sie aus dem Haus lief, ging es ihr besser. Henrieke musste einen Grund für ihr Verhalten haben. Und ihre Tochter war wichtiger als ein Krimineller wie Julius Schleicher.

Anna hetzte zu ihrem Auto, warf sich hinein und preschte vom Eselhof herunter. Als sie auf dem Weg angekommen war, der am Hof vorbeiführte, mäßigte sie ihr Tempo. Und kurz bevor sie die Einmündung auf die Straße erreichte, hörte sie das Martinshorn. Sie fuhr an den Wegesrand und stellte den Motor ab. Der Rettungswagen kam ihr in einer großen Staubwolke entgegen, der Fahrer nahm ihren Fiat nicht zur Kenntnis. Als er vorübergefahren war, stieg Anna aus und blickte ihm nach. Wo steckte Henrieke? Sie wollte aus dem Haus sein, wenn die Sanitäter kamen. Fand sie etwa ihre Geldbörse nicht?

Anna presste die Lippen aufeinander und starrte den Hauseingang an, als könnte sie ihn zwingen, ihre Tochter freizugeben. Aber nachdem die Sanitäter in der offenen Tür verschwunden waren, regte sich dort nichts mehr.

Anna trat von einem Bein aufs andere. Sollte sie zurückgehen und nach Henrieke suchen? Aber die warnende Stimme ihrer Tochter war ihr noch im Ohr. Henrieke wollte im Eselhof nicht gesehen werden. Und sie wollte auch nicht, dass ihre Mutter jemandem auffiel. Das musste einen Grund haben. Einen guten Grund.

Annas Nerven waren mittlerweile zum Zerreißen gespannt, als sie endlich eine Bewegung an der rechten Seite des Hauses ausmachte. Dort ging es zum Stall, diesen Weg hatte sie am ersten Tag genommen, als sie es nicht gewagt hatte, das Haus durch den Haupteingang zu betreten. Henrieke erschien nun dort, schlich zur Hausecke, blieb stehen, blickte sich um, dann nahm sie eine kerzengerade Haltung an und ging gemessenen Schrittes über den Hof, auf dem der Rettungswagen stand.

Anna sah ihr an, dass sie gern so schnell wie möglich gelaufen wäre und sich nur mit großer Mühe beherrschte. Aber Henrieke wollte sich nicht auffällig verhalten, wollte keinen Verdacht erregen. Erst als sie den Hof überquert hatte und auf dem Weg angekommen war, wo Anna sie erwartete, begann sie zu laufen. Anna saß schon hinterm Steuer, als Henrieke an dem Fiat ankam, die Tür aufriss und sich auf den Beifahrersitz warf.

»Schnell weg!«

Anna fühlte sich erst sicher, als sie auf die Straße eingebogen war und auf Siena zufuhr. »Jetzt erklär mir endlich, was los ist.«

Henrieke begann schon wieder zu weinen. »Dario …!«

»Mario«, korrigierte Anna.

»Für mich bleibt er Dario«, schluchzte Henrieke. »Ich hatte seine Sachen durchsucht, weil ich den Verdacht hatte, dass er verheiratet und sogar Familienvater ist.«

»Wie bist du auf diese Idee gekommen?«

Henrieke zuckte die Schultern. »Das war so ein Gefühl.«

Anna verzichtete darauf, ihrer Tochter vor Augen zu halten, welchen Vertrauensbruch sie begangen hatte, indem sie heimlich Darios Sachen durchsuchte, und dass es sich auch dann um eine schwere Indiskretion handelte, wenn sich der Verdacht bestätigte.

»Ich bin nicht nur auf seinen richtigen Namen gestoßen, ich weiß auch, dass er gar kein Stallbursche ist. Er ist inkognito hier.« Plötzlich versiegten Henriekes Tränen. »Er ist nicht der, in den ich mich verliebt habe. Er hat mich von vorne bis hinten belogen.«

Annas Gedanken rasten, sie musste den Fuß vom Gas nehmen, um zu verstehen, was Henriekes Entdeckung zu bedeuten hatte. »Wie kommst du darauf?«

Immerhin klang Henriekes Stimme schuldbewusst. »Beim Durchsuchen seiner Sachen habe ich das Vibrieren eines Handys gehört. Eine WhatsApp-Nachricht.«

»Die Nachricht hast du hoffentlich nicht gelesen?«

Henrieke antwortete nicht. Sie hatte also vor keiner Indiskretion haltgemacht. Sie hatte sogar die WhatsApp gelesen, die auf Darios Handy eingegangen war.

»›Heute Nacht‹. Mehr stand da nicht. Ich bin mir sicher, dass er verheiratet ist und Kinder hat.« Sie schloss die Augen, legte die rechte Hand unter ihren Bauchnabel und atmete sehr bewusst. Vermutlich eine ihrer Achtsamkeitsübungen.

Anna spürte Widerwillen in sich aufsteigen. »Als wenn das eine Rolle spielen würde!«, fuhr sie Henrieke an. »Wenn er sich unter falschem Namen auf dem Eselhof eingeschlichen hat, dann hat das einen Grund. Er arbeitet für jemanden, der Julius Schleicher vernichten will. Deswegen ist er verschwunden, als die Drogenfahnder anrückten.«

»Und weil er zu seiner Familie wollte!« Henrieke schaffte es, sich die Tränen abzuwischen, ohne die Augen zu öffnen und ohne auf ihr bewusstes Atmen zu verzichten.

»Herrgott, Henrieke! Hör auf, dich wie ein kleines Mädchen zu benehmen. Du kennst ihn gerade mal drei oder vier Tage. Selbst wenn er keine Frau und keine Kinder hat, wirst du ihn nicht wiedersehen. Finde dich möglichst schnell damit ab.« Als Henrieke prompt erneut in Tränen ausbrach, tat es ihr leid, sie so angegangen zu haben. »Es war gut, dass du dein Portemonnaie aus dem Haus geholt hast. Die Sanitäter werden vermutlich die Polizei alarmieren, und die wird garantiert alle Räume durchsuchen. Da ist es besser, wenn dein Name nirgendwo auftaucht. Am Ende wirst du noch für eine Komplizin gehalten.«

»Genau!« Henrieke beruhigte sich wieder und atmete nun wieder normal. »Wer weiß, was Dario auf dem Kerbholz hat. Vielleicht arbeitet er für die Drogenmafia. Oder für die Polizei.« Das eine schien für sie so schlimm zu sein wie das andere. »Dann werde ich am Ende von der Mafia wie eine Mitwisserin behandelt und liege auch über kurz oder lang gefesselt im Dreck. So wie

Julius Schleicher. Oder die Polizei nimmt mich ins Verhör.« Sie wurde mit einem Mal nachdenklich. »Obwohl … vielleicht wäre das gar nicht so schlimm gewesen. Dann hätte ich womöglich etwas über Dario erfahren …«

»Ob er verheiratet ist?«, fragte Anna spöttisch. »Und ob er irgendwo ein Häuschen im Grünen hat, in dessen Garten seine Kinder herumtollen?«

Daraufhin brach Henrieke erneut in Tränen aus und hörte nicht auf zu weinen, bis sie in die Via Valdambrino einbogen.

Emilios Handy klingelte, als er gerade ein zweites Glas Weißwein bestellt hatte. Matteo betrachtete ihn besorgt. Der Commissario gehörte zu den Menschen, die feste Gewohnheiten hatten. Ein einziges gut gekühltes Glas Weißwein – basta. Wenn er ein zweites verlangte und noch dazu am Nachmittag, während der Dienstzeit, in der Sonne, die die Wirkung des Alkohols glatt verdoppelte, war etwas geschehen. Matteo reichte die Bestellung an einen Kollegen weiter, damit er selbst in der Nähe seines Stammgastes bleiben und ein Auge auf ihn haben konnte.

Emilio kannte die Nummer nicht, die sich auf dem Display zeigte, und knurrte ins Telefon: »Pronto!«

Am anderen Ende war der frühere Polizeipräsident Angelo Cercello, der merkwürdigerweise lachte, als er Emilios mürrische Stimme hörte. »Warum haben Sie mir nicht die Wahrheit gesagt? Sie waren es gar nicht, der den Alarm ausgelöst hat.«

»Woher wissen Sie das?«, fragte Emilio zurück.

»Ich habe es gerade erfahren. Und da habe ich zu Ihrer Mutter gesagt …«

Emilio fuhr in die Höhe. »Sie sind schon wieder mit Mama zusammen?«

Cercello lachte. »Warum nicht? Sie ist ja wirklich eine sehr unterhaltsame Person.«

Emilio hätte, wenn er sie beschreiben sollte, von einer schrecklich anstrengenden Person geredet, aber natürlich ließ er Angelo Cercello seine Meinung.

»Wir sitzen auf dem Campo. Die Sonne ist herrlich. Kommen Sie doch dazu«, schlug Cercello vor.

Emilio machte einen langen Hals, während Matteo sich neben ihn stellte und genauso ernst und konzentriert von einem Restaurant zum anderen schaute, als könnte er dem Commissario helfen, einen notorischen Verbrecher zu entdecken. Als er das Erkennen in Emilios Gesicht bemerkte, sah er streng zum *Café Nannini*, obwohl es dort keinen einzigen Menschen mit einem Galgenvogelgesicht gab, mit einer verbrecherischen Visage, mit gelackten Haaren, großer Sonnenbrille und Goldkettchen. Matteo bildete sich viel auf seine Menschenkenntnis ein und war davon überzeugt, einen gesuchten Verbrecher sofort zu erkennen. Aber was er sah, waren nur ein paar harmlose Touristen und eine alte Dame, die ihrer aufwendigen grauen Dauerwelle einen lila Ton verpasst hatte. Sie trug ein weißes Kostüm mit einer lila Bluse, die farblich genau zu ihren Haaren passte, eine Sonnenbrille mit einem lilafarbenen Gestell und ließ ihre Ringe in der Sonne funkeln. Der Herr neben ihr war sehr korrekt gekleidet, mit einem dunklen Anzug, einem schneeweißen Hemd und einer himmelblauen Krawatte, die leider nicht zu den lila Accessoires der Dame passten. Aber das weiße Einstecktuch und die polierten Schuhe mit den hellen Kappen waren über jeden Zweifel erhaben.

Emilio duckte sich, was Matteo nicht verstehen konnte. »Ich habe viel zu tun. Der Schreibtisch vor mir ist mit Akten übersät.«

Matteo machte eine Bewegung, als wollte er Emilio auf seinen Irrtum aufmerksam machen. Der Commissario saß nicht an seinem Schreibtisch, sondern im *Fonte Gaia* auf dem Campo von Siena.

»Also gut.« Cercello lachte gutmütig. »Ihre Mutter hat gleich gesagt, dass Sie während der Dienstzeit niemals auf den Campo gehen.«

Mamma! Diese Lügnerin!

»Aber Sie können unbesorgt sein, Fontana. Der Leiter der Drogenfahndung weiß schon Bescheid.«

Was meinte er damit? Santo dio!

»Ich habe dafür gesorgt. Natürlich war ich vorher nicht gut auf Sie zu sprechen, ich gebe es zu. Erst der Puderzucker, dann die zweite Razzia ohne Erfolg…«

Worauf wollte Angelo Cercello hinaus? Emilio schwieg vorsichtshalber.

»Aber nun weiß ich ja, dass Sie es nicht waren, der den Alarm ausgelöst hat. Und der Chef der Drogenfahndung weiß es auch.«

Wie hatte Angelo Cercello das erfahren? Hatte er etwa durchschaut, wer es gewesen war? Und wusste er auch, wo die Kokainlieferung geblieben war? Er musste Informanten in den höchsten Positionen haben.

»Jemand, der für die Konkurrenz arbeitet. Nach der ersten Razzia hat er scheinbar eine zweite Chance bekommen. Erstaunlich eigentlich. In dieser Branche ist man ja nicht zimperlich. Aber als diese Razzia wieder in die Hose gegangen ist, konnte er nur noch das Weite suchen.«

»Dario?«

»Den Namen kenne ich nicht. Ein Deutscher jedenfalls.«

»Der Deutsche?«

»Sie meinen, er wurde so genannt? Schon möglich.«

Nun hätte Emilio sich doch gern ins *Café Nannini* begeben. »Die Konkurrenz greift sonst zu anderen Mitteln.«

Cercello lachte. »Sie meinen Mord und Totschlag? Der Boss der Konkurrenz hat sich für sehr raffiniert gehalten. Er wollte den Eselhof weiterführen, so wie Julius Schleicher. Vorne Eselwanderungen und hinten Drogengeschäfte. Nachdem er den Drogenfahndern in die Hände gespielt hatte, wäre er garantiert in den nächsten

Jahren unbehelligt geblieben und hätte tun und lassen können, was er wollte. Solange sich der Hof nach außen hin um Eselwanderungen kümmerte, hätte er nie wieder Schwierigkeiten mit der Drogenfahndung bekommen. Aber jetzt … nach der zweiten erfolglosen Razzia …« Er unterbrach seine Rede mit einem spitzen Lippenlaut, der sich wie ein Handkuss anhörte. »Ich möchte wissen, wo das Kokain geblieben ist«, fuhr er dann fort. »Das wird eine Hatz geben in den nächsten Wochen. Einer wird den anderen verdächtigen, und irgendwann finden Sie eine Leiche mit einer Kugel im Kopf.«

Emilio schauderte es. Valentino oder Filippo als Opfer der Drogenmafia? Anna würde ihm nie verzeihen, wenn er ihre Brüder nicht hatte schützen können. »Ja, das wüsste ich auch gern«, sagte er so leise wie möglich. »Das ist jetzt Sache der Drogenfahndung, das Kokain zu suchen und Schlimmeres zu verhindern.«

Matteo erschrak und nahm Haltung an. Drogenfahndung! Kokain! Er sah seinen Stammgast ehrfürchtig an, der jedoch nichts davon bemerkte.

In der Stimme von Angelo Cercello lag ein Lächeln. »Vielleicht wird das Ihr erster Fall, wenn Sie zur Drogenfahndung gewechselt haben?«

In Emilios Stimme lag ebenfalls ein Lächeln, so etwas fiel ihm leicht. Er bedankte sich artig, wie seine Mutter es von ihm erwartete, machte die Komplimente, die ein Mann wie Angelo Cercello gern hörte, fachsimpelte noch ein bisschen mit ihm und ließ dann Grüße an Mama ausrichten.

Als er das Handy zurücksteckte, fragte Matteo ängstlich: »Alles in Ordnung, Commissario?« Er hatte mittlerweile herausbekommen, mit wem sein Stammgast telefonierte. Der Herr, der neben der lila geschmückten Dame vor dem *Café Nannini* saß, steckte sein Telefonino ebenfalls weg, das war der Beweis. Matteo beugte sich vertraulich zu Emilio. »Die Mafia ist ganz schön raffiniert, so einen alten Daddy mit seinem verschrumpelten Herzblatt auf Sie anzusetzen. Da kommt ja niemand drauf. Vermutlich eine Nutte, die es geschafft hat, so auszusehen wie eine anständige Frau. Oder glauben Sie etwa, dass der Schmuck echt ist?«

Es war das erste Mal, dass Matteo kein Trinkgeld erhielt. Und dass der Commissario aufstand und ohne Gruß davonging, war auch noch nie vorgekommen.

Aber Matteo hatte Verständnis für ihn. Wer so wichtige Fälle zu lösen hatte und mit so gefährlichen Ermittlungen beschäftigt war, konnte sich nicht auch noch um Höflichkeit einem Kellner gegenüber kümmern.

Ich frage mich ja auch, was dieser Dario für ein Mensch ist, was er für eine Aufgabe hat, ob er zur Drogenmafia gehört und… ja, ob er verheiratet ist, das interessiert mich natürlich auch. Nicht, dass ich Henriekes Liebe zu ihm retten will. Ein Verhältnis mit einem Drogendealer oder Mafioso wäre ja noch schlimmer als ihre damalige Beziehung zu Dennis Appel, diesem Betrüger und Tagedieb. Eine Steigerung hatte ich mir nach seiner Verhaftung gar nicht vorstellen können. Aber dieser Dario oder Mario… das wäre nun wirklich der Gipfel.

Damit Henrieke keine heimlichen Hoffnungen mehr hegt, habe ich ihr erzählt, was er mit Emilio gemacht hat. Ein Gewalttäter ist er also auch noch! Wenn er auch Emilio nicht mit dem Leben bedroht hat und ihn wahrscheinlich nur für eine Weile aus dem Weg haben wollte, das spielt keine Rolle. Wenn ich mir das Bild ins Gedächtnis rufe, wie Emilio gefesselt im Stroh des Eselstalls hockte, werde ich wieder schrecklich wütend.

Nur wenn ich an die beiden Stoffbeutel denke, die neben Graf Scroffa in Frieden ruhen, kommt Gelassenheit über mich. Dieses Kokain wird niemanden süchtig machen, wird keinen jungen Men-

schen das Leben kosten, wird keine Kriminellen reich machen. Ein gutes Gefühl, ein wirklich sehr gutes. Das habe ich doch richtig gemacht, oder? Ja, ich sehe Sie nicken. Sie sind meiner Meinung, ich wusste es.

Henrieke folgte ihrer Mutter in die Küche, nachdem sich Anna vergewissert hatte, dass in ihrem Hotel alles zum Besten stand. Graziella wurde in den Feierabend geschickt, und Henrieke befand, dass eine Frau im Alter ihrer Mutter ausruhen müsse. »Seitendehnung, Mama! Das hilft!«

»Wogegen?«

»Du bist überanstrengt. Versuch gar nicht erst, es abzustreiten.«

Henrieke zwang ihre Mutter, sich mit gekreuzten Beinen auf den Boden zu setzen, sorgte dafür, dass sie ihre linke Hand auf dem Boden abstützte und den rechten Arm zur Decke streckte. »Nun nach vorne beugen und die linke Hand so weit nach außen bewegen, wie es geht.«

Anna hätte sich gerne gesträubt, wusste aber, dass das einen langen Vortrag über Achtsamkeit nach sich ziehen würde. Also zog sie es vor, die Zähne zusammenzubeißen und so zu tun, als fiele ihr diese Übung leicht.

»Und nun das Gleiche auf der rechten Seite.«

Anna ließ sich zähneknirschend auch auf die Wiederholung dieser Übung ein. Viel lieber hätte sie sich um die Füllung des Getränkeautomaten gekümmert, die Zeitschriften in der Lobby neu geordnet, mit dem Bäcker telefoniert, um ihre Brötchenbestellung zu ändern, und sich bei der Putzfrau erkundigt, ob deren Erkältung überwunden sei und sie am nächsten Tag wieder ihre Arbeit antreten könne. Aber sie beschloss, Henrieke entgegenzukommen und nichts zu tun, was ihrer Tochter missfiel. Der Verlust der Liebe, die Henrieke für kurze Zeit mädchenhaft und unbeschwert gemacht hatte, zeigte bereits seine Auswirkungen. Kaum waren sie aus dem Auto gestiegen, hatte sie wieder zu nörgeln begonnen. Ihre Mutter sei zu schnell und zu unachtsam gefahren, habe sich weder um Verkehrsregeln noch um Höchstgeschwindigkeiten gekümmert, zu laut gehupt und andere Verkehrsteilnehmer viel zu flegelhaft beschimpft. So was hätte sie in Stuttgart nie getan. Anna solle sich nur nicht einbilden, dass ein derart unbeherrschtes Benehmen sie tatkräftiger wirken lasse oder sie gar zu einer Italienerin mache. Sie bleibe eine Schwäbin, da solle sie sich nur nichts vormachen, auch wenn sie allen anderen ein südländisches Temperament vorgaukeln wolle. Nur gut, dass Anna, seitdem ihr Hotel eröffnet worden war, wenigstens vernünftige Kleidung trug. Dennoch erschienen Henrieke die Röcke ihrer Mutter zu kurz und die Hosen zu eng.

»Du solltest endlich zu deinem Alter stehen, Mama.«

Als Anna mit gedehnten Seiten am Tisch saß, ging das Genörgel schon wieder los. »Du solltest Yoga machen, Mama.« Und anzüglich fügte sie hinzu: »Es gibt schicke Yogaklamotten, vielleicht könnten die dich motivieren?«

Dass die Gründe, warum Anna sich in Siena anders kleidete als früher in Stuttgart, nichts mit ihrem Alter zu tun hatten, wollte Henrieke einfach nicht glauben. Mama fühlte sich freier, unabhängiger, glücklicher? Henrieke konnte nicht einsehen, dass solche Gefühle eine weitere Empfindung nach sich zogen: jung zu sein trotz des Alters, nicht jung auszusehen, sondern sich jung zu fühlen. Und erst recht wollte sie nicht einsehen, dass das zwei Paar Schuhe waren.

Als Henrieke endlich in ihr Zimmer gehen wollte, war Anna erleichtert. Die leichtsinnig geäußerte Vermutung, Henrieke wolle sich Ruhe gönnen, führte leider noch einmal zu schweren Vorwürfen. Selbstverständlich wollte Henrieke sich nicht ausruhen, sondern sich dem Schmerz hingeben, der ihr zugefügt worden war, aber ihre Mutter habe wohl keine Ahnung von großen Gefühlen und könne so etwas nicht verstehen. Sie, eine Frau von über sechzig, mache es sich ja einfach. Für ihre Tochter habe sie kein Verständnis, und die beiden Männer, die um sie herumscharwenzelten, hielt sie auf Abstand, wenn sie sie gerade nicht gebrauchen könne, und ließ sie in ihrer Wohnung übernachten, wenn sie ihre Hilfe benötigte. »Schockierend, so was!« Henrieke dagegen sei zu echten Gefühlen fähig, ihre Mutter nur zu lauwarmen Eskapaden.

Auf Annas Frage, ob es ihr lieber sei, einen Stiefvater präsentiert zu bekommen, fiel ihr zum Glück vor lauter Entrüstung nichts ein. Sie werde jetzt mit der Katze-Kuh-Position ihre Wirbelsäule mobilisieren, die Durchblutung der Rückenstrecker verbessern und die Muskulatur zwischen den Schulterblättern lockern.

Anna verbiss sich die Frage, was das mit Katzen und Kühen zu tun habe. Sie trat auf die Terrasse und betrachtete die Esel, die dort friedlich grasten, als passiere in diesem Haus rein gar nichts, was sie aus der Ruhe bringen könne. Sie öffnete das niedrige Tor, das ihre Terrasse vom Garten trennte, ging erst zu Casanova und kraulte ihm die langen Ohren und dann zu Griseldis, der sie die Flanke tätschelte. Die Eseldame hob den Kopf und rieb die Schnauze an Annas Bluse. Henrieke hätte nun gleich wieder einen Grund zur Beanstandung gehabt und Anna auseinandergesetzt, dass eine Hotelbesitzerin unmöglich mit einem Fleck auf der linken Brustwarze ihrer Arbeit nachgehen könne. Aber vermutlich hätte sie eine Achtsamkeitsübung parat gehabt, die aus einem Fleck ein aufgesticktes Blümchen machte.

Samantha Lindenbaum trat in den Garten, als hätte sie Anna bemerkt und wollte die Gelegenheit nutzen, mit ihr zu sprechen. Sie trug einen kunterbunten, kurzbeinigen Overall, der ihre zierliche Figur gut zur Geltung brachte. Ihre schmale Taille hatte sie mit einem Stretchgürtel betont, die Haut, die sie zeigte, war glatt und gebräunt, die Locken fielen ihr in die Stirn.

»Ich habe gehört, dass es auf dem Eselhof Ärger gegeben hat.«

»Gehört?« Wer mochte Samy Lindenbaum davon erzählt haben?

»Ich hatte dort angerufen, um zu fragen, ob Griseldis und Casanova früher zurückgebracht werden können. Aber der Betreiber des Eselhofs war nicht zu sprechen. Die Putzfrau sagte, es hätte einen Überfall gegeben.« Samy sah Anna fragend an, wartete aber nicht auf eine Antwort, sondern begann mit einem Mal zu flüstern: »Die Sache wächst mir über den Kopf.«

Anna wusste sofort, von welcher Sache sie sprach.

»Mein Mann will unter allen Umständen unsere Ehe retten, mein… Freund will mich mit einem Mal unter allen Umständen heiraten. Und ich… ich will mit einem Mal beides nicht. Was soll ich nur tun?«

Anna betrachtete Samy lächelnd. Henrieke wäre jetzt aus der Empörung gar nicht mehr herausgekommen, aber Anna blieb bei der Sympathie, die sie vom ersten Augenblick an empfunden hatte. Eine Frau, die ihren Mann betrog, die ihren Liebhaber abservierte, sich Hals über Kopf in einen anderen verliebte und ganz nebenbei als Drogenkurier arbeitete – trotzdem mochte sie Samy.

»Tja, schwer zu sagen.«

Stimmten ihre Gedanken überhaupt? Dass Samy ihren Mann betrog, war wohl das Einzige, was als sicher gelten konnte. Ob Rupert Diekel wirklich ihr Liebhaber war, blieb dahingestellt, Ole Alfkes' Rolle war nach wie vor undurchschaubar, dass Samys Mann der Deutsche war, der mit Julius Schleicher gemeinsame Sache machte, auch zur Vermutung geworden, seit klar war, dass Dario ebenfalls Deutscher war. Und warum Samy als Drogenkurier arbeitete, ohne die Verhältnisse auf dem Eselhof zu durchschauen, war Anna nach wie vor ein Rätsel.

»Da hilft wohl nur, den Knoten zu zerschlagen«, sagte sie freundlich. »Sich selbst klarmachen, was man will, und dann danach handeln.« Wie lebenstüchtig sich das anhörte! Wie besonnen, wie vernünftig! Dabei wusste Anna ganz genau, wie schwer es war, Entscheidungen zu treffen, die Auswirkungen auch auf andere hatten, nicht nur auf das eigene Leben. »Ich weiß zu wenig von Ihnen, um Ihnen raten zu können.«

Samy nickte verständnisvoll. »Trotzdem danke. Es hat schon gutgetan, mal darüber zu reden.«

Anna hätte das Gespräch gern fortgesetzt, wurde aber durch laute Stimmen unterbrochen, die von der Straße kamen. Samy zog sich zurück, Anna ging über den Rasen bis zum Ende ihres Grundstücks und trat dort auf die Straße. Auf dem Parkstreifen gegenüber gab es einen kleinen Menschenauflauf. Signor Musso tobte, riss sich die Mütze vom Kopf, warf sie zu Boden, trampelte darauf herum, hob sie auf und schob sie sich so schief wieder auf den Kopf, als ginge es ihm darum, besonders lustig auszusehen. Seine Frau kreischte ihm etwas zu, was ihn wohl beruhigen sollte, sein Sohn versuchte es mit ungezogenen Widerworten. Beides trug selbstverständlich nicht zur Besänftigung bei. Anna zog es vor, sich nicht einzumischen. Es kümmerten sich schon genügend Nachbarn um den erregten Signor Musso, der sich einfach nicht darüber freuen wollte, dass sein Auto wieder da war. Vielmehr bezichtigte er jetzt nicht mehr nur seinen Sohn, sondern auch dessen Freunde, die ihm schon immer suspekt vorgekommen waren. Er beschimpfte die Kfz-Versicherung, die nun nicht mehr bereit sein würde, ihm ein neues Auto zu bezahlen, vermutete, er würde auch auf den Reparaturarbeiten sitzen bleiben, und wurde erst ruhiger, als ein Nachbar sich bereit erklärte, den Schaden, der an seinem Auto entstanden war, kostenlos zu beheben.

Anna wollte gerade wieder in den Garten zurückgehen, als ihr ein Wagen auffiel, der um die Ecke kam. Langsam, fast im Schritttempo. Ein gelbes Cabrio mit geschlossenem Dach, dessen Fahrerin erst zu erkennen war, als der Wagen sich näherte. Die attraktive Blondine am Steuer blickte aufmerksam die Straße entlang, als suche sie jemanden. Schließlich blieb sie direkt vor dem Eingang des *Albergo Annina* stehen und stellte den Motor ab. Die Diskussion um Signor Mussos Auto richtete sich nun prompt auf das gelbe Cabrio. Sah diese Signora denn nicht, dass man dort nicht parken durfte? Wenn Italiener auch über Gesetzesübertretungen meist lässig hinwegsahen – in diesem Fall parkte der Wagen derart verkehrswidrig, dass bestenfalls noch ein Kleinwagen die Straße passieren konnte. Für jeden Lieferwagen oder gar für das Müllauto war nun kein Platz mehr.

Als die Frau ausstieg, veränderte sich die Stimmung schlagartig. Nur Signora Musso schimpfte noch lautstark, allen Männern war die Schelte im Hals stecken geblieben. »Perbacco«, stöhnte ihr Mann und merkte nicht, dass sein Sohn die Gunst der Stunde nutzte und verschwand. Dass die Blondine wieder einstieg, um Ricardos Lieferwagen Platz zu machen, wurde nun plötzlich bedauert, lachend und feixend, damit alle merkten, dass die Bewunderung weiblicher Schönheit nur aus Spaß geschah, sozusagen aus einem Reflex heraus. Ricardo, der zunächst wütend die Seitenscheibe heruntergedreht und laut geschimpft hatte, wurde ebenfalls schlagartig zum Charmeur. Mit galanten Gesten ließ er erkennen, dass dieser kleine Aufenthalt ihm nicht das Geringste ausmache, wenn er währenddessen einer so schönen Frau auf die Beine, auf den Busen und auf den Hintern gucken dürfe.

Unter anderen Umständen hätte Anna jetzt grinsend das Schauspiel genossen, das alle Italiener auf ähnliche Weise vorführten, aber diesmal war sie nicht daran interessiert. Sie sah dem gelben Cabrio so lange nach, bis es zur Via Boninsegna hochgefahren war, Ricardo dicht auf der Stoßstange, um die Fahrerin zu einer zügigeren Fahrweise zu nötigen.

Was wollte diese Frau hier? Warum hatte sie ausgerechnet vor dem *Albergo Annina* gehalten? War sie hinter Ole Alfkes her? Hatte sie herausgefunden, wo er abgestiegen war, und wollte ihn nun mit Gewalt zurückholen? Anna war voller Angst, als sie in den Garten zurückging, und konnte sich nicht von dem friedlichen Anblick der grasenden Esel beschwichtigen lassen. Von dem Gesang, der aus der Lobby nach draußen drang, erst recht nicht.

Die Türen des Frühstücksraums standen offen, sie konnte Filippo in der Lobby sehen, in der großen Pose eines Opernstars, dessen Arie den Höhepunkt einer Aufführung bildet. Er schmetterte sein »O sole mio«, ohne je Gesangsunterricht gehabt zu haben, aber durchaus mit einer gewissen Begabung. Das Tremolo auf dem O von »sole« war jedenfalls beeindruckend. Anna hatte bis zu diesem Augenblick nicht gewusst, dass Filippo eine so schöne Stimme hatte. Da sie selbst kaum einen Ton richtig traf, war ihr nie in den Sinn gekommen, dass ein anderer Nachkomme der Kolskys mit diesem Talent gesegnet sein könnte.

Hätte ihr Bruder nun auch noch den Text im Kopf gehabt, wäre ihm vermutlich sogar ernst gemeinter Applaus vergönnt gewesen. Aber als er aus »che bella cosa« »die schöne Rosa« machte und statt »dopo na tempesta« »durch das Gitter nässt er« reimte, erntete er fröhliches Gelächter. Aber es klang nicht hämisch, sondern wirklich belustigt, sodass Filippo trotzdem zufrieden zu sein schien, während er sich mit tiefer Verbeugung bei den Gästen, die ihm in der Lobby gelauscht hatten, für den Applaus bedankte.

Anna erstarrte. Langsam durchquerte sie das Frühstückszimmer, blieb in der Tür zur Lobby stehen und sah Filippo nach, der vor die Eingangstür trat und der Basilica di San Francesco anerkennende Worte zuwarf. Sich zu fragen, was es mit dieser Euphorie auf sich hatte, war überflüssig. Ihr Bruder hatte erneut gekokst, keine Frage. Woher hatte er den Stoff? Wie war das Kokain in seine Hände gekommen? Ein Kribbeln durchzog ihren Körper, und sie fröstelte trotz der frühsommerlichen Wärme.

Was habe ich in Pentolina vergraben? Bitte, helfen Sie mir! Es lag doch alles auf der Hand: Valentino und Filippo hatten Wind davon bekommen, dass Julius Schleicher eine Drogenlieferung erwartete. Wie sie das erfahren haben? Ach, das müssen wir nicht wissen. Die beiden kennen viele Leute aus der Szene. Wenn die jemandem versprechen, ihm später einen Anteil zu zahlen, erfahren sie alles, was sie wissen müssen. Einen anderen Grund, in der Nacht zum Eselhof zu fahren, gibt es für meine Brüder nicht. Und ich hatte ja den Beweis. Einen ganzen Karton voller Kokain! Wie sie es geschafft haben, das Zeug aus dem Koffer der Limousine zu holen, weiß ich nicht, aber offenbar war es möglich. Denken Sie daran, dass der Fahrer, der zunächst neben dem Wagen stehen geblieben war, später ins Haus ging. Da haben die beiden vermutlich ihre Chance genutzt. Und dass ihre dumme kleine Schwester auch auf dem Eselhof erschien, war dann ihr großes Glück. Mich verdächtigt ja keiner, meinen Kofferraum hätte niemand durchsucht. Mit Signor Mussos Auto zu flüchten wäre für die beiden nicht so einfach gewesen, denn es kostet Zeit, es ein zweites Mal kurzzuschließen. Und wenn man sie erwischt und zurückgehalten hätte, wäre das Kokain im Kofferraum der Beweis gewesen. Stattdessen haben sie sich in mein Auto geflüchtet und ihren Schatz in meinem Kofferraum versteckt. Eine todsichere Sache für meine Brüder!

Aber dann? Was ist dann geschehen? Der Kioskbesitzer verkauft die Tiefkühlbeutel in großen Packungen, ich hatte also noch genügend Vorräte. Und Puderzucker ist immer reichlich im Haus, weil Graziella gelegentlich für die Gäste Mandorlini backt, die am Ende mit viel Puderzucker bestäubt werden müssen. Ich schwöre, dass im Kofferraum meines Autos nichts als Puderzucker war. Kein Kokain! Natürlich war der Karton bald verschwunden, Valentino und Filippo kommen ja ohne Weiteres an meinen Autoschlüssel. Er hängt am Schlüsselbrett im Flur meiner Wohnung. Sie haben angenommen, ich hätte von dem Karton nichts bemerkt, haben ihn sich geholt und sich die Hände gerieben, weil sie glaubten, jetzt im Besitz eines riesigen Vermögens zu sein.

Wie also ist Filippo an das Kokain gekommen? Sagen Sie mir nicht, er könnte ja einfach nur gute Laune gehabt haben und deswegen so euphorisch gewesen sein. Nein, das kann es nicht sein. Er hat gekokst, ganz sicher. Filippo ist kein Mensch, der singt, weil er fröhlich ist.

Ich verstehe nur noch Bahnhof. Und ich könnte heulen! Was in meinem Hotel passiert, ist mir mittlerweile ein Buch mit sieben Siegeln. Und das macht mich fertig. Mein schönes Hotel! Bald beginnt die erste Hochsaison für mich. Ich habe auf ein ausgebuchtes Haus gehofft! Ich will meinen Gästen zeigen, wie man in einem kleinen, inhabergeführten Hotel wohnt, ich will sie verwöhnen, ihnen jeden Wunsch von den Augen ablesen … Und nun? Aus dem Albergo Annina *ist eine Drogenhöhle geworden …*

Die Sonne senkte sich bereits über die Toskana. Die Zypressen wurden dunkler, die weichen Umrisse schärften sich, das Grün bekam braune Ränder, auf den Dächern der Stadt tanzten die Insekten, und es wurde allmählich kühler. Anna mochte den späten Nachmittag, im Sommer ganz besonders, wenn die Hitze endlich in den Abend aufstieg, aber auch im Frühling liebte sie ihn, wenn die Farben zur Ruhe kamen, wenn die Toskana nicht mehr prunkte, sondern sich ihrer eigenen Schönheit ergab. Dann streckte sie alle Hügel von sich und zeigte ihre verletzliche Seite. Für Anna wurde die Stimmung dann grün wie Bittermandelöl, während sie kurz vorher noch brillantgrün gewesen war. Erst wenn sie das Grün von Weißkohlblättern annahm, war die Nacht nicht mehr fern.

Anna ging von einem Fenster zum anderen, von einer Tür zur nächsten. Sie lief durch die Lobby, als wäre sie wegen eines Rohrbruchs alarmiert worden, und immer wieder in den Garten, als machte sie sich Sorgen um die Gesundheit der beiden Esel. Auch an allen Türen der Gästezimmer ging sie vorbei, als könnten verdächtige Geräusche nach außen dringen, die ihr sofortiges Eingreifen nötig machten. Vor Samy Lindenbaums Tür blieb sie sogar stehen und lauschte. Heiko Lindenbaum musste im Zimmer sein, er hatte sich noch kein einziges Mal blicken lassen, seit er eingetroffen war. Das Gepäck, das angeblich später nachgeschickt werden sollte, war noch nicht gekommen. War er auf der Flucht? Versteckte er sich im *Albergo Annina?*

Auch Emilio hatte sich nicht blicken lassen. Er würde sicherlich nach Feierabend wieder auftauchen, und dann wollte sie ihm klarmachen, dass er ausziehen musste. Ein Verräter hatte in ihrem Haus nichts zu suchen.

Es dauerte nicht lange, bis Anna einsah, dass sie sich Gewissheit verschaffen musste, wenn sie wieder ruhig werden wollte. Diese Tageszeit war genau richtig. Wenn sie in Pentolina angekommen war, würde es dämmrig sein, dann würde sie keiner stören. Der Friedhof hatte sowieso nicht viele Besucher, gegen Abend war dort niemand zu erwarten.

Anna klopfte an Henriekes Zimmertür, sah sich nicht um, als sie eintrat, versuchte, das Wolfsgrau nicht an sich herankommen zu lassen, das im Zimmer stand, das Silberrauchgraue nicht einzuatmen und durch das ganze Grau von Henriekes Seelenschmerz noch alle Farben zu erkennen, die ihre Tochter nicht sah und nicht sehen wollte. Sie bat sie, ein Auge auf die Rezeption zu haben, überhörte Henriekes Wehklagen, das sei ihr nicht zuzumuten, und fügte sogar die Bitte an, sich für diesen Zweck etwas Ordentliches anzuziehen. Ein Kleidungsstück, das nicht grau war, und auch nichts, was eigentlich weiß, schwarz oder farbig war, aber durch unzählige Wäschen und schlechte Pflege grau geworden war.

»Ich habe etwas in Pentolina zu erledigen. Und denk mal an diese Achtsamkeit, die du immer predigst. Also konzentrier dich auf deinen Atem, anstatt dich zu beklagen.«

Sie zog die Tür ins Schloss, ehe Henrieke sämtliche Argumente vorgebracht hatte, die gegen konzentriertes Atmen sprachen, sondern dafür, ihrer Trauer mit Rücksicht zu begegnen und ihr den Jammer zu lassen, dem sie sich in aller Ruhe hingeben wollte, ohne sich von sinnvoller Arbeit dabei stören zu lassen. Aber Anna überhörte sämtliche Einwände, bedankte sich, als hätte es sie nie gegeben, bei Henrieke und zog die Zimmertür wieder ins Schloss. Es würde ihrer Tochter guttun, sich abzulenken. Vielleicht fiel ihr währenddessen sogar etwas ein, womit man Dario oder Mario auf die Spur kommen könnte.

Anna schulterte ihre Tasche und verließ ihre Wohnung über die Terrasse, um durch den Garten zu ihrem Auto zu gehen. In diesem Moment stieg Konrad über den Zaun, der immer diesen Weg nahm, wenn er zu ihr kommen wollte.

»Du willst weg? Ich komme mit.« Er fragte nicht, wohin sie fahren wollte, wie lange sie bleiben und ob er sie stören würde. Er wolle mal wieder in Ruhe mit ihr reden, sagte er, und in ihrem Auto würden sie wenigstens nicht ständig unterbrochen.

Anna fiel nichts ein, was Konrad dazu bringen könnte, darauf zu verzichten. Der Besuch ihrer Gynäkologin wäre vermutlich geeignet gewesen, aber diese Ausrede fiel ihr zu spät ein. Sie hatte schon der Wahrheit die Ehre gegeben, von Pentolina gesprochen, und Konrad war hocherfreut gewesen. »Lass uns dort essen. Ich lade dich ein.«

Anna ergab sich. Sie würde also Konrad entweder einweihen oder ihr Vorhaben verschieben müssen.

»Was hast du dort vor?«

»Ich will Nona und Sergio besuchen.«

»Prima!« Konrad mochte den Leiter des Resorts und seine Frau ebenso gern und wäre nicht auf die Idee gekommen, dass die beiden nur Anna eingeladen haben könnten und ihnen an seinem Besuch nicht gelegen war. »Die beiden würde ich auch gern mal wiedersehen.«

Als sie aus Siena herausfuhren, beschloss Anna, Konrad einzuweihen. »Hast du Filippo gesehen?«, fragte sie vorsichtig.

»Deswegen wollte ich mit dir sprechen. Er hat gekokst. Und nicht zu knapp. Mit dem kannst du kein vernünftiges Wort reden. Zurzeit hält er sich für Superman und ist sicher, dass er die ganze Polizei, sowohl die deutsche als auch die italienische, an der Nase herumführen kann. Der ist derart high, dass er nicht einmal merken würde, wenn er verrät, woher er das Koks hat.« Anna fädelte sich in den dichten Verkehr ein. »Woher hat er es? Was glaubst du?«

Konrad sah sie ungläubig an. »Die beiden waren doch in der Nacht auf dem Eselhof, und du bist ihnen gefolgt. Die müssen das Zeug aus der Limousine geholt haben. Ist doch klar.«

Anna nickte. Ja, das war klar.

»Was machen die beiden jetzt damit?«, fragte Konrad. »Und wie reagieren diejenigen, die es zu Schleicher gebracht haben?«

»Sie setzen ihn gewaltig unter Druck«, antwortete Anna und erzählte von ihrem Besuch auf dem Eselhof. »Sie müssen wissen, dass Schleicher selbst das Kokain nicht an sich genommen haben kann. Er war ja die ganze Zeit mit den Lieferanten zusammen. Aber sie könnten vermuten, dass einer von seinen Leuten sich das Zeug geholt hat.«

»Wenn sie das nächste Mal wiederkommen, kann Schleicher froh sein, wenn er nicht zu Hause ist«, vermutete Konrad.

»Du meinst, sie wollen ihn umbringen?« Anna wollte gerade zum Überholen eines Lasters ansetzen, unterließ es jedoch.

»Aber vorher sorgen sie dafür, dass er alles preisgibt, was er weiß.«

»Folter?«

»Diese Leute sind nicht zimperlich.«

»Ob Valentino und Filippo das ahnen?«

»Natürlich!« Konrad lachte. »Was glaubst du denn? Die wissen genau, was Verrätern droht.«

»Aber Julius Schleicher ist in diesem Fall unschuldig.«

»Das sag mal deinen Brüdern. Ich fürchte, das ist ihnen völlig egal. Die sind jetzt reich, alles andere interessiert sie nicht.«

»Und wenn jemand dahinterkommt, dass sie das Kokain gestohlen haben? Sie könnten gesehen worden sein.«

»Dann gnade ihnen Gott«, meinte Konrad lakonisch.

Anna überholte nun doch, scherte aber sofort wieder rechts ein. »Sie könnten es nicht einmal zurückgeben«, sagte sie leise. »Sie haben es gar nicht mehr.« Eilig ergänzte sie: »Eigentlich …«

Als sie in Pentolina auf den Parkplatz fuhren, wusste Konrad alles. Und natürlich stellte er die Frage, die auch Anna sich stellte: »Wie kann Filippo high sein, wenn in dem Karton Puderzucker statt Kokain war?«

Ein Wagen war ihnen durch das Waldgelände vorangefahren, über die bucklige Straße, die nach Pentolina führte, manchmal zum Schotterweg wurde und dann wieder ein gutes Stück asphaltiert war. Ein Alfa Romeo älteren Datums, der vor ihnen auf den Parkplatz eingebogen war, dem jetzt ein Mann von etwa sechzig Jahren entstieg. Er richtete sich neben der Fahrertür auf, als hätte er etwas Wichtiges vor, für das er sein Rückgrat stärken musste.

»Den kenne ich doch«, murmelte Konrad und sah so aus, als kame ihm eine unangenehme Erinnerung.

Der Mann war nicht besonders groß, trug die Haare sehr kurz geschnitten, hatte einen dünnen Oberlippenbart und steckte in einem dunkelgrünen Jagdanzug. Wer ihn sah, hätte womöglich erwartet, dass er seine Flinte aus dem Kofferraum holte.

Das tat er allerdings nicht. Er ging die Zypressenallee entlang, die zum Haupthaus führte, und schritt sie mit langsamen, weit ausholenden Schritten hoch, andächtig und bekräftigend. Anna musste lächeln. Genauso machte sie es auch, wenn sie in Pentolina ankam. Sie wurde ebenfalls von einer unbestimmten Feierlichkeit erfasst, wenn sie über diesen Weg in das frühere Dorf das Grafen Scroffa geleitet wurde, der selbst in der Blüte des Dorfes garantiert nie so schön gewesen war.

Konrad und Anna folgten dem Mann und beobachteten, wie er ein Paar grüßte, das ihm entgegenkam, und eine Dame, die stehen blieb, sogar mit Handschlag. Er schien sich ihr namentlich vorzustellen und Bewunderung zu ernten. Vielleicht war es auch Staunen und Überraschung.

Als ein Kellner vom Restaurant ins Haupthaus lief und dabei den früheren Dorfplatz überquerte, fiel Konrad wieder ein, woher er den Mann kannte.

Der Kellner rief: »Ah, il Conte!«, und winkte dem Mann lachend zu.

»Scroffa!«, stöhnte Konrad auf. »Emilios Chef.«

Er betrat das Haupthaus. Sie konnten durch die gläserne Tür erkennen, dass er in Sergios Büro ging, das er jedoch leer vorfand, und dann in die Rezeption, in der er sich nicht lange aufhielt. Anna und Konrad konnten hören, dass Nona mit ihren Töchtern nach Rosia gefahren war und Sergio irgendwo auf dem großen Gelände nach dem Rechten sah.

Konrad zupfte an Annas Ärmel. »Komm, lass uns ins *Tre Tigli* gehen. Es scheint voll zu sein. Am Ende bekommen wir keinen Tisch mehr.«

Aber Anna konnte sich nicht von Scroffa und seinem gräflichen Gebaren losreißen. Sie wusste von Emilio, dass sein Chef den Adelstitel nicht führte, dass seine direkten Vorfahren ihn auch nicht geführt hatten, dass er aber, wenn er »Conte« gerufen wurde, die Sache nie richtigstellte.

Nun wurde er von einem älteren Ehepaar angesprochen, das ihn offenbar kannte, Deutsche, die sich wohl gern beeindrucken ließen. »Herr Graf! Sie wollen Ihren Ahnen mal wieder einen Besuch abstatten?«

Scroffa plusterte sich auf und redete etwas von der Pflicht eines Nachfahren, von dem Band des blauen Blutes und von seiner großen Dankbarkeit, einen Namen tragen zu dürfen, der in der Region Siena überall bekannt war. Das deutsche Ehepaar zeigte sich so beeindruckt, wie Scroffa es sich vermutlich gewünscht hatte, und bat darum, ihn ein Stück des Weges begleiten zu dürfen. »An den Gräbern Ihrer Vorfahren lassen wir Sie selbstverständlich allein.«

Scroffa zeigte sich einverstanden, wanderte mit den beiden los, gab eine Anekdote des Grafen Edoardo zum Besten und sorgte dafür, dass auch andere Urlauber mitbekamen, welchen Namen er trug. Er hatte großen Erfolg. Von den meisten wurde er persönlich begrüßt und von allen mit »Conte« angesprochen.

Konrad zupfte nicht mehr an Annas Ärmel und drängte sie nicht mehr, sich endlich einen Tisch im Restaurant zu sichern. »Gräber?«, murmelte er vor sich hin. »Was meinen die damit?«

Natürlich wusste er genau, was gemeint war. Scroffa hatte die Absicht, zum Friedhof zu gehen. Das tat er scheinbar regelmäßig und jedes Mal unter großer Anteilnahme der Resort-Gäste, die sich mit der Geschichte Pentolinas befasst hatten. Das traf auf fast alle zu, denn Sergio gab, wenn er Neuankömmlinge begrüßte, immer einen Überblick über die Historie des Dorfes.

Anna griff nach Konrads Arm. »Wir müssen hinterher.«

»Warum?«, fragte Konrad. »Verhindern können wir nichts.«

»Aber ich möchte wenigstens wissen, was am Grab von Graf Edoardo geschieht.«

»Du fürchtest, dass er was merkt?«

»Hätte ich geahnt, dass der alte Graf regelmäßig Besuch bekommt, wäre ich umsichtiger vorgegangen.«

»Man sieht, dass du dort gebuddelt hast?«

Anna nickte kläglich, dann wurde sie ärgerlich. »Scroffa spielt hier den Nachfahren, der sich um seine Ahnen kümmert, aber von Grabpflege hält er nichts. Alle Gräber sind verkommen, da fällt es natürlich auf, wenn an einer Ecke das Unkraut fehlt.«

Konrad tätschelte ihre Hand und sorgte dafür, dass sie auf seinem Unterarm liegen blieb. »Okay, wir gucken uns die Sache an.«

Angelo Cercello bestand darauf, ihn ins *Campo Cedro* einzuladen, ein Haus an der Via Pian d'Ovile, das für seine gute Küche und für sein Ambiente bekannt war. Die ziegelverblendete Decke wölbte sich über einem dunklen Holzboden, auf dem helle Tische standen, allesamt ohne die bretthart gestärkten weißen Decken, die noch immer in vielen Restaurants üblich waren. Draußen, auf der Terrasse, gab es sie noch, aber im Inneren des Restaurants sollten die schönen hölzernen Tischplatten zur Geltung kommen.

Cercello war hier bekannt, ihm wurde der beste Tisch zugewiesen, obwohl er nicht reserviert hatte. In diesem Fall allerdings kein Kunststück, denn der Abend war noch jung, um diese Zeit dachten die Italiener noch nicht ans Abendessen, und die Touristen suchten sich gewöhnlich andere Restaurants aus. Aber Cercello hatte Emilio gebeten, sich ausnahmsweise zu dieser frühen Uhrzeit zu treffen, da er am Abend mit Signora Fontana, Emilios Mama, ein Konzert besuchen wollte.

Mit einem kurzen Blick holte er Emilios Einverständnis ein und bestellte für sie beide das gleiche: Carpaccio von der Seebrasse mit Trüffelkaviar, mit Rebhuhn gefüllte Tortellini in scharfer Steinpilzbrühe und Haselnusspastete zum Dessert. Warum Cercello derart großzügig war, wollte Emilio lieber nicht so genau wissen. Der Gedanke an Mama hätte diesen Abend nur gestört. Emilio hoffte inständig, dass Angelo Cercello nicht die Absicht hatte, an diesem Abend bei ihm um die Hand seiner Mutter anzuhalten.

Er beobachtete ihn unauffällig. Der frühere Polizeipräsident war ein gut aussehender Mann von Mitte siebzig, sah aber jünger aus. Er hielt sich gerade, war schlank, wirkte drahtig und war sehr gepflegt. Niemals hatte man ihn nachlässig gekleidet gesehen, Jogginghosen waren ihm genauso ein Gräuel wie einst Karl Lagerfeld. Nicht einmal eine teure Jeans hielt er für ein angemessenes Kleidungsstück, war aber tolerant genug, sie jüngeren Leuten zuzugestehen.

Der altgediente Recke im Kampf gegen das Rauschgift kam

schon bei der Vorspeise zur Sache. »Es ist gut, dass Sie sich verdrückt haben, bevor die Drogenfahndung anrückte. Als ich dachte, Sie hätten sie im genau richtigen Moment alarmiert, war ich begeistert. Und Ihre Mutter auch. Aber als ich hörte, dass auch diese Razzia keinen Erfolg gehabt hat, war ich froh, dass Ihr Name nicht ins Spiel gekommen ist.« Er hielt den rechten Daumen hoch. »Saubere Arbeit. Sie scheinen immer genau zu wissen, worauf es ankommt. Ihre Mutter ist zu Recht stolz auf Sie.«

Emilio sah schweigend auf seine Hände. Was sollte er dazu sagen? Die Wahrheit? Angelo Cercello würde vermutlich kein Verständnis dafür haben, dass ihm eine Frau wichtiger war als seine Karriere. Mama würde ihm vielleicht auf die Schulter klopfen und zufrieden mit ihm sein. Jedenfalls dann, wenn es sich gelohnt hatte, wenn Anna seinem Werben endlich nachgab und ihn dafür liebte, dass er ihre Brüder verschonte. Santo dio! Wenn Cercello wüsste, dass er den Diebstahl des Kokains beobachtet hatte, aber trotzdem schwieg! Wenn er wüsste, dass Emilio Fontana die Schwester der Kolsky-Brüder liebte! Wenn er ahnte, dass er dazu noch wusste, wo der Deutsche untergetaucht war! Der Commissario lebte mit drei Männern, die sowohl von der Drogenfahndung als auch von der Drogenmafia gesucht wurden, unter einem Dach!

»Jetzt müssten Sie den Deutschen noch finden«, sagte Cercello lächelnd, »und herausbekommen, wer das Kokain geklaut hat. Dann sind Sie fein raus! Einer Karriere im Drogendezernat steht dann wirklich nichts mehr im Weg.«

Sehr behutsam und ganz leise entgegnete Emilio: »Ich glaube, ich will das gar nicht mehr.«

Cercello sah ihn überrascht an. »Warum nicht?«

Emilio fiel eine Begründung ein, die hoffentlich einleuchtete: »Scroffa würde es sowieso verhindern. Er ist wütend, weil ich mich um Angelegenheiten gekümmert habe, die das Drogendezernat betrafen. Sollte ich dort Karriere machen wollen, würde Scroffa es verhindern.«

Angelo Cercello machte eine wegwerfende Handbewegung. »Scroffa ist bekannt dafür, dass er selbst ins Drogendezernat wechseln will. Dafür würde er auf die Leitung der Questura verzichten, habe ich mir sagen lassen. Sein geheimer Wunsch ist es, demnächst das Drogendezernat zu leiten. Der jetzige Abteilungsleiter ist über sechzig. Scroffa hält sich für den geeigneten Nachfolger.«

Emilio war erstaunt. »Davon habe ich noch nie was gehört.«

»Natürlich nicht. Scroffa würde niemals offen darüber reden, solange er keine berechtigten Hoffnungen haben kann. Er steckt keine Niederlage weg, dafür hat er nicht das Rückgrat. Eine Bewerbung wird es nur geben, wenn er sicher sein kann, dass sie Erfolg haben wird. Passen Sie also auf, dass er Ihnen nicht in die Suppe spucken kann.« Er betrachtete Emilio eine Weile, dann ergänzte er: »Oder wäre es Ihnen lieber, wenn Scroffa seinen Posten räumt? Wären Sie gern der Chef der Questura? Dann will ich sehen, ob ich meine Beziehungen spielen lassen kann.«

Sosehr Cercello auf Höflichkeit bedacht war – wenn es um sein Telefonino ging, machte er es so wie die meisten Italiener. Das Geräusch einer eintreffenden SMS war Grund genug, das Besteck zur Seite zu legen und einen Blick aufs Handy zu werfen.

Er zog die Augenbrauen hoch, als wäre er sehr überrascht. »Julius Schleicher ist gefunden worden. Schwer verletzt.«

»Die Drogenmafia?«, fragte Emilio erschrocken.

»Sieht so aus.« Cercello steckte das Handy wieder weg und aß weiter. »Also war der Verdacht doch richtig. Er nutzt seinen Eselhof als Drogenumschlagplatz.«

»Der Hof wurde gründlich durchsucht, trotzdem ist nichts gefunden worden.«

»Weil nichts da war. Schleicher hat es rechtzeitig verschwinden lassen.«

»Unmöglich.«

»Dann ist es ihm gestohlen worden. Und die Drogenmafia will

ihn zwingen, es rauszurücken. Er kann von Glück sagen, dass er noch lebt und rechtzeitig gefunden wurde. Das war der erste Denkzettel. Einen zweiten wird er womöglich nicht überleben. Wenn der Drogenboss seine Handlanger mit Folterwerkzeugen losschickt, wird Schleicher alles zugeben, was sie hören wollen. Und wenn er das Kokain wirklich nicht hat, ist er jetzt schon ein toter Mann.« Cercello nickte einem Gast zu, der ihn zu kennen schien. »Aber nun liegt er erst mal im Krankenhaus und erholt sich. Dort wird er hoffentlich in Ruhe gelassen.«

Emilio sah nicht von seinem Teller auf, als er fragte: »Wer könnte es ihm gestohlen haben?«

»Wenn ich wüsste, dass Filippo Kolsky in der Nähe ist …« Cercello sprach den Satz nicht zu Ende.

»Schleicher das Kokain zu klauen bedeutet, ihn dem sicheren Tod auszusetzen. Ist Kolsky dazu fähig?«

Cercello sah ihn überrascht an, dann lachte er laut. »Natürlich ist er das! Haben Sie daran etwa Zweifel? Dieses Schlitzohr schreckt vor nichts zurück.«

Den Aspekt wollte Emilio nicht gern vertiefen. Auch er warf einen Blick auf sein Handy. »Merkwürdig, dass ich noch keinen Einsatzbefehl bekommen habe.«

Cercello winkte ab. »Es wird ein Sondereinsatzkommando gebildet. Das ist ja kein normaler Überfall von geldgierigen Einbrechern, sondern ein viel gefährlicherer Gewaltakt. Wenn Sie nicht alarmiert worden sind, Emilio, heißt das, dass die Gruppo di Intervento Speciale den Fall übernehmen wird. Die GIS wird auch mit der Drogenmafia fertig.« Er sah Emilios zweifelnden Blick und ergänzte lächelnd: »Jedenfalls eher als die Leute der Questura. Scroffa würde sich erst mal lange aufplustern, ehe er zur Tat schreitet, und hätte damit schon das Wichtigste verpasst. No, no, die Drogenmafia ist mehrere Nummern zu groß für ihn. Für die müssen Spezialisten ran.« Cercello winkte nach zwei Espressi. »Wenn Filippo Kolsky noch in der Nähe ist, dann werden sie ihn kriegen. Und wenn er in der Sache drinsteckt, dann gnade ihm Gott.«

Konrad hatte das Steuer übernommen, Anna war viel zu aufgeregt, um sich auf Verkehrsschilder und andere Verkehrsteilnehmer konzentrieren zu können.

»Was soll jetzt geschehen?« Diese Frage stellte sie immer wieder. »Was kann ich tun?«

Und Konrad gab ein ums andere Mal dieselbe Antwort: »Gar nichts.«

Wenn er in Annas kleinem Fiat saß, sah er so aus, als wäre er ein großer Junge, der sich ein letztes Mal vor dem Erwachsenwerden in ein Kinderkarussell setzte. Er fuhr mit angezogenen Beinen, weil sie zu lang waren, und duckte sich, damit er einen guten Blick auf die Straße hatte.

Sie waren Scroffa in großem Abstand gefolgt, was nicht einfach war, denn der Weg war breit und gut zu überblicken. Anna hatte die Hoffnung gehabt, dass ihm das Ehepaar, das ihn vor dem Haupthaus angesprochen hatte, folgen würde, dann wäre er abgelenkt gewesen. Doch zum Glück schaute Scroffa sich nur zweimal um. Jedes Mal waren Konrad und Anna stehen geblieben, hatten in die herrliche Landschaft gewiesen und sich wie Touristen verhalten, die von ihrem Ferienort begeistert waren und sich gegenseitig auf die Schönheiten ihrer Umgebung aufmerksam machten. Scroffa schöpfte keinen Verdacht.

Der Weg führte geradewegs zu der kleinen Kapelle, die früher zum Dorf und heute noch zu der Ferienanlage gehörte. Sie wurde nicht mehr als Gotteshaus benutzt, sondern als Veranstaltungsraum, in dem Weinproben, Lesungen und Konzerte stattfanden. Die Gäste des Ferienresorts machten gern einen Spaziergang zu der Kapelle, genossen die Kühle, betrachteten die Fresken und waren, wenn sie wieder heraustraten, erneut hingerissen von dem Blick in die toskanische Landschaft, die sich vom Vorplatz aus bot. Scroffa würde also nicht auf die Idee kommen, dass Konrad und Anna ihm folgten. Schwierig wurde es erst, wenn er in den Wald einbog. Diesen Weg nahmen nur wenige, Anna war dort noch nie jemandem begegnet.

Sie bogen erst ab, als Scroffa hinter der ersten Biegung verschwunden war, und folgten ihm, ohne ihn zu sehen. Sie hörten seine Schritte auf dem Kiesweg und später das Knacken von Zweigen, als er den Weg verließ und auf das Tor des kleinen Friedhofs zuging. Es dauerte eine Weile, bis sie das Tor hörten, das sich knarrend öffnete und wenig später wieder schloss. Dann erst schlichen die beiden ihm nach und nutzten eine Lücke in der Friedhofsmauer, um ihn zu beobachten.

»Er merkt es«, flüsterte Anna.

Tatsächlich runzelte Scroffa mit einem Mal die Stirn und beugte sich vor. Dass auf der rechten Seite des Grabes die Erde ausgehoben worden war, fiel ihm nun auf.

»Du hättest aber auch tiefer graben können«, hatte Konrad geraunt.

Diesen Vorwurf wiederholte er auf der Rückfahrt mehrmals. So oft, bis Anna wütend wurde.

»Ich sollte bis zum Sargdeckel buddeln? Bist du verrückt? Wer weiß, in welchem Zustand der ist. Am Ende wäre ich noch auf den Grafen persönlich gestoßen.«

»Du lieber Himmel!« Nun sah Konrad endlich ein, dass Anna nichts vorzuwerfen war.

»Außerdem dachte ich«, fügte sie an, »dass das Kokain vielleicht noch als Beweis herhalten muss. Man wusste ja nicht, wie sich diese Geschichte entwickeln wird.«

Scroffa hatte sich zunächst ungläubig über das Grab gebeugt, hatte die frische Erde genauer inspiziert, sie mit den Fingerspitzen aufgenommen und dann zu Boden rieseln lassen. Schließlich schien er zu der Ansicht zu kommen, dass am Grab des Grafen Edoardo Scroffa etwas geschehen war, was nicht mit rechten Dingen zuging. Er hatte sich neben die Einfassung gekniet und begonnen, mit den Händen die Erde zu entfernen, die Anna über das Versteck geschaufelt hatte. Die Hoffnung, dass er frühzeitig aufgeben würde, weil ihm die Anstrengung zu groß war, erfüllte sich leider nicht. Anna und Konrad konnten nicht sehen, was Scroffa entdeckte, aber erkennen, dass ein Ruck durch seinen Körper ging. Während er bis dahin versucht hatte, die Verschmutzung seiner Hände und seiner Hose so gering wie möglich zu halten, war ihm mit einem Mal alles egal. Der Schweiß rann ihm an den Schläfen herunter, und als er sich erhob, war seine Kleidung voll staubiger Erde, und die Hände waren dunkel vor Schmutz. Die Stofftaschen, die er aus dem Grab hob, sahen besser aus als sein Anzug. Die Plastikhülle, mit der Anna sie geschützt hatte, hatte ihren Zweck erfüllt. Anna vergaß ihre Vorsicht, als Scroffa sie abstreifte, den ersten Stoffbeutel öffnete und den Inhalt betrachtete. Sie streckte den Kopf so weit vor, dass Scroffa sie hätte bemerken können, wenn er nicht so erschüttert gewesen wäre.

In fliegender Hast holte er eine Tüte nach der anderen hervor, bis seine Bewegungen immer langsamer wurden und er darauf verzichtete, die letzten Tüten mit dem weißen Pulver in Augenschein zu nehmen. Langsam, gedankenvoll steckte er alles wieder zurück. Dann blieb er eine kleine Ewigkeit vor dem Grab stehen, die Stoffbeutel vor die Brust gedrückt, starrte in dieses zweite Grab, die Ruhestätte des Kokains, und schien sich zu fragen, wer es dort beigesetzt haben mochte. Und warum ausgerechnet in der Gruft seines Vorfahren.

Als sich Scroffa plötzlich in Bewegung setzte, lag es wohl daran, dass ihm aufgegangen war, in welcher Situation er angetroffen würde, wenn jemand den Friedhof betreten sollte. Eilig buddelte er das Loch wieder zu, trat den Boden mit den Füßen fest und sah sich um, als hätte er etwas Verbotenes getan und Angst, dass ihn jemand dabei erwischte. Während er notdürftig Hände und Kleidung reinigte, zogen sich Anna und Konrad zurück, huschten von der seitlichen Friedhofsmauer zur hinteren und versteckten sich dort. Als das Tor erneut knarrte, blieben sie reglos in ihrem Versteck sitzen, starrten in den Wald und wagten erst, sich zu rühren, als sie Scroffas Schritte auf dem Weg hörten. Sie waren eilig, er schritt zügig aus.

Sie folgten ihm in großem Abstand. Scroffa ging nicht ins Dorf zurück, sondern bog vor den ersten Häusern links ab und lief zu Parkplätzen, die alle durch schmale Wege miteinander verbunden waren. Sie führten am Ende zur Ausfahrt und dort auf den Besucherparkplatz, wo Scroffa seinen Wagen stehen hatte. Nachdem er die Stoffbeutel in den Kofferraum seines Autos gepackt hatte, versuchte er noch einmal, sich zu säubern, dann setzte er sich hinters Steuer und fuhr langsam, sehr langsam vom Parkplatz herunter. So, als beförderte er etwas, was bei einem Schlagloch wie Glas zerspringen könnte.

Als Anna und Konrad Pentolina verließen, hatten sie ihn bald eingeholt. Scroffa fuhr nach wie vor ungewöhnlich langsam. Während sie ihn überholten, sah Anna seinen angestrengten Gesichtsausdruck. Er schien gründlich nachzudenken und noch nicht zu einem Entschluss gekommen zu sein, was er mit dem Fund und mit den neuen Erkenntnissen anfangen sollte.

Konrad gab Gas, als wollte er sich möglichst schnell von Scroffa entfernen, als wäre es ihm unangenehm, den Leiter der Questura im Rücken zu haben. Beide schwiegen sie, sämtliche Mutmaßungen, Hoffnungen und Befürchtungen waren längst geäußert worden.

Erst am Ortsschild von Siena fragte Konrad und das mehr sich selbst als Anna: »Was wird Scroffa mit seiner Beute machen?«

Anna sah ihn erstaunt an. »Zum Drogendezernat bringen! Was

sonst?« Als Konrad nicht antwortete, fragte sie aufgeregt: »Du meinst, er könnte sie sich unter den Nagel reißen?«

»Das Zeug ist ein Vermögen wert.«

Dass sich in der Via Valdambrino etwas verändert hatte, war schon zu spüren, als sie um die Ecke bogen. Die Dämmerung war mittlerweile hereingebrochen, sie stand an einem asphaltgrauen Himmel, der ganz allmählich, kaum spürbar, die Farbe aus dem Tag sog. Das gelbe Cabrio war der einzige Farbklecks in der Straße, wenn man einmal von der knallroten Bluse von Signora Riccione absah, die aber die Farbe mit ihren verschränkten Armen vor der Brust zusammenknautschte und ihr damit das Leuchten nahm. Das gelbe Cabrio versperrte den Weg, und weitere Autos machten es unmöglich, die Straße zu passieren. Jemand hupte, ansonsten war die Stimmung merkwürdigerweise nicht aggressiv. Es gab kein wüstes Schimpfen wie sonst, wenn der Weg nicht frei war und niemand wusste, warum. Man hörte keine aufheulenden Motoren, und aus dem, wie es schien, fröhlichen Hupen wurde kein wütendes Hupkonzert. Was war da los?

Konrad nahm den Fuß vom Gas und ließ den Wagen ausrollen. Als es möglich war, fuhr er an den Straßenrand, als hätte er Angst, sich in die Nähe des gelben Cabrios zu begeben. »Erst mal abwarten«, murmelte er. »Das kommt mir komisch vor.«

Anna sagte nichts, sie nickte nur. Was vor dem Eingang ihres Hotels geschah, war wirklich äußerst merkwürdig. In ihr bildete sich ein Gefühl, das zu gleichen Teilen aus Angst, Neugier und Zuversicht bestand. Hätte es in den letzten Tagen in ihrem Haus nicht so viel Angsterregendes gegeben, wäre sie sicherlich nur neugierig gewesen.

Mittlerweile hatte sich ein Menschenauflauf gebildet, direkt vor dem Eingang des *Albergo Annina.* Wer die Via Valdambrino passieren wollte, bemühte sich nicht, irgendwie weiterzukommen, sondern blieb stehen, um zu sehen, was sich tat. Viele machten lange Hälse und sahen so aus, als wüssten sie nicht, was zu dem Chaos geführt hatte, wollten es aber unbedingt erfahren, und zwar lieber, als endlich weiterzukommen.

Hinter dem gelben Cabrio stand ein dunkler Lieferwagen. Ein Mann, der trotz der Wärme eine Strickmütze trug, öffnete gerade die Schiebetür an der Seite und holte ein Stativ heraus. Es folgte eine Filmkamera, die er eilig aufschraubte, über die Schulter hängte er sich einen Fotoapparat.

Die Angst überwog nun eindeutig. »Ich muss sehen, was da los ist.« Anna stieg aus, obwohl Konrad sie zurückzuhalten versuchte, und ging, als wäre sie eine neugierige Passantin, an den parkenden Autos entlang, bis sie etwa auf der Höhe des Hoteleingangs angekommen war. Von der anderen Straßenseite aus sah sie, dass Henrieke in der Tür erschien und abwehrende Gesten machte. Doch sie kapitulierte angesichts der Kameras schnell und zog sich schleunigst wieder zurück, als ein Scheinwerfer aufflammte und die Dämmerung vom Himmel riss.

Vor der unteren Stufe der Eingangstreppe hatte sich die Fahrerin des gelben Cabrios aufgebaut. Ja, anders konnte man es nicht nennen. Sie stand dort nicht, um zum Eingang hochzusteigen oder auf jemanden zu warten, der zu ihr herunterkommen könnte. Sie posierte. Ein Bein vorgestellt, die rechte Hand in die Hüfte gestemmt, den Kopf zurückgelegt, sodass die langen blonden Haare über ihren Rücken flossen. Sie trug ein Kleid in der Farbe ihres Autos, aus einem dünnen Stoff, der viel von ihrem perfekten Körper verriet, ohne dass der Verdacht entstand, es käme der langbeinigen Blondine darauf an. Vielleicht lag es am Schnitt des Kleides, das einem biederen Hemdblusenkleid ähnelte, vorne geknöpft, mit einer schmalen Taille und einem leicht ausgestellten Rock. Von den oberen und unteren Knöpfen hatte sie allerdings nur die absolut notwendigen geschlossen, ihr Dekolleté und ihre gebräunten Beine ließen sich sehen. Dass sie präsentabel waren, stand außer Frage. Das wusste sie, das wusste auch der Kameramann. Er war prompt vor, neben und hinter ihr erschienen, als sie Aufstellung genommen hatte, begann zu fotografieren, sprang geduckt um sie herum und nahm sie aus allen Perspektiven auf. Sie folgte ihm mit den Augen, ein professionelles Lächeln im Gesicht, und bedeutete ihm, sich besonders auf das Motiv mit der Basilica im Hintergrund zu konzentrieren. Ein weiblicher Drogenboss, der auf Publicity aus war? Anna kamen Zweifel.

Neben ihr erschien eines der beiden Ehepaare, die im *Albergo Annina* wohnten und sich offenbar nicht trauten, das Hotel zu betreten. »Was ist los bei Ihnen?«, fragte die Frau, die so aussah wie Mutter Beimer aus der *Lindenstraße.*

Anna konnte die Frage nicht beantworten. Und als sie erstaunt angesehen wurde, begriff sie, dass es einen merkwürdigen Eindruck machen musste, wenn die Hotelbesitzerin sich von ferne ansah, was in ihrem Haus geschah, statt einzugreifen. Obwohl… die Ereignisse schienen sich nicht ins Haus zu drängen, die Attraktion fand draußen, vor dem Eingang, statt. Dass es sich um eine Attraktion handelte, schien allen klar zu sein. Außer Anna und Konrad, der bald neben ihr erschien. Beiden war unklar, was eigentlich geschah. Aber die Stimmen, die einen Namen riefen, klangen immerhin freudig erregt. Aggressionen, die besorgniserregend gewesen wären, fehlten völlig.

»Nike! Nike! Nike!«

Durch Mutter Beimers übergewichtigen Körper ging ein Ruck. »Jetzt erkenne ich sie«, stöhnte sie. »Das ist Nike Dreißiger.«

Den Namen hatte Anna schon mal gehört. Trotzdem fragte sie: »Wer ist das?«

Sie wurde angesehen, als hätte sie gefragt, ob Goethe wirklich ein deutscher Dichter gewesen sei. »Das Topmodel«, bekam sie zur Antwort. Und der Zusatz »Die kennt doch jeder!« klang sogar ein wenig vorwurfsvoll.

Jeder, dem der Name Heidi Klum vertraut war, jeder, der wusste, wer Karl Lagerfeld gewesen war, kannte sie. Der Aufstieg von Nike Dreißiger, der als Germany's Next Topmodel begonnen hatte, war kometenhaft gewesen. Anna erinnerte sich dunkel, mal davon gehört zu haben, dass Nike Dreißiger sich mit einem Schauspieler verlobt hatte, der durch die Hauptrolle in einer Fernsehserie bekannt geworden war. Das war kurz vor ihrem Umzug nach Siena gewesen. Ihr wurde in diesem Moment klar, wie weit sie sich bereits von ihrem früheren Leben, von Deutschland und seiner Prominenz entfernt hatte. Sonst wäre ihr nicht der fatale Irrtum passiert, Nike Dreißiger für einen Drogenboss zu halten.

»Was will die denn hier?«

Diese Frage kam von dem Ehemann Mutter Beimers und hatte auch Anna auf der Zunge gelegen. Was wollte das Model vor der Tür des *Albergo Annina?* Warum war sie schon mehrmals hier vorbeigefahren? Und wer war der Mann, den sie aus ihrem gelben Cabrio geworfen hatte, direkt vor die Füße einer Eselwanderin, die mit ihm in ihrem Hotel gelandet war?

Anna bewegte sich unauffällig weiter, während Konrad mit offenem Mund stehen blieb und sich nicht von dem Geschehen vor der Treppe losreißen konnte. Die Via Valdambrino war mittlerweile in das gleißende Licht eines Scheinwerfers getaucht, die Passanten drängten sich dichter, waren längst von zufällig Vorbeikommenden zu Zuschauern geworden, die etwas geboten bekommen wollten. Anna drängte sich an ihnen vorbei, am äußersten Rand der Böschung, an den Rücken der Neugierigen entlang, die sich ungern zur Seite schieben ließen. Als Anna den Lieferwagen passierte, las sie die Aufschrift an der Seite. Er gehörte zu einem deutschen Fernsehsender, der sich eine große Zuschauerschaft hauptsächlich durch Klatsch- und Tratschgeschichten sicherte. Der WMR – die Abkürzung von »Wir müssen reden« – war immer als

Erster vor Ort, wenn sich irgendwo ein Skandal anbahnte. Meist jedoch, ohne von den Protagonisten der Szene erwünscht oder gar gerufen worden zu sein.

Das war in diesem Fall offensichtlich anders. Nike Dreißiger hatte den Fernsehsender und die Presse zu ihren Komplizen gemacht. Nur… worum ging es ihr?

Anna wagte nicht, den Haupteingang zu benutzen, um in ihr Hotel zu kommen. Sie hätte unweigerlich den Kegel des Scheinwerfers durchtrennen müssen. Nur das nicht! Keine Aufmerksamkeit erregen, bloß niemanden dazu ermutigen, ihr Fragen zu einem Geschehen zu stellen, das sie noch immer nicht durchschaute. Es war in ihrem Haus in den letzten Tagen so viel passiert, dass sie nichts mehr hoffen konnte, sondern sich nur vor noch Schlimmerem fürchtete.

Als sie das Zentrum des Geschehens, das gut ausgeleuchtete Rund vor ihrem Hotel, passiert hatte, kam sie leichter voran. Da sich alle Augen auf Nike Dreißiger richteten, beachtete sie niemand. Keiner der Umstehenden erkannte und fragte sie, warum sie sich durch den Garten in ihr Hotel schleichen wollte, ohne gesehen zu werden. Diese Frage hätte Anna nicht einmal beantworten können.

»Marlon! Marlon!«

Mit dem Namen, der jetzt skandiert wurde, konnte Anna nichts anfangen. Sie hatte Filme mit Marlon Brando gesehen, von einem anderen Mann mit diesem Vornamen aber nie gehört. Und Marlon Brando war tot, das wusste sie genau. Ebenso sicher wusste sie, dass in ihrem Hotel kein Mann mit dem Vornamen Marlon wohnte.

Endlich war sie an der Straßenecke angekommen und konnte die Via Valdambrino überqueren. Als sie sicher war, dass niemand zu ihr hinsah, huschte sie an ihrem Fiat vorbei in den Garten. Hinter den Müllcontainern blieb sie stehen und sah sich um. Hier war es dunkel, hier wurde sie ruhiger, hier formulierten sich Fragen und auch mögliche Antworten. Aber die Frage, was Nike Dreißiger wollte, blieb auch hier ebenso offen wie die Frage, wer dieser Marlon war, der offenbar erwartet wurde. Nein, Anna verstand nach wie vor die Welt nicht mehr.

Und nun regte sich Zorn in ihr. Warum war sie gezwungen, sich in ihr Hotel zu schleichen, statt es aufrecht durch den Haupteingang zu betreten? Wie konnte sie sich dazu nötigen lassen, durchs Scheinwerferlicht zu gehen, wenn sie ihr Hotel betreten wollte? Und warum wurde ihr verwehrt, ihr Hausrecht auszuüben und ungebetene Gäste von der Schwelle ihres Hotels zu weisen? Sie wusste es. Weil alles, was sie richtig und gerecht fand, von Fernsehkameras gefilmt und von Fotoapparaten festgehalten werden würde. Und da sie nicht wusste, worauf sie sich dann eingelassen hätte, in welchen Skandal sie verwickelt, zu welchen brisanten Neuigkeiten sie gezerrt worden wäre, zog sie es vor, sich in ihre Küche zu schleichen, wo sie hoffentlich Henrieke vorfinden und von ihr erfahren würde, was sich im *Albergo Annina* tat. Von dort würde es ihr auch gelingen, Nike Dreißiger und ihre Entourage daran zu hindern, das *Albergo Annina* zu betreten und in Beschlag zu nehmen.

Aber dann wurde Anna von einem Ruf zurückgehalten. »Sie will ihm einen Heiratsantrag machen«, hörte sie eine Frau kreischen. »Vor laufender Kamera! Vor Millionen von Fernsehzuschauern!«

»Tausende«, korrigierte ihr mürrischer Mann. »Ich glaube nicht, dass sich Millionen diesen Quatsch angucken.«

Aber er folgte seiner Frau dennoch bereitwillig und sorgte damit für einen Sog, dem auch Anna sich nicht entziehen konnte. Sie trat auf den Gehweg zurück und machte ein paar Schritte auf das Scheinwerferlicht zu, in dem Nike Dreißiger stand und sich bewundern ließ.

Vor ihr war mittlerweile eine Frau von etwa vierzig Jahren erschienen, mit dunklen Haaren, schulterlangen Locken, so schlank wie Nike Dreißiger, aber wesentlich kleiner. Claudia Förster, eine Moderatorin, die für ihre kompromisslose Berichterstattung bekannt war, hielt dem Model ein Mikrofon vor den Mund. Anna konnte die Komplimente hören, die Nike Dreißiger gemacht wurden und die sie mit gespielter Bescheidenheit entgegennahm. Dass sie an Schmeicheleien gewöhnt war und sie mit großer Selbstverständlichkeit beanspruchte, war dennoch nicht zu übersehen. Dann aber wurde die Moderatorin so forsch, dass man meinen konnte, mit den Komplimenten habe sie sich das Recht zu deutlicheren Fragen erkauft, die auch unangenehm werden konnten. »Warum dieser Heiratsantrag? Sollte es nicht der Mann sein, der den Antrag macht?«

»Die Zeiten sind vorbei«, antwortete das Topmodel prompt. »Frauen haben sich emanzipiert. Sie brauchen nicht mehr auf einen Mann zu warten. Sie handeln.«

»Und warum der Antrag vor laufenden Kameras?«

»Es geht mir um Marlons Publikum. Die Zuschauer dieses Senders kennen ihn in der Hauptrolle von *Reich, aber glücklich.* Sie sollen ihren Star auch in seiner privaten Hauptrolle erleben. Das ist doch nur fair.«

»Sie wollen ihn überraschen?«

Nike Dreißiger lächelte siegessicher. »Ich weiß, dass er hier wohnt. Und ich weiß, dass er in seinem Zimmer ist.«

»Wo er auf sein Stichwort wartet?«

Aber Nike Dreißiger ließ sich nicht provozieren. Das Lächeln blieb in ihrer Miene, wenn ihr Gesicht auch derart gut ausgeleuchtet war, dass Anna zu erkennen glaubte, wie angestrengt es wurde. »Nein, er weiß nichts von meinen Plänen.«

»Holen wir ihn also heraus.« Die Stimme der Moderatorin wurde anzüglich. »Oder hat er sich etwa hier vor Ihnen versteckt?«

Nike Dreißiger fand sofort in ihre Rolle zurück. »Das war vor unserem Streit«, gab sie zu und schlug verschämt die Augen nieder. »Ich war gemein zu ihm. Das will ich jetzt wiedergutmachen.«

Claudia Förster ging die Stufen zur Eingangstür hoch. »Dann wollen wir mal sehen, ob Marlon Prinz uns erwartet.«

Sie stieß die Tür auf, und Anna wartete mit angehaltenem Atem. Wer würde heraustreten? Wer war dieser Marlon Prinz? Sie hatte den Namen schon mal gehört, von der Fernsehserie war ihr jedoch noch nie etwas zu Ohren gekommen.

Nike Dreißiger schien keinen Zweifel zu haben, dass der Mann, dem sie einen Heiratsantrag machen wollte, bereit war, in dieser Show mitzuspielen. Menschen, die in diesem Gewerbe ihr Geld verdienten, waren wohl so. Sie brauchten Publicity, in jeder Lebenslage, zu jeder Zeit.

Aber es geschah nichts. Die Moderatorin hatte die Tür geöffnet, spähte in die Lobby, machte aber den Zuschauern vor Ort und jenen vor den Fernsehern klar, dass sie das Hotel nicht betreten werde. »Wir haben keine Dreherlaubnis angefragt.« Das sagte sie mit großem Ernst, weil der Sender wohl jede Gelegenheit nutzte, den Vorwurf zu entkräften, der ihm oft gemacht wurde: Für eine gute Story kümmerte man sich dort weder um Anstand noch um Rechtmäßigkeit.

Doch dann veränderte sich etwas. Claudia Förster gebärdete sich plötzlich wie ein Kind, dem in wenigen Minuten der Nikolaus erscheinen sollte. Sie hörte Schritte, tuschelte den Zuschauern zu, während die Kamera näher heranfuhr, Marlon Prinz scheine endlich auf den Anruf zu reagieren, mit dem er gebeten worden war, vor die Tür zu kommen, um sich einer großen Überraschung zu stellen …

Beim Anblick des Mannes verschlug es Anna die Sprache. Rupert Diekel stolperte durch die Tür und blinzelte erschrocken ins Scheinwerferlicht. Samy Lindenbaums Liebhaber war der bekannte Schauspieler Marlon Prinz?

Anna drehte sich um und ging nun mit schnellen Schritten in den Garten, um über die Terrasse in ihre Küche zu gelangen. Es reichte ihr! Dass in dieser Posse niemand der war, für den er sich ausgab, erfüllte sie mit hilfloser Wut.

Ich weiß, Sie können mir auch nicht helfen. Sie sind garantiert genauso konfus wie ich. Wie soll man da noch durchblicken? Nein, ich muss mich erst mal sammeln, ehe ich zu Henrieke gehe. Und wo ist eigentlich Konrad geblieben? Himmel! Das wird mir alles zu viel. Jetzt erst mal ein bisschen Luft schöpfen, zur Ruhe kommen, meine Gedanken sortieren. Diesen Rat sollte man übrigens der Superfrau im gelben Cabrio auch geben. Die will einem Mann einen Heiratsantrag machen, der in einem Hotel eine Geliebte hat und irgendwo anders eine Ehefrau! Das muss man sich mal vorstellen. Hat die wirklich keine Ahnung, dass ihr toller Schauspieler sogar gleich mehrfach vergeben ist? Verheiratet! So was muss in der Yellow Press doch schon mal erwähnt worden sein. Oder hat er womöglich nicht die Öffentlichkeit, sondern Samy Lindenbaum an der Nase herumgeführt? Indem er ihr gesagt hat, er sei verheiratet, um sie auf Abstand zu halten!

Ich muss mich setzen. Die würzige Abendluft, die Stille hinterm Haus, die monotonen Geräusche, die die Esel produzieren, dieses Rupfen und Kauen… das macht mich ruhiger. Die Stimmen auf der Straße interessieren mich nicht mehr, die Leute können mich mal kreuzweise. Alle! Ganz Siena! Sollen sie mir doch den Buckel runterrutschen! Ich werde es jetzt wirklich mit dieser Achtsamkeit versuchen. Meinen Körper fühlen, die Füße, die Fußsohlen, die Beine, meinen Hintern, der kalt wird und wehtut, weil der Baumstumpf, auf dem ich hocke, ganz schön hart ist. Gehen diese Achtsamkeitsübungen auch im Stehen? Ich versuche es. Augen zu, ein- und ausatmen, alle Atemzüge bewusst wahrnehmen. Sie sind der Anker, der mich zur Ruhe kommen lässt. Die Gedanken kommen und gehen, aber ich folge ihnen nicht…

Dass ich mit einem Mal schwanke, liegt nicht daran, dass meine Entspannung so vollkommen ist, sondern daran, dass ich etwas höre. Leise Stimmen, Griseldis' Grunzen, Casanovas Scharren im Gras, das Geräusch der Satteltaschen. Achtsamkeit? Nein, in so einem Fall hilft nur blanke Neugier!

Den Digestivo wollte Emilio am Campo nehmen. Das Gespräch mit Cercelli brauchte eine Resonanz, einen Nachklang, einen Widerhall. Er musste nachdenken, bevor er zu Anna ging, um sie endlich davon zu überzeugen, dass er ihre Brüder nicht verraten hatte, dass er sie im Gegenteil geschützt, dass er aus diesem Grunde sogar etwas getan hatte, was für einen Polizisten niemals infrage kommen durfte.

Matteo war pikiert, als er merkte, dass sein Stammgast bereits ein gutes Menü genossen hatte. Erst als Emilio eine Bemerkung darüber fallen ließ, dass er einer Einladung habe folgen müssen und nicht die Chance gehabt habe, die Lokalität selber auszusuchen, kehrte Matteos Freundlichkeit zurück. Und als Emilio den Namen des Restaurants, in dem er gespeist hatte, erwähnte, sah sogar Matteo ein, dass die Küche des *Fonte Gaia* an die des *Campo Cedro* nicht heranreichen konnte.

Umso besser musste nun der Digestivo ausfallen. Matteo servierte ihn mit viel Tamtam, um zumindest den Barmann und den Service des *Fonte Gaia* auf eine Stufe mit dem des *Campo Cedro* zu stellen. Leider merkte er erst sehr spät, dass Emilio nicht nach einer Unterhaltung verlangte, sondern seine Ruhe haben wollte. Dem Commissario war in diesem Fall klar geworden, dass er derjenige war, der am meisten wusste. Dafür brauchte er einen zusätzlichen Grappa, den Matteo stirnrunzelnd servierte. Er mochte es nicht, wenn sein Stammgast von seinen Gewohnheiten abwich. Der Grund dafür war meist ein ungelöster Fall oder ein schwerwiegender privater Konflikt. Beides konnte Matteo nur akzeptieren, wenn er selbst bei der Lösung behilflich sein durfte. Aber das wurde ihm selten zugestanden und in diesem Fall vermutlich gar nicht, das sah er bald ein. Wenn er geahnt hätte, welche Gedanken sich hinter der umwölkten Stirn des Commissarios bewegten, wäre er noch einsichtiger gewesen.

Emilios Kopf war mit Watte gefüllt, als er das *Fonte Gaia* wieder verließ. Dumpf klang Matteos Abschied, nur am Rande nahm er das besorgte Gesicht des Kellners wahr, der altbekannte Lärm auf dem Campo, der auch am Abend nicht nachließ, erreichte ihn nicht. Die Gassen Sienas waren dunkel, aber noch lange nicht still. Emilio war froh darum. Die Lichtlosigkeit machte ihm nichts aus, Lautlosigkeit wäre eine Last für ihn geworden.

Außerhalb der Stadtmauer brandete der Verkehr wie eh und je, das Überqueren der Straße war genauso gefährlich wie am Morgen oder am Nachmittag. Aber das Gasgeben und Bremsen, das Hupen und Aufheulen der Motoren ließ er bald hinter sich. Als er die Treppe zur Via Valdambrino hochstieg, hätte der Abend eigentlich leise werden müssen. Aber die Via Valdambrino empfing ihn anders. Schon auf der Mitte der Treppe bemerkte er, dass das Licht sich verändert hatte. In der Nähe des *Albergo Annina* war es heller als sonst, und Unruhe drang ihm entgegen. Was war da los?

Emilio nahm zwei Stufen auf einmal und musste auf der oberen erst mal stehen bleiben und zu Atem kommen. Ein riesiger runder Lichtklecks haftete auf der Straße vor dem Hotel, der durch viele Bewegungen, durch ständiges Hin und Her und sich überschneidende Schatten ausgefranst wurde.

Emilio näherte sich langsam, gleichermaßen erwartungsvoll wie besorgt. Die Passanten, die stehen geblieben waren, wirkten alle auf positive Weise neugierig, es schien sich keine Tragödie ereignet zu haben, die Gaffer angezogen hatte. Das beruhigte ihn. Er wechselte die Straßenseite und dann vom Gehweg in die Vorgärten, um schneller und näher ans *Albergo Annina* heranzukommen. Bis zu Annas Grundstücksgrenze konnte er sich drängeln, wollte einen langen Hals machen, sich die Personen ansehen, die vor dem Eingang im Scheinwerferlicht standen, auf die Bemerkungen der Umstehenden hören, sich zusammenreimen, was vor Annas Hotel geschah … da wurde er abgelenkt.

Auf dem schmalen Grünstreifen zwischen dem Nachbarhaus und dem Hotel bewegte sich etwas. Eine Person, die mit eingezogenem Kopf umherschlich. Der Deutsche! Kein Wunder, dass er sich nicht auf die Straße traute. Er musste entweder mit Verhaftung oder mit einem Angriff der Drogenmafia rechnen. Von deren Vertretern wurde er genauso gesucht wie von der Polizei. Dass die Grenzen vergeblich kontrolliert wurden, dass bei den Verkehrskontrollen auf der Autobahn unauffällig nach dem Deutschen und auch nach Filippo Kolsky Ausschau gehalten wurde, wusste nur Commissario Emilio Fontana. Und er wusste nicht nur, wo die beiden zu finden waren, er lebte sogar mit ihnen unter einem Dach. Hoffentlich würde er sich dafür niemals rechtfertigen müssen.

Niemand beachtete Emilio. Er konnte sich hinter den Rücken der Umstehenden durchdrängen, ohne etwas anderes als unwilliges Zur-Seite-Rücken zu ernten, kein einziger drehte sich zu ihm um. Es fiel auch niemandem auf, dass er einen Schritt auf das Gebüsch zumachte, das den hässlichen Maschendrahtzaun verdeckte, der die beiden Grundstücke voneinander trennte. Der Deutsche schlich bis zur Hausecke und blickte vorsichtig in den Garten. Erst schien es, als wollte er einen weiteren Schritt machen, dann aber zog er den Kopf so plötzlich zurück, als hätte er jemanden gesehen, der ihn nicht ertappen sollte.

Emilio sah ein, dass er ihm nicht folgen konnte, ohne entdeckt zu werden. Er entschloss sich, auf das Nachbargrundstück zu wechseln und den Deutschen von dort zu beobachten. Vorsichtig bog er die Zweige auseinander, bis sich ihm ein kleines Sichtfenster öffnete. Nun konnte er Annas Terrasse erkennen und die beiden Esel, die vor dem Geländer standen. Sie grasten nicht, sie schienen auch nicht zu schlafen. Sie warteten. Auf zwei Menschen, die neben ihnen hockten und leise miteinander redeten.

Im selben Moment waren klare Stimmen aus einem offenen Fenster zu hören. Der Deutsche blickte hinter sich, fühlte sich scheinbar mit einem Mal eingekeilt von dem, was er ausspionieren wollte, und dem, was sich ihm akustisch unvermittelt genähert hatte. Emilio verstand jedes Wort, obwohl er mehrere Meter entfernt seinen Horchposten bezogen hatte.

»Wie bist du an das Zeug gekommen?«, fragte Valentino Kolsky.

Sein Bruder antwortete: »Reg dich ab! Ich habe ein Tütchen rausgenommen, als wir den Karton in Anninas Kofferraum gestellt haben. Auf das eine kommt es doch nicht an.«

»Du bist ein Idiot«, schimpfte Valentino. »Dealer, die selbst ihre besten Kunden sind, bringen es nicht weit.«

»Schleichers Eselhof kannst du sowieso vergessen. Das ist verbrannte Erde. Wenn Schleicher singt, haben wir keine Chance mehr.«

»Du darfst dich da fürs Erste ohnehin nicht blicken lassen. Die Mafia hat dich auf dem Kieker. Die Polizei wahrscheinlich auch. Wäre das *Albergo Annina* nicht so ein gutes Versteck, hätte man uns längst hopsgenommen.« Valentino erschien am offenen Fenster, weil ihm wohl soeben aufgefallen war, dass er belauscht werden könnte. Er blickte hinaus, konnte aber den Deutschen nicht entdecken, der sich so dicht an die Hauswand drängte, dass Valentino schon den Oberkörper hätte herausbeugen müssen, um ihn zu sehen.

Filippo erschien neben ihm. »Der Deutsche wird sich längst ins Ausland abgesetzt haben«, sagte er. »Vielleicht ist er auch an der Grenze geschnappt worden.«

»Der ist eben nicht so clever wie wir.« Emilio hörte Valentinos Lachen. »In der Nähe von Schleichers Eselhof sucht uns keiner.«

In diesem Moment fiel Emilios Blick auf das kleine Gartenhäuschen, in dem Anna Gerätschaften zur Gartenpflege aufbewahrte. Was gerade an der hinteren Ecke geschah, konnte er zunächst nicht erkennen. Er sah nur die Bewegung, so langsam und vorsichtig sie auch war. Aber dann wurde ihm klar, was dort zum Vorschein kam: der Lauf einer Pistole.

Das Flüstern der Stimmen drang an ihre Ohren, weil sie sich für einen Augenblick an ihren Fiat lehnte, um durchzuatmen. Wenn sie derart aufgeregt vor Henrieke erschien, würde sie sich nur wieder einen Vortrag über Achtsamkeit anhören müssen. Besser also, erst mal ein paar Atemzüge lang zur Ruhe zu kommen, ehe sie ins Haus ging, um sich von dort durchs Fenster anzusehen, was vor dem Eingang geschah. Sie schloss die Augen, versuchte sich zu entspannen, atmete sehr bewusst. Erst als sie merkte, dass sie tatsächlich die Gesetze der Achtsamkeit befolgte, öffnete sie die Augen wieder. Die Unruhe vor dem Haus war weit genug entfernt, aus den lauten Rufen war mittlerweile gesprächiges Warten geworden.

Und in diesem Moment hörte sie jemanden flüstern: »Ich kannte mich mal ganz gut in der Drogenszene aus. Zum Glück habe ich damals den Absprung geschafft. Ehe ich süchtig wurde oder im Knast und am Ende in der Gosse landete.«

»Deswegen hast du das Zeug also sofort erkannt?«

Jetzt war Anna sicher, dass es Samys Stimme war, die leise lachte. »Ich habe es gegen Puderzucker ausgetauscht. In der Via Boninsegna gibt es einen Kiosk, der Puderzucker und Tiefkühlbeutel führt.«

Nun erkannte Anna auch die andere Stimme. »Was wolltest du mit dem Kokain machen?« Ole Alfkes war es, der diese Frage gestellt hatte.

»Ich war drauf und dran, mich an alte Kontakte zu erinnern. Wer sich von seinem Mann trennen und neu anfangen will, braucht Kohle.« Anna sah, dass Samy sich erhob und eine Hand auf Griseldis' Rücken legte. Ihr Schatten wirkte entschlossen und tatkräftig.

Ole Alfkes stand im Nu neben ihr. Seine Stimme klang zärtlich, als er sagte: »Auf dich muss man aufpassen. Du hättest wirklich …«

»Ich verstehe mich selbst nicht. Aber letztlich war es gut, dass ich das Zeug probiert habe. Mir hatte nämlich jemand Puderzucker in die Satteltasche gesteckt. Es war gar nicht nötig, das Zeug auszutauschen. Ich kapiere das nicht.«

Es entstand eine lange Zeit der Stille, in der die beiden miteinander verschmolzen. Samy Lindenbaum und Ole Alfkes küssten sich. Der Liebe auf den ersten Blick war endlich ein zweiter gefolgt. Anna suchte nach einer bequemeren Position und stellte sich auf eine längere Zeit des Wartens ein. Den Versuch, diese ganze Angelegenheit endlich zu durchschauen, machte sie gar nicht erst. Sie würde jetzt nur darauf warten, dass sich zwischen diesen beiden etwas klärte, während alles andere so undurchschaubar blieb und sogar immer unklarer wurde.

In diesem Augenblick zerriss ein Schuss die Stille des Wartens. Die lauten Stimmen vor dem Haus, die laute Sensationslust, das laute Gelächter verstummte nicht – all das zerplatzte. Alles, was laut gewesen war, flog in Fetzen davon, zurück blieb eisiges Entsetzen. Anna sah es vor sich, in Carraraweiß und Aquablau. Sie fühlte diese Farben, frostig und starr, auf ihrer Haut.

Die Kälte fiel erst von ihr ab, als Samy Lindenbaum und Ole Alfkes sich in Bewegung setzten. »Los, weg!«, rief Ole Alfkes leise.

Samy Lindenbaum antwortete nicht, folgte ihm aber, ohne zu fragen. Griseldis und Casanova benahmen sich mustergültig. Sie trabten zügig an Anna vorbei und traten noch vor ihren Leinenhaltern auf die Straße. Anna wich lautlos einen Schritt zurück, sie merkte gleich, dass niemand auf sie aufmerksam geworden war. Samy Lindenbaums Gesicht wirkte ruhig, als rechnete sie mit einem Scherz, Ole Alfkes jedoch sah so aus, als hätte er Angst. Er schien seinem Esel nur ungern auf die Straße zu folgen, sah um sich, als wollte er zunächst sichergehen, dass er niemandem auffiel.

Wenn dies seine Absicht gewesen war, hatte er Pech. Mit einem Mal schien der Schuss, der kurz vorher den Tumult lahmgelegt hatte, der Startschuss für etwas Neues zu werden. Auch Anna konnte plötzlich glauben, dass jemand aus lauter Übermut einen Böller in die Luft gejagt oder eine ungefährliche Schreckschusspistole benutzt hatte.

»Marlon Prinz! Da ist er!«

Die Scheinwerfer schwenkten herum, Anna konnte gerade noch hinter ihrem Fiat in Deckung gehen. Wenige Augenblicke später hatte Claudia Förster ihren Kameramann auf die neue Position dirigiert. Dort standen ein Mann, der einen Esel am Strick hielt, und eine Frau, die erschrocken ins Scheinwerferlicht blinzelte.

Nike Dreißiger zögerte, die Lücke zu dem Mann zu schließen, der Ole Alfkes hieß, aber nun mit einem Mal Marlon Prinz genannt wurde. Dass die Sache nicht nach ihren Wünschen verlief, war offensichtlich. Das Siegessichere, das sie kurz vorher noch ausgestrahlt hatte, war dahin. Marlon Prinz, den in Deutschland anscheinend viele kannten, jedenfalls diejenigen, die die Serie *Reich, aber glücklich* sahen, hätte selig lächelnd vor der Tür des *Albergo Annina* erscheinen sollen, blendend aussehend natürlich, in der passenden Kleidung und voll guter Vorsätze.

Die schöne Nike Dreißiger war sich so sicher gewesen, dass ihr Erscheinen, ihr Wunsch, ihr Angebot, ihre Bitte genau das auslösen würde, was sie geplant hatte. Dass Rupert Diekel ihr in die Quere gekommen war, würde später als gelungener Slapstick zu verkaufen sein. Aber sie hatte nicht einkalkuliert, dass Marlon Prinz sie vergeblich warten lassen könnte. So sicher war sie gewesen, dass sie gemeinsam mit ihrem Manager ganz genau die Medienwirksamkeit ihres Heiratsantrags vor laufender Kamera geplant hatte. Dass Marlon Prinz sich nicht an seine Rolle halten könnte, war offenbar keinem der beiden in den Sinn gekommen. Ein unbedeutender Streit – mein Gott, so was passierte schon mal. Beleidigtes Zurückziehen ins Inkognito – ziemlich albern, aber vielleicht verständlich. Dann jedoch die Chance, nicht nur die Frau, die als eine der schönsten Deutschlands galt, zurückzugewinnen, sondern sich sogar mit einer Publicity, die ihresgleichen suchte, noch ein Stück populärer zu machen – lieber Himmel, wie konnte man sich diese Gelegenheit entgehen lassen!

Tatsächlich wurde Nike Dreißiger so unsicher, wie sie möglicherweise noch nie gesehen worden war. Sie brauchte sogar die Hilfe von Claudia Förster, die dem geneigten Fernsehpublikum augenzwinkernd zuflüsterte, dass sie als Vertreterin des Senders nun wohl die Sache in die Hand nehmen müsse. Sie ahnte natürlich längst, was geschehen würde, und hatte blitzschnell erkannt, dass die Sensation, die sich anbahnte, ihrem Sender noch mehr nutzen würde als das ursprünglich vorgesehene Spektakel.

»Ein Heiratsantrag von der schönsten Frau Deutschlands«, jubilierte sie und bemühte sich, die Lücke zwischen Nike Dreißiger und Ole Alfkes, wie Anna ihn immer noch nannte, zu schließen, indem sie das Topmodel mit Blicken heranlockte. Nike Dreißiger bewegte sich jedoch nur sehr zögernd vorwärts. Sie hatte schlagartig begriffen, was vor sich ging, musste einsehen, dass ihre Schönheit, ihre Popularität und die Chancen, die sich für einen Mann boten, der mit einer so publikumswirksamen Person zusammen war, nicht ausreichten, um den Mann zurückzugewinnen, den sie haben wollte. Nach drei Schritten sah man ihr sogar an, dass sie bereute, dieses Spektakel in die Wege geleitet zu haben. Dass Marlon Prinz, der Star von »Reich, aber glücklich« ihr widerstehen könnte, war ihr scheinbar überhaupt nicht in den Sinn gekommen. Aber die Ratlosigkeit in ihrem Gesicht zeigte, dass ihr nichts einfiel, was aus dieser Niederlage im letzten Moment noch einen Sieg machen könnte. Einen anderen Sieg als geplant, aber immerhin einen Sieg …

Claudia Förster versuchte es nach wie vor mit überkippender Heiterkeit und unverdrossenem Optimismus. »Marlon Prinz! Für Sie wird ein Traum wahr, um den Sie viele Männer beneiden …«

Möglicherweise war es gut, dass Nike Dreißiger nicht mehr dazu kam, ihren Antrag zu formulieren. Dass es ihr schwergefallen wäre, dass sie ihre Zuversicht bereits eingebüßt hatte, war ersichtlich. Das Nein, das Marlon Prinz auf der Zunge lag, musste nicht ausgesprochen werden. Das erledigte Casanova auf seine Art, aber genauso unmissverständlich. Der Furz, den er fahren ließ, klang deutlich nach einer Ablehnung, und die Darmentleerung, die folgte, ließ auch keine andere Interpretation zu. Marlon Prinz stand da mit Schuhen und Hosenbeinen voller Eselmist und einer Frau neben sich, die nicht viel gewitzter dreinschaute als der Esel, den sie an der Leine hielt.

Der nächste Schuss sorgte für einen Fluchtreflex, zunächst bei Casanova, dann auch bei Griseldis, die ihm blindlings hinterherrannte. Marlon Prinz ließ die Leine seines Esels los, Samy jedoch schaffte es immerhin noch eine Weile, Griseldis zurückzuhalten. Aber als die Eselin in den Galopp fiel, musste auch sie aufgeben. Der Kameramann durfte daraufhin die Sternstunde seiner beruflichen Laufbahn einleiten. Sein Kameraschwenk zwischen Nike Dreißigers entgeisterten Gesichtszügen und Marlon Prinz' Fassungslosigkeit würde später in die Fernsehgeschichte eingehen, davon war Anna überzeugt, die es gerade in diesem Moment wagte, über die Motorhaube ihres Autos zu spähen.

Dann fiel ein weiterer Schuss. Und diesmal folgte ein Schrei …

Am nächsten Morgen löste sich der Dunst nur zögernd von den Hügeln, wurde nicht von der Sonne aufgeleckt, sondern hielt sich wie ein feuchter Schleier, der nicht die Konturen der Landschaft nachzeichnete, sondern sie verhüllte und verschwinden ließ. Ein kühler Morgen.

Anna hatte zwei Wecker gestellt, weil sie fürchtete, dass einer nicht reichen würde, um sie rechtzeitig aus dem Bett zu holen. Als sie sich endlich schlafen gelegt hatte, war es so spät gewesen, dass Konrad sogar vorgeschlagen hatte, komplett auf die Nachtruhe zu verzichten und gleich mit der Vorbereitung des Frühstücks zu beginnen. Vielleicht hatte er recht gehabt, als er mutmaßte, dass Anna sich nach nur drei Stunden Schlaf schlechter fühlen würde als ganz ohne. Als sie endlich so weit war, sich aus dem Bett zu quälen, war sie geneigt, ihm zuzustimmen. Sie fühlte sich zerschlagen, ihr Körper war doppelt so schwer wie sonst, ihr Kopf auch und sogar die Gedanken darin. Alles schwer, viel zu schwer!

Sie warf einen Blick auf die Uhr, als sie ihre Wohnung verließ. Eine ganze Stunde später als sonst. Aber so war es verabredet gewesen. Konrad, Henrieke und Emilio hatten versprochen, zur selben Zeit aufzustehen und die verlorene Stunde durch tatkräftige Hilfe wettzumachen. Als Anna in die Lobby trat und dort auf nichts anderes als Dämmerlicht, Kälte und Stille stieß, kam sie zu dem Schluss, dass jeder der drei sich noch einmal umgedreht hatte, nachdem der Handyalarm sie aus dem Schlaf geholt hatte.

Doch sie hatte sich getäuscht. Konrad erschien an der hinteren Tür des Frühstücksraums und klopfte an die Scheibe, damit sie ihn einließ, Henrieke stand wenige Minuten später in der kleinen Hotelküche und kümmerte sich um die Aufschnittplatten. Und auch Emilio hielt sein Versprechen. Wie Konrad feststellte, hatte er sogar darauf verzichtet, sein Haar zu gelen. Im selben Augenblick fiel die bleierne Müdigkeit von Anna ab und ließ dahinter reines Glück erkennen. Sie hatte eine Tochter, die an diesem Tag weder an ihrer Mutter herumnörgelte noch von Achtsamkeit schwafelte, und zwei gute Freunde, auf die Verlass war. Mit der Hilfe dieser drei schaffte sie es tatsächlich, den ersten beiden Hotelgästen, die ins Frühstückszimmer kamen, ihr Büfett zu präsentieren.

Diese beiden waren noch immer beeindruckt von dem, was am Vorabend passiert war. »Marlon Prinz! Und wir haben nicht gemerkt, dass wir mit ihm im selben Haus wohnen.« Es schien, als habe der Schauspieler den Grad seiner Beliebtheit erheblich gesteigert, indem er Nike Dreißiger widerstanden hatte. »So schön wie auf den Fotos ist die ja auch gar nicht.«

Das Topmodel hatte viele Pluspunkte eingebüßt, als sie, statt wirkungsvoll in Tränen auszubrechen und sich damit das Mitleid ihrer Fans zu sichern, mit gemurmelten Beschimpfungen das Feld geräumt hatte. Ihr Schuss war eindeutig nach hinten losgegangen.

Anders als bei Claudia Förster. Sie hatte das große Glück, zur rechten Zeit am rechten Ort gewesen zu sein, wo sie sich einem ganz anderen Schuss widmen und unter Beweis stellen konnte, dass mehr in ihr steckte als eine Klatschreporterin. Emilio war sicher, dass in den Redaktionsräumen des Fernsehsenders an diesem Tag die Sektkorken knallten, weil niemand anders als der WMR das Ohr an der Zeit gehabt hatte und sogar Zeuge gewesen war, als die Polizei einen verletzten Drogendealer festnahm. Die Fernsehredaktion hatte in rasendem Tempo reagiert und Claudia Förster in Sekundenschnelle mit den nötigen Fakten versorgt – über die ergebnislos verlaufenen Drogenrazzien und über die Flucht von Heiko Lindenbaum, der nun, vor den Augen der WMR-Zuschauer, verhaftet werden konnte. Der helle Wahnsinn! Der WMR-Sender hatte eine Quote, von der andere nur träumten, und bewiesen, dass man dort mehr konnte, als prominenten Ehebrechern auf die Spur zu kommen und über Liebschaften zu berichten, von denen bisher niemand etwas wusste, oft nicht einmal die beiden angeblich Liebenden selbst.

Giuseppe war auf der Begeisterungsskala von null bis zehn über die Zehn hinausgeschossen und hart an den Anschlag geknallt. Schließlich war er vorher niemals bei der Arbeit gefilmt worden. Vor laufender Kamera hatte er sich auf Heiko stürzen und so tun dürfen, als wäre dieser zu einer Gegenwehr fähig, die viel Mut von dem jungen Polizisten forderte. In Wirklichkeit hatte Heiko Lindenbaum sich längst ergeben, weil ihn die schmerzhafte Verletzung, die ihm der Schuss beigebracht hatte, kampfunfähig machte. Giuseppes Überwältigung hatte ihm lediglich den Rest gegeben.

Schade nur, dass der Schütze, der zum Glück nicht gut genug getroffen hatte, um Heiko Lindenbaums Aussage vor der Polizei zu verhindern, hatte entkommen können. Zu gern hätte Giuseppe ihm vor laufender Kamera die Handschellen angelegt. Und er konnte überhaupt nicht verstehen, dass sein Chef keinerlei Lorbeeren einheimsen wollte. Dabei war er es doch gewesen, der Heiko Lindenbaum mit einem beherzten Sprung aus der Schusslinie geholt hatte. Andernfalls hätte der Helfershelfer von Julius Schleicher mit einer Kugel im Kopf dagelegen, und niemand hätte je etwas von den Machenschaften der italienischen Drogenmafia erfahren.

Henrieke lehnte sich erschöpft an die Arbeitsplatte in der kleinen Hotelküche. Sie sah so müde aus, dass sie scheinbar nicht einmal jetzt an die eigentlich dringend notwendige Achtsamkeit dachte. »Ob ich Dario je wiedersehe?«

Emilio fand es richtig, ihr keine Hoffnungen zu machen. »Er arbeitet offenbar für die Drogenmafia. Ganz schön gefährlich, sich bei Julius Schleicher als Stallbursche einstellen zu lassen. Den werden Sie nicht wiedersehen, Henrieke. Selbst dann nicht, wenn er unverheiratet und total verknallt in Sie ist.«

Henrieke begann zu heulen. »Vielleicht …«

Aber Emilio ließ sie nicht zu Wort kommen. »Er hat mich außer Gefecht gesetzt, damit ich seine Absichten nicht durchkreuze, und dann die Drogenfahndung alarmiert. Danach hat er sich abgesetzt, weil er glaubte, das Ziel sei erreicht. Er hat gedacht, Julius Schleichers Geschäft sei kaputt.« Emilio warf Anna einen Blick zu, unter dem sie die Augen niederschlug. »Aber Dario hatte Pech. Das Kokain war verschwunden. Und Julius Schleicher hat Glück gehabt, dass Sie und Ihre Mutter ihn gefunden haben. Andernfalls wäre er heute vermutlich mausetot.«

Henriekes Tränen versiegten schlagartig. »Was ist mit Dario geschehen? Als seine Auftraggeber kapiert haben, dass das Kokain weg ist …«

»… da ist er vielleicht in den Verdacht geraten, es selbst genommen zu haben«, führte Emilio ungerührt den Satz fort. »Oder er ist wegen Unfähigkeit zum Teufel gejagt worden. Möglich natürlich auch…« Dass Dario seinen Fehler mit dem Leben hatte bezahlen müssen, wollte er dann aber doch lieber nicht in Worte fassen. »So ein Risiko geht man eben ein, wenn man für solche Leute arbeitet.«

Henrieke putzte sich die Nase. »Und Onkel Pippo und Onkel Tino?«

Anna verließ die Küche, durchquerte die Lobby und betrat den Flur, der zu den Hotelzimmern führte. Die Türen zu den Zimmern drei und vier waren nicht abgeschlossen. Drinnen standen die Schränke offen, die Regalbretter waren leer, und in den Bädern herrschte ein wüstes Durcheinander von feuchten Handtüchern. Ansonsten nichts, was auf die Bewohner hätte schließen lassen. Anna suchte nicht lange nach einem Abschiedsbrief, sie wusste ja, dass ihre Brüder erstens im Schreiben nicht geübt waren und zweitens gar nicht auf die Idee kämen, einem Zurückgebliebenen ein paar Sätze zu hinterlassen, die ihm den Abschied leichter machten. So was war nicht ihr Ding. Valentino und Filippo waren es gewöhnt, Hals über Kopf zu verschwinden. Irgendwann würden sie wieder auftauchen. Dass sie den Plan, Julius Schleichers Eselhof zu übernehmen, aufgeben mussten, würde sie noch lange ärgern, aber Anna war heilfroh, dass es so gekommen war. Möglicherweise hofften sie noch auf das große Geld, zu dem sie den Inhalt der vielen Tüten in ihrem Gepäck machen wollten, aber Anna war nicht bereit, sich deswegen zu sorgen. Wenn ihre Brüder Schwierigkeiten bekamen, weil sie Puderzucker als Kokain anboten, dann war das ihr Problem. Damit mussten sie irgendwie fertigwerden.

Vor den Türen der Zimmer fünf und sechs blieb sie stehen. Sie wusste nicht, wie es dahinter aussah. Samy Lindenbaum hatte die Flucht ergriffen, sowohl vor ihrem Mann als auch vor ihrem Liebhaber. In diesen paar Tagen hatte sie mit einem Mal ihr ganzes Leben infrage stellen müssen. Vorher war sie zu feige gewesen, sich von ihrem Mann zu trennen, denn allein und selbstverantwortlich zu leben und sämtliche wirtschaftlichen Risiken auf die eigenen Schultern zu nehmen, das wagte sie nicht. Stattdessen hatte sie Rupert Diekel auf der Reservebank festgehalten, um ihn ins Spiel zu holen, wenn der Platz für ihn frei geworden wäre. Währenddessen hatte sie gewartet, dass der sich aus seiner eigenen Ehe löste, um ihr die Sicherheit bieten zu können, die sie gewohnt war.

Heiko Lindenbaum war zur Erstversorgung in Emilios Hotelzimmer gebracht worden, die Bitte, seine Frau zu rufen, hatte Anna nicht erfüllen können. Samy und Ole Alfkes hatten sich verdrückt. Griseldis und Casanova waren zurückgeblieben und zum Glück nicht auf den Gedanken gekommen, diese Gelegenheit zur Flucht zu nutzen. Sie waren einfach dort stehen geblieben, wo sie zurückgelassen worden waren, und hatten in die Gegend geglotzt, als erwarteten sie jemanden, der ihnen sagte, was nun zu tun sei.

Das hatte Anna erledigt. Sie hatte die beiden in den Garten zurückgeführt, sie wieder angebunden und ihnen zugeflüstert, sie werde sich am nächsten Tag um sie kümmern. Die beiden waren zufrieden gewesen, hatten sich eine Weile dem Gras zu ihren Füßen gewidmet und waren dann eingedöst.

Anna hörte in der ersten Etage eine Tür gehen, Rupert Diekel kam die Treppe herunter. »Gut, dass ich Sie treffe, Frau Wilders. Ich möchte heute abreisen. Können Sie mir die Rechnung fertig machen?«

»Selbstverständlich, Herr Diekel.« Auf dem Weg zur Rezeption stockte sie und drehte sich um. »Und was soll mit Ihrem Esel geschehen?«

Rupert Diekel sah Anna verlegen an. »Könnten Sie sich vielleicht darum kümmern, dass Casanova zum Eselhof zurückkommt?«

»Selbstverständlich, Herr Diekel.«

Emilio erklärte Henrieke noch immer geduldig, dass die Brüder ihrer Mutter gut daran getan hatten, Siena so schnell wie möglich den Rücken zu kehren. Dass er die beiden dabei beobachtet hatte, wie sie auf dem Eselhof das Kokain an sich nahmen, erwähnte er nicht ausdrücklich. Natürlich ließ er auch kein Wort darüber fallen, dass er Annas Autoschlüssel vom Schlüsselbrett genommen hatte, um aus der gefährlichen Beute der beiden Brüder harmlosen Puderzucker zu machen. Eine Tüte hatte Filippo vorher an sich genommen und den Inhalt selbst konsumiert, also war es möglich, dass die beiden noch immer davon überzeugt waren, im Besitz eines Vermögens in Form von Kokain zu sein. Aber auch das drückte er so unklar aus, dass Henrieke es nicht verstand. Es reichte ja, dass sie genug Fakten kannte, aus denen sie sich eine Wahrheit zusammenbasteln konnte, mit der sie gut zu leben vermochte. Ob es am Ende wirklich die Wahrheit sein würde oder nur eine Halbwahrheit, spielte keine Rolle.

Als Henrieke die Hotelküche verließ, um einem Gast bei der Auswahl einer Käsesorte zu helfen, erschien auf Konrads Gesicht ein breites Grinsen.

»Worüber amüsierst du dich?«, fragte Emilio.

Konrad konnte die Antwort vor lauter Vergnügen kaum herausbringen. »Darüber, dass ich mit Anna nach Pentolina gefahren bin …«

Weiter kam er nicht, denn die kleine Küche hinter dem Frühstücksraum wurde von Giuseppe gestürmt. So lärmend, überschäumend, schnellredend und enthusiastisch erschien er, dass Konrad den Bauch einzog und Emilio zurückwich, weil Giuseppe, so schlank er auch war, mit seinen überdimensionalen Gefühlen nicht in den Raum zu passen schien. »Stellen Sie sich vor, Chef …« Nun fiel ihm auf, dass Emilio nicht allein war, also wurde Konrad ein Schwall von Erklärungen entgegengehaspelt, die er allesamt nicht verstand, dann wandte sich Giuseppe wieder an seinen Chef. »Scroffa war im Drogendezernat. Mit zwei Stoffbeuteln, in denen lauter Tüten mit Kokain steckten.« Giuseppe umklammerte mit beiden Unterarmen seinen Leib und beugte sich vor, als würde er von schrecklichen Magenkrämpfen gequält. »Und stellen Sie sich vor…« Er prustete den letzten Satz heraus, bevor er sich in Lachsalven wand: »In den Tüten war nichts als Puderzucker.«

Nun kreischte er derart unbeherrscht los, dass ein Hotelgast mit besorgter Miene in der Tür erschien und nachfragte, ob er helfen könne…

Graziella war außer sich vor Enttäuschung. Ausgerechnet an diesem Tag hatte sie wegen eines Termins beim Zahnarzt darum gebeten, ihren Dienst zwei Stunden später antreten zu dürfen. Unter dem Bohrer hatte sie dann erfahren müssen, dass es im *Albergo Annina* eine Sensation gegeben hatte, von der sie selbst nichts wusste. Diese Tatsache war für sie derart skandalös, dass Graziella sich nach ihrem Erscheinen am Arbeitsplatz nicht in der Lage sah, zügig mit der Arbeit zu beginnen, sondern sich zunächst ausgiebig Bericht erstatten lassen musste. Vorher war sie angeblich nicht in der Lage, auch nur ein einziges Bett zu machen oder ein Handtuch auszuwechseln.

Kurz darauf allerdings wurde sie entschädigt, denn an der nächsten Sensation durfte sie teilhaben. Besser! Ihr war es sogar zu verdanken, dass die Nachricht ins Haus kam. Eine ihrer zahlreichen Verwandten rief an, um sich zu erkundigen, warum Graziella in dem Fernsehbericht, den der WMR gerade ausgestrahlt habe, nicht zu sehen gewesen sei. Ihre Tante habe vergeblich Ausschau gehalten und sei sehr enttäuscht gewesen. Schließlich hätte Graziella die erste in der weitverzweigten Familie der Pancoles gewesen sein können, die mit einem Auftritt im Fernsehen für Furore sorgte. So nah dran war noch niemand gewesen. Näher sogar als der alte Onkel Alessandro, der sich immerhin einmal im Kassenraum einer Bankfiliale aufgehalten habe, als sie überfallen wurde. Von dem sei immerhin die Spitze des rechten Schuhs zu sehen gewesen, als das Fernsehen darüber berichtete.

Graziella hatte eine Weile damit zu tun, der verpassten Chance hinterherzujammern, dann endlich rückte sie damit heraus, dass der Bericht zur nächsten vollen Stunde wiederholt werden würde.

Das erforderte noch vierzig Minuten Geduld, aber bereits in dieser kurzen Zeit gab es zwei Buchungsanfragen, die sich auf den Fernsehbericht bezogen. Anna hatte mit einem Mal das Gefühl, Teil von etwas großem Blauem zu sein, das die Farbe wechselte, je näher sie der vollen Stunde kam. Als der Zeiger sich der Zwölf näherte, schwamm sie in einem Meer von rosa Gefühlen und fürchtete unterzugehen, bevor sie den Horizont erreichte, hinter dem ein Fernsehbild lag, das ihr Hotel zeigte.

Und dann war es so weit! Der Bericht begann mit einem Blick auf den Eingang des *Albergo Annina,* der Name darüber war gut zu erkennen. Das Glück, das Anna empfand, ähnelte sehr dem unvergleichlichen Gefühl, das sie angefüllt hatte, als sie Henrieke nach der Geburt zum ersten Mal im Arm halten durfte. Ihr Baby, ihr Hotel! Was für ein wunderbares, was für ein duftendes, dotterblumengelbes, honigfarbenes, frühlingsschönes Gefühl!

Nike Dreißiger wusste sich perfekt in Szene zu setzen. Wie siegessicher sie war! Anna schüttelte den Kopf über dieses Selbstvertrauen und gleichzeitig über das Risiko, das das schöne Model eingegangen war. Das Interview, das sie mit Claudia Förster führte, war abgesprochen, das war unschwer zu erkennen. Dass Nike Dreißiger vor der Tür des Hotels warten musste, gehörte nicht zu ihrem Plan, das war ebenso klar. Von da an wurde es spannend. Mochten sich die Zuschauer bis dahin noch auf das Happy End einer Lovestory gefreut oder sich darüber gewundert haben, dass eine Frau sich zu einem Heiratsantrag vor großem Publikum entschieden hatte, so musste jetzt in jedem von ihnen die Sensationslust erwachen. Von diesem Augenblick an wurden alle, die diesen Bericht sahen, zu Schlüssellochguckern. Da geschah etwas, über das später gelacht werden durfte, für das sich die Hauptpersonen jedoch schämen mussten. Wie herrlich war es doch, bequem und völlig unangefochten im Sofa zu sitzen und sich anzusehen, wie sich andere blamierten! Aber Nike Dreißiger hatte dann doch Glück im Unglück. Nachdem erst der Falsche auf der Türschwelle und der Richtige in Begleitung einer anderen Frau auf der Bildfläche erschienen war, der noch dazu mit einem klaren Nein auf ihren Antrag reagierte, würde später, wenn von diesem Bericht die Rede war, mehr von dem Mordversuch die Rede sein, dem eine ganze Fernsehnation zuschauen durfte.

Anna schloss kurz die Augen, als die letzte Einstellung noch einmal ihr Hotel in voller Schönheit zeigte. Dass der verhaftete Drogendealer der Ehemann der Frau war, die in den Mann verliebt war, den Nike Dreißiger eigentlich heiraten wollte, dass der Mann, der durch ein pures Versehen ins Rampenlicht stolperte, deren Liebhaber war, wäre für Claudia Förster ein gefundenes Fressen gewesen. Sollte sie jemals davon erfahren, würde sie sich die Haare raufen, weil ihr mehrere besonders pikante Kapitel der Haupthandlung verborgen geblieben waren.

Zwei Stunden später war das *Albergo Annina* ausgebucht. Die letzte Anfrage war die interessanteste. Steffi Diekel verlangte ein Einzelzimmer, sie wollte noch am selben Tag nach Siena kommen. Sollte es Probleme geben, könne man ihr auch das zweite Bett in dem Doppelzimmer geben, das ihr Mann zurzeit bewohne …

Am späten Nachmittag hatte Henrieke so oft von Achtsamkeit geredet und ihre Mutter so häufig ermahnt, richtig zu atmen und ihre Gedanken durch eine Ruhepause zu stärken, dass Anna tatsächlich den Eindruck hatte, sie könnte ein bisschen Erholung vertragen. Abgeschiedenheit, der Blick in eine inspirierende Landschaft, Stille, Schweigsamkeit, farbige Gefühle und vielleicht ein gesummtes Lied.

»Also eine Eselwanderung«, meinte Konrad und schlug vor, Griseldis und Casanova zum Eselhof zurückzubringen. »Da muss ja jemand sein, der sich um die Tiere kümmert, bis die Geschäfte abgewickelt sind.«

Diesmal kam auch Henrieke mit, die während der Wanderung Achtsamkeit praktizieren wollte. Annas Bitte, dies schweigend zu tun, kam nicht gut an. Aber als auch Konrad und Emilio erkennen ließen, dass ihnen nicht an einer Erörterung und Einübung von Achtsamkeitsregeln gelegen war, schaffte Henrieke es, das bewusste Atmen ohne weitschweifige Kommentierung zu vollziehen. Das Geklapper der Eselhufe hatte genau den richtigen Rhythmus. Er war einerseits beruhigend, sogar ermüdend, aber gleichzeitig auch anregend.

Nach längerem Schweigen begann Emilio von dem Besuch bei Heiko Lindenbaum zu erzählen. Man hatte ihn ins Krankenhaus eingeliefert, er war aber vernehmungsfähig. Der Streifschuss, den er erlitten hatte, war nicht gefährlich, er würde bald aus dem Krankenhaus ins Gefängnis überführt werden können.

Emilio hatte ein ernstes Gespräch mit Samantha Lindenbaum geführt, die zunächst nicht einsehen konnte, warum der Tierarzt, dem sie ihren Esel anvertraut hatte, mit einem Mal einen Haftbefehl aus dem Ärmel zauberte. Die Erklärung war kurz und bündig ausgefallen, Emilio war nicht bereit gewesen, über sein Inkognito zu diskutieren. Er hatte Samantha Lindenbaum vor Augen führen wollen, wie es um ihren Mann bestellt war, und sie dringend gebeten, sich um ihn zu kümmern. Auch dann, wenn sie an der geplanten Trennung festhalten wollte, und auch dann, wenn sie sich auf eine moralische Position zurückgezogen hatte, die es ihr ermöglichte, von oben auf die kriminellen Machenschaften ihres Mannes herabzusehen.

»Sie glaubte zunächst«, berichtete Emilio, »sie habe nichts mit dem zu tun, was ihr Mann angestellt hat. Mir kam es sogar so vor, als wäre sie ganz zufrieden, weil der moralische Winkel, in dem sie sich verkrochen hat, es ihr leichter macht, ihren Mann zu verlassen. Sie gehört scheinbar zu den Menschen, die sich schwertun, Entscheidungen zu treffen, für die sie später kritisiert werden können. Und sie lässt sich gern ein Hintertürchen offen, durch das sie zurückschlüpfen kann, wenn die Entscheidung doch nicht die richtige war.«

Dann aber war Samy Lindenbaum sehr betroffen gewesen, als sie hörte, was ihr Mann auf sich genommen hatte. Für sie! Sie wusste nicht, dass er arbeitslos geworden war, hatte keinen Verdacht geschöpft, als er noch öfter auf Reisen war als sonst, und war nicht im Traum auf die Idee gekommen, dass sie Geld von seinem Konto abhob, das er mit Drogen verdiente. Nein, er hatte ihr nicht nachspioniert, hatte keine Ahnung gehabt, dass Samantha eine Eselwanderung unternehmen wollte. Aber er hatte gewusst, dass Julius Schleicher, als die Drogenfahndung in sein Haus einfiel, geistesgegenwärtig dem nächsten Esel das Kokain in die Satteltasche gesteckt hatte. Und das war Griseldis gewesen. Aber wer mit ihr auf Wanderung gegangen war, hatte er nicht gewusst.

Emilio schwieg eine Weile und schien dankbar zu sein, dass auch seine drei Weggefährten nichts sagten. Schließlich fuhr er fort: »Für Heiko Lindenbaum war es ein schrecklicher Moment, als er in das Zimmer der Eselwanderin einbrach, um das Kokain zurückzuholen, und auf die Sachen seiner Frau stieß. Als er feststellen musste, dass dort seine eigene Frau wohnte, zusammen mit einem Mann, brach für ihn eine Welt zusammen. Er war von ihr betrogen worden, obwohl er doch alles tat, um ihr ein sorgloses Leben zu bescheren, indem er ihr vorgaukelte, für gut bezahlte Reportagen unterwegs zu sein.« Emilio glaubte, dass Samy Lindenbaum nun begriffen hatte, worauf es ankam, wenn es um ihr Leben ging. Nur auf sie selbst.

Aber Anna hatte Zweifel. »Ob sie das wirklich einsieht?«

Die Zeit würde es zeigen, man würde es später in der *Yellow Press* lesen können, ob sie in Marlon Prinz ihre Ergänzung oder nur den nächsten Verwalter ihres Lebensglücks gefunden hatte.

Anna dachte darüber nach, während sie schweigend weiterging. Ob Ole Alfkes mit einer Frau glücklich werden konnte, die sich immer für den leichtesten Weg entschied? Ob Marlon Prinz daran glauben konnte, geliebt zu werden? Und ob Samantha Lindenbaum auf dem roten Teppich schon nach dem Nächsten schielte, wenn das Glück nur von kurzer Dauer gewesen war, und nach dem Übernächsten, wenn ihr dort noch größeres Glück versprochen wurde?

Emilios Handy klingelte, als der Eselhof Schleicher in Sicht kam. Angelo Cercello hielt sich nur kurz mit höflichen Vorreden auf. »Sind Sie sicher?«

Emilio wusste, wovon er sprach. »Ja, ganz sicher.«

»Ihre Mutter meint, Sie sollten das Kokain selbst im Drogendezernat abgeben und sich feiern lassen.«

»Mir wäre es lieber, wenn Sie das tun könnten. Und ganz sicher will ich nicht gefeiert werden.«

»Sie wollen also weiterhin in der Questura arbeiten?«

»Ja.«

»Scroffa wird Ihr Vorgesetzter bleiben. Ich kann jetzt nicht mehr dafür sorgen, dass Sie seinen Platz einnehmen.«

»Das ist okay.«

Emilio hörte Getuschel auf der anderen Seite der Telefonleitung, dann sagte Angelo Cercello: »Ihre Mutter erinnert daran, dass Sie einer gewissen Anna sagen sollten, was Sie geleistet haben.«

»Nein.«

»Sie sollte wenigstens wissen, meint Ihre Mutter, dass Sie auf eine große Karriere verzichten.«

»Nein.«

»Also gut. Dann bleibt es dabei: Sie bringen Ihrer Mutter das Kokain, sie reicht es an mich weiter, und ich gebe es im Drogendezernat ab.«

»Ohne zu sagen, woher es kommt.«

Angelo Cercello seufzte. »D'accordo.«

Die Sonne senkte sich auf das Dach des Eselhofs, die Natur verfiel in Schweigen, der leichte Wind war eingeschlafen, die Wärme stand still über dem Boden und löste sich langsam, ganz langsam in der Abendkühle auf. Emilio war während des Gesprächs mit Cercello langsamer gegangen und mehrere Meter zurückgefallen.

Anna drehte sich zu ihm um und straffte Griseldis' Leine, damit sie stehen blieb. Erst als Emilio neben ihr angekommen war, ging sie weiter, im selben Tempo wie er.

»Wie haben meine Brüder eigentlich von dem Kokain erfahren?«

Emilio hatte offenbar schon darüber nachgedacht. »Filippo ist bei seiner Ankunft durch den Garten gekommen. Er muss etwas von unserem Gespräch in der Küche mitbekommen haben.«

Anna warf Emilio einen kurzen Blick zu, dann sah sie wieder auf ihre Füße. »Es tut mir leid, dass ich dich verdächtigt habe. Ich hätte wissen müssen, dass du meine Brüder nicht verrätst.«

»Ja, das hättest du wissen müssen.«

»Danke.«

Emilio griff nach Annas Hand und war dankbar, als sie sie ihm nicht entzog. Als aber Konrad und Henrieke stehen blieben und sich umdrehten, kam ihm der Mut abhanden. Er ließ Annas Hand wieder frei und tätschelte Griseldis die Flanke.

»Ich verstehe jetzt endlich«, sagte Anna, »wie das Kokain in Griseldis' Satteltasche gekommen ist. Julius Schleicher hat keine Eselwanderer losgeschickt, damit sie sein Kokain transportieren, es war Zufall.«

»Wie meinst du das?«

»Er sah vorne die Drogenfahnder ins Haus kommen und hat das Kokain dem erstbesten Esel in die Tasche gesteckt, damit sie es nicht finden. Und das war zufällig Griseldis. Samy hatte keine Ahnung, was sie mit sich führte.«

»Deswegen war sie auch so erstaunt«, erinnerte sich Emilio.

Konrad drehte sich zu ihnen um. »Lasst uns in den Sonnenuntergang reiten«, rief er ausgelassen und tat so, als wollte er sich auf Casanovas Rücken schwingen.

Der Esel schien es für möglich zu halten, dass er seine Ankündigung wahr machen könnte, und sprang erschrocken zur Seite. Dabei geriet ein Hinterhuf auf Henriekes Fuß, die auf der Stelle in panisches Heulen ausbrach. Das ließ in Anna Muttergefühle auflodern. Sie stürzte sich auf ihr Kind, als müsste es vor jedem Casanova gerettet werden, auch wenn es sich um einen Esel handelte, und ließ dabei die Leine fahren, an dessen anderem Ende Griseldis hing. Die Eseldame, die bisher nie einen besonderen Freiheitsdrang hatte erkennen lassen, wurde ausgerechnet in diesem Augenblick davon heimgesucht. Der Galopp, in den sie völlig unerwartet fiel, wirkte jedenfalls ausgesprochen beherzt. Und ihre langen Ohren flogen im Wind wie die Haare einer Cabrio-Fahrerin.

Konrad war der Erste, dem die Idee kam, Griseldis wieder einzufangen. Er warf Emilio Casanovas Führleine zu und startete in eindrucksvollem Tempo. Emilios Reaktionsschnelle ließ jedoch wie erwartet zu wünschen übrig, die Leine landete vor seinen Füßen statt in seinen Händen. Das wiederum brachte Casanova auf die Idee, dass er ein ganzer Kerl war und etwas, was Griseldis schaffte, schon lange fertigbrachte. Er war also bereits unterwegs, als Emilio endlich auf die Idee kam, sich nach der Leine zu bücken, und überholte Konrad so unvorsichtig, dass dieser einen Stoß vom prall gefüllten Eselbauch erhielt, auf dem Hosenboden im Straßengraben landete und alle anderen hilflos mit ansehen mussten, wie die beiden Esel triumphierend um die nächste Biegung verschwanden. Obwohl Konrad in dieser Situation der Glückloseste war, erwies er sich dennoch als besonders beharrlich und unerschrocken. Ehe die anderen drei bei ihm angekommen waren, um ihm aufzuhelfen, war er schon wieder auf den Beinen und setzte die Verfolgung fort, diesmal mit der kreischenden Henrieke, der »Konrad, Konrad!« rufenden Anna und dem keuchenden Emilio auf den Fersen.

Mithalten konnte jedoch keiner. Emilio merkte zum ersten Mal in seinem Leben, dass Trekkingsandalen Vorteile hatten, Anna bekam bestätigt, was sie längst wusste, dass sich nämlich Sport dieser Art bei einer Kniearthrose von selbst verbot, und Henrieke wurde klar, dass kein Mensch athletische Höchstleistungen vollbringen konnte, wenn er dabei Rotz und Wasser heulte. Konrad war also der Erste, der an der Ecke angekommen war, und blieb derart abrupt stehen, dass Henrieke, tränenblind, wie sie war, beinahe in ihn hineingelaufen wäre. Vor ihnen standen Griseldis und Casanova, des Wettlaufs schnell müde geworden, an einem Wiesenrand und grasten. Womöglich war ihnen auch eingefallen, dass das Leben an einer Leine vielleicht einige Nachteile hatte, aber auch viele Vorteile bot. Jedenfalls warteten sie geduldig auf das Erscheinen der Eselwanderer, ließen sich wieder an die Leine nehmen und trotteten weiter, als wäre nichts geschehen.

Henrieke hörte auf zu heulen, Annas Kniearthrose schmerzte nur noch so stark, dass sie nicht zu humpeln gezwungen war, und Emilio fragte sich, wie er seiner Mutter erklären sollte, dass er Anna Wilders noch immer nicht erobert hatte.

Konrad rief: »Man muss nicht unbedingt in den Sonnenuntergang reiten, man kann auch der Mittagssonne entgegenwandern. Das macht keinen Unterschied.«

Verrückt! Wer uns beobachtet, muss uns wirklich für verrückt halten. Ich stelle mir vor, uns begegnet ein Hotelgast, der in die Toskana gekommen ist, um sich die Kunstschätze Sienas anzusehen und sich an der Landschaft zu erfreuen. Er wird sich an den Kopf fassen, wenn er die Hotelbesitzerin erkennt. Erst recht, wenn ich mir vorstelle, ein früherer Nachbar aus Stuttgart, der sich zu einem Toskanaurlaub entschlossen hat, käme zufällig vorbei! Er sähe mich, die ehrenhafte Frau Wilders, mit zwei Männern und zwei Eseln aus Siena herausziehen, an der linken Hand ein Mann, an der rechten ebenfalls. Links ein wahnsinnig attraktiver Mann, rechts einer, der durch Größe und Kraft beeindruckt. Und jeder dieser Männer hält eine Leine in der Hand, an der jeweils ein Esel hängt. Und hintendrein trottet meine Tochter, die uns freundlicherweise nicht mit den Regeln der Achtsamkeit lästig fällt und auch nicht kontrolliert, ob wir durch tiefe Atemzüge unsere Energie fließen lassen und den kleinen Dingen genug Aufmerksamkeit schenken.

Früher bin ich nicht einmal mit Clemens Hand in Hand gegangen. Ich mochte es nicht, weil er meine Hand nicht hielt, sondern sie umklammerte, und weil seine Schritte so groß waren, dass ich Mühe hatte mitzukommen. Vielleicht habe ich damals schon versucht, mich von ihm zu befreien, indem ich darauf bestand, ohne jeglichen Körperkontakt neben ihm herzugehen. Jetzt aber werde ich nicht umklammert. Meine Linke liegt leicht in Emilios Hand, meine Rechte ebenso locker in Konrads. Als Emilio es wagt, meine Hand ein paarmal verräterisch zu drücken, kann ich das ignorieren. Und als Konrad mit dem Daumen meine Handinnenfläche streichelt, reagiere ich ebenso wenig. Ich bin glücklich, das muss ich nicht zeigen! Glücklich in Siena, glücklich mit diesen Freunden, glücklich mit meiner Tochter, unglücklich nur darüber, dass Henrieke nicht glücklich sein kann. Und natürlich bin ich glücklich mit meinem Hotel. Das Albergo Annina *sieht der Hochsaison entgegen. Darauf freue ich mich schon unbändig. Sie auch?*

Danksagung

Ich bin glücklich darüber, dass ich eine gute Freundin habe, die mir hilft. Gisela Tinnermann war auch hier wieder die Erstleserin. Vielen Dank, liebe Gisela! Erst wenn du den Daumen hebst, gebe ich das Manuskript ab.